日本近代文学の言語像Ⅱ

夏目漱石論――現代文学の創出

鶴山裕司

金魚屋プレス日本版

目次

装丁　伊達のび太

＊漱石の引用は原文通りだが、旧字体漢字や旧平仮名は可能な限り現行表記に直し、適宜ルビを振った。

清《きよ》の事を話すのを忘れて居《い》た。――おれが東京へ着いて下宿へも行かず、革鞄《かばん》を提《さ》げた儘《まま》、清や帰つたよと飛び込んだら、あら坊っちゃん、よくまあ、早く帰つて来て下さつたと涙をぽたぽたと落した。おれも余り嬉しかつたからもう田舎へは行かない、東京で清とうちを持つんだと云《い》つた。

其後《そのご》ある人の周旋《しゅうせん》で街鉄《がいてつ》の技手になつた。月給は二十五円で、屋賃《やちん》は六円だ。清は玄関付きの家でなくつても至極満足の様子であつたが気の毒な事に今年の二月肺炎に罹《かか》つて死んで仕舞《しま》つた。死ぬ前日おれを呼んで坊っちゃん後生《ごしょう》だから清が死んだら、坊っちゃんの御寺へ埋めて下さい。御墓のなかで坊っちゃんの来るのを楽しみに待つて居《お》りますと云つた。だから清の墓は小日向《こびなた》の養源寺《ようげんじ》にある。

夏目漱石『坊っちゃん』

Ⅰ 序論 ―漱石と「夏目学」

夏目漱石の人気は現在でも絶大である。松山市は平成十二年(二〇〇〇年)完成の野球場に「坊っちゃんスタジアム」という愛称を付けた。松山は言うまでもなく正岡子規の生まれ故郷で、子規は明治初期にアメリカから伝わった野球を日本で初めて楽しんだ一人だった。そのため平成十四年(〇二年)には野球殿堂入りしている。「久方のアメリカ人のはじめにしベースボールは見れど飽かぬかも」の短歌もある。しかし松山の人々にとっては故郷の偉人子規よりも、「貴君(子規)の生れ故郷ながら余り人気《じんき》(人間の気質)のよき処《ところ》では御座《ござ》なく候《そうろう》」(子規宛書簡　明治二十八年[一八九五年]十一月六日)と書き送った漱石の作品名をスタジアムの愛称にする方が通りが良かったようである。

また漱石旧居(東京都新宿区早稲田南町)は現在漱石山房記念館になっていて、施設内に戦災で焼失した書斎の一部が復元されている。『坊っちゃん』は定期的に映画やドラマ化されており、テレビで猫の特集番組が放送されると必ずと言ってよいほど『吾輩《わがはい》は猫である』の冒頭がナレーションされる。漱石は初めて紙幣(千円札)の肖像になった文学者でもある。明治維新以降の文学者の中で最も愛されている作家だろう。では漱石文学の何がかくも長い間日本人の心を惹きつけるのだろうか。

一つ目の理由は漱石が近・現代小説の基礎を作った文学者だからである。ただ漱石的近・現代小説の基礎はそんなに単純ではない。まず明治初期の文化状況と、漱石の個人史をおさらいしておきましょう。

今ではだいぶわかりにくくなってしまったが、明治維新と同時に新たに流入したヨーロッパ文化は、それまでの日本文化とはまったく異質の対抗文化《カウンターカルチャー》だった。ヨーロッパは中世以降、膨大な時間と知力を傾けて論理的かつ合理的な思考方法を練り上げた。イギリスを始めとするヨーロッパ先進国はその緻密な思考方法に基づいて十八世紀中頃に産業革命を起こし、圧倒的な技術力とそれによって得た富で世界の覇者となった。アジア全域がヨーロッパ列強諸国の植民地となってゆく状況の中で、明治新政府は政治、経済、法律から軍事、医学、産業、衣食住に至るまで国を挙げてヨーロッパ先進文化を受け入れざるを得なかったのである。

厳密な用語定義と論理から構成されるヨーロッパ的思考方法は、今日では〝世界的普遍者の言語・思考方法〟と呼ばれることがある。民俗や宗教、言語の違いに関わらず、ヨーロッパ的思考方法を採らなければ現代世界の競争を生き抜くことはできない。だが非論理的で直観的真理を重んじる東洋思想に慣れた明治初期の人々にとって、その習得は簡単ではなかった。

現代から振り返っても明治維新は一本のくっきりとした断絶線に見える。それもそのはずで、日本は有史以来ずっと中国を文化規範として来た。漢字はもちろんあらゆる先進文化・文物を朝鮮半島経由で中国から受け入れ続けたのだった。その文化規範が明治維新を境にヨーロッパに変わった。古墳時代中期にははっきりと大陸との交流が認められるので、それはほぼ千五百年に一度の文化的大転換だった。昭和の初め頃までは外来語を漢字に置き直していたが、それ以降ほとんど漢字熟語は増えておらず、カタカナ語ばかりが新たに辞書に加えられているのもそれを示している。日本は明治維新を超える文化的激震を経験していない。

旧暦の慶応三年（一八六七年）一月五日に生まれた漱石は、この大変動をもろにこうむった最初の世代に当たる。大政奉還による王政復古は十二月九日で翌慶応四年（六八年）一月一日に元号が明治に改められた。漱石は明治とともに生まれた文学者である。ただ江戸の庄屋の家に生まれた漱石は、始めからヨーロッパ文化に親しんでいたわけではなかった。

漱石は漢籍を好む子供で最初は漢学者になるつもりで二松学舎に通った。しかしすぐに漢学では将来身を立ててゆくことができないと悟り英語を学ぶことにした。当初漱石は外国文学というなら漢籍も英文学も同じであり、漢籍と同様に英文学もたやすく理解できるはずだと考えていた。だが漱石は英文学の中に東洋文学とは全く異質の文化を見出した。漱石は学生時代から神経衰弱で苦しんだが、その原因の一つが英文学だった。

漱石の小説家としての履歴はちょっと奇妙である。現代はもちろん明治時代も、小説家は若い頃から小説家になりたいと志して創作に励むのが普通だ。しかし漱石の小説習作は存在しない。明治三十八年（一九〇五年）に俳誌「ホトトギス」に第一回を発表した『吾輩は猫である』が処女作である。漱石三十九歳の時のことだが、このデビュー年齢は当時の作家としてはかなり遅い。

漱石は人生の大半を英文学研究に費やしていた。

また漱石の作家としての実働期間は『猫』から大正五年（一九一六年）に死去するまでのわずか十二年である。一度も小説習作で試行錯誤したことのない漱石が様々なタイプの作品を量産できたのは、英文学研究によって小説とは何か、どう書くべきかを考え抜き把握していたからだと言ってよい。

本が出たのは『吾輩は猫である』の後になるが、『文学論』（明治三十六年［一九〇三年］九月から三十八年［〇五年］六月の帝国大学での講義録）などの評論集が漱石の英文学研究の成果である。漱石の英文学研究は小説だけでなく詩や評論を含む幅広いものであり、約一世紀に渡るヨーロッパ文学を網羅していた。それは江戸的な漢学の素養を持った文学者による、維新後初めてのヨーロッパ文学研究だった。ただし漱石のヨーロッパ文学理解の方法は同時代の文学者たちとは大きく違っていた。

近・現代文学の祖としての栄誉を一身に集める漱石だが、文学イズムや技法などの面から言えば決定的に新しい何かを生み出した作家ではない。言文一致体を始めたのは坪内逍遙《しょうよう》と二葉亭《ふたばてい》四迷《しめい》である。明治時代に一番売れた小説は尾崎紅葉の『金色夜叉《こんじきやしゃ》』だ。紅葉は漱石と同い年だが帝大在学中の二十代ですでに流行作家だった。島崎藤村の『破戒』が刊行されたのは『猫』上巻が出版された翌年の明治三十九年（一九〇六年）である。それは言文一致体による初めての成功した純文学小説だった。藤村はまた『若菜集』（明治三十年［一八九七年］）で維新後に始まった自由詩（新体詩）で文学的価値のある初めての詩集を書いた詩人でもある。小説家としての藤村は田山花袋《かたい》や徳田秋聲《しゅうせい》らとともに自然主義文学をリードしてゆくことになる。

つまり近代文学のパイオニアはすでに明治二十年代に活躍していた作家たちだった。しかし漱石は新技法の確立はもちろん、浪漫主義や写実主義、自然主義など、当時の文学イズム創出のいずれにも関わっていない。また御維新後初めて文学的価値のある小説と詩作品を書いたわけだから、藤村が近・現代文学の祖とみなされてもおかしくない。しかしそうなっていない。

日本のような島国では決定的に新しい文化が大量移入されると、まずそれを積極的に受容しようとする模倣的な動きが生じ、しばらくすると日本文化固有の優位性を主張する反動が起こる。それと同時に新文化と従来の日本文化を折衷する作家たちが現れてくる。これは平安時代から変わらない。日本初の勅撰集は『凌雲集《りょううんしゅう》』（八一四年）で、漢詩の一大ブームの後に『古今和歌集』（九〇五年）が現れた。明治維新の際も同様で、文化人は大別すれば欧化派と国粋派、折衷派に分かれた。実際にはその複合形だが、明治二十年代の文学界をリードしたのは欧化派と折衷派の文学者たちだった。

二葉亭は言文一致体小説を書く際にまずツルゲーネフの翻訳を試み、それから井原西鶴の浮世草紙や三遊亭円朝の落語の速記本など、言文一致体に役立ちそうな日本文学の遺産を手当たり次第に活用した。紅葉の『金色夜叉』のストーリーはアメリカの通俗小説を換骨奪胎したものであることが知られている。藤村は『若菜集』で短歌・俳句の七五調にヨーロッパの恋愛幻想を折衷させた。『破戒』の発想の源になったのはドストエフスキーの『罪と罰』だと言われる。日本の浪漫主義や写実主義、自然主義文学もまた、ヨーロッパ本家のそれと従来の日本文学の折衷である。

真摯な英文学者だったことからわかるように、漱石もヨーロッパ文学から多大な影響を受けた。しかし漱石文学を詳細に読み込んでも欧米の特定作家やイズムから決定的な影響を受けた痕跡は見つからない。漱石も欧化派と折衷派の中間にいた文学者の一人ではある。だが漱石はヨーロッパ文学と日本文学の原理を理解した上で新しい明治の文学を作りあげた。その証左が親友正岡子規が俳句研究で見出した写生理論の援用である。

漱石は『虞美人草《ぐびじんそう》』（明治四十一年［一九〇八年］刊）あたりまで子規写生理論を使って小説を書いた。それは英文学研究で得た原理的ヨーロッパ文学理解の上に、日本文学固有と言ってよい俳句による世界認識構造を接続させたことを示している。新しい技法を創出したわけではなくイズムによって文壇をリードしたわけでもないにも関わらず、わたしたちが漱石文学に強く惹かれる理由がそこにある。つまりわたしたちは漱石文学を読むことで、長い長い日本文化に一線を画すヨーロッパ文化の衝撃だけでなく、維新後も変わらない日本文学の一貫性をも読み取ることができる。

わたしたちが漱石文学に惹かれる二つ目の理由は言うまでもなくその内容にある。それは一般的に〝近代的自我意識文学〟と呼ばれる。

江戸までの日本は封建社会だった。孔子の正名論《せいめい》に基づく身分社会フレームである。孔子は人や物にはおのおのその固有の本質（正名）があると考えた。一種のイデア論である。この思想に基づき江戸幕府は君主には君主の、臣下には臣下固有の本質があるのであり、その分《ぶん》を守らなければならない、超えてはならないという社会制度を定めた。

この封建身分制度は明治維新とともに瓦解した。それを端的に表すのが「立身出世主義」の風潮だった。人間は生まれた身分にとらわれずに自由にその才能を伸ばし、社会で活躍できるという思想である。江戸時代までは「自由がましく」という言い方は「まことに身勝手ながら」という意味だったが、明治になって「自由」は人間のポジティブな権利だとみなされるようになった。自由民権運動などの社会運動の基盤にあるのもこの人間生来の自由（権利）意識である。

ヨーロッパは実態として身分社会だったが、新興ブルジョワジーの台頭により自由主義思想が広く受け入れられていた。進化論が神への冒瀆とみなされたこともあり、初期帝大系のお雇い外国人教師が祖国に居づらい進化論者でリベラルな思想の持ち主だったことも、日本で自由主義思想ブームが起こった要因になった。自由主義はヨーロッパ、それにアメリカからもたらされた新思想だった。

ただこの自由主義思想には大きな問題があった。人間が生来自由の権利を有しているとしても身勝手に振る舞っていいわけではない。人間は社会的動物でもある。つまり人間の強い自我意識はそれを押し通そうとすれば、必ずと言っていいほど社会と衝突する。

この近代的自我意識問題は長い年月を経るうちに、今日では中庸な落としどころを見出している。しかし明治初期はそうではなかった。新しい思想であった分、政治はもちろん宗教、恋愛、セックス、親子、主従関係など社会のあらゆる場面で人間の自由意識と、そう簡単には変えられない既存の社会規範がぶつかり合った。

漱石は明治とともに生まれた子だがその精神は古い封建社会に属していた。彼は新渡来の自由主義思想に腰を抜かすほど驚き、今日のわたしたちから見れば過剰なほどその危険性に怯えた。初期作品になるが『虞美人草』のヒロイン藤尾《ふじお》や『三四郎』の美禰子《みねこ》の描き方を見れば、漱石が身勝手――つまり人間の強い自我意識の行使に否定的だったことがわかる。

ただ漱石はじょじょに近代的自我意識と社会との関係に折り合いをつけていった。人間が本来的に自由であるとしても、それを統御する上位思想（観念）が存在するはずだと考えるようになったのである。いわゆる「則天去私」の思想である。読み下しは「天に則《のっと》って私を去る」で、人間の自我意識よりも高次の天の思想を重視するという意味である。

帝国大学の学生の頃から漱石に私淑した小宮豊隆は「漱石が、それに仕《つか》へる事を無上の歓びとした、より高きイデーとは何であるか。――それは言ふまでもなく、漱石の所謂《いわゆる》「則天去私」の世界である。天に則《のっと》って私を去る世界である。換言すれば、漱石が、人間の心の奥深く巣喰《すく》つているエゴイズムを摘出して、人人に反省の機会を与へ、それによつて自然な、自由な、朗らかな、道理のみが支配する世界へ、人人を連れ込まうとする事である」（『夏目漱石』）と書いた。小宮の批評は的確だ。現代でも多くの読者は漱石の「より高きイデー」に惹かれている。

〝人間のエゴイズムを超えた高次のイデーはある〟と考えたという点で、漱石は倫理的な道学者だった。実際エッセイや手紙などを読めば、漱石が極めて穏当で常識的な考え方をする文学者だったことがわかる。そのため小宮や森田草平《そうへい》など漱石生前から親交があった文学者はもちろん、没後も漱石を「先生」と慕う読者や文学者は多い。だが漱石は小説家である。詩や思想は一つの断言であってよく、「こうあるべきだ」という直観的真理を端的に表現する。しかし小説は違う。これが本来あるべき理想だとわかっていても、「だがしかし」から始まるのだ。実際「則天去私」を理想にしているにせよ、漱石の小説は現実世界でのその実現が極めて困難であることを描いている。

漱石は『彼岸過迄《ひがんすぎまで》』までは自分とは年の離れた若い男を主人公にして小説を書いた。人間のエゴイズムと社会との軋轢を描くにしても、主人公との間にはかなりの年齢差があった。しかし『行人』以降の作品では自分に近い年齢の主人公を設定するようになる。若者の突飛な行動を批判的視線で叙述することはなくなり、小説は同世代の主人公の内面描写に変わる。エゴイズムによって周囲の人々と衝突するのは若者だけではないからである。また利己主義《エゴイズム》でなくても人間にはそれぞれ固有のどうしても譲れない自我《エゴ》（意識）がある。漱石は自分の中にも確実に存在するエゴに正面から向き合おうとした。

この漱石のエゴイズムを巡る問題は、「人間同士の無媒介的かつ全面的な相互理解は可能か」という主題に絞り込まれている。この主題は初期の『坊っちゃん』から遺作となった最晩年の『明暗《めいあん》』まで一貫している。

現実に即せば、つまりリアリズム小説ではこの主題を〝可能だ〟という結論に導くことはできない。しかし多くの読者は漱石が作品の中でそれを表現しているはずだと感じている。漱石が理想とした悟りのような「則天去私」の境位が必ずや小説で表現されているだろうと予感しているのである。端的に言えばそれを明らかにするために漱石全集（岩波書店最新版で全二十九巻）の数百倍はあるだろう夏目漱石論が書き継がれてきた。いわゆる「夏目学」である。しかし今に至るまでそれは予感のまま留まっている。

以上を簡単にまとめれば、従来の「夏目学」は、今まで述べたような漱石文学がわたしたちを惹きつけてやまない二つの理由、つまり①**文化・文学史的観点**と②**テキスト読解（作品意味解釈）**の両面からなされてきた。

漱石のような近代文学の古典作家が伝記や社会状況まで含めて論じられるのは当然である。文学者は必ず生育環境や時代状況の影響を受ける。生育環境とないまぜになった時代精神を最も敏感に感受できた作家が各時代を代表する作家になってゆくのである。

しかし時代状況や風俗は必ず古びる。どんなに的確に時代精神を表現していても、それだけでは何世代にも渡る読者を獲得することはできない。作品が時代精神を超えたある普遍性にまで達していなければならない。その普遍性を探るためにテキスト読解が必要になる。

ただこのテキスト読解は徹底した意味解釈から為されてきた。誰もが漱石は思想的作家だと認めている。漱石の思想は英文学研究やエッセイ、手紙などで十全に表現されてもいる。しかし小説は思想書ではない。そもそも下世話な現実世界を舞台にする小説には観念的飛躍があってはならないのだ。そのため漱石がエッセイなどで表現した思想（理想）を軸に作品が読まれることになる。小説にははっきりと示されていない漱石の理想的境位を、エッセイなどから強引に読み解こうとするのである。

だが漱石の小説と思想には明らかな乖離がある。その溝を埋めるために批評家はしばしば漱石文学に仮託して自己の夢を語ってしまう。漱石ほど「漱石先生に学ぶ」といった、評者が自己の夢や希望を託した評論やエッセイが多い作家はいない。

この「夏目学」を巡る半ば必然的な陥穽は、漱石文学を構造的に読み解くことで解消できる。

確かに『心』などの漱石作品は現世的苦悩に満ちている。しかし多くの読者が感じているように、そこからの超脱の道が示されていないわけではない。だがそれを小説の筋や登場人物の言葉だけから読み解くことはできない。

小説は現実世界の忠実な鏡像だが、作家が意図的に作りあげたフィクション世界でもある。作品は作家による言語的な一つの小宇宙であり、そこには必ず構造がある。作家の思想は作中人物の関係性や作品世界と作家の位置関係といった、広い意味での「文体構造」によっても示される。作品世界が苦悩に満ちていてもそれを客観的に描写できる作家は一段高い審級にいる。

そこで本書では、漱石文学を③**文体構造**的に読み解いている。だがなにせ相手は没後百年になってもいっこうに人気が衰えない漱石である。子供時代の作文から創作メモ、書画にしたためた揮毫まで全集に収録されている古典中の古典作家である漱石（定期的に改訂され続けている漱石全集ほど完璧な個人作家全集はない）を論じる際には、もちろん従来的な文学史検討とテキスト読解も重要である。漱石の歴史的位置づけは避けて通れず、文体構造分析の前提となる作品の意味解釈も不可欠である。そのため本書は漱石小伝から始め、英文学研究から遺作『明暗』までを年代順に読んでゆく。いわば正面中央突破で漱石文学の全容を明らかにする。

また従来の夏目学は漱石を小説家とみなすことに終始している。小説と実人生の関係は重箱の隅をつつくほど検証されているのに、俳句や晩年に漱石が精魂傾けた漢詩はほとんど無視されている。さらに漱石は禅に傾倒していたが、禅の思想がどのようなものであるのかも真摯に問われたことがない。本書ではそのすべてを検討する。評者が自分に読めるものだけを読んでいたのでは漱石文学の全体像には迫れない。小説と詩といった日本文学のジャンル縦割り思考が、漱石に限らず文学の理解を不十分にしている面がある。

ただ本書は専門家向けの作家論ではない。漱石をまだ読んだことのない読者や代表作しか読んだことのない読者が漱石がどのようなことを考え、それをどう文学で表現した作家なのかを概観できる入門書でもある。またすでに漱石文学に深くなじんでいる皆さんには、構造読解が漱石文学の多面性を理解するための一助となるだろう。

デビュー作の『吾輩は猫である』は明らかにユーモア小説である。『坊っちゃん』は痛快な青春小説で『草枕《くさまくら》』は日本文学ではほかに例がない俳文小説だ。漱石は様々なタイプの小説を書き分けた。小説のタイプだけではない。『心』を始めとする後期小説の読解はほとんど無限に多様である。ソースは一つなのになぜ様々に読み解くことができるのかと言えば、作品がミラーボールのように多面的だからだ。この多面性は漱石文学を構造的に読むことで理解できる。また作品構造の把握は小説家を目指しているみなさんにも有用なのではないかと思う。

漱石に限らないが日本の文学批評は、「作家が作品で何を言いたかったのか」という意味読解からなされるのが一般的だ。作家も必然的にそれに影響を受ける。しかし小説家は本来、明快な論理では決して説明できない何事かを表現するためにまだるっこしい舞台や時間を設定し、作家の思想が反映された人物たちを登場させるのである。登場人物の口などから語られる言葉は作家思想の一端を伝えているに過ぎない。作家の思想全体は作家と作品世界との関係を理解することで初めて正確に把握することができる。

作家は読者にとって魅力的な作品を書くために日々腐心している。しかし内容的な面白さを工夫するだけでは十分ではない。それを効果的に表現するための作品構造の理解も必須だ。漱石はそれを中年にまで至る英文学研究で把握した。だから漱石はユーモア小説から純文学まで無理なく書くことができた。漱石は純文学作家であり大衆作家でもある。漱石は定期的に小説の作品構造――つまり作家主体による世界認識構造(方法)を変えている。世界は悲惨であり滑稽でもある。

わたしたちは言ってみれば漱石から始まる近・現代文学の時間軸の尖端にいる。その間の日本文学の発展を考えれば、もはや漱石のようにヨーロッパ文学と日本文学の質的違いに思い悩む必要はないだろう。ほかならぬ漱石がヨーロッパ文学の的確な理解に基づいてそれを日本文学にローカライズしてくれたのである。

ただわたしたちは現在明治維新とは比べものにならないが、インターネット中心の静かだが世界全体の構造を変える高度情報化社会という大変革の真っ直中にいる。この静かな革命によって文学の世界もまた動揺している。社会全体の変化の行く末が見えない状況の中で、文学もその方向性を見失っているのである。

　純文学の特権性や文学者の常人離れした見《ヴォワイヤン》人の感受性といった、十九世紀的文学神話を額面通り信じられる作家や読者は今後ますます少なくなってゆくだろう。こういった状況の中で、漱石文学を検討することでわたしたちの文学の基礎を見つめ直すのはとても大切である。

　漱石は優れた知性の持ち主だったが恐ろしく愚図でもあった。尾崎紅葉や幸田露伴《ろはん》といった同い年の作家は二十代早々にデビューして文壇の寵児となった。しかし漱石は三十九歳になるまで英文学者の一人であり、文学的にはほぼ無名の、親友正岡子規門の群小俳人の一人に過ぎなかった。

　その間漱石は何をしていたのか。最低限度の文学活動でガス抜きをしながら考えていたのである。それだけ明治は未来を予測するのが難しい時代だった。そしてデビュー後の漱石の軌跡は、彼が考え抜くことによって把握した文学のヴィジョンが正しかったことを証明している。実際漱石作品は没後百年を経ても読まれ続けている。それは未来へのパースペクティブを持っている。わたしたちは漱石文学を検証することで、わたしたち自身の文学のヴィジョンをつかむことができるだろう。

Ⅱ

漱石小伝

――『漱石とその時代』を未完のまま自死した江藤淳に

■少年時代――養子体験■

夏目漱石は慶応三年（一八六七年）一月五日（旧暦）、江戸牛込馬場下横町（現東京都新宿区喜久井町）で父小兵衛直克《こへえなおかつ》、母千枝《ちえ》の間に生まれた。本名は金之助で漱石は明治二十二年（八九年）頃から使い出した雅号である。末っ子で二人の異母姉と三人の兄がいたが、長女佐和《さわ》とは二十二歳も年が離れていた。母は四谷大番町（現新宿区大京町）の質屋兼金貸しの娘で、若い頃に十年ほど明石候（久松候説もある）に武家奉公した。下町の質屋に嫁いだが離縁され、安政元年（五四年）頃に妻琴《こと》を亡くした直克に再嫁した。気品があり和歌も詠む女性だったと伝えられる。直克も幕末の町人らしく漢籍を好んだが、厳しく口数の少ない専制君主的家長だったようだ。

小宮豊隆によると夏目家は遅くとも江戸は元禄時代にまで遡ることのできる代々の名主である。夏目家の口伝では幕府開闢以来の「草分の名主」（徳川家康と共に江戸に移って来た町人）なのだという。牛込から高田馬場一帯が夏目家の支配地で、身分は町人だが名字帯刀を許された江戸の古い名家だった。

ただ漱石は兄から聞いた羽振りの良かった頃の夏目家の様子を少し書き残しただけで、一切家柄自慢をしなかった。むしろ「私の家に関する私の記憶は、惣《そう》じて斯《こ》ういふ風に鄙《ひな》びている。さうして何処《どこ》かに薄ら寒い憐れな影を宿している」（『硝子戸《がらすど》の中《うち》』大正四年［一九一五年］）と、御維新後に零落した夏目家の様子ばかり強調した。そのため漱石は貧しい町人の家から立身出世したようなイメージをまとうことになったが実際は違う。明治初期には財力も家柄も一定レベル以上の家の子供しか帝国大学に進学できなかった。庶民の子供は大学に進学すること自体、想像すらしなかっただろう。

もちろん明治になって世襲名主の地位を失った夏目家の財力は、往事とは比べものにならないほど衰えていた。父直克は明治新政府が新設した中年寄兼世話係という役職に就くが（後に区長となる）、六十歳で退職してからも内務省八等警視属（警察官）として働いた。漱石の妻鏡子の回想によると、投機事業に出資してさらに財産を失ったりもしたようだ。

よく知られているように漱石は明治元年（一八六八年）十一月、二歳（数え年、以下同）の時に塩原昌之助、やす夫妻の養子に出された。漱石自身の筆から生まれた夏目家困窮神話に沿うといわゆる口減らしのための養子と言いたくなるが、事はそう簡単ではない。漱石死後の大正六年（一九一七年）に発表された関荘一郎の「『道草』のモデルと語る記」は、養父昌之助からの聞き書きをまとめたものである。それによると昌之助は千枝の妊娠中から今度生まれてくる子を養子にもらいたいと直克に申し出ていたのだという。男の子ならという前提だろう。

当時は家父長制で家を継ぐのは男子だった。そのため戦前までは富貴や庶民を問わず、家の存続のために養子を取るのが珍しくなかった。年金などの社会保障制度が貧弱だった時代には、養子制度は家と家の結びつきを強め、困った時には助け合う互助会的役割も担っていた。そんな背景もあり当時は子供に養子であることを必ずしも隠さなかった。漱石も自分が養子だと知っていた。直克には三人息子がいたことも漱石を養子に出した理由だろう。また直克と昌之助はとても近しい間柄だった。

昌之助は夏目家とは旧知の四谷の名主の息子で十一歳のときに父半助（または平助）を亡くし、夏目家に引き取られた。十五歳で元服すると父の跡目を継いで名主になった。後見人は直克だった。妻やすは夏目家の奉公人で結婚の際は直克が仲人を勤めている。当時昌之助は二十九歳の働き盛りでバイタリティに溢れていた。直克は夏目家では冷や飯食いになるかもしれない四男漱石の将来を昌之助に託したのだった。夏目家と同じく零落した元名主だが、明治初期には塩原家にはそれなりの財産があった。しかし直克の期待は外れた。

昌之助は直克と同様新政府の下で添年寄という役職に就いたが、明治三年（一八七〇年）に汚職事件に連座して罷免された。その後戸長に返り咲いたが再び罷免された。また汚職のような不祥事を起こしたのかもしれない。戸長罷免後には東京警視庁に再就職した。十年（七七年）に家と貸家を新築し賃貸業の副業も始めている。不動産の名義は塩原家の戸籍上の長男漱石だった。

昌之助の波乱に富んだ職歴はリスクを冒してでも少しでも良い暮らしがしたい、良い地位に就きたいと願う明治の典型的な立身出世主義の男のものである。また昌之助の旺盛な生活力は仕事に留まらなかった。戸長時代の明治七年（一八七四年）に旧旗本未亡人日野根かつと愛人関係になり、翌八年（七五年）に妻やすと離婚して正式にかつと結婚した。このとばっちりによって少年漱石が大いに振り回されることになったのは言うまでもない。

健三は海にも住めなかつた。山にも居《お》られなかつた。両方から突《つ》き返《かえ》されて、両方の間《あいだ》をまごまごしていた。同時に海のものも食ひ、時には山のものにも手を出した。

（『道草』「九十一」大正四年［一九一五年］）

漱石は後に養子時代をこのように回想している。漱石少年が養子体験によって浅からぬ精神の傷を負ったのは確かである。しかしこの一事が漱石文学すべての源になったと言うのは性急だろう。漱石は養子のトラウマに生涯こだわり続けた作家ではない。彼が養子時代に受けた精神の傷（あるいは教訓）は、その後の漱石文学でもっと普遍的な主題にまで昇華されている。

「健三は海にも住めなかつた。山にも居《お》られなかつた」というのは昌之助の再婚によって漱石が塩原姓のまま実家に戻された事実を指す。だから漱石は「同時に海のものも食ひ、時には山のものにも手を出した」わけだがその内実は複雑である。

実父直克は漱石を家に受け入れはしたが、昌之助に養育費を出させようとした。吝嗇ゆえの理由だけではないだろう。直克の要求は崩れが見え始めた昌之助に、養父としての責任を認識させるための措置でもあったはずである。

また漱石も実家と養家の板挟みになってただ振り回されるようなひ弱な子供ではなかった。漱石は養子時代の自分は我が儘で強情だったと回想している。後年の理知的な漱石からは想像できないが、欲しい物があると道ばたで泣き叫び、必ず養父母に買わせるような子供だったのだという。漱石は「実父から見ても養父から見ても、彼は人間ではなかつた。寧《むし》ろ物品であつた」（『道草』）とも書いているが、彼は自己の〝物品の価値〟に敏感だった。大人たちがそれぞれの思惑で自分を振り回すなら、それを利用してもかまわないと考えるような怜悧な子供だった。

養母やすは「健坊、御前《おまえ》本当は誰の子なの。隠さずにさう御《お》云《い》ひ」と漱石に迫った。やすは自分を本当の母親だと言って欲しかったのだ。しかし漱石は強情に黙っていた。昌之助とやすと暮らしていた頃、漱石は実の父母が誰なのか知らされていなかったが、養子だとは知っていた。漱石少年の我が儘で強情な態度は大人たちがそれぞれの都合で自分を振り回すことへの怒りの発露だった。その意味で漱石は現代的な文脈での養子に出された可愛そうな子供ではない。漱石の怒りは養子制度をきちんと守れない大人たちの不甲斐なさに向けられていた。

昌之助の再婚以降、漱石は実質的に夏目家に復帰していたが、正式に養子縁組が解消されたのは漱石二十二歳の明治二十一年（一八八八年）一月のことである。二十年（八七年）に長男大助、次兄直則《なおのり》が相次いで亡くなり、学問嫌いの三男直矩《なおかた》に万が一のことがあれば、夏目家を継ぐ男児がいなくなる可能性があったからだと言われるがそれだけではない。

直克は養子縁組解消の際に詳細な証文を作り、養育費（示談金）として二百四十円を支払った上で昌之助と絶縁した。昌之助が直克に無断で漱石から、養子でなくなっても「互《たがい》に不実不人情に相成《あいな》らざる様致度存候《よういたしたくぞんじそうろう》」という一札を取った（書かせた）ことを知ったからである。直克は昌之助のやり口に激怒したのだった。

『道草』で描かれたように、昌之助は養子縁組解消から十八年も経った明治三十九年（一九〇六年）に突然漱石の前に現れ、この一札を楯に金銭を要求した。明治二十一年当時、昌之助が書かせた一札の意味を完全に理解していたのは直克だけだろう。直克は昌之助の性格を知り尽くしていた。昌之助は明治十年（一八七七年）に買った漱石名義の家と貸家を十七年（八四年）に夏目家に無断で売り払っていた。漱石を困窮してゆく昌之助の養子にしておくのは危険だった。当時の民法では養子（家長）に家の全財産と家督相続権があったが、財産がなくなっても家族の扶養義務は残るからである。直克が養子縁組解消を求めた時期、昌之助は目先の金を得ることに汲々としていた。漱石から取った一札を元に半永久的な金銭援助を求めようとした昌之助が、四十二年（一九〇九年）に百円と引き替えに一札を手放してしまった時にも同じことが起こったと言える。

漱石は両親からまったく甘やかされなかったと回想しているが、それでも母親への思慕を書き残している。しかし父親に対しては「健三は、小さな一個の邪魔物であつた。何しに斯《こ》んな出来損《できそこな》ひが舞《ま》ひ込《こ》んで来たかといふ顔付《かおつき》をした父は、殆《ほと》んど子としての待遇を彼に与へなかつた」と手厳しい。だが漱石はやはり直克の息子だった。帝国大学卒業後、浮き世離れしていると言っていい特権的エリートの道を歩んだ漱石だが、その経済観念と権利意識はしっかりしていた。

漱石は家族にとっては理不尽極まりない横暴な父親だったが、帝大生を中心とする弟子たちの面倒をよくみた。人間同士の強い結びつきを求める漱石の心性が家族に対する過剰な甘えとなり、弟子たちには父親のような親身さとなって表れたのだろう。また神経症ということもあり家族をほとんど恐怖のどん底に突き落としたが、経済的苦労をかけることはなかった。生活者としての漱石は鋭い現実感覚を持った江戸の名主の息子だったのである。

■学生時代①――最初の神経衰弱■

漱石は養家塩原家から公立小学戸田学校に通い、後に実家から戸田学校、市が谷学校、錦華学校に通って尋常小学校を卒業した。卒業後東京府第一中学校正則科に進学したが、正則科では東京大学予備門から帝国大学に進学するために必要な英語を教えなかった。漱石は退学したいと考えたが親が許可しなかったため、弁当を持って家を出て学校へは行かずに遊んでいたと回想している。ただこの時期に漱石が帝国大学へ進学することを明確な目標としていたわけではない。

明治十四年（一八八一年）に第一中学校を退学すると、漱石は漢学塾二松学舎に入学した。この頃の心境を「今は英文学などをやって居《い》るが、其頃《そのころ》は英語と来たら大嫌ひで手に取るのも厭《いや》な様《よう》な気がした」（「談話（落第）」三十九年［一九〇六年］）と回想している。零落しつつある実家や不安定な養子の身分から抜け出すためには帝国大学に進学するほかに道はないと漠然と考えながら、一度は好きな漢学を選んだのである。このような試行錯誤の内に、後に英文学と日本文学との間で引き裂かれることになる漱石の資質が胚胎されている。

漱石は明治十六年（一八八三年）に二松学舎を退学し、東京大学予備門受験準備のために英学塾成立学舎に入学した。「文明開化の世の中に漢学者になつた処《ところ》が仕方《しかた》なし（中略）兎《と》に角《かく》大学へ入つて何か勉強しやうと決心した」（「談話（落第）」）のである。十七年（八四年）に東京大学予備門に進学し、二十三年（九〇年）に卒業して帝国大学文科大学英文科に入学した。

第一高等中学校（旧東京大学予備門）予科二級の時に勉強しないのを誇りとするようなバンカラな学生気質にかぶれて落第したが、それ以降は常にトップの成績を守った。そのため帝国大学入学時に文部省貸費生に選ばれた。帝国大学英文科を卒業したのは明治二十六年（一八九三年）七月、二十七歳の時のことである。英文科の第二回卒業生で、英文学専攻の学生としても帝国大学で二人目の卒業生だった。

第一高等中学校や帝国大学の同級生には中村是公《ぜこう》、菅虎雄《すがとらお》、正岡子規、芳賀矢一、南方熊楠《みなみかたくまぐす》、福原鐐次郎《りょうじろう》、山田美妙《びみょう》らがいた。学年は上だが尾崎紅葉、石橋思案《しあん》、川上眉山《びざん》らも同時期に在校していた。

中村是公は南満州鉄道総裁（満鉄総裁）となり、明治四十二年（一九〇九年）に漱石を満州・朝鮮旅行に招いた。菅虎雄はドイツ語学者として熊本五校や第一高等学校で漱石の同僚になった。芳賀矢一は国文学の第一人者と呼ばれるようになった。南方熊楠は東京大学予備門を中退して私費でイギリスに渡り、大英図書館に通って独学で日本の粘菌学と民俗学の基礎を作った偉人である。福原鐐次郎は漱石の博士辞退問題が起こった時に文部省専門学局長だったため、矢面に立って漱石とこの問題について話し合うことになった。尾崎紅葉は石橋思案、川上眉山、山田美妙らと硯友社《けんゆうしゃ》を結成し、同人誌「我楽多文庫《がらくたぶんこ》」を創刊した明治時代最大の流行作家である。山田美妙は言文一致体小説の確立に寄与した詩人、小説家、批評家としても知られる。

同級生の一部を挙げただけだが、いかに当時の帝国大学に全国から優秀な人材が集まり、各分野に優れた人材を輩出し続けたのかがわかるだろう。またそれはこの時代に学問を修めることの重要性を物語っている。特に漱石を含む佐幕派（幕末に幕府を支持した側、または否応なく幕府側に付かざるを得なかった者たち）の子弟たちにとって、学問は維新後の世の中を生き抜くための大きな武器だった。

漱石は成立学舎に入学した明治十六年（一八八三年）に早くも家を出た。同級生たちと自炊したり下宿屋に住んだりしたが、この自活生活は四年ほどで終わった。二十年（八七年）に急性トラホームに罹り、実家に戻って療養せざるを得なくなったのである。その後は実家から第一高等中学校、帝国大学に通学した。早く家を出たいという気持ちがあったようだが、当時の人間の生活には衣食住全般で現代とは比較にならないほどの手間と労力がかかった。実家に戻ったのは自活しながら勉強を続けることの困難を痛感したためでもあるだろう。

ただ明治二十六年（一八九三年）七月に帝国大学文科大学を卒業すると、漱石はすぐまた帝国大学寄宿舎に移った。そのまま実家には戻らず、二十八年（九五年）四月には愛媛県尋常中学校嘱託教員となって松山に赴任した。東京生まれで東京育ちの漱石が、まだ英文科卒の学生が貴重で東京での就職口がたくさんあったのに、松山へいわゆる「都落ち」した理由は諸説ある。漱石の伝記研究では最初の神経衰弱がその大きな理由とされる。またこの神経衰弱には眼科医で出会った女との、実体験なのか妄想なのか判然としない体験が付きまとうのが常である。

周囲の人々の証言から、帝国大学卒業直後の明治二十七年（一八九四年）から二十八年（九五年）にかけて、漱石が激しい神経衰弱に悩まされていたことがわかっている。妻鏡子は義兄直矩《なおかた》から聞いた話として、漱石がトラホームの治療に通っていた駿河台の井上眼科で会った女に惚れて嫁にと望んだが性悪な女の母に邪魔されて叶わず、それが原因で松山に赴任したのだと語っている

（『漱石の思ひ出』夏目鏡子述・松岡譲筆録）。

また鏡子は大学卒業後に宝蔵院という寺で下宿していた漱石が突然直矩の所にやって来て、自分への縁談話を勝手に断っただろうと激怒しながら詰め寄ったとも話している。直矩は身に覚えがなかったので怒る漱石をなだめて縁談話の相手について尋ねたが、漱石はそれについては答えなかったのだという。直矩が漱石が失恋して松山に行ったと考えたのには理由があるわけだ。さらに鏡子は眼科医の女の母が漱石との結婚を邪魔しただけでなく、赴任先の松山まで人を差し向けて漱石の後を追いかけ回したとか、宝蔵院には眼科医の女に似た尼がいて彼女が風邪を引いた時に解熱剤を与えてやると、尼仲間が「まだあの人のことを思つてるんだよ」と陰口を叩いたといった話を直矩や漱石自身から聞いたと語っている。

漱石はこの眼科医の女に明治二十年（一八八七年）に急性トラホームに罹った頃に会ったと推測される。実際帝国大学時代の二十四年（九一年）七月十八日付けの正岡子規宛ての手紙で「昨日眼医者へいつた所が、いつか君に話した可愛らしい女の子を見たね」と書き送っている。明治二十年に会った女と二十七年に本当に縁談話が生じたなら、その間に何らかの具体的な交際があったはずである。しかしその痕跡は全くない。だが鏡子は大正元年頃に漱石から、高濱虚子《たかはまきょし》と出かけた九段の能楽会で眼科医の女を見たと聞かされている。漱石は出会いから約四半世紀後まで眼科医の女を心に留めていたことになる。

堅物で女性に対して奥手でもあった漱石が、学生の一時期だけ街で見かけた女性と恋愛関係に陥ったとは到底考えにくい。漱石は松山赴任後の明治二十八年（一八九五年）に鏡子と見合いし、翌二十九年（九六年）に挙式している。見合いを進めるにあたって直矩はもしや漱石には好きな女がいるのではないかと考え正岡子規に相談した。子規宛の手紙には「小生《しょうせい》家族と折合《おりあい》あしき為《ため》外《ほか》に欲しき女があるのに夫《それ》が貰《もら》へぬ故夫《ゆえそれ》ですねて居《い》る杯《など》と勘違《かんちがい》をされては甚《はなは》だ困る」（二十八年十二月十八日付）とある。漱石は好きな女はいないとはっきり書いている。

恐らく眼科医の女との破談話は、神経衰弱による漱石の強迫観念から生まれたものだろう。ただ漱石が実際に眼科医で気になる女性を見たのは確かだと思われる。漱石の強迫観念から生まれた出来事はほかに幾つも知られているが、それは何らかの現実の出来事をきっかけにしている。具体的交渉はなかっただろうが、眼科医の女が自分に好意を持っていると感じる素振りがあったのかもしれない。女の母についても自分を嫌っているような感じの悪さが印象に残った可能性がある。漱石が兄直矩は勝手に縁談を断るような男だと思い込んでいた可能性は高い。気難しい漱石に対してお喋りな宝蔵院の尼たちが陰口を叩いたこと、これは実際にあっただろう。

現実の出来事を契機に生み出される漱石の強迫観念は、他者がそれを理解するのを極めて難しくしている。まったくの空想ならそれは単なる精神疾患である。しかし現実の出来事に基づいている時にはその判断は難しい。ある出来事をきっかけにして人が他者に疑いを抱く時、疑っている間は誰しもその当否を考えないからである。当事者の「確信」は他者には「妄想」と映ることがある。

第三者の証言を付き合わせると奇怪だが、少なくとも漱石は女との愛に現実的裏付けがあると信じていた。また多くの漱石研究者はもちろん精神科医までもが漱石の神経衰弱について考察し続けて来たのは、そこに漱石文学の基本主題に結び付く何かがあるからである。

『幻影《まぼろし》の盾《たて》』（明治三十八年［一九〇五年］）や『薤露行《かいろこう》』（同）、『趣味の遺伝』（三十九年［〇六年］）などの初期幻想小説で、漱石は見つめ合うだけで深く精神を交流できる男女の愛を描いている。リアリズム小説に移行した『三四郎』（四十一年［〇八年］）でも広田先生に見ただけで愛を運命付けられた女性の話をさせている。独身主義者の広田先生は三四郎に二十年前にたった一度だけ通り過ぎるのを見た女が今目の前に現れたら、迷わず結婚するだろうと語った。漱石は眼科医の女に自己の文学的主題を発展させ得る契機を感じたのである。

この文学主題は偶然や気まぐれ、親同士の約束や社会的打算などと全く無縁な、ほぼ宿命的な男女の結びつきを希求する漱石の心性から生み出されている。それは漱石の思い人である眼科医の女がある種の聖性を帯びていることからもわかる。漱石が憎悪と嫌悪を抱いたのは女の周囲の人々に対してであり、女との結び付きの強さを疑っていた気配はまったくない。

漱石は小宮豊隆に「自分は何もかも捨てる気で松山に行ったのだ」と語った。実際の松山行きの理由はこんなものだろう。環境を変えることで実家との関わりや神経衰弱による苦しみをリセットしたかったのだ。また神経衰弱が悪化した明治二十七年（一八九四年）十二月に菅虎雄の紹介で鎌倉円覚寺に釈宗演《しゃくそうえん》を訪ね、二週間ほど座禅を組んだ。その際与えられた公案は「父母未生《ふぼみしょう》以前本来の面目」で、「父母が生まれる前の本来の自分の居所はどこか？」といった意味の問いである。漱石は生涯この考案を考え続けた。あらゆる世俗的因縁を断ち切った自己本来の姿、またそのような自己と他者の関係を模索したのである。

　漱石は「帰朝後の余《よ》も依然《いぜん》として神経衰弱にして兼《けん》狂人のよしなり。（中略）ただ神経衰弱にして狂人なるが為《た》め、「猫」（『吾輩は猫である』）を草《そう》し「漾虚集《ようきょしゅう》」（明治三十九年［一九〇六年］刊の漱石小説集）を出し、又《また》「鶉籠《うずらかご》」（三十九年刊の漱石小説集）を公にするを得たりと思へば、余《よ》は此《この》神経衰弱と狂気とに対して深く感謝の意を表するの至当《しとう》なるを信ず」（『文学論』序　四十年［〇七年］）と書いている。この言葉は漱石が、神経衰弱を自己の文学主題を明確にするための契機として捉えていたことを示している。

　養子体験や眼科医の女のほかにも、漱石文学を彼の幼少期から学生時代までのトラウマから読み解こうとする試みはいくつもある。江藤淳と大岡昇平の「『薤露行《かいろこう》』論争」もその一つである。江藤は漱石は兄直矩の二番目の妻登世《とせ》（漱石と同い年で明治二十四年［一八九一年］に悪阻のため早世）と肉体関係を伴う恋愛関係にあったという説をとなえ、漱石が小説で好んで描いた男女の三角関係や姦通は登世との秘められた恋愛体験が基になっていると論じた。しかし大岡はそれは江藤の「偏執」に過ぎないと厳しく批判した。

他の作家と同じように漱石もまた実人生での体験を元に小説世界を構想した。しかし漱石文学の根底に決定的実体験を探ろうとする試みは、いつまでも合わないトランプの神経衰弱遊びに似ている。漱石は確かに自らの意志で神経衰弱を制御できなかった。だが漱石はいわゆる「発作」の後に神経衰弱体験を自己省察し、それを社会的通有性のある文学主題にまで昇華している。漱石文学の本質を把握するためには彼の病が最終的には言葉に、文学に昇華される質のものだったことを理解する必要がある。

■学生時代② ―― 正岡子規との出会い■

漱石と子規は明治十七年（一八八四年）九月に東京大学予備門に入学したが、密に付き合うようになったのは二十二年（八九年）頃からである。初期の交流は漢詩文を中心とした作品の相互批評を通してのものだった。

子規は明治二十一年（一八八八年）夏に隅田川畔向島の月香楼に籠もり、和漢詩文集『七艸集《ななくさしゅう》』を起稿した。翌二十二年（八九年）五月に脱稿すると友人たちに回覧して批評を求めた。漱石も巻末に評を書き込んだ一人である。なお『七艸集』の評は「漱石」の雅号で書かれた最初の文章である。『晋書《しんじょ》』「孫楚伝《そんそでん》」の「漱石枕流」から取った雅号だ。孫楚は「石に枕《まくら》し流れに漱《くちそそ》ぐ」と言うべきところを「石に漱ぎ流れに枕す」と言い誤ったが、間違いを指摘されても「石に漱ぎ」は歯を磨くため、「流れに枕す」は耳を洗うためだと言い張って誤りを認めなかった。そのため「漱石」は頑固者、変わり者を意味する成語となった。

弟子たちの回想などから漱石が狭量の人であった気配は全くないが、彼は自分は世間と歩調の合わない変わり者だと思っていた。なお幕末から明治初期にかけて「漱石」はそれほど珍しい雅号ではなかった。子規も一時期漱石号を使用したが、子規が漱石号を譲ったわけではない。過去の有名文人と重ならなければ雅号は任意であり、複数の雅号を持っていても良かった。

子規の『七艸集』は漱石に大きな刺激を与えた。漱石は明治二十二年（一八八九年）八月の房総半島旅行を題材にして、同年九月に漢詩文集『木屑録《ぼくせつろく》』を書き上げて子規に送った。子規は直ちにその文才を認めた。巻末に「余《よ》、以為《おも》えらく、西（ヨーロッパ文学）に長ぜる者は、概《おおむ》ね東（東洋文学）に短《たん》なれば、吾《わ》が兄《けい》も亦《ま》た当《まさ》に和漢の学を知らざるべし、と。而《しか》るに今此《いまこの》の詩文を見るに及んでは、則《すなわ》ち吾が兄の天稟《てんぴん》の才を知れり」（原文漢文）という評を書き付け激賞した。子規は漱石の英語力の高さは認識していたが、漢詩文にも精通しているとは知らなかったのである。

幕末から明治初期にかけての知識人家庭の子供たちにとって、漢詩文の素養は必須だった（明治七年生まれの高濱虚子らの世代になると早くもこの知識は不要となる）。子規は漢詩文に自信があったが、二松学舎で体系的に漢学を学んだ漱石の知識はさらに的確だった。また漱石は漢詩という様式化された表現の中で自己を表現する才能を持っていた。江戸後期の漢詩全盛期に生まれていたら、間違いなく幕末を代表する漢詩人の一人になっただろう。漱石は晩年に漢詩創作を再開するが、その初期にすでに高い詩人の資質を示す作品を残している。

　ただあらゆる若い文学者の交流がそうであるように、子規と漱石の交流も相互影響的なものだった。その中でこの二人の優れた文学者の資質の違いが早い時期から露わになっている。

　子規は帝国大学時代の明治二十五年（一八九二年）頃から本格的に俳句創作を開始した。また明治二十年前後から『筆まかせ』を始めとする膨大な量の原稿を、発表のあてもないのに書き始めていた。このような子規の姿勢は漱石には異様に映った。若い子規と漱石の間で〝思想《イデア》と修辞《レトリック》論争〟が起こったのである。

　小生《しょうせい》の考《かんがえ》にては文壇《ぶんだん》に立《たっ》て赤幟《せきしよく》を万世《ばんせい》に翻《ひるがえ》さんと欲《ほっ》せば首《しゅ》として思想を涵養《かんよう》せざるべからず思想中《うち》に熟し腹に満ちたる上は直《ただち》に筆を揮《ふる》って其《その》思ふ所《ところ》を叙《じょ》し沛然驟雨《はいぜんしゅうう》の如《ごと》く勃然大河《ぼつぜんたいが》の海に瀉《そそ》ぐの勢《いきおい》なかるべからず文字の美章句の法抔《ほうなど》は次の次の其次に考ふべき事にてIdea itself（思想そのもの）の価値を増減スル程《ほど》の事は無之様《これなきよう》に被存候《ぞんぜられそうろう》（中略）去《さ》りとて御前《ごぜん》の

如く朝から晩まで書き続けにては此《この》の Idea（思想）を養ふ余地なからんかと掛念《けねん》仕《つかまつ》る也《なり》（中略）毎日毎晩書て書て書き続けたりとて子供の手習と同じことにて此 original idea（独自の思想）が草紙《そうし》の内《うち》から霊現する訳にもあるまじ（中略）伏《ふく》して願はくは（雑談《じょうだん》にあらず）御前少《すこ》しく手習をやめて余暇を以《もっ》て読書に力を費し給《たま》へよ御前は病人也病人に責むるに病人の好まぬことを以てするは苛酷の様《よう》なりといへども手習をして生きて居《い》ても別段馨《かんば》しきことはなし knowledge（知識）を得て死ぬ方がましならずや

（子規宛書簡　明治二十二年［一八八九年］十二月三十一日）

「knowledge（知識）を得て死ぬ方がましならずや」という言葉は漱石文学の読者にはなじみ深いものだろう。実際漱石は「original idea（独自の思想）」をおぼろに把握できるようになる三十九歳までぐずぐずしていて、それ以降は「沛然驟雨《はいぜんしゅうう》の如《ごと》く」作品を書きまくった。しかし若い頃から子規が「毎日毎晩書て書て書き続け」ていた理由は理解されにくい。

俳句、短歌、新体詩（自由詩）、小説（写生文）のマルチジャンル作家であり、その才能を遺憾なく発揮することなく三十六歳で夭折してしまった子規を専門俳人と呼ぶのはためらわれる。ただ子規がまず俳句研究によって一点突破的にマルチジャンル的文学方法を模索したのは確かである。子規にとって文学の「思想《イデア》」をつかむことはそれほど切実な問題ではなかった。徹底した書《エクリチュール》くことの先行によって表現技術を含む文学作品の「修辞《レトリック》」の幅を拡げてゆくことの方が遥かに重要だったのである。

日本人は巧拙を問わなければ誰でも俳句を詠むことができる。簡単に俳句が詠める者が日本人だと言えるほどだ。それは俳句がヨーロッパ的な唯一無二の〝自我意識文学〟とは質が違うことを示している。端的に言えば俳句は五七五に季語の〝俳句形式〟が書かせる。俳句形式というフィルターを通せばたちどころに俳句ができあがってしまうのだ。

子規は短い人生に二万句以上の俳句を書き残した。原則を言えば俳句一句はそれ自体で独立した文学作品である。しかし二万という作品数はオリジナリティを重視する自我意識文学ではあり得ない。多作が可能になるのは俳句が俳句形式、つまり修辞《レトリック》の徹底した先行によって生み出されるからである。修辞《レトリック》を自在に操れなければ俳句は多作できない。子規はこの俳句文学の、独自ではあるが維新後の自我意識文学とは鋭く対立する特徴に早くから気づいていた。

子規は本格的に俳句創作を開始する前の明治二十四年（一八九一年）頃から『俳句分類』と呼ぶ研究を始めていた。俳句の発生期である室町時代から与謝蕪村を生んだ江戸は天明時代に至るまでの俳句を独自の基準で分類・編纂した膨大な俳句アンソロジー集である。

子規は「自分が俳句に熱心になつた事の始《はじま》りは趣味の上からよりも寧《むし》ろ理屈の上から来た原因が多く影響してをる」（『獺祭書屋《だつさいしょおく》俳句帖抄上巻を出版するに就《つ》きて思ひつきたる所をいふ』）と書

いている。『俳句分類』は理論的探求だった。漱石が徹底した英文学研究によって近代文学（自我意識文学）の原理を把握しようとしたように、子規もまた初源から近過去に至るまでの俳句作品を徹底分析することでその原理をつかもうとした。

漱石が本格的に句作を始めたのは松山時代からである。子規宛てに「小子《しょうし》近頃俳門に入らんと存《ぞんじ》候《そうろう》御閑暇《ごかんか》の節は御高示《ごこうじ》を仰《あお》ぎ度《たく》候《そうろう》」（明治二十八年［一八九五年］五月二十六日付）と手紙を書いている。また子規は日本新聞記者として日清戦争下の清国に渡ったが、帰国の船上で大喀血してしまった。療養のために故郷松山に一時帰郷した子規は漱石の下宿（愚陀仏《ぐだぶつ》庵）に仮寓して地元俳人たちと運座（句会）を始めた。漱石も参加し子規から本格的俳句指導を受けた。子規が東京に戻ってからも漱石は現在確認されている限り計三十五回に渡って句稿を送り添削を請うている。このような経験により漱石は、学生時代には「子供の手習」にしか見えなかった子規の「修辞《レトリック》先行手法」が持つ文学の可能性に気づいていった。

子規俳句で最も有名なのは写生理論である。「目の前の風景を素直に詠む（写生する）」ことくらいに理解されることが多いが、子規は野原に出たら目に飛び込んできた動植物や自然現象を手当たり次第すべて詠み尽くせと命じている。子規写生理論では作者がもう表現（修辞《レトリック》）が尽きたと感じたところからが勝負なのである。

俳句は俳句形式が書かせるが、その本質をつかむためには形式を成立させる原理にまで精神を下降させる必要がある。個の自我意識の限界を超えて句作を続け、俳句原理に迫るのが子規写生理論だ。俳句形式を自我意識の外にある不動の言語形式（五七五に季語定型）だと認識している俳人は俳句に滅私奉公する赤子に過ぎない。自我意識と俳句原理を一体化できた作家だけが、逆説的だがその作家名、つまりくっきりとした自我意識の爪痕を俳句文学に刻むことができる。

この俳句原理と一体化した作家の精神は希薄である。ただ俳句形式はユング的元型《アーキタイプ》として世界内存在（俳句作品）を生み出すわけだから、それと一体化した作家精神は神的擬態と呼び得る強いものである。ただその神性はヨーロッパ的な人格神の姿をしていない。存在するが世界内に偏在する神性である。ここから漱石の「則天去私」までは意外に近い。自我意識を去って（希薄化させて）天の摂理に従うわけだが、天は世界内に偏在する東洋的神性だからである。

漱石は「写生文は短くて幼稚だと言ふのは誤りで、幼稚どころか却《かえっ》て進歩発達したものと云《い》ふても然《しか》るべき事と考えている」（「談話（文章一口話）」明治三十九年［一九〇六年］）と語った。技術的に言うと子規写生理論は自我意識を極限まで小さく縮退させ、世界をカメラのように切り取って描写する方法である。しかし縮退しても自我意識は消え去らない。それが表現の核になる。この手法がなぜ重要なのかと言えば、日本文学独自の文体構造があるからである。

なお漱石と子規の人生は奇妙なほどの符合を見せている。子規は肺から血を吐く結核で亡くなったが漱石は胃から血を吐く胃潰瘍で亡くなった。子規の文学者としての活動期間は明治二十五年

（一八九二年）から三十五年（一九〇二年）までの十一年間だが、子規と入れ替わるように登場した漱石のそれは明治三十八年（〇五年）から大正五年（一六年）までの十二年間である。子規は日本新聞の記者となり脊椎カリエスを発症してからは在宅記者となった。漱石は東京朝日新聞に在宅小説記者として入社している。本格的創作活動を始める前に原理的文学研究を行っているのも同じである。さらに子規も漱石も絵を描くことを好んだ。代表作は俳句と小説に分かれたが、この二人は親友として交わるべき因縁があったようだ。

■英国留学――孤独な英文学研究■

愛媛県尋常中学校には一年いただけで、漱石は明治二十九年（一八九六年）に熊本第五高等学校に英語教師として赴任した。松山から熊本時代の漱石の生活はそれなりに多忙であり多事だった。父直克《なおかつ》の死去（三十年［九七年］六月享年八十一歳）、妻鏡子の流産（三十年七月頃）と強度のヒステリー悪化による投身自殺未遂事件（三十一年［九八年］六月頃）、長女筆《ふで》の誕生（三十二年［九九年］五月）、後に小説『草枕』の題材となった小天《おあま》温泉や『二百十日』の素材になった阿蘇温泉への小旅行や、初めての門下生寺田寅彦との出会いなど、後から振り返れば漱石文学に活かされることになる出来事も多い。しかしこの間に発表した文学作品はわずかな俳句にほぼ限られる。漱石は社会的には英語教師で英文学を専門とする学者の一人だった。

明治三十三年（一九〇〇年）六月、漱石は「英語研究ノ為メ満二年間英国へ留学ヲ命ズ」という文部省の辞令を受けた。文部省第一回給費留学生に選ばれたのである。しかし一度は留学の命令を断った。『文学論』（四十年［〇七年］）「序」に「余は特に洋行の希望を抱かず、且《か》つ他に余よりも適当なる人あるべきを信じたれば、一応其旨《そのむね》を時の校長及び教頭に申し出《い》でたり」とある。

だが当時の文部省の辞令は絶対だった。漱石は結局は明治三十三年（一九〇〇年）九月八日にドイツ船プロイセン号に乗船してヨーロッパへと旅立った。なお漱石とともにヨーロッパに渡った留学生には芳賀矢一（国文学者）、藤代禎輔《ていすけ》（ドイツ文学者）、稲垣乙丙《おとへい》（農学者）らがいた。小説家、批評家として知られる高山樗《ちょぎゅう》牛も同行するはずだったが直前に喀血して辞退した。

ヨーロッパへの留学は珍しくなくなっていたが、政府給費による留学がエリートの証であることには変わりなかった。明治十、二十年代には政治、経済、法律、医学などすぐに国家の役に立つ分野に留学生を送り込んでいた明治政府は、ようやく三十年代になっていわゆる「閑文字の徒」である文学研究者をも公費でヨーロッパへ留学させることができる余裕を持ったのである。森鷗外は明治十七年（一八八四年）に衛生学研究のためにドイツに留学したが、その際明治天皇に拝謁して訓辞を受けている。しかし漱石は文部省の辞令一枚を持っての留学だった。

漱石ら留学生はインド洋からスエズ運河経由でイタリアのジェノバに上陸し、陸路汽車でパリへ向かった。パリではエッフェル塔やおりしも開催中だった万国博覧会を見学し、漱石は他の留学生と別れて一人イギリスに渡った。ロンドンに着いたのは明治三十三年（一九〇〇年）十月二十八日のことである。

漱石が一度は留学を断ったのはもう長い間英文学を研究しているので、留学しても得るものはないだろうと考えたからである。しかし現実のヨーロッパは彼の予想を遙かに超えていた。到着早々「巴里《ぱり》ノ繁華《はんか》ト堕落ハ驚クベキモノナリ」（『明治三十三年［一九〇〇年］日記』十月二十三日）と書いた。ロンドンに着いてからは妻鏡子に「倫敦《ロンドン》の繁昌《はんじょう》は目撃せねば分《わか》り兼候《かねそうろう》」（三十三年十二月二十六日）と手紙を送っている。現実に目にするヨーロッパは、その圧倒的な物質的繁栄によって漱石を圧倒した。

最初の給費留学生という事情もあったのだろうが、漱石の留学には文部省が用意した進路がまったくなかった。信じられないことだが漱石はロンドンに一人ぼっちで放り出され、自力で勉強の方針を定めるよう求められた。

漱石はまずプロイセン号に偶然乗り合わせた熊本時代の旧知の宣教師夫人ノット氏に書いてもらった紹介状を携えて、ケンブリッジにアンドルース氏を訪ねた。当初ケンブリッジかエジンバラ大学《カレッジ》への留学を考えていたのである。しかし話を聞いてみると政府支給額では到底ケンブリッジに留学できないことがわかった。エジンバラも英語の発音が違うという理由などで諦め、漱石はロンドンで勉強することにした。二ヶ月ほどユニバーシティ・カレッジで英国中世文学の碩学ケア教授の授業を聴講したがこれにも飽き足らず、ケアの紹介でクレイグ氏の個人授業を週一回受けながら独学で英文学を研究することにした。結果として漱石は文部省が暗に期待したであろう、イギリス文学界での人脈を作る役割をほとんど果たさない最初の給費留学生となった。

クレイグはシェークスピア学者で、漱石留学当時は現在でも優れた研究として知られるアーデン版シェークスピア全集の『リア王』監修を行っていた。漱石は明治三十三年（一九〇〇年）十一月頃から翌三十四年（〇一年）八月頃までクレイグの元に通ったがこれも止めてしまい、以後三十五年（〇二年）十二月に帰国の途につくまでほとんど下宿に閉じ籠もって英文学研究を続けた。

クレイグの個人教授を止めたのは、後に『文学論』などにまとめられることになる十年計画の英文学研究の著作を思い立ったからである。また大学で学ばなかったのは既に三十代になっていた漱石が学生向けの大学の授業の内容に不満を感じたことや、イギリス人と積極的に交流することを好まなかったことなど様々な理由がある。ただ独学で英文学を研究することを決めたことで漱石はロンドンで激しく孤立することになった。

もちろん漱石はずっと下宿に閉じ籠もっていたわけではない。ロンドン塔やカーライル博物館を見学した印象は、帰国後『倫敦塔《ロンドン》』や『カーライル博物館』にまとめられた。ナショナル・

ギャラリーでロセッティやミレー、バーン＝ジョーンズらのラファエル前派の絵を見た印象は『薤露行《かいろこう》』を始めとする初期小説に大きな影響を与えた。劇場でシェリダンの『悪口学校』やペローの『眠れる美女』などの芝居も見ている。明治三十四年（一九〇一年）二月二日には下宿の主人の肩車でヴィクトリア女王の国葬を見物するという歴史的体験もした。しかしイギリス人の友達は一人もできなかった。日本人留学生との交流もあまりなかった。

（前略）飜《ひるがえ》つて思ふに余は漢籍に於《おい》て左程《さほど》根底ある学力あるにあらず、然《しか》も余は充分之《これ》を味ひ得るものと自信す。余が英語に於《お》ける知識は無論深しと云《い》ふ可《べ》からざるも、漢籍に於けるそれに劣れりとは思はず。学力は同程度として好悪のかく迄《まで》に岐《わ》かるるは両者の性質のそれ程に異なるが為《た》めならずんばあらず、換言すれば漢学に所謂《いわゆる》文学と英語に所謂文学とは到底《とうてい》同定義の下《もと》に一括し得《う》べからざる異種類のものたらざる可からず。

大学を卒業して数年の後、遠き倫敦《ロンドン》の孤燈《ことう》の下《もと》に、余が思想は始めて此《この》局所に出会《しゅっかい》せり。人は余を目《もく》して幼稚なりと云ふやも計《はか》りがたし。（中略）去《さ》れど事実は事実なり。（中略）余はここに於《おい》て根本的に文学とは如何《いか》なるものぞと云へる問題を解釈せんと決心したり。（中略）

余は下宿に立て籠りたり。一切の文学書を行李《こうり》の底に収めたり。文学書を読んで文学の如何なるものなるかを知らんとするは血を以《もっ》て血を洗ふが如《ごと》き手段たるを信じたればなり。余は心理的に文学は如何なる必要あつて、此世《このよ》に生れ、発達し、頽廃するかを極《きわ》めんと誓《ちか》へり。余は社会的に文学は如何なる必要あつて、存在し、隆興し、衰滅するかを究《きわ》めんと誓へり。
（『文学論』「序」明治四十年［一九〇七年］）

漱石が「根本的に文学とは如何《いか》なるものぞと云へる問題を解釈せんと決心」した時期は、明治三十四年（一九〇一年）八月から九月頃である。この頃について「初めは随分突飛《ずいぶんとっぴ》なことを考えて居《い》たもので、英文学を研究して英文で大文学を書かうなどと考えて居《い》た」（「談話（落第）」）と回想している。漱石は当初イギリス人になりきって英語で文学作品を書く野望を抱いていた。英文学を根本的に理解すれば、それも可能なはずだと考えたのである。

ただ漱石は現実のヨーロッパに圧倒されていた。「此煤煙中《このばいえんちゅう》ニ住ム人間（イギリス人）ガ何故美クシキヤ解シ難シ」（『明治三十四年［一九〇一年］日記』一月五日）と人種的劣等感までをも抱くようになっている。しかし彼はヨーロッパ文化に飲み込まれなかった。「日本ハ三十年前ニ覚《さ》メタリト云《い》フ然《しか》レドモ半鐘ノ声デ急ニ飛ビ起キタルナリ（中略）只《ただ》西洋カラ吸収スルニ急ニシテ消化スルニ暇《いとま》ナキナリ（中略）日本ハ真ニ目ガ醒《さめ》ネバダメダ」（同年三月十六日）とむしろ盲目的な欧化主義を批判している。漱石は日本人はいかにしてヨーロッパ文化を吸収・消化すれば良いのかという問題を繰り返し自問していた。

維新以降の日本文学がヨーロッパを規範にしなければならないのは誰の目にも明かだった。もやは漢学の時代ではなかった。ほんのわずかな差だが、おおむね明治五年以降に生まれた文学者たちは欧米文化をほぼ無条件に正しい規範として受け入れた。この欧米文化信仰は戦後まで続いたが、明治三十年代ですら「漢学に所謂《いわゆる》文学と英語に所謂文学とは到底《とうてい》同定義の下《もと》に一括し得《う》べからざる異種類のものたらざる可《べ》からず」などと物わかりの悪いことを言い出す文学者は稀だった。しかし漱石ら明治初年代の青年たちにとって、欧米文化はまず徹底した異和だった。漱石はイギリス留学によって彼の原体験的異和を強く再認識することになった。漱石は一人で日本を背負って立つような悲壮な覚悟で、東洋文学とは質的に異なるヨーロッパ文学の原理を解明しようとした。

ただ多くの時間を下宿の部屋に籠もり、完成の見通しの立たない英文学研究を続ける生活は漱石の精神状態を悪化させた。「近頃非常ニ不愉快ナリクダラヌ事ガ気ニカカル　神経病カト怪シマルル」（『明治三十四年［一九〇一年］日記』七月一日）、「近頃は神経衰弱にて気分勝《すぐ》れず甚《はなは》だ困り居《おり》候《そうろう》」（夏目鏡子宛書簡　三十五年［〇二年］九月十二日）と書いている。明治二十七、八年の神経衰弱が再発したのである。

留学末期漱石はリール老姉妹宅に下宿していたが、姉妹は漱石の鬱状態を心配して気晴らしに戸外で自転車に乗ることを勧めた。またある留学生（詩人の土井晩翠《ばんすい》だと言われるが彼は否定している）が漱石の異常に気付き、それを留学生仲間に伝えたことから、英文学者の岡倉由三郎《よしさぶろう》が文部省宛に「夏目狂セリ」という電報を打電するまでに至った。文部省からは岡倉宛に「夏目精神ニ異常アリ。藤代（禎輔）へ保護帰朝スベキ旨《むね》伝達スベシ」という返電があった。藤代は岡倉の命を受けて漱石の下宿に向かったがさほど心配する状態にはないと判断して、無理に帰国させようとはしなかった。

藤代が先に帰国した後、漱石は一ヶ月ほどの間書籍やノートの整理を行い、明治三十五年（一九〇二年）十二月五日、日本郵船の博多丸に乗って帰国の途についた。漱石は狂気にとらわれてはいなかったが彼の神経衰弱の症状が常にそうであるように、周囲の人々にはその異様な振る舞いがまったく理解できなかったのである。

帰国した漱石は熊本へは戻らず東京の第一高等学校英語講師に就職した。同時に東京帝国大学文科大学講師にも任命され、英文学を講義することになった。漱石の留学には金がかかっており、これは文部省の意向としても当然のことだった。なお帝大の前任講師は『怪談』などで有名な小泉八雲（ラフカディオ・ハーン）である。明治十、二十年代の帝大講師はいわゆる「お雇い外国人」だったが、三十年代には日本人の教育者を中心に据える教育改革が進んでいた。我が国自由詩の基礎を作った上田敏も漱石と同時期に帝大講師に任命された。

だが漱石は名誉ある帝大の職を喜ばなかった。「帰朝するや否や余は突然講師として東京大学にて英文学を講ずべき依嘱《いしょく》を受けたり。余は固《もと》よりかかる目的を以《もっ》て洋行せるにあらず、又《また》かかる目的を以て帰朝せるにあらず。大学にて英文学を担任教授する程《ほど》の学力あるにあらざる上、余の目的はかねての文学論を大成するに在《あ》りしを以て、教授の為《た》めに自己の宿志を害せらるるを好まず」(『文学論』「序」)と書いている。漱石は『文学論』の仕事を完成させることを望んでいた。

雅号漱石の頑固者、変わり者の面目躍如といったところだが彼は社会に背を向けていたわけではない。漱石はまだはっきりと形を為していないが恐らくこれが正しいと直観した文学のヴィジョンを持っていた。社会的栄達よりもそのヴィジョンの実現の方が切実な問題だった。驚くべきことにと言っていいだろうが、漱石はこのヴィジョンの達成を生涯に渡ってすべてに優先させた。

漱石は後に『私の個人主義』で、『文学論』の仕事を通して「自己本位といふ言葉を自分の手に握《にぎ》つてから大変強くなりました」と語っている。漱石の個人主義は身勝手ではない。自らのヴィジョンに確信が持てるなら、たとえ世間と対立することになってもそれを押し通すべきだということである。

■小説家デビュー――「ホトトギス」の作家■

明治三十六年(一九〇三年)一月に帰国すると、漱石はすぐに第一高等学校英語嘱託講師、東京帝国大学文科大学講師の仕事に就き、翌三十七年（〇四年）九月からは明治大学予科の講師も兼任した。第一高等学校と明治大学では英語を教えたが、帝大では『文学論』関連の講義のほかにジョージ・エリオットの『サイラス・マナー』やシェークスピア作品の講読も行った。四十年（〇七年）三月までに『マクベス』『リヤ王』『ハムレット』『テンペスト』『オセロ』『ベニスの商人』『ロミオとジュリエット』のシェークスピア七作品の講読を行っている。学校の講義だけでも相当に忙しかったと言える。

帰国早々猛烈に働くことになったのは妻鏡子の実家が困窮していたからである。留学中比較的裕福な実家に妻子を預けたはずが、帰国してみて漱石は妻子の質素な暮らしぶりに驚いた。妻子を引き取って一家を構えたものの漱石の方でも神経衰弱の症状が治まらず、夫婦関係が悪化して明治三十六年（一九〇三年）七月から九月まで鏡子、長女筆、それに留学中に生まれた次女恒子を実家に帰して別居した。それでも三十六年十一月に三女エイが、三十八年（〇五年）十二月に四女アイが生まれ、漱石は四人の女の子の父親になった。

明治三十六年（一九〇三年）十月には困窮した義父中根重一が訪ねて来て、借金の連帯保証人になってくれないかと懇願した。重一は貴族院書記官長の要職まで務めた人だが、相場で失敗して財産を失っていた。漱石は保証人になることは断ったが友人から金を借りて四百円を融通した。重一は三十九年（〇六年）九月に死去したが、漱石は重一が重態になっても見舞いに行かず、葬儀にも参列しなかった。鏡子の『漱石の思ひ出』によれば「婚礼葬式その他一切の親戚間の交際は私（鏡子）一人が引きうけて、夏目は一切出ないことにしていた」のだという。

漱石が近親者に対して時に憎悪に近い感情を抱いていたのは確かである。それには漱石なりの理由がある。父直克《なおかつ》と養父母の塩原昌之助・やすは養子制度の枠組みを守れず、漱石を長い間不安定な状態に放置したことで憎まれた。家督を継いだ兄直矩《なおかた》は自分一人の借財のために夏目家の財産を蕩尽してしまった。義父中根重一は英国留学中に託した妻子の面倒を見きれなかった。また社会的責任を果たさなかった彼らが漱石が帝大講師になると、近親者の甘えで援助を申し出たことがさらに漱石を苛立たせた。

これに対して母千枝、長兄大助、異母姉房《ふさ》はそれぞれの立場で漱石を愛した。千枝は漱石を甘やかさなかったがそれでも漱石は母の愛を感受することができた。長男大助は次兄直則《なおのり》や三男直矩と同様に吉原通いをするなど遊蕩に耽ったが、漱石に英語を教え、将来に対して的確な助言を与えた。お喋りで経済的にルーズだった房には里子に出された漱石を家に連れ帰ってしまうような優しさがあった。晩年の漱石は房や直矩に経済的援助をしていた。近親憎悪といっても漱石のそれに特殊な側面があったわけではない。多かれ少なかれ誰にでもあるようなものだった。

此頃《このころ》われ等《ら》仲間の文章熱は非常に盛んであつた。（中略）それは子規居士《こじ》生前からあつた会で、

「文章には山がなくては駄目だ。」といふ子規居士の主張に基いて、われ等はその文章会を山会と呼んでいた。（中略）私は或時《あるとき》文章も作ってみてはどうかといふことを勧めてみた。（中略）当日、出来て居《い》るかどうかをあやぶみながら私は出掛けて見た。漱石氏は愉快さうな顔をして私を迎へて、一つ出来たからすぐここで読んで見て呉《く》れとのことであった。（中略）私はそれを朗読した。氏はそれを傍《かたわ》らで聞き乍《なが》ら自分の作物に深い興味を見出すものの如くしばしば噴き出して笑つたりなどした。

（高濱虚子『漱石氏と私』大正七年［一九一八年］）

イギリス留学前から漱石の文学関係の交遊はほぼ子規周辺に限られていた。というか小説を書く前の漱石は文学的には子規派の群小俳人の一人に過ぎなかった。子規は留学中の明治三十五年（一九〇二年）九月十九日に死去していたが、帰国後は高弟の高濱虚子が漱石と密に交流することになった。漱石の神経衰弱に困り果てた鏡子夫人に頼まれて芝居見物に連れ出したりした。漱石を誘って連句を作ったり、自由詩の一種である俳體詩《はいたいし》をいっしょに試みたりもしている。

当時虚子らは句作のかたわら子規生前から始まった写生文の試みを行っていた。子規は俳句で見出した写生理論を使って新しい散文を創出しようとしたが、その手始めの試みとして短い写生文を書いて持ち寄って朗読し、皆で合評する会を開いていた。「山会」である。虚子は漱石に山会用に何か文章を書いてみてはどうかと提案したのだった。

ただそれは漱石の文才を見込んでのことではなかった。虚子は漱石は「明治三十七年の九月頃までは其《その》教師としての職責を真面目に尽すといふ以外余り文筆には親しまなかった」と書いている。また帰国後「ホトトギス」にエッセイ『自転車日記』を発表したが「面白いものではなかった」と評している。文豪神話に惑わされなければ当然の評価である。虚子は文章を書くことが多少でも神経症の気晴らしになればいいと考えたのである。

虚子は書けていないのではないかと危ぶみながら約束の日に家を訪ねた。ところが漱石は「数十枚の原稿用紙に書かれた相当に長い物」を用意して上機嫌で待っていた。『吾輩《わがはい》は猫である』の第一回目の原稿である。それは子規派から最大かつ最上級の小説家が誕生した瞬間だった。

子規の写生理論は極限まで自我意識を縮退させて複雑なら複雑なまま、単純なら単純なまま世界を切り取るように表現する方法だった。漱石はこの方法を援用して『猫』を書いた。猫は人間世界の埒外にまでその存在格が縮退した観察者である。また漱石が虚子の朗読を聞きながら「しばしば噴き出して笑つた」のは、漱石の自我意識と作品の間に隔たりがあったからである。

『猫』は逆転的な発想から偶然に生み出された作品である。漱石は英文学研究や近親者との関係で、神経衰弱に陥るほどの悩みを抱えていた。が、このような苦悩は視点を変えてみれば実に滑稽なのだ。漱石は苦悩の極みでフッと自我意識を相対化して捉え、『猫』でそれを戯画化して描いた。

その意味で『猫』はたまさか生まれた作品である。しかし漱石は『猫』を書いた後で写生文小説の可能性に気付いた。

『猫』は明治三十八年(一九〇五年)一月に「ホトトギス」に発表された。商業文芸誌がなかった当時、帝大講師が書いたユーモア小説は大変な評判を呼んだ。漱石は当初は一回きりの読み切り小説のつもりだったが、翌三十九(〇六年)八月まで全十一回を書き継いだ。また『猫』連載の傍ら怒濤のように小説を量産し始めた。

東京朝日新聞に入社して職業作家になるまでの約二年間に『倫敦塔《ロンドン》』(明治三十八年[一九〇五年]一月)、『カーライル博物館』(同年一月)、『幻影の盾《まぼろしのたて》』(四月)、『琴のそら音』(五月)、『一夜』(九月)、『薤露行《かいろこう》』(十一月)、『趣味の遺伝』(三十九年[〇六年]一月)、『坊っちゃん』(同年四月)、『草枕』(九月)、『二百十日』(十月)、『野分』(四十年[〇七年]一月)の十二作の小説を書いている。その多くが「ホトトギス」に発表された。また手法はほぼすべて写生文だった。

明治三十九年(一九〇六年)春頃には学者としてはもちろん、小説家としても頭角を現し始めた漱石の噂を聞きつけて、かつての養父塩原昌之助が養子に戻らないかと申し入れてきた。現実味のない話で目的は金銭援助を得ることだった。漱石は「権利問題なれば一厘も出す気にならぬ」(『明治四十二年[一九〇九年]日記』四月十一日)と書いた。漱石は権利関係にうるさい人だった。

近親者との関係が冷え込んでいたのとは対照的に、『猫』を発表して以降の漱石宅は主に帝大の教え子たちで賑わった。滝田樗陰《ちょいん》、鈴木三重吉、森田草平《そうへい》、小宮豊隆、野上豊一郎・八重子夫妻、安倍能成《よししげ》、阿部次郎らが主な顔ぶれである。後に漱石門下生と呼ばれることになる人々である。松山や熊本時代からの門下生松根東洋城《とうようじょう》や寺田寅彦、子規門の高濱虚子、坂本四方太《しほうた》らも漱石宅を訪れた。漱石は余りの来客の多さに辟易し、明治三十九年（一九〇六年）十月からは面会日を木曜日のみと定めた。漱石門の木曜会の始まりである。

彼らが漱石の自宅にまで押しかけたのは、漱石の学識と小説家としての力量を慕ったからである。しかし結果的にはそれだけだったとは言えない。若い彼らにとって漱石は既に成功を手中に収めた小説家であり、帝大で教鞭を取る社会的名士に見えた。彼らは次々に作品を漱石の元に持ち込み助言はもちろん、漱石が作品発表の場を紹介してくれることを暗に期待した。彼らの行動は一つ間違えば近親者の甘えた金銭援助の申し込みのように漱石を激怒させかねないものだった。が、漱石はむしろ嬉々として応えた。その理由は彼らがあまりにも純な文学青年だったからだろう。

公私に渡って最も漱石の庇護と援助を受けた森田草平は「先生が始めて創作に筆を執られてから修善寺の大患までというもの、最も露骨に云《い》うことを許されるならば、先生は奥さんの先生でもなければ、天下の漱石でもなかった。単に弟子どもの漱石であった。弟子どもの所有であった」（『夏目漱石』）と書いている。鈴木三重吉も「夏目先生よりは相変らず父のようにして貰《もら》ふ」と書いた。学生たちは漱石に全幅の信頼を寄せ、父親に甘えるように漱石の前で虚勢を張り、議論を吹っかけ金を借り、叱られることをも一つの文学的修養と考えていた節がある。

漱石の中には人と人との無媒介的な結びつきを求める心性があった。漱石は弟子たちとの関係にこの心性が現実化される可能性を感じ取ったのだろう。この意味で漱石研究者の荒正人が漱石門には同性愛の雰囲気があると言ったのは正しい。ギリシャ的友愛の雰囲気と言ってもよい。

■朝日新聞入社――職業作家へ■

『吾輩《わがはい》は猫である』を発表してから爆発的に創作活動を続ける漱石の周囲は、明治三十九年(一九〇六年)頃から徐々にざわつき始めた。三十九年十月には読売新聞社社主、竹越与三郎が漱石招聘に動いた。ジャーナリズムが軌道に乗り始めていた当時、新聞各社は販売部数拡大のために読者を惹き付けられる文学者を専属作家とする戦略を採っていた。竹越の命を受けて漱石と最初の入社交渉を行ったのは当時読売の記者で、後に自然主義文学の代表作家の一人になる正宗白鳥だった。条件面などで漱石の読売入社は実現しなかったが国民新聞や報知新聞、日本新聞などからも同様の申し出があった。

漱石の方でも創作に全精力を注ぎ込みたいという気持ちが高まっていた。虚子宛に「とにかくやめたきは教師、やりたきは創作。創作さへ出来れば夫丈《それだけ》で天に対しても人に対しても義理は立つと存候《ぞんじそうそう》」（明治三十八年［一九〇五年］九月十七日付）と書き送っている。漱石は明治大学講師の職を三十九年（〇六年）十月に辞職した。少しでも創作の時間を作るためだった。現実問題として『吾輩は猫である』上篇（三十八年十月刊）と『漾虚集《ようきょしゅう》』（三十九年五月刊）の二冊の単行本を出版した漱石は、印税などでそれなりに稼ぐようになっていた。

ただ漱石を欲しがったのはジャーナリズムだけではなかった。明治三十九年（一九〇六年）七月には京都帝国大学文科大学学長に就任していた旧友狩野亭吉が、京大で英文学の講座を担当するよう依頼してきた。四十年（〇七年）三月には大塚保治を通して帝大教授就任の要請があった。英文学者としての漱石の評価も高まっていたのである。漱石は狩野の申し出は断ったが帝大教授就任についてはしばらく返答を待ってもらうことにした。東京朝日新聞社から漱石招聘の具体的な話が持ち上がっていたのである。

漱石招聘に動いたのは当初、大阪朝日新聞社社主・村山龍平と同社主筆・鳥居素川《そせん》だった。素川は漱石の『草枕』（明治三十九年［〇六年］九月）を読んでその文才に感嘆し、村山に漱石入社を勧めた。『草枕』は漱石が「この俳句的小説（中略）が成立つとすれば、文学界に新らしい境域を拓《ひら》く訳である。この種の小説は未だ西洋にもないやうだ。日本には無論無《な》い」（「談話（余が『草枕』）」明治三十九年十一月）と自信に満ちた言葉を洩らした小説である。そのような日本文学独自の表現がヨーロッパ文学の模倣を繰り返す同時代文学に飽き足りない素川を動かした。

ただ大阪側の動きを察知した東京朝日新聞社主筆・池辺三山《さんざん》が先に漱石獲得に動いた。三山は同社記者で漱石教え子の白仁《しらに》三郎（坂本雪鳥《せっちょう》）を使者に立てて漱石と入社交渉を始めた。当時の東京朝日は大阪朝日新聞社の系列会社で、将来の東京市場の拡大を見越して設立された赤字会社に過ぎなかった。三山は帝大講師の漱石を専属作家に引き抜くことで東京朝日の売り上げ拡大を狙ったのである。交渉は明治四十年（一九〇七年）二月二十四日に始まり、三月十五日に早くも入社が内定した。

漱石は東京朝日入社に際して三山と綿密な交渉を行った。小説社員として自分が行うべき義務、給与、賞与、退職金の金額、新聞小説を単行本にした場合の版権の帰属先などを確認した上で、朝日の担当者が変わってもその地位が守られることを三山を通して社主に保証させた。白仁三郎宛に「一度《ひとた》び大学を出《い》でて野の人となる以上は再び教師抔《など》にはならぬ考《かんがえ》故《ゆえ》に色々な面倒な事を申し候《そうろう》。猶《なお》熟考せば此他《このほか》にも条件が出るやも知れず。出たらば出た時に申上候《もうしあげそうろう》」（明治四十年［一九〇七年］三月十一日付）と書き送っている。

神との契約が社会契約概念の基礎であるヨーロッパ社会に比べ、日本の契約は現在でも甘く曖昧な面がある。実業と呼びにくい文学界ではなおさらのことだ。漱石が行った交渉は明治四十年代では異例なほど実務的で緻密なものだった。人間関係で最も口にしにくい金の問題を含め、義務、権利に関わる契約の要点をズバリと相手側に申し出ることができる社会性を漱石が先生稼業から身に付けたはずはなく、それはやはり幼時の家庭環境から得たものだろう。

入社が内定すると漱石はすぐに第一高等学校に依願退職届けを提出し（明治四十年［一九〇七年］三月二十日）、帝大にも退職願いを出して（三月二十五日）、三月二十八日に京都・大阪へと旅立った。大阪本社で社主村山龍平と主筆鳥居素川に会うのが目的だった。

この旅行で漱石は、素川から当初は大阪朝日が漱石を招聘して京都か大阪に住まわせて執筆させるつもりだったと聞かされた。しかし大阪と東京側の交渉の結果、漱石は東京在住のまま東京朝日に入社することが正式に決まった。これにより漱石は素川に一種の恩義を負うことになった。漱石の作品は東京と大阪朝日に同時掲載する契約だったが漱石は素川の依頼でしばしば大阪側にのみ掲載する原稿を書いている。実際漱石の朝日での初仕事『京に着ける夕』は大阪朝日にのみ掲載された。素川の無念に配慮したのである。

漱石は京都で子規を思い出していた。「制服の釦《ぼたん》を真鍮《しんちゅう》と知りつつも、黄金と強《し》ひたる時代である。真鍮は真鍮と悟つた時、われ等《ら》は制服を捨てて赤裸の儘《まま》世の中へ飛び出した。子規は血を嘔《は》いて新聞屋となる、余は尻を端折《はしょ》つて西国へ出奔する。（中略）子規の骨が腐れつつある今日に至つて、よもや、漱石が教師をやめて新聞屋にならうとは思わなかつたらう」と書いた。

鷗外が小説『灰燼《かいじん》』で「新聞を書く人の多数は失敗者である。政治家にならうとして、なり損《そこ》ねた人である」と書いたように、インテリではあるが、当時の新聞記者の社会的地位はそれほど高くなかった。安定した収入と高い社会的地位が保証された帝大教授の地位を抛って新聞社に入社した漱石の心中に子規の姿が去来したのは当然のことだった。しかしだからこそ世間は漱石の朝日新聞入社に沸き立った。入社後、漱石はすぐに精力的に仕事を始めた。特に『入社の辞』の激烈な内容は今日ではジャーナリズムのゴシップ種になりかねないものだった。

漱石は『入社の辞』で「大学の様《よう》な栄誉ある位置を抛《なげう》つて、新聞屋になつたから驚くと云《い》ふならば、やめて貰《もら》ひたい」「大学で講義をするときは、いつでも犬が吠えて不愉快であつた。余の講義のまづかつたのも半分は此《この》犬の為めである」といった、言わなくてもよいような大学への不満をぶちまけている。大学関係者から「文部省より任命されし海外留学は二年なりし故《ゆえ》に其《その》二倍即《すなわ》ち四年間御奉公すれば何等《なんら》拘束さるる義務なきかの如《ごと》く言へるは、余りに功利的にて無責任なり」（「東京二六新聞」明治四十年［一九〇七年］六月十四日）という批判が起こったのは当然だった。しかし漱石は「近来の漱石は何か書かないと生きている気がしないのである」と切迫した創作への衝動も書き付けている。あえて大学関係者に敵を作るかのような『入社の辞』で、漱石は自らの退路を断ったとも言える。

漱石は明治四十年（一九〇七年）六月から朝日入社後初の長篇小説『虞美人草《ぐびじんそう》』の連載を開始した（同年十月まで）。予告が出ると三越呉服店（現三越百貨店）は虞美人草浴衣を売り出し、玉宝堂は虞美人草指輪を販売した。池辺三山が期待した通り、帝大教授の座を抛って小説家となった漱石の小説は世間の大きな注目を集めた。

私生活では『虞美人草』連載中に長男純一が生まれ、翌明治四十一年（一九〇八年）十二月には次男伸六が生まれた。漱石は四女二男の父になった。長男が生まれた時は「男の子だ男の子だと喜んでいた」（『漱石の思ひ出』）のだという。子供たちの証言から漱石は女の子の教育にはほとんど注意を払わず、男の子に対してのみ英才教育を施そうとしたことが知られている。漱石は家庭では長男・男子偏重の典型的な明治の男だった。

鳴り物入りで始まった『虞美人草』だったが世間の評判は芳しくなかった。『猫』は長篇だが一章ごとに完結した短篇の寄せ集めであり、漱石は長篇を書いたことがなかった。また長篇を書くためには写生文はふさわしくなかった。写生文では話者（主人公）の視点が固定カメラのように一箇所に据え付けられてしまい、動的な展開が望めなかったのである。転機になったのは入社二作目の『坑夫』（明治四十一年［一九〇八年］一月掲載）である。

『坑夫』は明治四十年（一九〇七年）十二月に紹介状も持たずに漱石宅を訪ねて来た荒井某という青年が、故郷信州へ帰る旅費が欲しいので小説の素材に使って欲しいと売り込んだ話の内容の一部を小説化したものである。他者の体験談をテンポ良く小説にまとめてゆく必要があったためもあり、この小説が漱石の写生文小説から近代小説への転換点になった。また木曜会に集まる若い文学青年たちの、時には突飛な言動も漱石の小説に影響を与えた。

明治四十一年（一九〇八年）三月、門下生森田草平《そうへい》が平塚雷鳥《らいちょう》（明子《はるこ》）と心中未遂事件を起こした。草平は既婚で雷鳥は教え子の学生だった。二人は塩原温泉奥の尾花峠をさまよっていたところを宇都宮警察署員に発見され東京へ連れ戻された。生田長江《ちょうこう》が草平を引き取ったが、新聞記者から身を隠すため草平はしばらく漱石宅に滞在することになった。後に漱石は心中未遂事件を小説にまとめるよう勧め、『煤煙』と題された小説を朝日新聞に掲載して春陽堂から刊行する約束を取り付けた。また雷鳥の両親から『煤煙』執筆許可を得るための粘り強い交渉を続けた。

草平の『煤煙』執筆は漱石にとって苦肉の策だった。世間のスキャンダラスな注目を浴びた事件を新聞社社員である漱石がもみ消すことはできなかった。事件の詳細が朝日新聞に載ればそれは一種の独占報道であり、漱石は職責を果たすことができた。また心中事件で社会的信用を失った草平が生きてゆくためには組織に属さない文学者になるほか道はなかった。後に朝日文芸欄を創設した際に漱石は草平の入社を社主村山に打診したが、村山は首を縦に振らなかった。

漱石宅滞在中に草平は漱石と心中未遂事件について話し合った。漱石は「遊びだ」と言い切った。草平が「恋愛以上のものを求めていた、人格と人格との接触によつて、霊と霊との結合を期待したのである」と言うと、漱石は「馬鹿なことを云《い》ふものではない。男と女が人格の接触によつて、霊と霊との結合を求めるのに、恋愛を措いて外に道があるものか」と草平の言葉を一笑に付した。漱石は「遊びであつたにせよ、なかつたにせよ、結局、君等が死んで帰りさへすれば、何も問題はなかつたのだ。事実がそれを証明してくれるから」と言い放って草平に引導を渡した（『漱石先生と私』森田草平）。

これらの言葉は漱石が恋愛沙汰に関しても高い社会性を備えていたことを示している。また草平はそのような漱石に父の面影を見た。草平は出生や父の死に関する秘密を抱えており、「煤煙事件」に限らずいくつも女性問題を引き起こしていた。低回派、余裕派、理知派と呼ばれた漱石門下に属したことは草平の不幸であり幸いでもあった。不幸は草平の露悪的告白がブレーキをかけられてしまったことにある。幸いは漱石門下だったことが、結局は草平を物質的に助けたことにある。体験の裏付けがない作品しか書けない私小説作家の例に漏れず、草平も寡作だった。

なお草平と雷鳥はその後疎遠になったが、生田長江は「煤煙事件」をきっかけに雷鳥と親交を結び、雷鳥は長江の勧めで明治四十四年（一九一一年）に女性だけの文芸雑誌『青鞜《せいとう》』を創刊した。雷鳥が明治大正時代を代表する女性解放運動家になったのは衆知の通りである。「原始女性は太陽であった」（『青鞜発刊に際して』）という言葉に代表されるように、雷鳥は強い女性だった。草平が雷鳥に求めたものは愛ではなく、漱石に感じた父性と同質のものだったのかもしれない。

ただ「煤煙事件」は単なるスキャンダルというだけではなく、漱石に大きな文学的刺激を与えた。鷗外が四十一歳の時に二十三歳の荒木しげと再婚することで、観念としてではなくしっかりとした肉体感覚を持って明治四十年代の「現代」を言語化し得る糸口を見出したのと同様に、明治四十一年（一九〇八年）に四十二歳になっていた漱石は、若い門下生たちの言動から「現代」の若者たちの風俗や心理を描くきっかけを掴んだ。漱石は『それから』で主人公に草平の『煤煙』批判をさせているが、『三四郎』でも若い門下生たちの言動を作品に取り入れている。

小宮豊隆は明治四十一年（一九〇八年）の日記に「汽車の中で『三四郎』を読む。なんだか自分の事が書いてある様な気がする」（九月二日）、「（鈴木）三重吉と平野屋で飲む。なんだか与次郎（三四郎の親友）と三四郎みたやうな気がしてならない」（九月二七日）と書いた。漱石は門下生をモデルにして小説を書いたわけではないが、『三四郎』『それから』『門』と続く漱石のいわゆる三部作は若い門下生たちの言動の観察から生まれている。このようなところから小宮を始めとする門下生と漱石との間に、徐々に微妙な心理的齟齬が生じていくことになった。

■朝日文芸欄主宰――流行大衆作家へ■

『坑夫』の連載が終わると漱石は、大阪の鳥居素川《そせん》の依頼でエッセイ『文鳥』を大阪朝日新聞だけに連載した（明治四十一年〔一九〇八年〕六月十三から二十一日）。鈴木三重吉に勧められて飼った文鳥を題材にした小品である。『文鳥』が終了すると素川は矢継ぎ早に次の注文を出した。掌篇連作小説『夢十夜』（七月二十五日から八月五日）である。お盆の時期に掲載されたこともあって多少怪談じみた内容の連作である。入社早々漱石はそうとうに働かされたわけだ。『夢十夜』は東西両朝日に掲載された。なお『夢十夜』が漱石が写生文で書いた最後の小説になった。

漱石は東京朝日に掲載されなかった『文鳥』を「ホトトギス」に掲載してくれるよう虚子に依頼した。明治四十一年（一九〇八年）二月に東京青年会館で行った講演『創作者の態度』にも手を入れて「ホトトギス」に掲載した。漱石は原則として全創作を朝日に渡す契約を結んでいたが、朝日が掲載の意志のない作品を承諾を得た上で「ホトトギス」に掲載したのだった。

これは作家としての道筋を作ってくれた「ホトトギス」と虚子への精一杯の配慮だった。「ホトトギス」は『猫』以降、漱石の作品が掲載された時は売上が伸び、掲載されないと低迷する雑誌になっていた。特に『坊っちゃん』が掲載された「ホトトギス」は当時としては驚異的な売上部数を誇った。

漱石は当初俳書堂を経営していた虚子が総合文芸誌を創刊するなら、それに協力してもよいという姿勢を示していた。しかし経済的にも時間的にも虚子にそんな余裕はなかった。また虚子は漱石より先に小説を書き始め、この頃は俳句より小説に専念していた。虚子が専門俳人として俳壇復帰するのは大正二年（一九一三年）のことである。創作者同士の関係はいつの時代でも一筋縄ではいかない。虚子には当然漱石に頼らずやってゆこうという意地があった。

漱石は明治四十一年（一九〇八年）八月五日に『三四郎』を起稿して十月五日に脱稿した。『虞《ぐ》美人草《びじんそう》』の反省の上に立って書かれた作品である。『三四郎』『それから』『門』と長篇小説を書き継ぐが、これらは三部作と呼ばれる。小説の主題と文体が一貫しているからである。

三部作はいずれも若い男女が主人公である。若い男女が恋に落ち社会的軋轢の中で苦悩し、生長してゆく様子を描いた青年成長小説《ビルドゥングスロマン》である。ただ三部作の主人公は同一人物ではない。また主題も微妙に変えられている。『三四郎』は恋愛の予感、『それから』は恋愛そのもの、『門』は恋愛のその後の夫婦生活を描いた小説である。

漱石は三部作を島崎藤村の『破戒』（明治三十九年［一九〇六年］）などで既に確立済みの、基本的には一人の主人公の視点によるヨーロッパ式三人称一視点形式で書いた。写生文小説はワンシーン・ワンカットが基本だが、三人称一視点形式なら新聞連載小説に必須の、動的な物語軸を設定することができたのである。

三人称一視点形式による完全過去形の文体と起承転結のある物語軸の採用、それに刺激的な若い男女の恋愛という主題を設定したことで、三部作は非常に安定した連作小説になっている。漱石が書いた作品の中でこの三部作が最も小説らしい小説だろう。三部作は主に物語の筋を読ませ、読者に娯楽を与えることを意図して書かれる現代大衆小説のそれに近い。この意味で三部作は新聞小説作家漱石による意識的な大衆小説の試みだった。

『三四郎』の執筆中に出世作『吾輩《わがはい》は猫である』のモデルとなった猫が死んだ。漱石は門下生たちに猫の死亡通知葉書を出し、猫の墓に立てた角材の裏に「此《この》の下に稲妻起る宵あらん」という悼句を書いた。翌明治四十二年（一九〇九年）正月早々、漱石は風邪と胃痛で寝込んでいた。病床の漱石にまたしても大阪朝日の鳥居素川から原稿の催促があった。漱石は床を払うとすぐに原稿を書き始めた。『永日小品』である。

明治四十二年（一九〇九年）三月には漱石門最古参の俊英寺田寅彦がヨーロッパ留学に旅立った。漱石は胃痛で見送りに行けず、代わりに鏡子が新橋で寅彦を送った。四十二年以降漱石の胃病は作品を書き上げるごとに目立って悪化してゆくことになる。

五月には雑誌「太陽」が「新進名家投票」という読者投票を行い、文芸家部門で漱石が一位になったので記念の金杯を贈りたいと申し出た。漱石は朝日新聞と「太陽」に『太陽雑誌募集名家投票に就《つ》いて』という小文（同趣旨だがそれぞれ書き下ろし）を書き金杯を辞退した。漱石の立場は「同じ文芸でも多趣多様《たしゅたよう》である。（中略）団子を串で貫いた様に容易《たやす》く上下順序が付けられる訳のものではない」（朝日版）という、単純だがきっぱりとしたものだった。

漱石が三部作の第二作目『それから』を起稿したのは明治四十二年（一九〇九年）五月三十一日のことである。脱稿したのは八月十四日。漱石は全百十七回の『三四郎』を六十二日間で、全百十回の『それから』を七十六日間で書き上げたことになる。書き飛ばしといっても過言でない初期写生文小説ほどの驚異的執筆速度はないが、漱石はこれら緻密な小説を比較的短期間で仕上げた。子規や鷗外と同様に漱石は基本的に筆力旺盛で筆の速い作家だった。

『それから』執筆中の七月三十一日に漱石は旧友中村是公《ぜこう》の訪問を受けた。是公とは明治十九年（一八八六年）に江東義塾で講師をしながら自活した仲だが、この時は三十五年（一九〇二年）にロンドンで会って以来八年ぶりの再会だった。南満州鉄道総裁になっていた是公は「満州日日新聞」を発刊するので満州に遊びに来ないかと漱石を誘った。

漱石は満州行きを承諾するが、『それから』を脱稿した直後に激しい胃カタールを起こして寝込んでしまった。この病苦を「嘔気《はきけ》。汗、膨満《ほうまん》、醗酵《はっこう》、酸敗《さんぱい》、オクビ、／面倒デ死ニタクナル」（『明治四十二年［一九〇九年］日記』八月二十日）と書いた。医者から予定日に出発するのは無理だと告げられた漱石は是公を先に立たせ、九月二日に新橋から旅立った。大連から満州を北上して哈爾賓《ハルピン》まで行き、帰りは朝鮮半島を縦断して十月十七日に東京に戻った。胃痛をおしての一ヶ月半にも及ぶ長期旅行だった。

満鉄総裁の賓客で流行作家の満韓旅行は大名旅行と呼んで良い豪華なものだった。漱石は各地で講演を依頼され、色紙・短冊への揮毫責めにあった。また帝大を中心とした漱石の教え子たちが満州各地で要職に就いていて、師との再会を喜び漱石を歓待した。当時の日本は日露戦争（明治三十八年［一九〇五年］）の勝利で南満州鉄道の経営権と付属地の利権を得て、南満州鉄道株式会社の設立（三十九年［〇六年］）を契機に満州全域の植民地化に乗り出そうとしていた。日本の植民地政策が中国・韓国人の反感を煽っていたことは、漱石帰国直後の四十二年（〇九年）十月二十六日に初代韓国総監伊藤博文が哈爾賓駅で安重根《アンジュングン》に暗殺されたことからもわかる。ただ現実の満韓を見ても漱石はこのような状況にほとんど何の歴史認識も抱かなかった。

「南満《なんまん》鉄道会社つて一体何をするんだいと真面目に聞いたら、満鉄の総裁（是公）も少し呆れた顔をして、御前《おまえ》も余《よ》つぽど馬鹿だなあと云《い》つた」（『満韓ところどころ』）と漱石は書いている。漱石は満鉄についてすら精しく知らなかった。満韓旅行で得た感想は「此《こ》の度《たび》旅行して感心したのは、日本人は進取の気象に富んで居《い》て、貧乏所帯ながら分相応に何処迄《どこまで》も発展して行くと云《い》ふ事実と之《これ》に伴ふ経営者の気概であります。（中略）之に反して支那人や朝鮮人を見ると甚《はなは》だ気の毒になります」（「談話（満韓の文明）」明治四十二年［一九〇九年］十月）という言葉に尽きている。

漱石が英文学研究を通して、文学を中心とした一つの文明の盛衰に関わる大局的な見通《パースペクティブ》しを抱いていたのは確かである。ただ漱石は同時代の政治状況にまで透徹した歴史認識を有していたわけではない。子規が日本新聞記者としての義務感から日清戦争に従軍したように、漱石は是公に誘われたから満韓旅行に行ったに過ぎない。子規の日清戦争従軍も漱石の満韓旅行もその後の作品にほとんど何の影響も与えていない。漠然とした愛国者だったとは言えるが、子規も漱石も現実政治に対しては非政治的《ノンポリ》だった。明治四十年代の政治状況を正確に把握していたのは、むしろ歴史小説や史伝を書いたことで明治〝現代〟から退行したと思われがちな森鷗外である。

『満韓ところどころ』は東西朝日新聞に連載されたが第五回目以降、掲載が不規則になった。漱石は不満だったが年末になり自ら連載を打ち切った。そのため漱石の見聞はすべて書かれないまま終わった。その理由を小宮豊隆は「『満韓ところどころ』は（中略）『漱石ところどころ』であるといふやうな批評が、当時（朝日新聞社内に）あつた」（『夏目漱石』）と書いている。

国粋意欲を煽るものであれ植民地経営に疑問を投げかけるものであれ、ジャーナリスティックで政治的な主張がほとんどなく、友人との再会や写生文的な各地の風物の描写で満ちている『満韓ところどころ』の掲載に朝日新聞が乗り気でなかったのは当然である。この点では漱石はジャーナリスト失格だった。

漱石帰国直後の明治四十二年（一九〇九年）十二月には、漱石ばかりでなく、漱石門の若い文学者たちにとっても大きな出来事があった。東京朝日新聞が漱石主宰の朝日文芸欄を開設したのである。東京朝日の文芸欄創設は漱石入社後もしばしば社内で議論されていたが、前年四十一年（〇八年）に徳富蘇峰《そほう》の「国民新聞」が虚子を主宰とする文芸欄を創設したことが刺激になって実現した。漱石は主な執筆者には自分で手紙を書いて原稿を依頼した。編集実務は漱石が社から受け取る編集料月五十円を森田草平に与えて漱石宅で行わせた。

ただ朝日文芸欄をどのように運営してゆくのかという漱石の方針は曖昧だった。草平は文芸欄について漱石と話し合った時に、執筆陣を漱石門を中心とする文学者で固めるか、各界から広く募るのかは草平たちに任せると漱石は言ったと証言している。明治四十年代は自然主義文学の全盛期だった。正宗白鳥は『自然主義盛衰史』でこの時代を「平家にあらざれば人に非ずと云《い》ったやうに、自然主義にあらざれば文学に非ずと云ったやうな時代が文壇に出現した。雑多紛々《ざったふんぷん》の文壇人が自然主義派に加入せんとしたのであった」と回想している。

さらに正宗が「この派（自然主義文学派）の機関誌のやうに見做《みな》されていた」という「早稲田文学」や「文章世界」に拠る文学者たちは、エリートである帝大出身者たちで占められる漱石一派を、現実遊離した空虚な理知派だと攻撃していた。このような批判に血気盛んな漱石門下の若い文学者たちが反発しないはずがなかった。彼らは朝日文芸欄で反自然主義文学の論陣を張り、朝日文芸欄は次第に反自然主義文学の牙城と見なされるようになっていった。

漱石は朝日文芸欄を「自然主義が滑つても転んでも小生も毛頭異存無之候《これなくそうら》へども、自然主義を振り廻す人と同商売故《ゆえ》何《ど》うでもよくなくなり候《そうろう》。それから自分は何うでもよいとしても斯《こ》ういうものに支配される若い人が沢山有之候故《これありそうろうゆえ》、矢張《やは》り何《なん》とか蚊《か》と［か］誤託《ごたく》をならべて文芸欄を賑《にぎわ》はし、且《か》つ其《その》人々にあまり片寄らぬ様《よう》な所見を抱かし度《たき》考《かんがえ》になり候《そうろう》」（畔柳芥舟《くろやなぎかいしゅう》宛書簡　明治四十三年［一九一〇年］四月十二日）という醒めた姿勢で見つめていた。漱石は自然主義文学全盛の風潮を疑問視していたが、党派争いには興味がなかった。しかし自然主義文学を相対化してバランスを取るべきだろうという考えから門下生たちの反自然主義的論陣を容認した。

漱石が考えたように自然主義対反自然主義といった党派争いは文学における些事だった。自他ともに自然主義文学者と認めた正宗白鳥が「漱石門下の青年作家の作品でも、自然主義の作品として取入《とりい》れていいのもあつたのだ。森田草平の「煤煙」の如《ごと》きも、作家が漱石門下でなかつたら、自然主義のものとされて、当人もそれで満足したかも知れなかつた。それを思ふと、文学の党派別なんか、いい加減なものである」(『自然主義盛衰史』)と書いているのは皮肉なことである。

ただ明治三十九年(一九〇六年)に滝田樗陰《ちょいん》から読売新聞文壇担当を打診されたときに、「今度の御依頼に就《つい》て尤《もっと》も僕の心を動かすのは僕が文壇を担任して、僕のうちへ出入する文士の糊口に窮している人に幾分か余裕を与へてやりたいと云《い》ふ事である」(三十九年十一月十六日)と書き送ったように、朝日文芸欄創設は漱石門の若い文学者にいくばくかの収入と文学者としてデビューするきっかけを与えることになった。

明治四十三年(一九一〇年)は漱石最後の子供で四十四年(一一年)十一月に二歳で急死することになるひな子が生まれた年である(三月二日)。年始早々漱石は新たな小説の連載を求められていた。小説の表題が思い浮かばなかった漱石は森田草平に題名を決めて朝日に予告を出すよう命じた。三部作最後の作品となった『門』である。

草平と小宮豊隆の証言から、『門』は豊隆がニーチェの『ツァラトゥストラはかく語りき』を開いて適当に選んだ言葉であることが知られている。この時期の漱石は特に小説の表題にこだわりがなく、小説の物語展開も表題に合わせて柔軟に作り上げることができた。漱石は一月下旬に『門』

を起稿して六月五日に脱稿した。ただ年初から胃痛に悩まされていた漱石は従来のように数回分を一日で仕上げるのではなく、一日に連載一回分だけを書いた。

『門』脱稿翌日の明治四十三年（一九一〇年）六月六日に漱石は麹町区内幸町（現千代田区内幸町）にあった長与胃腸病院で胃の診察を受けた。十六日に入院が決まり十八日に入院した。胃は限界に近いところまで悪化していた。入院に引き続いて起こった「修善寺の大患」が、職業作家になってからの漱石文学を前半と後半に分けるほど大きな出来事になったのは衆知の通りである。

■修善寺の大患――自我意識との格闘■

明治四十三年（一九一〇年）六月十八日に長与胃腸病院に入院してから、漱石は食事療法や蒟蒻療法と呼ばれる治療を受けた。熱く煮た蒟蒻を胃の上に乗せて温める治療法である。病状は安定していたので朝日新聞関係者や弟子たちが数多く見舞いに訪れた。朝日新聞校正係だった石川啄木も社用を兼ねて見舞っている。漱石と啄木の接点はほとんどないが、森田草平《そうへい》は啄木と懇意だった。啄木は四十三年に代表作『一握の砂』や『時代閉塞の現状』を書き、四十五年（一二年）四月に二十七歳の短い生涯を終えた。困窮した啄木のために草平が漱石の妻鏡子から金を借りて用立てたことが知られている。

漱石が主宰する朝日文芸欄は病院に草平や小宮豊隆を呼んで掲載原稿などの指示を出した。草平が持ち込んだ生田長江《ちょうこう》の原稿を漱石が不可としたにも関わらず、草平が勝手に文芸欄に掲載してしまうという小事件もこの頃起きた。草平は「煤煙事件」以来長江に借りがあったのである。

漱石は激怒して『文芸とヒロイック』『艇長の遺書と中佐の詩』『鑑賞の統一と独立』『イズムの功過』『好悪と優劣』などの評論を立て続けに書いて文芸欄に掲載した。文芸欄の原稿に困っていないことや掲載すべき原稿のレベルを身をもって示した。漱石は七月三十一日に長与胃腸病院を退院した。

漱石は転地療養のために八月六日に伊豆修善寺に旅立った。松山時代からの門下生松根東洋城《とうようじょう》が勧めたのである。宮内省式部官を勤めていた東洋城も北白川宮殿下に従って修善寺に逗留するため、気心の知れた東洋城が漱石の話し相手になるはずだった。漱石は六日は菊屋別館に泊まったが部屋がないので七日に菊屋本館二階に移った。

異変は八日頃から始まった。「入浴。浴後胃痙攣を起す。不快堪《た》へがたし」（『明治四十三年［一九一〇年］日記』八月八日）、「苦痛一字を書く能《あた》はず」（同八月十六日）と日記に書いている。十七日、少量だが漱石は遂に吐血した。東洋城は長与胃腸病院と鏡子に病状を報せそれはすぐに東京朝日新聞にも伝わった。

翌十八日に漱石門下生で朝日新聞社社員・坂本雪鳥《せっちょう》と長与胃腸病院医師・森成麟造が菊屋本館

に着いた。十九日には妻鏡子が駆けつけた。二十四日には長与胃腸病院副医院長・杉本東造も診察に訪れた。杉本医師の診断は「左程《さほど》悪くない」というものだったが二十四日午後八時頃、漱石は鏡子の肩につかまって大吐血した。その後三十分間人事不省に陥った。漱石は森成、杉本両医師が立て続けに注射した十六筒以上のカンフル剤でようやく意識を取り戻した。

雪鳥は朝日新聞に漱石危篤の電報を打った。漱石は病床で「駄目《だめ》だらう」、「子供に会《あ》はしたら何《ど》うだらう」という医師たちのドイツ語の会話を聞いた。杉本医師はもう一度吐血したら回復の見込みはないと鏡子に告げたが幸いなことに再吐血は訪れなかった。ただ漱石は意識を失ったことは憶えていなかった。

翌二十五日には兄直矩《なおかた》、姉高田房《ふさ》・庄吉夫妻、筆、恒子、エイの三人の子供や、高濱虚子、森田草平らが菊屋旅館に駆けつけた。その後も朝日関係者や門下生が続々見舞いに訪れた。病状悪化の報が届くと東京朝日新聞社主筆池辺三山《さんざん》は修善寺での漱石の滞在費や医師への支払い、看護婦への謝礼などを全て朝日新聞社で負担することを決めた。社費で派遣された雪鳥は詳細な「修善寺日記」をつけ、その一部は東京朝日新聞に掲載された。

漱石が三山を深く信頼し三山もまた漱石の文才を高く評価していたのは確かである。ただ漱石引き抜きの際に見せた手腕に明らかなように、三山は嗅覚優れたジャーナリストでもあった。三山は修善寺の大患の全経費を社で持つ代わりに、漱石にもしものことがあればそれを東京朝日で独占報道しようと図ったのだった。文豪漱石神話はこのようなジャーナリズムの動きからも生み出されている。

　小康を得た漱石は九月八日になって初めて文字を書いた。仰向けの姿勢でまず日記に書き付けたのは、「別る《る》、や夢一筋の天の川」を始めとする三句の俳句だった。二十二日には五言の漢詩が生まれた。漱石は体力的問題で小説やエッセイが書けない状態になっても、短い俳句や漢詩で自己を表現できる作家だった。

　漱石は十月十一日に舟形の寝台に寝かされたまま修善寺菊屋旅館を発ち、二ヶ月ぶりに東京に戻った。棺桶に入ったようだったと回想している。新橋では朝日関係者や門下生など四十人以上の人々が漱石を出迎えた。漱石は新橋駅から長与胃腸病院に直行して入院した。病室には面会謝絶の札が下げられた。

　漱石は十月二十日から『思ひ出す事など』を書き始めた。このエッセイには修善寺から続けていた日記が活用された。生死の境をさまよった漱石の心境はこの頃から変わっていった。漱石は東洋的理想郷《イデア》と呼んでも良いような境地を希求するようになった。日記に「〇風流の友の［に］逢《あ》ひたし。（中略）／〇今の余は人の声よりも禽《とり》の声を好む。女の顔よりも空の色を好む。客よりも花を好む。談笑よりも黙想を好む。遊戯よりも読書を好む。願ふ所《ところ》は閑適《かんてき》にあり。厭《いと》ふものは塵事《じんじ》なり」（『明治四十三年［一九一〇年］日記』十月三十一日）という言葉が見える。

この東洋的理想郷《イデア》を求める心性が病気によって心身が衰弱した一時の気の迷いでなかったことは、その後漱石が基本的には儒者しか手がけない南画を積極的に描き、大量の漢詩を創作したことからもわかる。修善寺の大患以降、漱石の小説は以前にも増して自我意識の苦悩や他者との軋轢を執拗に描き出すようになるが、一方ではっきりと東洋的理想郷《イデア》を希求している。

東京に帰った漱石は鏡子から自分の病気を心配して森成麟造と杉本東造医師を修善寺に派遣してくれた長与胃腸病院院長、長与称吉が亡くなっていたことを初めて聞かされた。十一月十五日には友人大塚保治の妻で閨秀作家として知られた大塚楠緒子《くすおこ》が三十六歳の若さで亡くなった。漱石はそれぞれに「逝《ゆ》く人に留まる人に来たる雁」、「有る程《ほど》の菊抛《な》げ入れよ棺の中」という悼句を詠んだ。

森円月から見舞いに吉田蔵沢《ぞうたく》の墨竹画を贈られるという嬉しい出来事もあった。蔵沢は江戸中期の松山藩士で画家である。現在の古美術市場でも評価はそれほど高いものではないが、漱石は蔵沢の軸に愛着があった。子規が蔵沢を愛し、貧乏という理由もあって根岸子規庵の床には一年中蔵沢の墨竹画が掛けてあった。

漱石は円月に「披見大驚喜《ひけんだいきょうき》の体《てい》、仮眠も急に醒め拍手踊躍致《ようやくいたし》居候《おりそうろう》」と礼状を書いた。漱石は『思ひ出す事など』を書き上げて明治四十四年（一九一一年）二月二十六日に退院した。初めて長与胃腸病院に入院してから八ヶ月以上が経っていた。

退院直前の二月二十一日、また小事件が起こった。文部省管轄の文学博士会が漱石を博士と認定し、学位記を留守宅に届けて来たのである。漱石は森田草平に命じて即座に学位記を文部省に返還した。

漱石と折衝に当たったのは帝大時代の同級生で文部省専門学局長を勤めていた福原鐐次郎《りょうじろう》だった。福原は文学博士授与は学位令に法規定されている命令行為であり、認定と同時に漱石は文学博士であり辞退できないという文部省公式見解を伝えた上で学位記を再送して来た。漱石は学位記を再度福原に返送して自己の考えを朝日新聞紙上に発表した。

漱石は「余は博士制度を破壊しなければならんと迄《まで》は考へない。然《しか》し博士でなければ学者でない様《よう》に、世間を思はせる程《ほど》博士に価値を賦《ふ》与したならば、（中略）厭《いと》ふべき弊害の続出せん事を余は切に憂《うれ》ふるものである」（『博士問題の成行』明治四十四年［一九一一年］四月）と書いた。

漱石は英国留学中既に、「博士なんかは馬鹿々々敷《ばかばかしく》博士なんかを難有《ありがた》［が］る様《よう》ではだめだ」（夏目鏡子宛書簡　明治三十四年［一九〇一年］九月二十二日）と書いていた。「余の博士を辞退したのは徹頭徹尾主義の問題である」とも述べている。漱石は自分が死にそうだから文部省は博士に認定したのだと激怒したと伝えられるが、公式には博士を有り難がる学者も世間も気にくわないというのが辞退の理由だった。

小説家だけあって人情の機微にも通じていたが、漱石は何か決定的に気に入らない出来事が起こると原則論に立ち戻って徹底して相手をやりこめる癖があった。例えば帝大講師時代の明治三十九年（一九〇六年）に、教授会から何度依頼されても多忙を理由に英語学試験委員の仕事を断った。大学人漱石がこの仕事が大学内での出世の地ならしになることを知らなかったはずはない。しかし漱石は大学にとって講師はお客であり、講義以外の仕事を受け持つ義務はないという原則論を主張し続けた。「博士問題」の時も博士号を受けるも断るも個人の自由であるという原則論にこだわったのである。ただ朝日新聞がこの問題を大々的に報道したことで、漱石はその後博士号を断った庶民的で偉い作家というイメージをまとうことになった。

漱石はまた「文芸委員は何をするか」（明治四十四年［一九一一年］五月）を書いて政府による文芸委員会の設立にも反対した。作家と読者の自由意志で評価が定まる文学を、国家権力の力で保護育成するのは適当でないと批判したのである。文芸委員会は実質的に森鷗外の発案で設立された。博士号と同様にこのような組織の設立運営には功罪がある。

鷗外と漱石の接点はほとんどないが、鷗外の方は漱石に好ましい印象を抱いていた。政府高官の仕事を続けながら文学活動をした鷗外は公的立場から文学界全般の振興を図り、漱石は民間の文学者の立場で自由にそれを批判したのである。鷗外は死ぬ時くらいは勝手に死なせろという意味の遺言を残したが、誰にも気兼ねなく思ったことを書ける漱石は羨ましい存在だったのかもしれない。

漱石は明治四十四年（一九一一年）中は小説を書かず評論執筆と講演を行って過ごした。長野教育会に招かれて六月十七日から二十一日まで長野、高田、直江津、諏訪を講演旅行した。漱石の身体を案じた鏡子が同伴した。長与胃腸病院の医師だった森成麟造が高田で開業していたので漱石夫妻は高田で森成の新居に泊まった。

この旅行で健康に自信を得た漱石は、八月十一日に今度は一人で関西地方で行われる朝日新聞記者招聘講演会に旅立った。明石、和歌山、堺、大阪で講演したが、大阪講演を終えた十八日の夜にまた吐血して湯川胃腸病院（湯川秀樹博士の養父が院長）に緊急入院した。この経験は『行人』で活かされた。漱石は東京から駆けつけた鏡子に伴われて九月十三日に帰京した。

帰京後漱石は自宅で療養していたが、九月三十日に漱石を朝日に引き抜いた人であり、社内での最大の庇護者だった池辺三山が朝日に辞表を提出するという大事件が起こった。

東京朝日新聞は『煤煙』の後日談である森田草平の『自叙伝』を三月から七月まで掲載したが、この小説の掲載を巡って主筆・三山と政治部長・弓削田《ゆげた》精一が対立し、社長村山龍平が上京しての会議の結果三山の退職が決まったのだった。責任を感じた漱石は辞表を提出するが、三山を始めとする関係者に止められて撤回した。

草平の『自叙伝』を巡って三山と弓削田が対立したのは事実だが、連載小説くらいで社長を巻き込む対立になるはずもなく、それは二人の社内権力闘争の名目に過ぎなかった。ただこの社内抗争の結果漱石は朝日文芸欄を自分の手で廃止した。開設からわずか二年弱のことだった。朝日文芸欄廃止が決まると小宮豊隆は吉原で文芸欄廃止祝賀会を開き、それを聞いた漱石は自分への面当てだと怒ったと伝えられる。

漱石は保身のために文芸欄を廃止したと弟子たちが受け取るだろうことを意識していた。小宮豊隆に「僕は少し思ふ処《ところ》があつて文芸欄を廃止する相談を［編《へん》］輯部《しゅうぶ》の人として仕舞《しま》つた。（中略）決して自分の地位を安固《あんこ》にするため他人の云《い》ふ通りになつたのではない。（中略）文芸欄は君等《きみら》の気焔の吐き場所になつていたが、君等もあんなものを断片的に書いて大いに得意になつて、朝日新聞は自分の御蔭《おかげ》で出来ている抔《など》と思ひ上る様《よう》な事が出来たら夫《それ》こそ若い人を毒する悪い欄である。（中略）文芸欄なんて少しでも君等に文芸上の得意場らしい所をぶつつぶしてしまつた方が或《あるい》は一時的君や森田の薬になるかも知れない」（明治四十四年［一九一一年］十月二十五日）と書き送った。しかし漱石の真意は弟子たちには通じなかった。

小宮豊隆はこの時期の漱石と弟子たちの関係を、「大病以後の漱石の話は、何か平凡なものになつてしまつた。（中略）是《これ》は漱石が大病の為にその若若《わかわか》しさを失つて、すつかり老ひ込んでしまつた為に違ひない。――彼等はさう判断して、漱石を老人扱ひにし、或《あるい》は「老」と呼び或は「爺」と言い出した」「道楽息子が肚《はら》の中で、うちの親爺は旧弊で頑固で手がつけられないなどと考へながら、その小言を聴いているやうに、彼等は漱石の言ふことは、頭から受けつけなかつた。従つて漱石の言ふことは、少しも彼等の心に沁み込むことはなかった」(『夏目漱石』と回想している。

たとえ師と仰ぐような文学者がいても若い作家たちがそれに追いつこう、追い越そうという気概を持つのは当然である。また先行する作家は若手作家たちの新たな才能が明らかになった時にはさらにその先をゆく表現を生み出さなければ、最後まで尊敬されることはない。小宮たちが漱石を絶対的な師と認めるようになるのは漱石死後のことである。

一時的に弟子たちは漱石の元を去っていった。若く活力に溢れた門下生たちのいない漱石の周囲は寂しくなった。『彼岸過迄《ひがんすぎまで》』『行人』『心』に孤独の影が濃く、若者一人一人に直接心の内を話しかけるような真摯な口調がしばしば現れるのはこのような状況も影響している。

明治四十四年(一九一一年)十一月二十九日に漱石の五女ひな子が二歳で食事中に急死した。今で言う突然死である。漱石は日記に「自分の胃にはひびが入つた。自分の精神にもひびが入つた様《よう》な気がする。如何《いかん》となれば回復しがたき哀愁が(ひな子を)思ひ出す度《たび》に起るからである」(『明治四十四年日記』十二月三日)と書いた。

年末の十二月二十八日に漱石は『彼岸過迄』を起稿した。翌明治四十五年(一九一二年)一月には池辺三山の母が死去し、母の後を追うように二月に三山が急死した。漱石は三月七日のひな子の百ヶ日にひな子の死を題材にした『雨の降る日』の章を脱稿した。中村古狭《こきょう》に「小生は亡女の為《ため》好《よ》い供養をしたと喜び居《おりそうろう》候」(四十五年三月二十一日)と書き送った。『彼岸過迄』を書き終えたのは四月二十五日のことである。

『彼岸過迄』『行人』『心』には恋愛といった統一主題がないため、『三四郎』『それから』『門』のように三部作と呼ばれることがない。しかし小説形態から言えば明らかな三部作である。『三四郎』『それから』『門』三部作で確立した三人称一視点小説形式を自らの手で破壊している。漱石は『彼岸過迄』について漱石は「かねてから自分は個々の短篇を重ねた末に、其《そ》の個々の短篇が相合《あいがっ》して一長篇を構成するやうに仕組んだら、新聞小説として存外面白く読まれはしないだらうかといふ意見を持《ぢ》していた」(『彼岸過迄に就て』明治四十五年[一九一二年]一月)と書いている。『彼岸過迄』はもちろん、『行人』も四つの短篇から構成されている。『心』は最終的に大きく二部に割れることになったが、漱石の当初の意図は短篇を書き連ねることにあった。

漱石は『彼岸過迄』『行人』『心』でかつての写生文小説のように、存在格が縮退した観察・報告者的話者を設定した。その一方で小説には実質的主人公の自我意識の苦悩表現(内面描写)が増える。簡単に言えば『彼岸過迄』『行人』『心』三部作で写生文小説とヨーロッパ小説の特徴を弁証法的に統合しようとした。こんな無謀とも言える文体構造を使って小説を書いた作家はいない。『彼岸過迄』『行人』『心』三部作は一種の前衛小説である。

『彼岸過迄』を終えると漱石は書画を描いたり漢詩を作ったりして過ごした。漱石が頻繁に交際するのは画家橋口五葉《ごよう》とその兄貢《みつぐ》、同じく画家の津田青楓《せいふう》、青楓の兄で華道家の西川一草亭《いっそうてい》などのいわゆる「風流の友」が多くなっていった。七月三十日に明治天皇が六十一歳で崩御された。九月十三日の大喪の日に陸軍大将乃木希典夫妻が天皇の後を追って自殺した。この事件は『心』の重要な主題の一つになった。

漱石の皇室観は現在の日本人のそれに近いものだった。「皇室は神の集合にあらず。近づき易《やす》く親しみ易くして我等の同情に訴へて敬愛の念を得らるべし。（中略）政府及び宮内官吏の遣口《やりくち》も し当《まと》を失すれば皇室は 愈《いよいよ》 重かるべし而《しこう》して同時に愈臣民のハートより離れ去るべし」（『明治四十五年［一九一二年］日記』五（?）月十日）と書いた。大正時代には天皇の神格化はまだそれほど進んでいなかった。日本が狂信的な国粋主義に大きく傾くのは昭和に入ってからである。

元号が大正に変わった九月二十六日、漱石は神田錦町の佐藤診療所に一週間入院して痔の手術を受けた。この経験は後に『明暗』の冒頭に活かされた。十一月三十日には『行人』を起稿した。しかし原稿の進みは遅かった。翌大正二年（一九一三年）三月下旬に漱石は再び胃潰瘍で寝込んだ。また年末頃から三度目の神経衰弱にも陥っていた。『行人』は「友達」「兄」の章が終わり「帰つてから」が連載中だったが、胃潰瘍と神経衰弱のため「帰つてから」は四月七日に第三十八回で中断された。漱石は五月頃まで二ヶ月間病床にいた。

漱石は七月下旬から『行人』最後の章「塵労」を書き始め、九月中に脱稿した。漱石は作品を一作仕上げるたびに胃潰瘍で倒れ、回復し始めると絵と漢詩を書いて英気を養って新たな小説創作に向かうようになっていた。漱石が南画の大幅を描き始めたのは大正二年（一九一三年）の暮れ頃からである。

漱石の絵画熱は津田青楓に「私は生涯に一枚でいいから人が見て有難い心持のする絵を描いて見たい山水でも動物でも花鳥でも構はない只《ただ》崇高で有難い気持のする奴をかいて死にたいと思ひます」（大正二年［一九一三年］十二月八日）と書き送るほど真剣なものだった。絵画的な価値は別として、漱石は単なる趣味として南画を描いたわけではない。

漱石は大正三年（一九一四年）四月頃から『心』を書き始め、八月一日に脱稿した。連載が終わると『心』を岩波書店から自費出版した。社主岩波茂雄は帝大出身だが漱石門ではなく、安倍能成《よししげ》が引き合わせた。岩波は神田高等女学校教頭を辞職して古本屋を始めた変わり者で、大正二年（一三年）頃から出版業にも乗り出していた。教職嫌いの漱石とは馬が合ったのだろう。ただこの頃の岩波は手元不如意で『心』を出版したいから金を貸してくれと漱石に頼み、漱石が気軽に「いいよ」と言ったことから鏡子夫人があわてて借用書を書かせたという話が残っている。『心』を自費出版したのは箱、表紙、見返し、扉など、本の細部に至るまで全て自分で装丁できる楽しみがあったからである。『心』の装丁の手配が全て終了した九月八日に漱石はまた胃潰瘍で倒れた。十月には床上げできるようになったが衰弱は甚だしかった。

十月三十一日に飼い犬のヘクトーが近所の家の池で死んでいるのをその家の女中が報せてきた。

漱石は車夫に死骸を引き取らせ、庭に埋めると墓標に「秋風の聞えぬ土に埋めてやりぬ」という悼句を書いた。

十一月二十五日には学習院で漱石生涯最後の講演『私の個人主義』が行われた。漱石はこの講演で松山から熊本時代、英国留学時代を回想しながら自分が文学においてどのように個人主義を打ち立ててきたのかを学生たちに説明した。

この学習院での講演ではないが、鷗外は『青年』（明治四十三年［一九一〇年］から四十四年［一一年］）で主人公純一に「拊石《ふせき》」（漱石がモデル）の講演を聴かせている。漱石は同趣旨の講演を明治四十年代にも行っていたようだ。純一は医大生大村（鷗外がモデル）と拊石の講演について議論するが、それは利他的個人主義だと結論づけている。

また大正二年末頃から漱石は木曜会などでしばしば死を口にするようになったことが出席者らの証言で知られている。実際、漱石に残された時間はあと二年しかないのである。

■晩年――「則天去私」文学■

漱石は大正四年（一九一五年）の寺田寅彦宛年賀状の余白に「今年は僕が相変《あいかわ》つて死ぬかも知れない」と書いた。健康状態は相変わらずすぐれなかった。年末に大阪朝日から依頼されていた原稿を一月四日から二月十四日まで書いた。連作エッセイ『硝子戸の中《がらすどのうち》』である。

漱石は東京朝日の山本笑月宛に「去冬阪朝から新年に何かといふ注文があつたのを（中略）あなたの方へ廻します。もし此方《こちら》（東京朝日）でも都合がつくなら載せて頂きたいからです。然《しか》し無理をする必要もない程《ほど》のものですから御都合が悪いなら御手数ですがどうぞあなたの方から大阪の長谷川（如是閑《にょぜかん》）君の方に廻して上げて下さい」（大正四年［一九一一年］一月九日）と手紙を書いた。

どんな組織でもあることだが、庇護者池辺三山を失った東京朝日社内での漱石の立場は弱いものになっていた。『硝子戸の中』は『心』と同様に岩波書店から漱石の自装で自費出版された。『硝子戸の中』を書き上げると漱石は京都に移住した津田青楓の元へ遊びに行った。青楓が誘ったのだが、漱石を京都に連れ出すよう鏡子夫人に頼まれたのだった。

胃病もさることながら鏡子や子供たちは、大正二年末頃から再び始まった漱石の神経衰弱に悩まされていた。『行人』を書いていた頃には鏡子が胃の薬と偽って睡眠薬を飲ませていたことも漱石門の林原耕三の証言からわかっている。弟子や友人たちには常に穏和な漱石も、家族にとっては手のつけられない暴君だった。弟子たちによれば鏡子は「悪妻」ということになってしまうが鏡子の行為を責めることはできない。漱石は三月十九日に京都へと旅立った。

漱石は木屋町御池の旅館北大嘉《きたのだいか》に泊まり津田青楓や西川一草亭《いっそうてい》と京の町を遊び歩き、旅館で一緒に書画を描いて過ごした。また祇園の文学芸者として有名だった磯田多佳と親交を結んだ。多佳の紹介で芸妓の野村きみ、梅垣きぬ（芸名金之助）も漱石の話し相手になった。

しかし青楓たちから饗応を受けたせいもあったのだろう、漱石はまた胃痛で寝込んだ。三月二十五日には東京から姉高田房《ふさ》危篤の電報が届いたが帰京することはできなかった。日記に「帰れば此方《こちら》が危篤になるばかりだから仕方がないとあきらめる」（『大正四年［一九一五年］日記』三月二十五日）と書いた。房は漱石の京都滞在中に亡くなった。

胃痛が和らいで帰京しようとした矢先、漱石はまた胃痛で倒れた。今度は青楓の電報で四月二日に東京から鏡子が駆けつけた。漱石は鏡子に付き添われようやく十七日に東京に戻った。ただこの京都旅行は楽しいものだったようで、帰京した漱石は多佳や野村きみ、梅垣きぬ、青楓や一草亭らに丁寧な礼状を書いている。特に野村きみに依頼されて描き贈った書画帖『不成帖《ならずちょう》』と『拙哉帖《せつかなちょう》』は力のこもった良い書画集である。

漱石は五月下旬頃から『道草』を書き始め九月上旬に脱稿した。初期にはほとんど原稿を書き直すことのなかった漱石も、この頃には小説を書き上げるまでに大量の反故原稿を抱えるようになっていたことが内田百閒《ひゃっけん》らの証言で知られている。

『道草』は評判が良かった。漱石がこの小説で幼年時代の体験を回想し、赤裸々に私生活を描いたからである。つまり『道草』は当時文壇を席捲していた自然主義的私小説の一つと捉えられたのである。しかし『道草』は単純な私小説ではない。『彼岸過迄』『行人』『心』三部作で漱石は人間の自我意識を探求し、『心』で先生に私という最良の理解者を得させてもなお自死を選ばせた。それは哲学的帰結としては正しいかもしれない。だが小説は思想書ではない。あくまで現実世界に留まり人間世界の不可避的矛盾や苦悩を描かなければならない。漱石は新三部作で一つの哲学的結論を得て、『道草』で濃厚な現実世界に戻ってきたのである。

『道草』を脱稿した頃に第三次、四次「新思潮」同人芥川龍之介、久米正雄、松岡譲らが漱石を訪ねてきた。「新思潮」は明治四十年（一九〇七年）に小山内薫が創刊した帝大系の同人誌で、第二次「新思潮」は谷崎潤一郎や和辻哲郎らを輩出していた。第六次には川端康成や今東光らが参加している。芥川らのほかに百閒や和辻も漱石宅を訪れ、小宮豊隆や森田草平、滝田樗陰《ちょいん》ら昔ながらの門下生たちも顔を出すようになって漱石門の木曜会は再び活気あるものになった。漱石は年末から『点頭録《てんとう》』を書き始めた。『点頭録』は両朝日新聞に翌大正五年（一六年）一月一日から二十一日まで掲載された。

大正五年（一九一六年）の年始から漱石は激しい左腕の痛みに悩まされていた。リューマチだと考えた漱石は一月末から二月上旬まで湯河原に療養に出かけた。旧友中村是公が合流した。二月十五日に「新思潮」に芥川の『鼻』が掲載された。漱石は「ああいふものを是《これ》から二三十並べて御覧なさい文壇で類のない作家になれます」（龍之介宛書簡　大正五年二月十九日）と書き送って『鼻』を賞賛した。

漱石の読解力は非常に優れていた。伊藤左千夫の『野菊の墓』（明治三十八年［一九〇五年］）を絶賛したのはよく知られている。鈴木三重吉の出世作『千鳥』（三十九年［〇六年］）を「ホトトギス」に推薦し、朝日新聞に長塚節《たかし》の『土』（四十三年［一〇年］）や中勘助の『銀の匙』（大正二年［一三年］）などを掲載させた。島崎藤村の『破戒』（三十九年［〇六年］）に関しても「明治の小説として後世に伝ふべき名篇也《なり》。金色夜叉（尾崎紅葉の代表作）の如《ごと》きは二三十年の後は忘れられて然《しか》るべきものなり。破戒は然らず」（森田草平宛書簡　三十九年四月三日）と書き送った。

ただ『破戒』について「僕は何となく西洋の小説を読んだやうな気がした」（「談話（夏目漱石氏文学談）」明治三十九年［一九〇六年］）とも語っている。尾崎紅葉を別にすれば、明治三十年代で最も器用な文学者は藤村だった。藤村は俳句・短歌の七五調にヨーロッパの恋愛幻想を振りまいた『若菜集』で詩壇の寵児となり、ヨーロッパ文学の主題と形式を器用に真似た『破戒』で文壇の寵児となった。藤村が詩壇・文壇での成功ではなく、文学そのものと真摯に向き合ったのは『春』（四十一年［〇八年］）以降の私小説においてである。

藤村のような器用さは芥川にも指摘できる。芥川は漱石に私淑したが漱石門かどうかは疑問である。芥川は鷗外とも親交があった。『羅生門』（大正四年［一九一五年］）や『鼻』（五年［一六年］）

などの初期小説は鷗外の歴史小説にヒントを得ている。『侏儒の言葉』は漱石の理知主義を援用した作品であり、後期の『歯車』（昭和二年［一九二七年］）や『或阿呆の一生』（同）は私小説である。残酷な言い方をすれば鷗外や漱石をなぞった作品で文壇の寵児と持て囃されたことが芥川の文学的生命を縮めた。芥川の文学は激しい混乱を示しておりそれが時に前衛的に映ることがある。しかし文学的汎用性を持たない。

左腕の痛みは四月に真鍋嘉一郎に診察してもらったところ、糖尿病が原因だと判明した。漱石は胃病に加え糖尿病の治療もしながら五月末頃に『明暗』を起稿した。ただ『明暗』執筆中の漱石の精神は不思議に穏やかだった。

漱石は毎日午前中に連載一回分の『明暗』を書き、八月十四日から十一月二十日までに「午後の日課として」七十五篇の漢詩を作った。修善寺の大患以降、東洋的理想郷《イデア》への傾倒を深めてゆき、南画だけでなく漢詩も書くようになったのだった。しかし面白いことにそれと反比例して小説ではかつてないほどギリギリとした人間世界の衝突を描き出すようになる。端的に言えば漱石は『明暗』で苦悩に満ちた人間世界を描きながら、そこに内在する理想を漢詩で確認している。

小説執筆中は書画の創作を控えていたが、それでも面会日で安息日でもある木曜日には書画の筆を取った。漱石に積極的に書画を描かせたのは滝田樗陰だった。晩年漱石は書を良寛に倣った。大正三年（一九一四年）頃から良寛の書に傾倒し、良寛が暮らした越後出雲崎に近い高田の森成麟造医師に良寛の書を購入してくれるよう再三頼んでいた。漱石が良寛の書をようやく入手できたのは大正五年（一六年）四月である。

また漱石は神戸祥福寺の若い禅僧鬼村元成《きむらげんじょう》（当時二十一歳）と富沢敬道《けいどう》（珪堂）（二十四歳）と大正三年（一九一四年）頃から文通していた。二人は名古屋の徳源寺の開山五十年大会《だいえ》に参加した後、五年（一六年）十月二十三日に上京して三十一日まで漱石宅に泊まった。漱石と二人はこの時が初対面である。『明暗』執筆中の漱石に代わって鏡子が二人の相手をした。別れに際して漱石は墨絵で松と竹を描き、それぞれ賛を添えて二人に贈った。

若い二人から漱石が学ぶべきものはほとんどなかっただろう。しかし漱石は若い禅僧の中に知識（学問）と行動（修行）の合致という理想を見た。敬道宛に「私は五十になつて始めて道に志ざす事に気のついた愚物です。其《その》道がいつ手に入るだらうと考へると大変な距離があるやうに思はれて吃驚《びつくり》しています。あなた方は私には能《よ》く解《わか》らない禅の専門家ですが矢張《やは》り道の修行に於《お》て骨を折つているのだから五十迄《まで》愚図々々《ぐずぐず》していた私よりどんなに幸福か知れません、又何《まだ》んなに特（殊）勝な心掛か分りません。私は貴方方《あなたがた》の奇特な心持を深く礼拝しています」（大正五年［一九一六年］十一月十五日）と書き送った。

晩年の漱石の思想はほとんど道学者や倫理学者のそれと言ってよい位相に近づいていた。漱石は「倫理的にして始めて芸術的なり。真に芸術的なるものは必ず倫理的なり」（『大正五年［一九一六年』日記』五月）と書いた。「則天去私」は喩えれば禅の悟りの境地に近い思想である。ただ漱石は「則天去私」思想を単に人間精神にとっての一つの抽象的理想郷として捉えていたわけではない。

林原耕三らの証言から、晩年の漱石が「則天去私」思想を基にもう一度帝大で『文学論』を講義してみたいと語っていたことが知られている。突き詰めてゆけば漱石にとって「則天去私」は、やはり文学の問題だった。遺作『明暗』はもちろん、『明暗』執筆の傍ら書き続けられた大量の漢詩が漱石の「則天去私」思想を体現している。

大正五年（一九一六年）十一月二十一日、漱石は鏡子夫人とともに辰野隆と江川久子の結婚披露宴に出かけた。午前中に『明暗』の百八十八回目を書き終えて漱石は新しい原稿用紙の右肩に「189」と書いていた。翌二十二日昼の十二時頃に机に突っ伏して動けないでいる漱石を女中が発見した。原稿は右肩に「189」が書かれたままの状態だった。

鏡子はすぐに床を敷いて漱石を寝かせた。漱石は鏡子に「人間も何だな、死ぬなんてことは何でもないもんだな。おれは今かうやつて苦しんでいながら辞世を考へたよ」と言った（『漱石の思ひ出』）。漱石はこのまま病床から起たなかった。

病床で漱石は「頭がどうかしている。水をかけてくれ、水をかけてくれ」と呻き、「死ぬと困るから」と言ったと伝えられる。漱石門の弟子たちの中には先生がそのような言葉を口にするはずがないと言う者がいるが、複数の人が証言していることから漱石はそう言ったのだろう。

漱石は十二月九日の午後六時四十五分に亡くなった。数え年で五十歳、満年齢で四十九歳の早すぎる死だった。津田青楓は漱石の死に顔をデッサンに残した。また森田草平の発案で、彫刻家の新海竹太郎《しんかいたけたろう》が漱石のデス・マスクを作った。『明暗』は十二月十四日まで朝日新聞に連載された。

漱石が可愛がった若い禅僧、富沢敬道は十二月八日に漱石の危篤を新聞で知った。敬道は「涙がぽろぽろ出た。やたらに町を歩いた。翌日先生は亡くなられた」(「風呂吹きや頭の丸い影二つ」)と書いた。寺田寅彦は「夏目先生を失ふた事は自分の生涯にとつて大きな出来事である」と日記(大正五年[一九一六年]十二月三十一日)に短く書き付けた。森田草平は「私は今昂奮《こうふん》している。先生が亡くなられてから殆《ほとん》ど絶間なしに人と応接していたので、悲しいということもまだよく解らない」(『夏目漱石』)と書き残した。

漱石の葬儀は禅宗で行われ、明治二十七年(一八九四年)に漱石が参禅した鎌倉円覚寺の釈宗演《しゃくそうえん》が導師を勤めた。遺体は東京帝国大学医科大学病理解剖室で解剖された。漱石が胃潰瘍の治療を受けた長与胃腸病院院長、長与称吉の弟、又郎が執刀した。宗演が付けた法名は「文献院古道漱石居士」である。墓は今も東京の雑司ヶ谷霊園にある。

Ⅲ　英文学研究と文学のヴィジョン

『文学論』
『文学評論』
『野分』

作家以前の漱石の仕事で最も重要な位置を占めるのは『文学論』（明治四十年［一九〇七年］刊）である。文学の本質を明らかにし、日本文学（東洋文学）とヨーロッパ文学の質的同一性と差異を明らかにするための仕事だった。

ただ漱石は若い頃から創作者として立ちたいという希望を友人たちに洩らしていた。英文学研究に没頭している間も、漠然とであれ将来の創作活動を考えていただろう。『文学論』でそれがほとんど感じられないのは、ヨーロッパ文学の根本理解が創作以前に解決しておかなければならない喫緊の課題だったからである。またそれは理論と創作の間には乖離があることを示している。理論が得られたとしても創作を行うには思い切った飛躍が必要である。

明治十年代の終わりには言文一致体の試行が始まり、二十年代になると森鷗外と坪内逍《しょう》遙《よう》の「没《ぼつ》理《り》論争」が起こった。鷗外は文学には理想が不可欠だと考えたが逍遙はエミール・ゾラの自然主義小説のように、文学は醜くてもありのままの人間を描けばよい、理想は不要だ（没理想）と主張した。明治三十年代には自然主義だけでなく写実主義や浪漫主義の影響を受けた作品も数多く書かれた。しかし漱石は何の関心も示していない。原典ににあたってヨーロッパ文学の本質を理解しなければ、新たな日本文学は生み出せないという確信があったのである。

この確信が漱石の作家デビューを遅らせた最大の理由である。後年の爆発的創作から言って創作活動を棚上げした漱石は、大きなフラストレーションを抱えていたはずだ。しかし漱石は一方で大変見通しのよい作家でもあった。ヨーロッパ文学の本質理解に取り組む方が、遠回りのようで近道だという判断があった。作家としては親友の正岡子規はもちろん、同い年の幸田露伴や尾崎紅葉にも遅れを取っているという焦りはあったろう。だが漱石はどこかで同時代の文学状況を過渡期だと認識していた節がある。明治二、三十年代は新たな文化を生み出すための混乱の初期であり、それが落ち着くまで創作は後回しにしてもよいということである。

凡《およ》そ文学的内容の形式は（F＋f）なることを要す。Fは焦点的印象又《また》は観念を意味し、fはこれに附着する情緒を意味す。（中略）吾人《ごじん》が日常経験する印象及び観念はこれを大別して三種となすべし。

（一）Fありてfなき場合即《すなわ》ち知的要素を存し情的要素を欠くもの、例えば吾人が有する三角形の観念の如《ごと》く、それに伴ふ情緒さらにあることなきもの。

（二）Fに伴ふてfを生ずる場合、例えば花、星等の観念に於《お》けるが如きもの。

（三）fのみ存在して、それに相応すべきFを認め得ざる場合、所謂《いわゆる》"fear of everything and fear of nothing"（怖れるゆえなくすべてを怖れる）の如きもの。即ち何等の理由なくして感ずる恐怖など、みなこれに属すべきものなり。（中略）

以上三種のうち、文学的内容たり得べきは（二）にして、即ち（F＋f）の形式をして具《そな》ふるものとす。

（『文学論』「第一編　文学的内容の分類」「第一章　文学的内容の形式」　明治四十年［一九〇七年］五月刊、三十六年［〇三年］九月～三十八年［〇五年］六月の帝国大学での講義録）

『文学論』冒頭で、漱石は「文学的内容」は「F」要素と「f」要素の複合体だと定義している。「F」は「焦点的印象または観念」で「f」は「それに付随する情緒」である。Focus と feeling の頭文字だろう（『文学論』にはなんの頭文字なのか書かれていない）。漱石は「文学的内容」、すなわち文学作品としての要件を満たすのはFに伴ってfを生じている場合だけだと論じている。

二十世紀初頭という時代を考慮すれば、基礎概念を設定して文学を分析した漱石理論の先見性は高く評価されてよい。ただ「F＋f」理論は漱石以前も以後も誰も使用していない。漱石はこの概念をどこから思いついたのだろうか。

さきに余はFを焦点的印象若《も》しくは観念なりと説きしが、ここに焦点的なる語につき更に数言を重ぬるの必要あるを認む。而《しか》して此《この》説明は溯《さかのぼ》りて意識なる語より出立せざるべからず。（中略）意識の説明は「意識の波」を以《もっ》て始むるを至便なりとす。（後略）

意識の時々刻々は一個の波形にして之《これ》を図にあらはせば左の如《ごと》し。かくの如く波形の頂点即

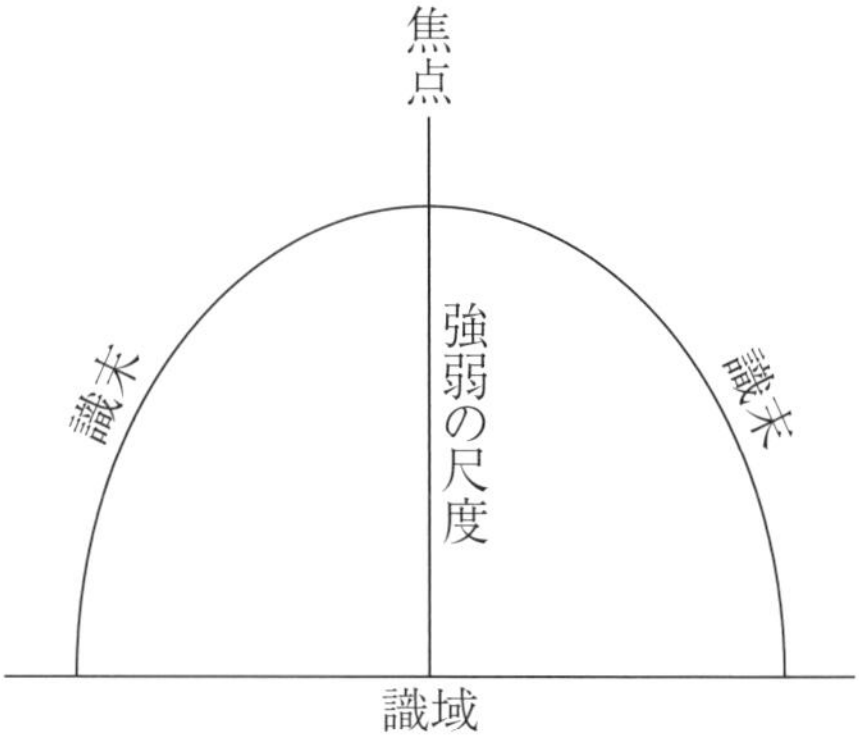

ち焦点は意識の最も明確なる部分にして、其《その》部分は前後に所謂《いわゆる》識末なる部分を具有するものなり。（後略）

上述の解剖的波形説より推論して此法則の応用範囲を拡大するときには（中略）半日にも亦如《またかくのごとく》　此Fあり、一日にも亦然《しか》り、更にこれを以て推《お》せば一年十年に渡るFもあり得べく、時に終生一個のFを中心とすることも少なからざるべし。一個人を竪《たて》に通じてFある如く一世一代にも同様一個のFあること亦自明の事実にして、かかる広義に於《おい》てFを分類すれば、

（一）一刻の意識に於《お》けるF、
（二）個人的一世の一時期に於けるF、
（三）社会進化の一時期に於けるF、

となり得べきなり。

（『文学論』同）

漱石がF＋f理論を人間の意識を図形化したモデルから、つまりは心理学から得ていることが

わかる。十九世紀末にフロイトが始めた精神分析学はすぐに文学の世界にも影響を及ぼすようになった。ウイリアム・ジェームズの「意識の流れ」などが有名である。絶えず変化する人間の意識をありのままに作品で表現する文学手法で、ジェイムズ・ジョイスらに多大な影響を与えた。漱石は当時最新の心理学を援用したわけだ。『文学論』「序」に「一切の文学書を行李《こうり》の底に収めたり。文学書を読んで文学の如何《いか》なるものなるかを知らんとするは血を以《もっ》て血を洗ふが如《ごと》き手段たるを信じたればなり」とあるように、文学を文学以外の概念で分析しようとした。しかし個々の文学作品をF＋f理論で完全分析するのは難しい。

【図1】は漱石の『文学論』の図を元に、「人間の意識の構造」と、新たに「文学作品の構造」を図化したものである。識域の中で最も意識が集中したポイントが焦点（F）となり、その前後に識末（f）が生じる構造は同じである。しかし文学作品では作家の意識が焦点を結ぶ際に、その「言語化」が介在するという決定的な違いがある。単に作家が描きたい出来事などが焦点になるわけではない。文体などを含む新たな言語表現が焦点を形作ることもある。

つまり文学作品では作家は作為的に意識を言語化することで作品を生み出す。茫漠としてとりとめのない意識が作家が選んだ言語に翻訳・記述されるという意味で、文学作品はF＋fの総合体である。たとえ読者が作品中の風景描写などを無意味だと感じても、それらは作家によって周到に計算され配置されている。確かにいわゆる〝作品の無意識〟と呼ばれるものはある。しかしそれは作家が作り出した緻密な言語構造体から生じるものであり、人間の意識の焦点（F）に付随する識末（f）ではない。

漱石は「第一編　文学的内容の分類」で、まず作品を「感覚」「人事」「超自然」「知識」の四タイプに分類し、「第二編　文学的内容の数量的変化」で作品におけるF、f要素の増減を論じている。

【図1】人間の意識と文学作品の構造

●人間の意識の構造

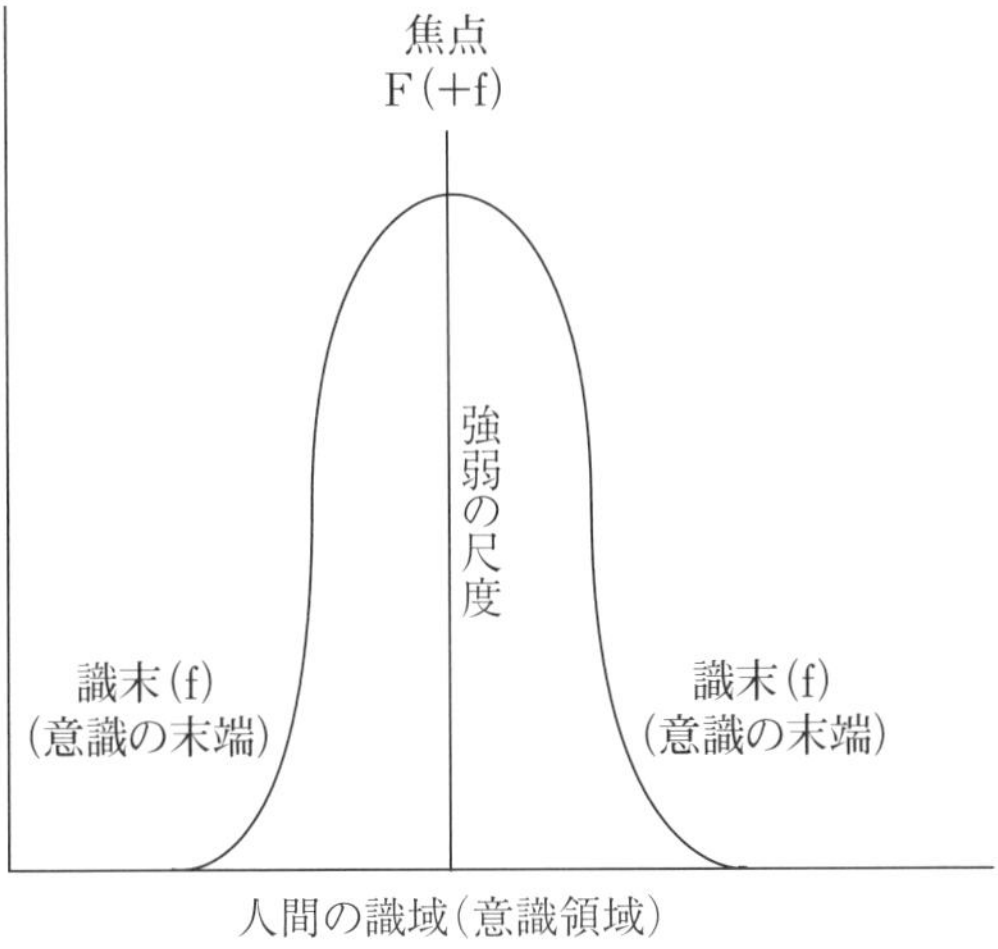

●文学作品の構造

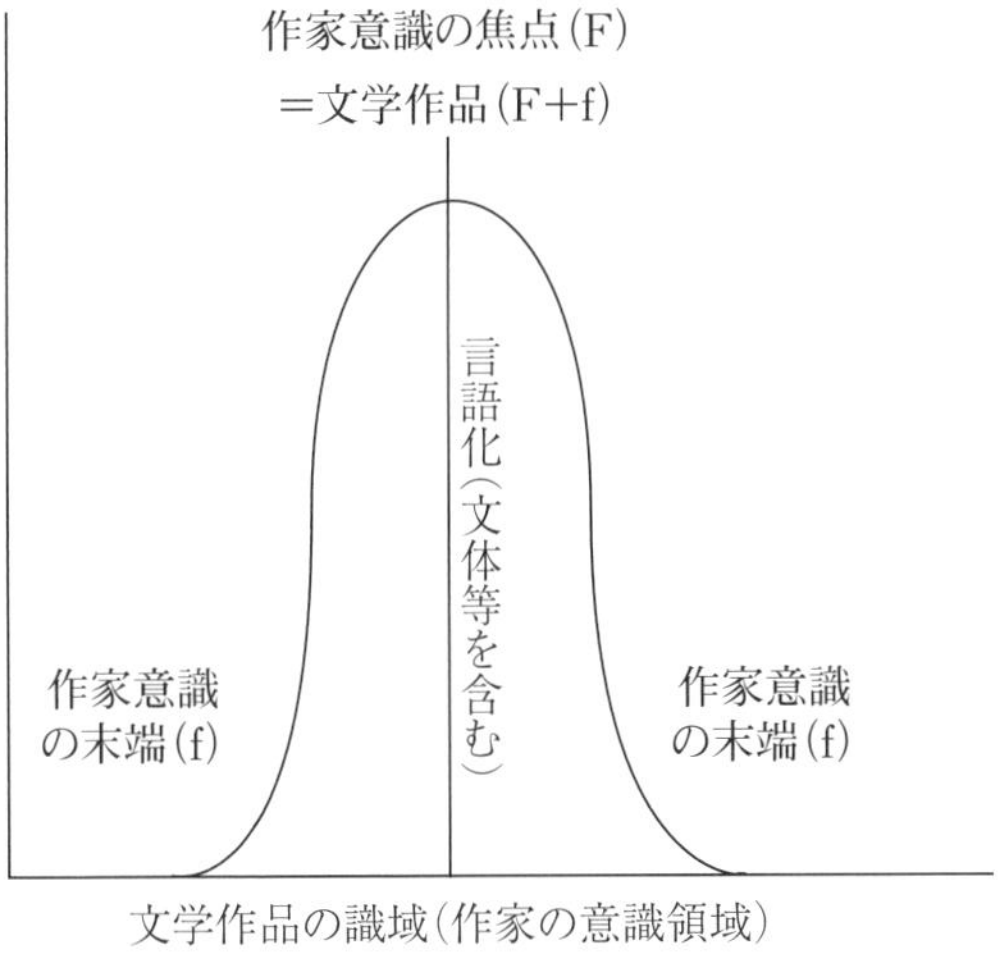

しかし作品を分析すればするほどＦ、ｆ要素の関係は曖昧になってゆく。ついには文学であることの必須要件であるはずのＦ＋ｆ複合体を「（一）Ｆ＋ｆとなつて現はるる場合、（二）作者はｆを云《い》ひ現はし、Ｆは読者により補足せらるる場合、（三）作者Ｆを担当し、ｆは読者に於《お》いて引き受くる場合」の三種類があると修正している。だがこの三種類も客観的に分別できない。

Ｆ＋ｆ理論が混乱していったのは、漱石が作家による意識の焦点化＝言語化そのものである文学作品を、焦点（Ｆ）と識末（ｆ）、つまり中心と周縁に完全分別できると考えたためである。しかしそれは不可能であり、Ｆ、ｆ要素の区分は漱石の主観に大きく左右されるようになってしまった。それが晩年に「私の著《あら》はした文学論はその記念といふよりも寧《むし》ろ失敗の亡骸《なきがら》です」（『私の個人主義』大正三年［一九一四年］）と述べ、理論的な不備を認めることになった理由である。

もちろん漱石と同様に、原理的文学論では作品をその構成要素に分解して論じる。形式と内容が最も素朴な分類法だが、そのほかにも主観と客観など様々な分類項目を立てることができる。厳密に考えてゆけばソシュール言語学のシニフィエとシニフィアンにまで行き着くだろう。

しかし元素にまで分解しても作品の本質は把握できない。言語はもちろん作品も関係性によって成立しているからである。作品とは言語的諸要素の関係性総体であり、一つの有機構造物である。Ｆ＋ｆ公式は関係性理論としてはある程度有効だが、作品をＦ、ｆ要素に還元できるわけではない。ただ分析理論としては不完全なまま放棄されたが、Ｆ＋ｆ理論は作品の意味内容やイズムに惑わされることなく、文学作品を〝構造〟として捉える視点を漱石にもたらしている。

偖《さ》て以上を綜合して考へて見ると、一目瞭然《いちもくりょうぜん》たるのはデフオーの小説が主人公を写すのに必ず幼時から説き起こすと云《い》ふことである。甚《はなはだ》しいのは主人公の両親又《また》は系図から始めたのさへある。而《そ》して其《その》結末は必ず主人公が老人に成つて倫敦《ロンドン》に落ち着くか或《あるい》は死んで仕舞《しま》ふことに成つて居《い》る。（中略）これを一言にして云ふと、主人公の生涯の始めから終り迄《まで》写すのが主意である如《ごと》くに思はれる。成程《なるほど》斯《こ》うすれば始めがあり又終りがある。其点に於《おい》て纏《まと》まつて居《い》ると云ふことが出来る。

（『文学評論』「ダニエル、デフオーと小説の組立」明治四十二年［一九〇九年］三月刊、三十八年［〇五年］六月〜四十年［〇七年］三月の帝国大学での講義録）

漱石は『文学論』に続いて『文学評論』の講義を行った。『文学評論』ではイギリスの「十八世紀の状況一般」から始め、作家別に作品を読み解いている。ジョセフ・アディソン、サー・リチャード・スティール、ジョナサン・スウィフト、ジョン・ホープ、ダニエル・デフォーが漱石が章立てして論じた文学者たちである。ほとんどがエッセイイストや小説家たちだ。『文学論』で検討したのは英詩だったので、『文学評論』ではバランスを取ってエッセイや小説を取り上げたのだろう。

また作家は漱石の好みで選ばれていない。十八世紀イギリスを代表する作家たちである。

ダニエル・デフォーは『ロビンソン・クルーソー』で有名な小説家でジャーナリストである。漱石はデフォーを取り上げた理由を「デフオーの小説は気韻小説でもなければ、空想小説でもない、（中略）ただ労働小説である。どの頁を開けても汗の臭がする。しかも紋切り型に道徳的である。デフオーの小説はある意味に於《お》いて無理想現実主義の十八世紀を最下等の側面より代表するものである」と書いている。デフォー文学が優れているから検討対象にしたのではなく、良くも悪くも十八世紀イギリスを代表する作家だから論じたのだ。

デフォー論に典型的なように、漱石は常に文化全体の流れの中で個々の作家の仕事を捉え、客観的にその長所・短所を明らかにしてゆく。また作品を構造的に捉えるわけだが、デフォー作品には「主人公の生涯の始めから終り迄《まで》写す」構造がある。このような形で小説構造を把握すれば、それをいくらでも活用できるようになる。デフォー的小説構造を援用した漱石作品は処女作の『吾輩《わがはい》は猫である』だろう。

漱石は『文学論』の講義が終わりに近づき、『文学評論』の準備が始まっていた明治三十七年（一九〇四年）十一月末頃に最初の『猫』を書いた。『猫』はドイツ人作家E・T・A・ホフマンの風刺小説『牡猫ムルの人生観』に発想を得たと言われることもあるが、漱石文学全体を検討しても特定の作家・作品に大きな影響を受けた痕跡はない。しかし構造として捉えれば『猫』はデフォーの小説構造と相似である。

『猫』は主人公の「吾輩」が生まれてから死ぬまでの物語である。また立身出世と拝金主義に染まった明治現代の「最下等の側面」を描いている。漱石は虚子に「『猫』は続けて書かうかどうしやうか。かくのならば材料はいくらでもあるのですが」（虚子『平凡化された漱石』昭和二年［一九二七年］）と語った。漱石は気楽に書いた『猫』で最も単純な小説構造を援用した。また当初は読み切り小説のつもりの『猫』を十一回も連載し続けられたのは、「材料」が尽きた時点で猫を死なせればいつでも物語を完結させられるからである。

もちろん『猫』執筆のヒントをピンポイントで特定することはできない。しかし漱石文学を意味からのみ読み解いていたのでは、いつまでもその全体像を把握できない。

人間の思想や感情は複雑であり、それを言葉を使って丸のまま表現するのは難しい。苦悩を掘り下げることもできるし、『猫』のように相対化して滑稽に描くこともできる。しかし一つの作品で悲劇と喜劇を同時に表現するのは不可能だ。そのためどの視点から人間の思想や感情を捉えるのかを決める必要がある。つまり文体構造（世界認識構造）が作品世界の描写方法を決める。

吾人《ごじん》は此編《この》に於《おい》てFの差違を述べんとす。Fの差違とは時間の差違を含み、空間の差違を含み、個人と個人のとの間に起る差違を含み、一国民と他国民との間に起る差違を含み、又《また》は古

代と今代と、もしくは今代と予想せられたる後代との差違をも含む。(後略)
余は此編に於てFの差違を述べんと欲す。然《しか》れどもFの差違はかくの如《ごと》く複雑にして多面多様なり。(中略)但《ただ》言はんと欲する所は文学の事なり。此故《このゆえ》に説く所にして這裏《しゃり》の消息に触れて、文運消長の理《ことわり》、騒壇流派の別、思潮張落《ちょうらく》の趣《おもむき》を幾分か解釈し得れば足る。
(『文学論』「第五編　集合的F」)

『文学論』最終章で漱石はFの変遷を論じている。文学作品の成立要件は「F(焦点)+f(情緒)」だという定義を放棄したわけではないが、時間や場所を隔ててある国や文化共同体の文学を相対化して眺めれば、それはFの集合体として捉えられると修正したわけである。

この修正は重要だ。漱石は実質的に文学作品は作家による意識の焦点化=言語化そのものだと定義し直している。そのためFの変遷を分析すればある国や文化共同体の文学(文明)史論を明らかにできる。

漱石は文学者たちの「集合的F」の変遷を、「模擬的意識、能才的意識、天才的意識」の三つに分けて論じている。「模倣者、秀才、天才」と言い換えてよい。文学史はその繰り返しである。理論として提示しているが、漱石はこの文学史観を膨大な読書体験から実感的に獲得した。驚くべきことに漱石は、彼の現代から約百年を遡って原文で英米文学の詩、小説、批評、エッセイ、戯曲を通読して『文学論』を書いた。それらは作家の強烈な個性（自我意識）の連続である。

江戸までの日本文学は短歌、俳句、漢詩が中心だが、それは一定の形式の中でわずかに作家の個性を表現するいわば〝座の文学〟だった。しかしヨーロッパ文学は結果として詩や小説、評論などのジャンルに分類されるが、その内実は唯一無二の作家の自我意識表現である。維新以降の日本文学が自我意識を表現基盤に据えた以上、その盛衰はヨーロッパ文学と相似の軌跡を描くはずである。

（一）模擬（模倣者）の意識は数に於《おい》て尤《もっと》も優勢なり。（中略）但《ただ》し独創的価値を云《い》へば殆《ほとん》ど皆無なり。従つて赫々《かくかく》の名（優れた功績を上げたという評価）なくして草木と同じく泯滅《びんめつ》す（滅んで消滅してしまう）。
（二）能才（秀才）の意識は数に於て、（一）に劣る事多し。然《しか》れども其《その》特性として、（一）の到着地を予想して一波動の先駆者たるの功あるを以《もっ》て、概して社会の寵児たり。（中略）但し其特色は独創的と云はんよりは寧《むし》ろ機敏と評するを可とす。（中略）通俗の語を以て此《この》種の人を品すれば才子と云ふが尤も適当なるべし。世俗時に才子を誤つて天才となすは一事の成功に眩《げん》せられて其実質を解剖する能《あた》はざるに由《よ》る。
（三）天才の意識は数に於て遠く前二者に及ばず。且《か》つ其特色の突飛なるを以て危険の虞《おそれ》最も多し。（中略）然れども天才の意識は非常に強烈なるを常態とするを以て（中略）其所思《しょし》を実現せずんば已《や》まず。（中略）もし其一念の実現せられて、たまたま其独創的価値の社会に認めらるるや、先の頑愚なるもの変じて偉烈《いれつ》なる（偉大で激しい）人格となり、頑愚の頭より赫灼《かくしゃく》の光（まばゆいばかりの光）を放つに至る。

（『文学論』同）

「模擬的意識、能才的意識、天才的意識」（模倣者、秀才、天才）の中で、天才がある文化共同体の文学をリードするのは言うまでもない。しかし漱石は天才を生まれながらの特権的才能を有する者と定義しているわけではない。「模擬的意識（模倣者）のＦに留まる（中略）る時に当つて、能才（秀才）の脳裏には、Ｆの将《まさ》に推移すべき次期のF'を胚胎しつつある（中略）。今能才がF'を予想しつつあるに当つて、（中略）次期のF''を予想し（中略）遂にF^nに行き得るものありとせば、此人《このひと》（天才）は多数の民衆がＦに固定せる間に（中略）既に幾多の波動を乗り超えてF^nに馳《か》け抜けたるものなり。（中略）凡人と天才とはＦを意識するの遅速によつて決す」（圏点漱石）と述べている。

　模擬的意識（模倣者）は、いつの時代でも大多数を占める凡庸な作家たちのことである。彼らは「人の歌ふ所を歌ひ、人の美とする所を美」とする「可もなく不可もなき」文学者たちだ。この凡庸な文学者たちがＦというヴィジョンを抱いているときに、能才的意識（秀才）は次に来たるF'を予想している。しかし「能才的Ｆは大衆に先だつこと十歩二十歩にして、大衆の到達すべき次回の焦点」を把握しているに過ぎない。これに対して天才的意識は将来文学が到達するF^nの文学ヴィジョンを予見している。つまりある時代の人間意識の焦点（Ｆ）は、F^nを頂点とする一連の流れである。その遅速が文学者を模倣者、秀才、天才に分ける。

【図２】は【図１】の「文学作品の構造」を元に、「文学潮流（集合的Ｆ）の変遷」を図化したものである。各時代の文学潮流は単独で生起しているわけではない。必ず前時代からのＦを引き継いでいる。ＦからF^nへの変化がどんなに唐突に見えようとも、それは過去の集合的Ｆの変奏である。また文学潮流（集合的Ｆ）が変化してゆく要因は様々である。外国からの新文化流入の衝撃や、

【図2】文学潮流(集合的F)の変遷

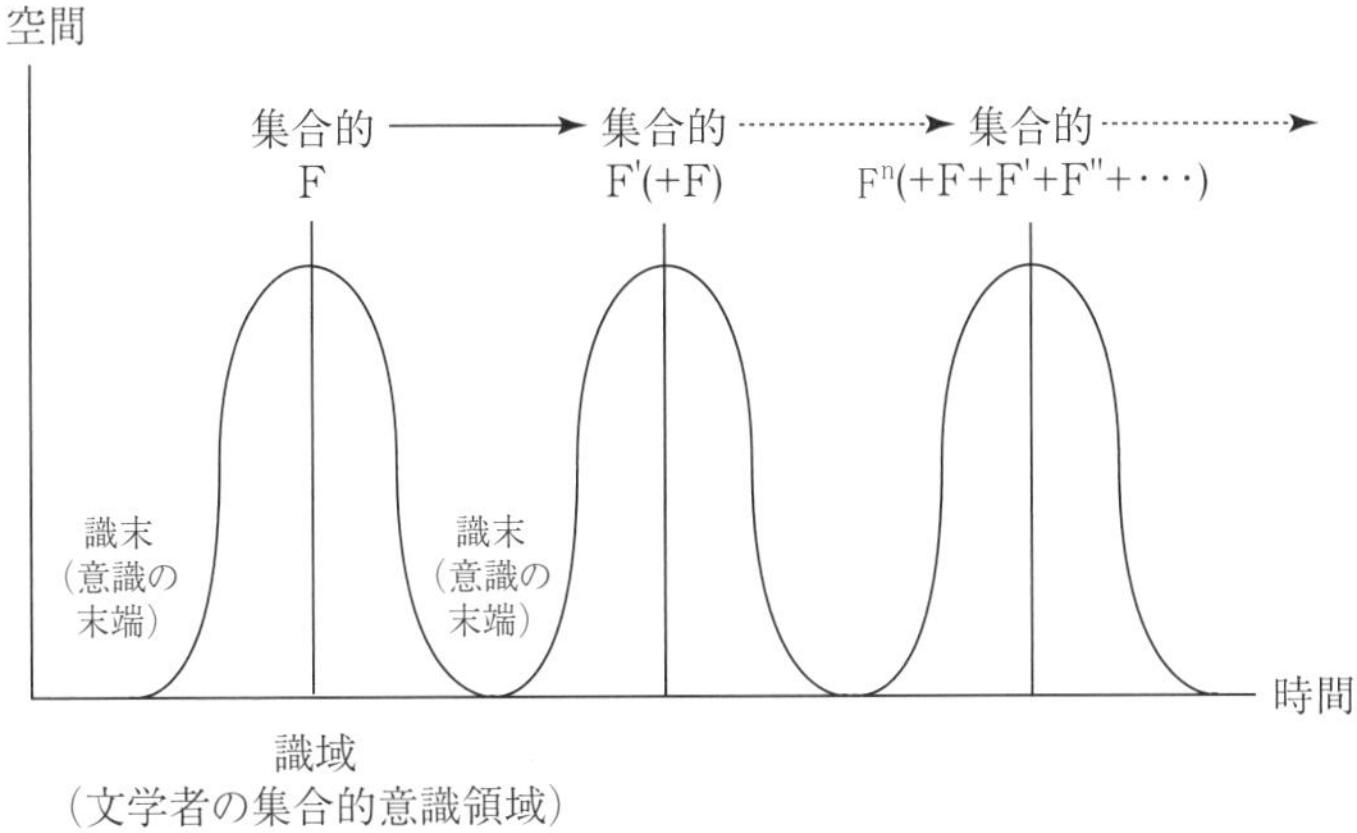

前時代の文学に対する反動としての過去文学のリバイバルなども含まれる。

ただ漱石はＦの変遷は、概ね「漸次《ぜんじ》ならざる可からざる」としている。「偉業の（中略）非常に急なる時は、成就の後を待つて、漸々《ぜんぜん》と成就せざる前の意識に近づき来るが故に、幾年かの後には、先に人目を眩《くらま》せるが如《ごと》きの大変化として認め難きに至る。之《これ》に反して漸次を旨として改革を企つるときは赫々《かくかく》の功を樹《た》つるの余地なきに似たりと雖《いえど》も、推移の自然なる、亦《また》幾年の後には所謂《いわゆる》偉業と同一の効果を収《おさむ》るを得べし」と述べている。

長い伝統を持つ文化圏では、たとえ新たなＦが斬新で革新的に見えようとも、それは一時的な影響力を持つに過ぎないというのが漱石の考えである。つまり天才的意識は突飛な変化を引き起こす超人的能力ではなく、過去の文学潮流を踏まえて的確に未来の文学を予測・実現し得る能力を指す。

また天才的意識はいち早くある時代の文学ヴィジョン（F^n）を見出すわけだが、それが明らかになると過去のＦの質が問われることになる。単に目先の新しさに惑わされていたのか、時代の本質に届いていたのかということである。さらにF^nはじょじょにＦに変わってゆく。各時代の常識的パラダイムとして広く認知されるようになるのだ。それを盤石の文学基盤とみなして模倣を繰り返し、次代のF^nの探求を怠れば文学は間違いなく衰退してゆく。

この集合的Ｆ論で得た認識を元に、漱石は将来の日本では「欧化主義は当初に吾人《ごじん》をして愕然たらしめし程《ほど》に猛烈なる変化にあらずして、始めより漸次《ぜんじ》に泰西の文物を輸入せると同様の結果に到着するや明《あきら》けし」と述べている。明治時代にこのような透徹した文明史観を持っていたのはほとんど漱石だけである。漱石は英文学研究を通して、日本文学の未来を冷静に予測することができるようになっていた。

ただ『文学論』などの理論書ではこれ以上、天才論や日本文学の将来に関する見通《パースペクティブ》しは探求されていない。漱石がそれを具体的に書いたのは後の創作作品においてである。

「君は自分丈《だけ》が一人坊《ぼ》っちだと思ふかも知れないが、僕も一人坊っちですよ。一人坊っちは崇高なものです」

高柳君には此《この》言葉の意味がわからなかつた。（中略）

「それが、わからなければ、到底一人坊っちでは生きていられません。——君は人より高い平面に居《い》ると自信しながら、人がその平面を認めてくれない為めに一人坊っちなのでせう。然《しか》し人が認めてくれる様《よう》な平面ならば人も上《のぼ》つてくる平面です。（中略）自分こそ後世に名を残さうと力むならば、たとひ同じ学校の卒業生にもせよ、外《ほか》のものは残らないのだと云《い》ふ事を仮定してかからなければなりますまい。（中略）大差別があると自任しながら他が自分を解してくれんと云つて煩悶するのは矛盾です」

「夫《それ》で先生は後世に名を残す御積《おつも》りでやつていらつしやるんですか」
「わたしのは少し、違ひます。（中略）わたしは名前なんて宛《あて》にならないものはどうでもいい。（中略）只《ただ》かう働かなくつては満足が出来ないから働く迄の事です。（後略）」
剥《は》げかかつた山高帽を阿弥陀《あみだ》に被《かぶ》つて、毛繻子張《けじゅすば》りの蝙蝠傘《こうもり》をさした、一人坊っちの腰弁当（下級文学者くらいの意味）の細長い顔から御光《ごこう》がさした。高柳君ははつと思ふ。

（『野分』「八」明治四十年［一九〇七年］一月）

『野分《のわき》』は『文学評論』の講義中に書かれた。初出は明治四十年（一九〇七年）一月一日発行の「ホトトギス」で、実質的主人公は無名の文学者白井道也《しらいどうや》である。道也は教師だったが学校の教育方針と合わず辞めざるを得なくなった。「博士はえらからう、然《しか》し高《たか》が芸で取る称号である。（中略）道也が（学校を）追ひ出されたのは道也の人物が高いからである」とある。道也は漱石がモデルだ。清貧の中で自己の信じる仕事を淡々と続ける道也が漱石の理想だった。道也は文芸誌の編集者などを細々と勤め、いつ世に出るかわからない作品を執筆している。

この世に埋もれた文学者に強い興味を抱くのが高柳である。大学を卒業したばかりの文学青年だ。道也は高柳の中学時代の先生だった。しかし道也を煙たく思った教師にそそのかされてほかの学生たちと一緒に騒動を起こし、学校から追い出してしまった。「只《ただ》いぢめて追ひ出しちまつたのさ。なに良《い》い先生なんだよ。（中略）子供だから丸でわからなかつたが」と高柳は回想している。

高柳はたまたま道也が雑誌に発表した文章を読んで強い感銘を受ける。友人の中野の話から東京に戻っていることを知り、かつての教え子だということを隠して道也宅を訪ね、親しく言葉を交わすようになる。引用は高柳が自己の苦悩を赤裸々に告白した箇所である。

「自分こそ後世に名を残さうと力むならば、（中略）外《ほか》のものは残らないのだと云《い》ふ事を仮定してかからなければなりますまい」という道也の言葉は、『文学論』の天才的意識論に正確に対応している。また『吾輩は猫である』発表以降の漱石山房の賑わいばかりが強調されがちだが、漱石は道也と同じくずっとひとりぼっちだった。子規を始めとする少数の理解者しかいなかった。その孤独の中で漱石は明治文学がやがて到達するだろう、文学ヴィジョンを考え続けていた。

「わたしは名前なんて宛《あて》にならないものはどうでもいい」とソフィスティケートしているが、漱石が明治の金字塔となる文学を書こうと強く志していたことは間違いない。実際漱石は日本近代文学を代表する作家になったが、道也のように世に埋もれたままその一生を終える可能性もあった。ただ人はこうなりたいと願う人間にしかなれない。漱石の文学に対する高い志が終生にわたって彼の文学を変化させ続けた。

「文学に紅葉氏一葉氏（尾崎紅葉、樋口一葉）を顧みる時代ではない。是等《これら》の人々は諸君の先例になるが為めに生きたのではない。諸君を生む為めに生きたのである。（中略）凡《およ》そ一時代にあつて初期の人は子の為めに生きる覚悟をせねばならぬ。中期の人は自己の為めに生きる決心が出来ねばならぬ。後期の人は父の為めに生きるあきらめをつけなければならぬ。明治は四十年立《た》つた。まづ初期と見て差《さし》支《つかえ》なからう。すると現代の青年たる諸君は大《おおい》に自己を発展して中期をかたちづくらねばならぬ。後を顧みる必要なく、前を気遣ふ必要もなく、只《ただ》自我を思《おもい》の儘《まま》に発展し得る地位に立つ諸君は、人生の最大愉快を極むるものである」（中略）

「なぜ初期のものが先例にならん？　初期は尤《もっと》も不秩序の時代である。偶然の跋扈《ばっこ》する時代である。僥倖《ぎょうこう》の勢を得る時代である。初期の時代に於《おい》て名を揚げたるもの、家を起したるもの、財を積みたるもの、事業をなしたるものは必ずしも自己の力量に由《よ》つて成功したとは云《い》はれぬ。（中略）中期のものは此《この》点に於て遥かに初期の人々よりも幸福である。（中略）力量次第で思ふ所へ行ける程の余裕があり、発展の道があるから幸福である。後期に至るとかたまつて仕舞《しま》ふ。只《ただ》前代を祖述するより外に身動きがとれぬ。（中略）

「以上は明治の天下にあつて諸君の地位を説明したのである。かかる愉快な地位に立つ諸君は此《この》愉快に相当する理想を養はねばならん」

（『野分』「十一」）

道也が世話になっている雑誌社で、社会主義者の嫌疑をかけられ拘束された記者がいた。長期拘留で困窮したその家族を救うための演説会が開かれることになった。演説会の収入を同僚の家族に渡すのである。道也も講師の一人に選ばれた。道也の講演は「現代の青年に告ぐ」である。「自己は過去と未来の連鎖である」で始まるこの講演を、漱石が『文学論』「集合的F」論を元に書いたのは言うまでもない。高柳青年も聴衆の中にいた。

道也は人間の「生存の意義」を初期・中期・後期の三期に分けて論じている。初期は次世代の「子（供）の為めに存在する」時期、中期は「われ其《その》物を樹立せんが為めに存在する」時期、後期は「（中期の）父母の為めに存在する」時期である。初期は新たな文化創生期、中期は文化全盛期、後期は文化衰退期に当たる。

漱石の認識では明治の四十年は文化創生期である。この時期の文学者は中期の文化全盛期を用意するために存在した。また初期の文学者は中期の文学者のお手本にはなり得ない。なぜか。彼らの仕事が「不秩序」で「偶然」と「僥倖《ぎょうこう》」によって評価されたものだからである。それゆえ中期の青年たちは理想を掲げ、本当に新たな文学を創造しなければならないというのが講演の要点である。

この漱石の文学史観は現在から振り返れば驚くほど正確な認識だった。坪内逍遙《しょうよう》、二葉亭四迷《ふたばていしめい》、尾崎紅葉、幸田露伴など明治二十年代から三十年代の文学を支えた初期の作家たちは、現在では文学史に名前が残るだけでその作品はほとんど読まれていない。現実の寿命は別として、彼らの文学的生命は明治二十年代から三十年代でほぼ尽きてしまった（露伴は漱石と同い年だが戦後の昭和二十二年［一九四七年］まで生きた）。大正・昭和文学に直接的に強い影響を与えた文学は、明治四十年以降の中期の文学者たちによって生み出された。漱石はその中核である。

また漱石は明治の四十年を初期としているので、初期・中期・後期の文学サイクルは約四十年単位と仮定できる。つまり初期は一八六八年から一九〇七年（明治元年から四十年）、中期（文学全盛期）は一九〇八年から四七年（明治四十一年から昭和二十二年）、後期（文学衰退期）は一九四八年から八七年（昭和二十三年から六十二年）までで、一九八八年（昭和六十三年）から二〇二七年までは再び混沌とした、だが新たな文学ヴィジョンを模索する初期ということになる。

漱石の四十年文学サイクル説に明確な裏付けがあるわけではない。しかし漱石の文学史観は示唆的だ。日本の現代文学の手法は戦前までにほぼ出尽くしている。戦中の自由の抑圧から解放された戦後文学はジャーナリズムの大発展もあって華々しいものとなったが、大局的に見れば概ね明治・大正文学の方法を継承したものであり、緩やかな衰退に向かっていたと言っていい。それは二十一世紀初頭における戦後文学のほぼ完全な崩壊・消滅が証明している。華やかに見えたが戦後文学は後期の文学衰退期に当たっていたわけだ。現在の文学界が大きな変容期にあり、文学ジャーナリズムのあり方も含めて試行錯誤の混乱期に入っているのも確かである。

もし現在の文学の混迷が二〇二七年まで続くのだとすれば、同時代を生きる者にとっては絶望的に長い。この四十年間にすっぽり活動期間が重なってしまう文学者もいる。しかし漱石は「明治の四十年を長いと云《い》ふものは明治のなかに齷齪《あくそく》しているものの云ふ事である。後世から見ればずつと縮まつて仕舞《しま》ふ」と道也に言わせている。それは現在の混乱期も同じである。

> 「此《この》原稿を百円で私に譲って下さい」（中略）
> 道也先生は茫然として青年の顔を見守つている。（中略）
> 高柳君は懐から受取つた儘《まま》の金包を取り出して、二人の間に置いた。
> 「君、そんな金を僕が君から……」と道也先生は押し返さうとする。
> 「いいえ、いいんです。好《い》いから取つて下さい。――いや間違つたんです。是非此原稿を譲つて下さい。――先生私はあなたの、弟子です。――越後の高田で先生をいぢめて追ひ出した弟子の一人です。――だから譲つて下さい」
> 愕然たる道也先生を残して、高柳君は暗き夜の中に紛れ去つた。
>
> （『野分』「十二」）

高柳は結核を患っていた。それを心配した友人の中野が転地療養を勧め、当時としては大金の百円を出してくれた。中野の家は裕福だったのだ。金を懐に道也の家に暇乞いに行くと金貸しが取り立てに来ている最中である。借金取りは今夜中に貸した百円を返せと道也に迫る。道也は動じることなく淡々と、今書いている原稿を本屋に売ったら返すと繰り返すばかりである。もちろん原稿が売れる見込みはない。

高柳は道也に原稿を見せてくれと頼み、「百円で私に譲って下さい」と言うと原稿をつかみ、金を置いて道也の家から逃げるように立ち去る。高柳青年はいわば自分の命と引き替えに道也の原稿を買ったのだ。このような赤の他人同士の無媒介的で強固な精神的結びつきを描いているという点でも『野分』は重要な作品である。この主題については「V 漱石的主題」で改めて論じる。

Ⅳ　写生文小説

『吾輩は猫である』

『吾輩《わがはい》は猫である』の第一回は明治三十七年（一九〇四年）十一月末から十二月初旬に書かれ、翌三十八年（〇五年）一月に俳誌「ホトトギス」に掲載された。

漱石は当時のことを「実はそれ一回きりのつもりだつたのだ。ところが虚子が面白いから続きを書けといふので、だんだん書いて居《い》るうちにあんなに長くなつて了《しま》つた。（中略）書きたいから書き、作りたいから作つたままで、つまり言へば私がああいふ時期に達して居たのである。もつとも書き初《はじ》めた時と、終る時分とは余程 考《かんがえ》が違つて居た。文体なども人を真似るのがいやだつたからあんな風にやつて見たに過ぎない」（「談話（時期が来ていたんだ）」明治四十一年［一九〇八年］）と回想している。

漱石は当時かなり深刻な神経症を患っていた。その苦悩の極みでふと自分の自我意識を相対化して捉え、それを戯画化して描いた。その意味で『猫』はたまさか生まれた小説であり、気楽に書かれた作品だった。執筆経緯から言っても文壇的野心はなかったろう。ただ漱石が小説を書かねばならない「時期に達して居《い》た」のは確かである。『猫』発表当時漱石は三十九歳になっていた。当時としては遅すぎる小説家デビューだった。

作家としては愚図だが漱石は決して不器用な文学者ではない。虚子宛に「卒業論文をよんで居《い》ると頭脳が論文的になつて仕舞《しまい》には自分も何か英語で論文でも書いて見たくなります。（中略）僕は何でも人の真似がしたくなる男と見える。泥棒と三日居れば必ず泥棒になります」（明治三十九年〔一九〇六年〕五月十九日）と書き送っている。

『猫』執筆当時帝大の講義は『文学論』が終わりに近づき『文学評論』の準備が始まっていた。長年の英文学研究に一応の見通しがついたことも小説執筆の動機になっただろう。また『文学論』では英詩を取り上げたが『文学評論』では小説を論じることになっていた。小説に関する講義の準備中だったことも『猫』執筆に影響を与えたはずである。

処女作には作家の生《き》の資質が表れやすい。漱石には『猫』の文体は独自のものだという意識があった。漱石は『猫』を書くことで小説家として立つきっかけを掴んだ。

吾輩は猫である。名前はまだ無い。

どこで生れたか頓《とん》と見当がつかぬ。何でも薄暗いじめじめした所でニャーニャー泣いて居《い》た事丈《だけ》は記憶して居る。吾輩はここで始めて人間といふものを見た。然《しか》もあとで聞くとそれは書生といふ人間中で一番獰悪《どうあく》な種族であつたさうだ。此《この》書生といふのは時々我々を捕へて煮て食ふといふ話である。然し其《その》当時は何といふ考《かんがえ》もなかつたから別段恐しいとも思はなかつた。但《ただ》彼の掌《てのひら》に載せられてスーと持ち上げられた時何だかフハフハした感じが有《あ》つた許《ばか》りである。

（『吾輩は猫である』「一」明治三十八年〔一九〇五年〕一月〜三十九年〔〇六年〕八月）

『猫』の冒頭は二つの点で印象的である。一つは言うまでもなく語り手の猫に「名前はまだ無い」ことである。もう一つは猫がほとんど生まれ落ちたときからの記憶を持っていることだ。つまり『猫』は吾輩が生まれて意識を持ってからの彼による世界描写である。ただし猫の描写が人間世界に絞られるのは第三章からだ。

漱石が当初『猫』を読み切り小説のつもりで書いたことは第一、二章を読めばわかる。一、二章で描かれたのは猫仲間との交流であり、そのいずれでも死の予感が語られている。第一章では車屋の黒という乱暴猫が魚を盗もうとして魚屋に天秤棒で殴られ、足が不自由になって衰弱してゆく様子が描かれている。第二章末尾では吾輩が秘かに恋心を寄せていた二絃琴の御師匠さんの飼い猫、三毛子が死んでしまう。三毛子の死を知った猫は「近頃は外出する勇気もない。何だか世間が慵《もの》うく感ぜらるる」と独白している。仲間の不幸や死を契機として、漱石は猫の意識の活動を停止させようとしていた。

しかし帝大講師が書いたユーモア小説は思いがけない好評をもって読書界に受け入れられた。気を良くした漱石は『猫』を書き継ぎ、全十一章、単行本では上中下三巻の長編になった。

漱石は第三章を「三毛子は死ぬ、黒は相手にならず、聊《いささ》か寂寞《せきばく》の感はあるが、幸ひ人間に知己《ちき》が出来たので左程《さほど》退屈とも思はぬ」という記述から始めている。一、二章の内容を総括した上で「人間」の「知己」を描くという新たな展開を用意したわけだ。以降の章で吾輩はもはや猫仲間とほとんど交わることがない。それは第三章で初めて飼い主の英語教師苦沙弥《くしゃみ》（漱石がモデル）の名前が現れることからもわかる。また苦沙弥先生を中心とした人間たちを描くようになると、猫は饒舌な言葉を残したままその存在格を現実世界から縮退させてゆく。

例によつて金田邸へ忍び込む。（中略）

忍び込むと云《い》ふと語弊がある、何だか泥棒か間男の様《よう》で聞き苦しい。吾輩が金田邸へ行くのは、招待こそ受けないが、決して鰹《かつお》の切身をちよろまかしたり、眼鼻が顔の中心に痙攣的《けいれんてき》に密着して居《い》る狆《ちん》君抔《など》と密談する為《ため》ではない。――何探偵？――以《もっ》ての外の事である。凡《およ》そ世の中に何が賤《いや》しい家業だと云つて探偵と高利貸程《ほど》下等な職はないと思つて居る。（中略）そんなら、何故忍び込むと云ふ様な胡乱《うろん》な文字を使用した？（中略）元来吾輩の考《かんがえ》によると大空は万物を覆ふ為《た》め大地は万物を載せる為めに出来て居る。（中略）此《この》大空大地を製造する為に彼等人類はどの位《くらい》の労力を費やして居るかと云ふと尺寸《せきすん》の手伝もして居《お》らぬではないか。（中略）空気の切売《きりうり》が出来ず、空の縄張が不当なら地面の私有も不合理ではないか。（中略）吾輩はそれだからどこへでも這入《はい》つて行く。

（『吾輩は猫である』「四」傍点漱石）

『猫』は日露戦争中に書かれた。しかし苦沙弥先生とその友人たちは騒然とした世相に背中を向けた「太平の逸民」で、変わり者揃いである。戦争に取られることがないのはもちろん、日本の将来などの天下国家の問題にはほとんど興味を示さず日々空疎な哲学的駄弁に耽っている。

　その中に理学者の水島寒月《かんげつ》（寺田寅彦がモデル）がいる。寒月は裕福な実業家金田家の令嬢富子と恋愛のような、そうでもないような奇妙な交際をしているが、二人の微妙な関係を知った金田夫人が寒月の人柄を聞く目的で苦沙弥家を訪れたことから、猫はしばしば金田邸に忍び込むようになる。ただ吾輩は自分の行為は「探偵」ではないと言っている。

『猫』では寒月に関する情報を得るために、金田夫人の依頼で車屋のおかみさんらが苦沙弥家の会話を盗み聞きするのを日課にしている。彼らは探偵と呼ばれる。漱石は探偵を嫌っていた。彼の神経衰弱は誰かに監視、追跡されているという強迫観念を伴うものだったが、その現実社会での象徴的存在が探偵だった。苦沙弥は刑事を「探偵と云《い》ふいけすかない商売さ。あたり前の商売より下等だね」とこき下ろしている。漱石の定義では現実世界の利害関係に基づいて他者の行状を調査し、その意味を主観的に解釈する者たちが探偵なのである。

　しかし猫は異なる。吾輩は「猫と生れた因果で寒月、迷亭《めいてい》、苦沙弥諸先生と三寸の舌頭に相互の思想を交換する伎倆《ぎりよう》はない」。つまり猫の行動や思考は人間たちの現実に一切干渉しない。吾輩はただ現実を観察・描写し、それを読者に「報告」するだけである。

このような客観的観察・報告者は漱石の他の作品にも登場する。『趣味の遺伝』（明治三十九年［一九〇六年］）の主人公や『彼岸過迄《ひがんすぎまで》』（四十五年［一二年］）の敬太郎がそうである。漱石作品の観察・報告者は主観を交えず自己や他者――すなわち世界を客体化して捉え描写する者たちである。

この純客観描写手法を漱石は親友正岡子規の写生俳句（散文では写生文）から得た。おおむね『虞美人草《ぐびじんそう》』までの初期作品が「写生文小説」と呼ばれているのは周知の通りだ。子規も維新後に流入したヨーロッパ文学に大きな衝撃を受けた。ただ漱石と同様、子規もまた単純なヨーロッパ文学の模倣には懐疑的だった。

子規は俳人としての高い資質を持っていたが、ヨーロッパ写実主義などの影響を受けながら俳句を中核とした明治の新たな文学を模索した。その結実がいわゆる〝写生理論〟である。具体的には芭蕉と蕪村俳句を比較検討することで、純客観描写手法が俳句のみならず、維新後の小説にとっても有効であることを見出したのである。

芭蕉には「五月雨《さみだれ》をあつめて早し最上川」があり、蕪村には「五月雨や大河《たいが》を前に家二軒」の代表句がある。いずれも五月雨を詠んだ句だが、「あつめて早し」は芭蕉の主観である。これに対して蕪村俳句はほぼ完璧な純客観描写だ。また芭蕉俳句の解釈は「最上川」という場所に限定される。しかし蕪村の「大河」や「家二軒」は日本のどの場所にあっても良い。蕪村俳句は風景を客観描写しているだけだが、大自然の猛威に曝された人間の不安を見事に表現している。〝俳聖〟というフィルターを取り除けば、芭蕉よりも蕪村俳句の方が遥かに作品に即した多様な解釈が可能である。

子規は俳句研究で得た写生理論（純客観描写手法）を維新によって大きく変化した社会を正確に捉えるために援用した。蕪村俳句の方法を徹底させて、社会の諸相を複雑なら複雑なまま、単純なら単純なまま切り取るように言語化し始めたのである。子規が虚子ら門弟と始めた写生文は俳句で得た写生理論の散文への応用だった。

この写生理論がなぜ重要なのかと言えば、ヨーロッパ・リアリズム文学と同様に非情な視線（漱石の言葉で言えば「非人情」）で世界を描写できるからである。漱石は「写生文家は親の立場から世間を子として見て居《い》ると僕は思ふ、（中略）此《こ》の見方は西洋にないものだ、西洋の文学者がしない見方だ、全く東洋的だ」（「談話（漱石氏の写生文論）」明治四十年［一九〇七年］）と語った。写生理論（写生文）を使えばヨーロッパ文学と同質のリアリズムを表現できる。それは日本文学独自の方法だった。

余は昔から朝飯を喰《く》はぬ事にきめて居《い》る故《ゆえ》病人ながらも腹がへつて昼飯を待ちかねるのは毎

日の事である。今日ははや午砲《ごほう》が鳴つたのにまだ飯が出来ぬ。（中略）仕方が無いから蒲團《ふとん》に頬杖《ほおづえ》ついたままぼんやりとして庭をながめて居る。（中略）

さつき此《この》庭へ三人の子供が来て一匹の子猫を追ひまわしてつかまへて往《い》つたが、彼等はまだ其《その》猫を持《も》て遊んで居ると見えて垣の外に騒ぐ声が聞える。竹か何かで猫を打つのであるか猫はニャーニャーと細い悲しい声で鳴く。すると高ちゃんといふ子の声で「年ちゃんそんなに打つと化けるよ化けるよ」と稍《やや》気遣《きずか》はしげにいふ。今年五つになる年ちゃんといふ子は三人の中の一番年下であるが「なに化けるものか」と平気にいつて又《また》強く打てば猫はニャーニャーといよいよ窮《きゅう》した声である。

（正岡子規『飯待つ間』明治三十二年［一八九九年］）

坊ばは隣りから分捕《ぶんど》つた偉大なる茶碗と、長大なる箸を専有して、しきりに暴威を擅《ほしいまま》にして居《い》る。使ひこなせない者を無暗《むやみ》に使はうとするのだから、勢《いきおい》暴威を逞《たくま》しくせざるを得ない。（中略）茶碗の中は飯が八分通り盛り込まれて、其《その》上に味噌汁が一面に漲《みなぎ》つて居る。箸の力が茶碗へ伝はるや否や、今迄どうか、かうか、平均を保つて居たのが、急に襲撃を受けたので三十度許《ばか》り傾いた。同時に味噌汁は容赦なくだらだらと胸のあたりへこぼれだす。（中略）打ち洩らされた米粒は黄色な汁と相和《あいわ》して鼻のあたまと頬つぺたと顋《あご》とへ、やつと掛声をして

飛び付いた。（中略）
先刻から此体《このてい》たらくを目撃していた主人は、一言も云《い》はずに、専心自分の飯を食ひ、自分の汁を飲んで、此時は既に楊枝《ようじ》を使つて居る最中であつた。
（『吾輩は猫である』「十」）

『飯待つ間』は明治三十二年（一八九九年）十月九日昼頃の根岸子規庵での出来事の写生文である。『猫』は苦沙弥家の朝食の様子を描いた写生文だが、当時漱石は四人の女の子の父親であり、実際の夏目家の食卓の観察に基づいている。

子規と漱石の写生文には明らかな共通点がある。記述主体は現実を観察するだけで出来事そのものに関与しようとしていない。つまり写生文とは現実世界から距離を置いた記述主体が、主観を交えずに目前の出来事を客観描写してゆく文章である。それによって生《なま》の現実の厳しさや滑稽さを表現しようとしている。

しかし子規と漱石の写生文には大きな違いもある。『飯待つ間』の記述主体は「余」＝子規である。『猫』の記述主体は「猫」である。人間ではない猫を記述主体にしたことによって、漱石の写生文は子規写生文よりもさらに徹底して現実世界を客観描写できるようになっている。猫は人間たちとは異なる生の審級に属しているからである。

この猫を語り手にするという設定が、それまで短かい作例しかなかった写生文で漱石が長篇小説を書くことができた理由である。人間とは違う審級にいる猫を記述主体にすれば、人間たちの行動はもちろん、その思考をも相対化できるようになる。

「君はしきりに時候おくれを気にするが、時と場合によると、時候おくれの方がえらいんだぜ。（中略）第一今の学問と云《い》ふものは先へ先へと行く丈《だけ》で、どこ迄行つたつて際限はありやしない。（中略）そこへ行くと東洋流の学問は消極的で大《おおい》に味がある。（中略）」と先達《せんだつ》て哲学者から承《うけたま》はつた通りを自説のように述べ立てる。

「えらい事になつて来たぜ。何だか八木独仙《どくせん》君の様《よう》な事を云つてるね」

八木独仙と云ふ名を聞いて主人ははつと驚ろいた。（中略）今主人が鹿爪《しかつめ》らしく述べ立てている議論は全く此《この》八木独仙君の受売《うけうり》なのであるから（中略）暗に主人の一夜作りの仮鼻《かりばな》を挫《くじ》いた訳になる。（中略）

「まあそんな贔屓《ひいき》があるから独仙もあれで立ち行くんだね。（中略）昔し僕の所へ宿《とま》りがけに来て例の通り消極的の修養と云ふ議論をしてね。いつ迄立つても同じ事を繰り返して已《や》めないから、僕が君もう寐《ね》やうぢやないかと（中略）寐かした迄はよかつたが——其《その》晩鼠が出て独仙君の鼻のあたまを嚙つてね。夜なかに大騒ぎさ。（中略）仕方がないから台所へ行つて紙片へ

飯粒を貼つて胡魔化《ごまか》してやつたあね」（中略）
「然《しか》しあの時分より大分えらくなつた様《よう》だよ」（中略）
「どうれで独仙流の消極説を振り舞はすと思つた」

（『吾輩は猫である』「九」傍点漱石）

苦沙弥は久しぶりに訪ねて来た学生時代の友人独仙《どくせん》の東洋文明論にいたく感心し、早速迷亭《めいてい》に受け売り話をする。ところが迷亭は学生の頃から独仙の東洋的「消極的の修養」説に辟易していて、苦沙弥の幻想を打ち壊す話を次々に披露する。修行を重ねているとは言ったが独仙はぜんぜん悟ってなどいない。

また迷亭はあまり独仙の話を真に受けてはいけないと忠告し、同窓生の立町老梅《たちまちろうばい》の話をする。独仙の感化を受けた老梅は今は精神に変調を来して病院におり、天道公平と名乗って友人たちに無暗に手紙を出していた。天道公平の名を聞いてまた苦沙弥は驚いた。苦沙弥は公平から手紙をもらったばかりで、「頗《すこぶ》る分りにくい」内容だとは思ったが、「わからぬものを難有《ありがた》がる癖を有して居《い》る」ので公平の文章を何となく「尊敬」する気になっていたのだ。

その夜苦沙弥は書斎で日記をつける。独仙や公平や迷亭について考え、寒月の件で大騒ぎしている金田夫妻、苦沙弥家の庭に野球のボールを打ち込んでは騒動を起こす寄宿舎落雲館の中学生たちに思いを巡らす。苦沙弥は「ことによると社会はみんな気狂の寄《よ》り合《あい》かもしれない」「気狂も孤立して居《い》る間はどこ迄も気狂にされて仕舞《しま》ふが、団体となつて勢力が出ると、健全の人間になつて仕舞ふのかも知れない。大きな気狂が金力や威力を濫用して多くの小気狂を使役して乱暴を働いて、人から立派な男だと云《い》はれて居る例は少なくない。何が何だか分らなくなつた」と書いて「ぐうぐう寐《ね》て仕舞」う。

人間の行動は一皮むけば身勝手なエゴイズムにまみれており、狂気と紙一重であるという苦沙弥の考察には漱石の思考が反映されている。しかしこのような思考に『猫』の主題があるわけではない。猫は苦沙弥の日記について「何返《なんべん》考へ直しても、何条《なんじょう》の経路をとつて進まうとも遂に「何が何だか分らなくなる」丈《だけ》は慥《たし》かである」と評している。

どんなに思考を凝らしても「何が何だか分らなくなる」のは、世界に人間の言動を統御する絶対的規範が存在しないからである。『猫』はすべての人間の思想を徹底的に相対化している小説である。

「あなたが寒月さんですか。（中略）あなたが博士にならんものだから、私が貰ふ事にしました」

「博士をですか」

「いいえ、金田家の令嬢をです。（中略）然《しか》し寒月さんに義理がわるいと思つて心配して居《い》ます」

「どうぞ御遠慮なく」と寒月君が云《い》ふと、主人は

「貰ひたければ貰つたら、いいだらう」と曖昧な返事をする。（中略）

「あなたが東風君ですか。結婚の時に何か（新体詩を）作つてくれませんか。すぐに活版にして方々へくばります。（雑誌）太陽へも出してもらひます」

「ええ、何か作りませう、何時《いつ》頃御入用ですか」（中略）

「ただは頼みません。御礼はするです。（中略）かう云ふ御礼はどうです」と云ひながら、上着の隠袋《かくし》のなかから七八枚の写真を出してばらばらと畳の上に落す。（中略）悉《ことごと》く妙齢の女子許《ばか》りである。

「先生、候補者が是丈《これだけ》あるです。寒月君と東風君に此《この》うちどれか御礼に周旋してもいいです。こりやどうです」と一枚寒月君につき付ける。（中略）

「何でもいいからそんなものは早く仕舞つたら、よからう」と主人は叱り付ける様《よう》に言ひ放つたので、三平君は

「それぢや、どれも貰はんですね」と念を押しながら、写真を一枚一枚ポツケツトへ収めた。

（『吾輩は猫である』「十一」）

『猫』の筋らしい筋は寒月と富子の結婚話以外にないが、最終第十一章で寒月は国元に帰った折

りにさっさと結婚してしまったことが明らかになる。富子を嫁にするのは三平だが、「義理が悪いと思つて心配して居《い》ます」という言葉を聞いても寒月は「どうか御遠慮なく」と平然としている。東風はかつて富子に新体詩を捧げたが、三平から「結婚の時に何か（新体詩を）作つてくれませんか」と頼まれて、「ええ、何か作りませう」と安請け合いしている。あれほど大騒ぎした寒月と富子の恋愛話はきれいに消え失せている。

しかし寒月と富子の間にまったく精神の交流がなかったわけではない。寒月は苦沙弥に吾妻橋から隅田川に投身自殺しかけた話をした。夜中に吾妻橋を渡っている時に川の中から富子が自分の名前を呼ぶ声を聞いたのだ。富子はその頃病気で寝込んでいた。寒月は「はーい」と返事をして欄干によじ登り、富子の声がした水の中に飛び込んだ。寒月はどういうわけか水ではなく橋の真ん中に飛び降りてしまい、富子はその後何事もなく全快したというオチが付いているが、この挿話に漱石の基本的な愛の主題が反映されているのは間違いない。だが独仙の東洋思想や苦沙弥の肥大化した自我意識の滑稽化と同様に、『猫』では男女の愛の主題も相対化されている。

もし漱石が思想的作家であり、思想的作家が作品で何よりも思想を表現しようとする作家という意味ならそれは間違いである。思想が重要なら常に同じ内容として作品に現れるはずだからである。もちろん漱石文学には一貫した思想がある。しかし作品ごとに異なる文体で多面的に思想を描き出しているからこそ、漱石作品は高い評価を得ている。

『猫』で登場人物の言動や思想が相対化されているのは、それらを等価に描き出すためである。比喩的に言えば『猫』の主題は写生文小説の文体を確立することにある。

【表1】は『猫』の主要登場人物を章別に分類したものである。主要登場人物は苦沙弥、美学者迷亭、理学者水島寒月、寒月の友人越智東風、儒学者八木独仙、苦沙弥の元書生の多々良三平の六人である。どの章でも共通しているのは――苦沙弥が銭湯に出かける第七章を除いて――苦沙弥の座敷に友人たちの誰かが現れることである。そして最終第十一章で主要登場人物全員が勢揃いする。苦沙弥、迷亭、寒月、東

【表1】『猫』の章別主要登場人物

章	主要登場人物						その他登場人物（苦沙弥家族を除く）
一	苦沙弥	迷亭					車屋の黒（猫）
二	苦沙弥	迷亭	寒月	東風			三毛子（猫）／二絃琴の御師匠と女中
三	苦沙弥	迷亭	寒月				金田夫人
四	苦沙弥	迷亭					金田夫妻／鈴木（苦沙弥級友）
五	苦沙弥					三平	泥棒／巡査
六	苦沙弥	迷亭	寒月	東風			
七	苦沙弥						銭湯の人々
八	苦沙弥				独仙		鈴木／甘木（医者）／落雲館の教師と生徒
九	苦沙弥	迷亭					迷亭の伯父／巡査
十	苦沙弥		寒月				雪江（苦沙弥姪）／古井（苦沙弥生徒）
十一	苦沙弥	迷亭	寒月	東風	独仙	三平	

（網掛け）…主要登場人物の結集

風、独仙、三平が揃わなければ『猫』は物語を終えることができない。これは写生文小説の要請である。

【図3】は「『猫』の文体構造」を図化したものである。猫の存在格は世界よりも縮退している。猫は傍観者であり、非情な観察者として世界の背後に存在格を縮退させて、現実のある場面を切り取るように言語化してゆく。吾輩は「名前はまだ無い」のではなく、正確に言えば名前があってはならない無名《アノニム》な存在である。

ただ写生文は基本的に現在形

【図3】『猫』の文体構造

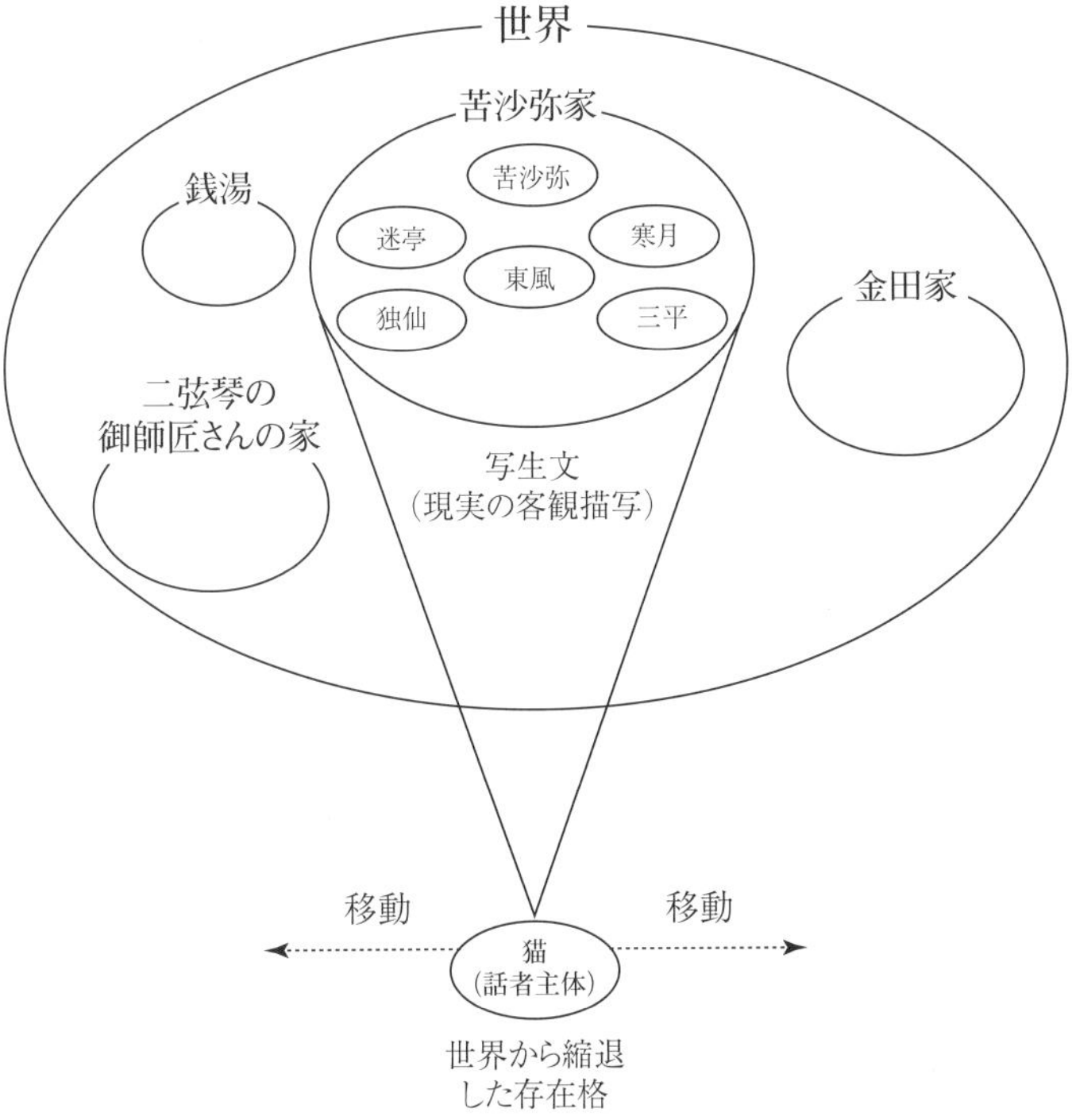

で目の前の現実を描写する（切り取る）文体であり、特定の時間と場所しか描写できない。映画で言えばワンシーン・ワンカットの連続だ。猫が移動するか猫のいる場所に入れ替わり立ち替わり違う人物たちが登場しない限り、小説の場面は変化しない。

つまり写生文は世界の多様性を客観描写できる文体だが、特定時空間に限定された世界の断片になる。そのため世界の断片はいずれ統合され、全体を構成しなければならない。それが最終章における主要登場人物の集合である。ただ最終章でなんらかの思想的帰結が表現されているわけではない。

漱石は最終第十一章について「彼等の云《い》ふ所は皆真理に候《そうろう》然《しか》し只《ただ》一面の真理に候。決して作者の人生観の全部に無之故其辺《これなきゆえそのへん》は御了知被下度候《ごりょうちくだされたくそうろう》。（中略）もし小生の個性論を論文としてかけば反対の方面と双方の働きかける所を議論致《いた》し度《たし》と存《ぞんじ》候《そうろう》」（畔柳芥舟《くろやなぎかいしゅう》宛書簡　明治三十九年［一九〇六年］八月七日）と書き送っている。

漱石の言葉通り、第十一章で勢揃いした五人の主要登場人物たちは恋愛や美学について議論し、互いの思想を打ち消し合う。登場人物たちの存在格は思想も含めて等価だ。猫は負の主人公であり人間では苦沙弥が中心人物だと言えるが、『猫』には特定の主人公は存在しない。登場人物全員が形作る世界そのものが『猫』の主人公である。

処女作ですべての思想を相対化する写生文の文体を援用したのは、漱石文学の本質的特徴の反映である。漱石文学には確かに愛や自我意識を巡る思想がある。しかし漱石はそれらが多面的であることを知っていた。作品は短篇だろうと長篇だろうと一個の小さな器であり、特定ベクトルからしか思想を表現できない。漱石は処女作で多様で複雑な世界を最もフラットな描写方法で描いた。

『猫』で確立した文体で漱石は小説を量産してゆくことになる。しかし限界が露わになると文体を変える。そこには様々な方法（文体）を駆使して世界を総合的に表現しようとする漱石の一貫した姿勢がある。漱石は思想的作家であり、かつ文体の作家なのだ。多面的な愛や自我意識はある文体を得ることで的確に表現できるようになるのであって、その逆ではない。この漱石が追い求めた文体は〝世界認識構造〟である。そしてこの文体＝世界認識構造こそが、文学にとって最も重要な思想である。

> 御存じの如《ごと》く僕は卒業してから田舎へ行つて仕舞《しま》つた。（中略）当時僕をして東京を去らしめたる理由のうちに下の事がある。——世の中は下等である。人を馬鹿にしている。（中略）こんな所には居《お》りたくない。だから田舎へ行つてもつと美しく生活しやう——是《これ》が大なる目的であつた。然《しか》るに田舎に行つて見れば東京同様の不愉快な事を同程度に於《おい》て受ける。（中略）英国から帰つて余は君等の好意によつて東京に地位を得た。地位を得てから今日に至つて余の

家庭に於《お》ける其《その》他に於ける歴史は尤《もっと》も不愉快な歴史である。十余年前の余であるならばとくに田舎へ行つて居《い》る。（中略）然し（中略）僕は洋行から帰る時船中で一人心に誓つた。どんな事があらうとも十年前の事実は繰り返すまい。今迄は己《おの》れの如何《いか》に偉大なるかを試す機会がなかつた。己れを信頼した事が一度もなかつた。朋友の同情とか目上の御情《おなさけ》とか、近所近辺の好意とかを頼りにして生活しやうとのみ生活していた。是からはそんなものは決してあてにしない。（中略）余は余一人で行く所迄行つて、行き尽《つ》いた所で斃《たお》れるのである。それでなくては真に生活の意味が分らない。手応がない。何だか生き［て］居るのか死んでいるのか要領を得ない。余の生活は天より授けられたもので、其生活の意義を切実に味《あじわ》はんでは勿体ない。

（狩野亨吉宛書簡　傍点漱石、明治三十九年［一九〇六年］十月二十三日）

『猫』を書くまでの漱石の人生は異和と遅延の連続だった。東京から松山、熊本、ロンドンへと赴任したがどの土地も自分の居場所ではないという異和感を覚え続けていた。学問では漢学も英文学も極められなかった。漢詩、俳句、新体詩といった創作に手を染めたがいずれも中途半端だった。しかし遊び半分で書いた『猫』が漱石を変えた。漱石は『猫』を書いたことで、初めて「余は余一人で行く所迄行つて行き尽《つ》いた所で斃《たお》れる」のだと断言できるようになったのである。

明治の第一世代の文学者たちの最大関心事は、日本文学はどうすればヨーロッパ文学を受容できるのかという点にあった。漱石は『猫』を書くことで、従来の日本文学を基盤としながら、ヨーロッパ文学と同等の表現を得ることができる可能性に気付いた。正確に言えば『猫』を書き続けるうちにその可能性を見出した。

同時代の文学者の誰もが認識していたように、強固な自我意識を持った登場人物たちが激しくぶつかり合うヨーロッパ的小説を書くためには、何らかの形で作品世界とは異なる位相に作家主体を置く必要があった。しかし江戸的な因果応報や勧善懲悪の循環的世界観に慣れた当時の日本人にはそれが難しかった。作家主体が作品世界と同じ審級にあったからである。

漱石は作家主体の位相の問題を、作品世界から語り手の自我意識を縮退させる写生理論で解決しようとした。それはヨーロッパ文学の摸倣ではない子規—漱石独自の方法論であり、画期的なものだった。技術的に言えば写生理論は恐ろしく単純で稚拙である。しかし漱石は写生理論を自らの文学的ヴィジョンを実現するための突破口とした。

もうよさう。勝手にするがいい。がりがりはこれ限り御免蒙《ごめんこうむ》ると、前足も、後ろ足も、頭も尾も自然の力に任せて抵抗しない事にした。

次第に楽になつてくる。苦しいのだか難有《ありがた》いのだか見当がつかない。水の中に居《い》るのだか、座敷の上に居るのだか判然しない。どこにどうしていても差支《さしつかえ》はない。只《ただ》楽である。否楽そのものすらも感じ得ない。日月を切り落し、天地を粉韲《ふんせい》して不可思議の太平に入る。吾輩は死ぬ。死んで此《この》太平を得る。太平は死ななければ得られぬ。南無阿弥陀仏、々々々々々、難有い々々。

（『吾輩は猫である』「十一」）

『猫』の最後で吾輩はビールを舐めて酔っ払い、誤って水甕に落ちて溺死する。内容的にまとまりを欠いていても、語り手の猫を殺してしまえば『猫』という小説は完結する。しかし猫はほんとうに死んだのだろうか。死の瞬間まで語り続けるこのおしゃべりな猫を殺すことなど、できるのだろうか。

【図４】に示したように、子規―漱石の写生文の文体構造は、ヨーロッパ文学のそれと逆である。ヨーロッパ文学では話者主体を神の審級に近い位相に置いている。これに対して写生文では世界から話者主体を縮退させている。どちらの文体でも世界を総体的に認識把握することができる。しかしヨーロッパ文学と子規―漱石の写生文には決定的な違いもある。

神の存在格は特権的であり、世界を統御する全能の意志として話者主体を消し去る（読者に話者主体をほとんど意識させない）ことができる。神が世界を造ったのであり、神は人間世界とは異なる審級にいるからである。しかし写生文の話者主体は基本的に現実世界に属しており、いく

【図4】一般的なヨーロッパ小説と写生文小説の文体構造

●一般的なヨーロッパ小説の文体構造

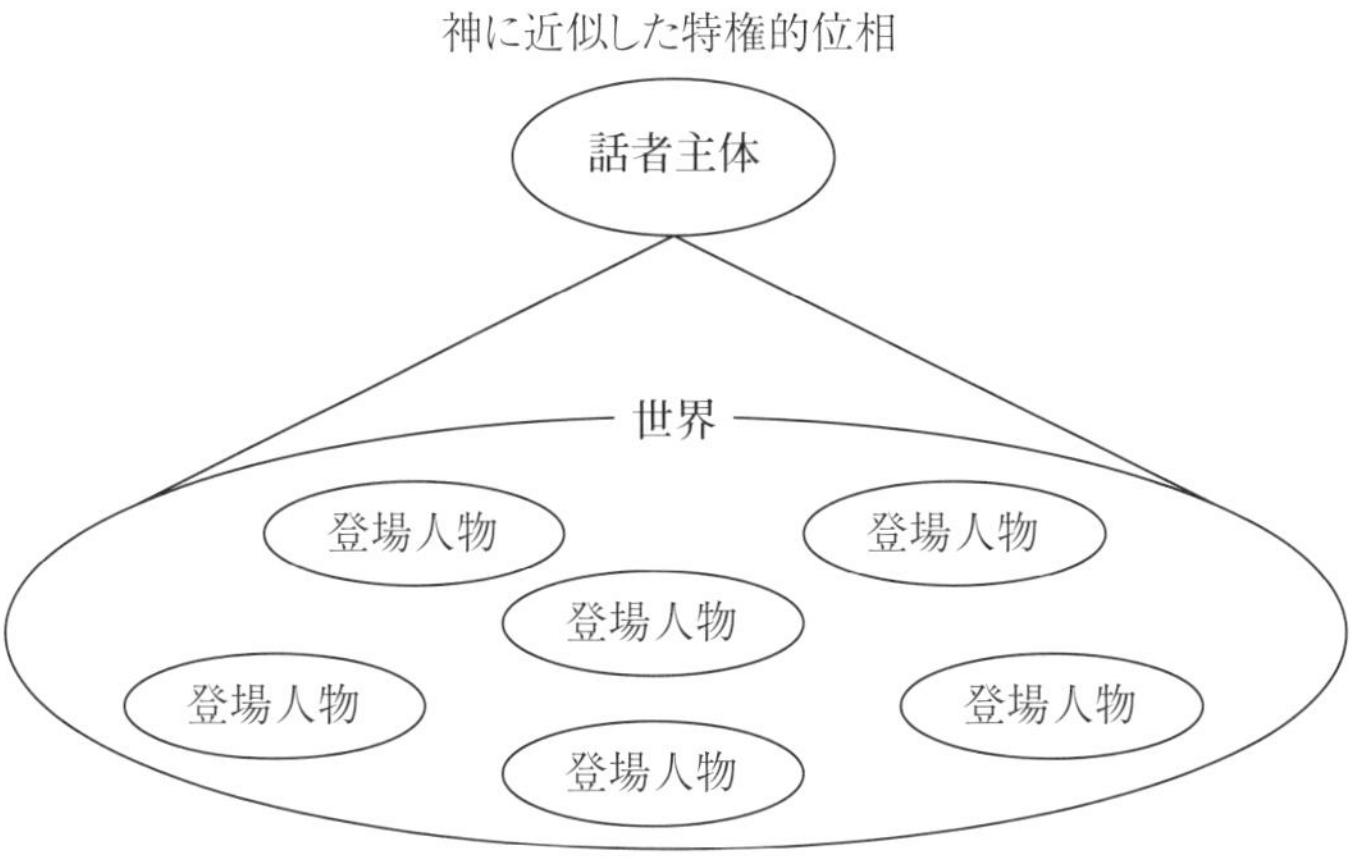

●写生文小説の文体構造

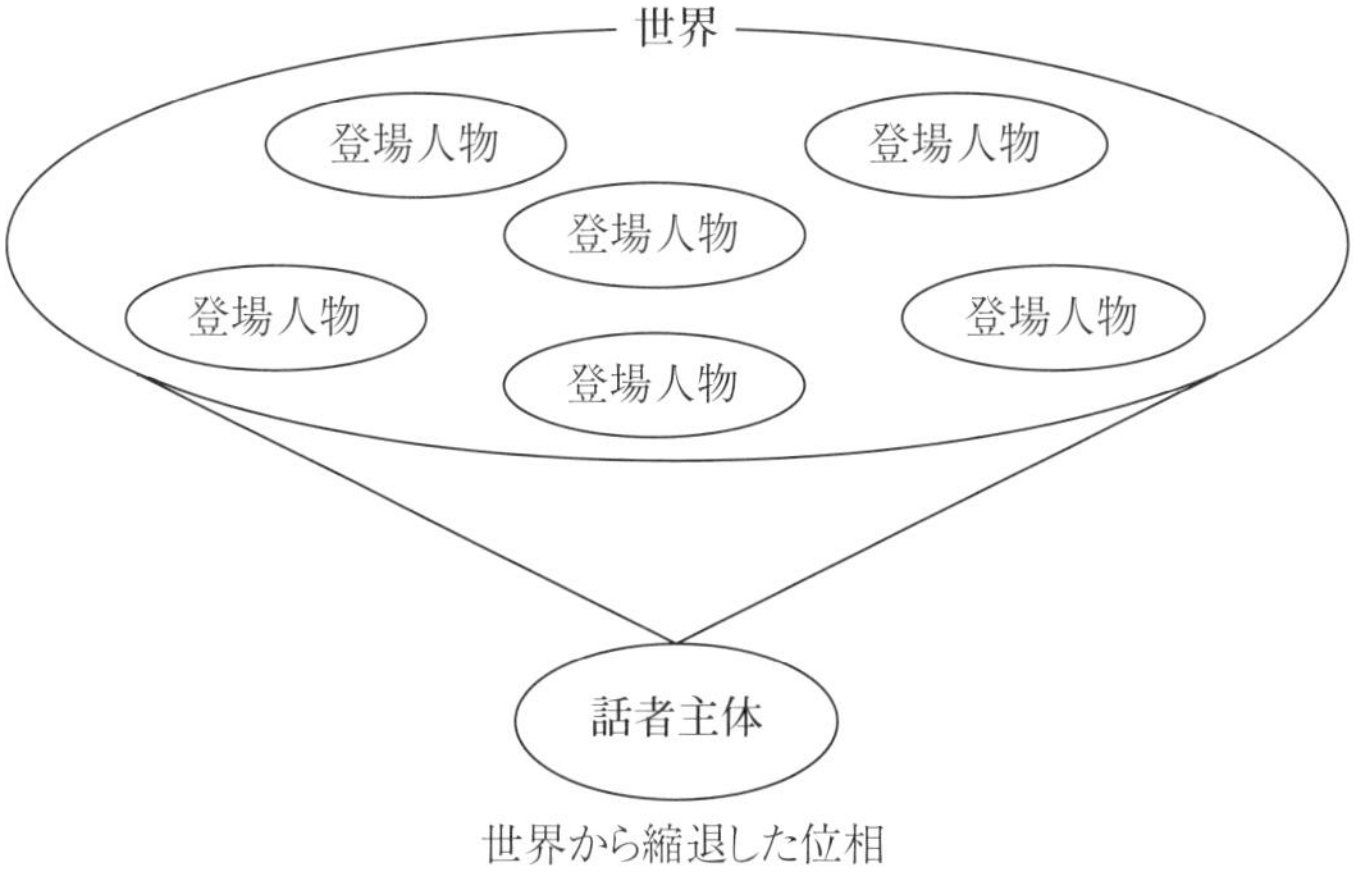

ら縮退させても消えることはない。漱石は現実世界で縮退した話者主体の位相を後に「非人情」(『草枕』)と呼ぶことになるが、写生文ではそれが限界なのである。

漱石はおおむね『虞美人草』まで写生文の文体を使って小説を書き、それ以降は違う文体で試行錯誤を繰り返していった。漱石文学の文体の変化は、比喩的に言えば〝猫を完全に消し去るための闘い〟だったとも言えるのである。

V　漱石的主題

『琴のそら音』
『趣味の遺伝』
『坊っちゃん』
『草枕』
『野分』

漱石は朝日新聞に文芸記者として入社する直前までに十二篇の小説を書いた。ほとんどが俳誌「ホトトギス」に掲載され、『猫』以外は一括掲載の中・短篇小説だが、発表回数では約二年間で二十二回である。驚異的執筆ペースだ。

爆発的創作活動ができるようになったのは、漱石が小説の書き方を把握したからである。漱石は文学作品として表現すべき〝内容〟を持っていなかったのではなく、その〝表現方法〟を掴んでいなかった。そして漱石が得た表現方法は言うまでもなく写生文の文体だった。

ただ初期写生文小説で漱石は『猫』的な方法を繰り返しているわけではない。猫は人間と意思疎通できず世界から縮退し、人間世界を純客観的に観察・報告する存在だった。しかし『猫』以降の主人公は人間である。主人公は否応なく他者と交流し、人間世界のある部分をクローズアップして描写する。このクローズアップされた箇所には漱石が小説で真っ先に描きたかった主題が表現されている。

「それで其男《そのおとこ》が出立をする時細君が色々手伝つて手荷物抔《など》を買つてやつた中に、懐中持《かいちゅうもち》の小さい鏡があつたさうだ（中略）ある朝例の如《ごと》くそれを取り出して何心《なにごころ》なく見たんださうだ。すると其鏡の奥に（中略）青白い細君の病気に窶《やつ》れた姿がスーとあらはれたと云《い》ふんだがね（中略）誰に聞かしても嘘だらうと云ふさ。（中略）死ぬか生きるかと云ふ戦争中にこんな小説染《じみ》た呑気な法螺《ほら》を書いて国元へ送るものは一人もない訳ださ」
「そりや無い」と云つたが実はまだ半信半疑である。（中略）
「尤《もっと》も話しはしなかつたさうだ。黙つて鏡の裏《うち》から夫《おっと》の顔をしげしげ見詰めたぎりださうだが、其時夫の胸の中に訣別の時、細君の言つた言葉が渦の様に忽然《こつぜん》と湧いて出たと云ふんだが、こりやさうだらう。焼小手《やきごて》で脳味噌をじゆつと焚《や》かれた様《よう》な心持だと手紙に書いてあるよ」
（『琴のそら音』明治三十八年［一九〇五年］五月）

御母《おかあ》さんの仰《おお》せには「近頃一人の息子を旅順で亡くして朝、夕淋しがつて暮らして居《い》る女が居る。慰めてやらうと思つても男ではうまく行かんから、おひまな時に御嬢《おじょう》さんを時々遊びにやつて上げて下さいとあなたから博士に頼んで見て頂《いただ》きたい」とある。早速博士方へまかり出て鸚鵡《おうむ》的口吻《こうふん》を弄《ろう》して旨《むね》を伝へると博士は一も二もなく承諾してくれた。これが元で御母さんと御嬢さんとは時々会見をする。会見する度《たび》に仲がよくなる。一所《いっしょ》に散歩をする、御饌《ごぜん》をたべる、丸で御嫁《およめ》さんの様になつた。とうとう御母さんが浩さんの日記を出して見せた。其《その》時に御嬢さんが何と云《い》つたかと思つたらそれだから私は御寺参《おてらまいり》をして居《お》りましたと答へたさうだ。何故白菊を御墓へ手向《たむ》けたのかと問ひ返したら、白菊が一番好きだからと云ふ挨拶であつた。
（『趣味の遺伝』「三」明治三十九年［一九〇六年］一月）

『琴のそら音』の主人公は法学士の余で、久しぶりに友人で文学士の津田を訪問した。何気なく婚約者がインフルエンザで寝込んでいると話すと、津田は「注意せんといかんよ」と言って不思議な出来事を話してくれた。親類に日露戦争に出征中の軍人がいてその妻がインフルエンザで亡くなった。妻はもし夫の出征中に自分が死ぬようなことがあれば、「必ず魂魄《こんぱく》丈《だけ》は御傍《おそば》へ行つて、もう一遍《いっぺん》御目《おめ》に懸《かか》ります」と言った。実際妻が亡くなった同日同時刻に夫は戦地で鏡の中に妻の姿を見て、その死を予感したのだった。

『趣味の遺伝』も日露戦争モノで、主人公は『琴のそら音』と同じく法学士である。余は「書斎以外に如何《いか》なる出来事が起るか知らんでも済む天下の逸民《いつみん》」だが、親友の浩さんは旅順で戦死した。新橋駅で日露戦争からの凱旋軍を見た翌日、余は浩さんの墓参りに行く。墓前に若く美しい女が佇んでいた。浩さんが好きだった白菊が供えてあった。見覚えのない女で浩さんのお母さんに聞いても素性はわからない。ただ浩さんの日記に手掛かりがあった。

浩さんは戦地で手帳に「一二三日一睡もせんので勤務中坑内で仮眠。郵便局で逢った女の夢を見る」「只《ただ》二三分の間、顔を見た許《ばか》りの女を、程経《ほどへ》て夢に見るのは不思議である」と書き残していた。浩さんは郵便局でほんの一瞬視線を交わしただけで女と恋に落ちていたのだった。

余は『琴のそら音』の主人公と同様、「幽霊だ、祟《たたり》だ、因縁だ抔《など》と雲を攫《つか》むような事を考へるのは一番嫌《きらい》」な理性の人である。そこで浩さんと女の不思議な関係は「遺伝で解ける問題」ではないかと思う。調べてみると、はたして浩さんの祖先に許嫁との仲を家老に裂かれた侍がいた。余は「昔はこんな現象を因果と称《とな》へて居《い》た。（中略）然《しか》し二十世紀の文明は此因《このゆかり》を極めなければ承知しない。しかもこんな芝居的夢幻的現象の因を極めるのは遺伝によるより外に仕様はなからう」と結論付ける。しかし余の言う「遺伝」と「因果」にはまったく違いがない。

漱石は『趣味の遺伝』の主題を「男女相愛するといふ趣味の意味です」（森田草平《そうへい》宛書簡　明治三十九年［一九〇六年］二月十三日）と書き送っている。『趣味の遺伝』ばかりではない。『幻影の盾』『琴のそら音』『薤露行』すべてで漱石は男女の愛を描いている。しかも悲恋である。『幻影の盾』と『薤露行』はアーサー王伝説を下地にした擬古文小説で、一種の翻案小説として捉えることもできるが、『琴のそら音』と同様、鏡の世界で愛を成就させる男女の物語である。漱石は写生文小説でまず愛の主題を表現した。

また『趣味の遺伝』の浩さんと女には漱石の実体験に基づく妄想的理想が反映されている。漱石は学生時代にトラホームの治療に通った眼科医で見た女に恋をした。その後の神経衰弱の悪化とともに、眼科医の女が漱石の運命の女になっていった。また漱石は『趣味の遺伝』の主人公に「父母未生《ふもみしょう》以前に受けた記憶と情緒が、長い時間を隔てて脳中に再現する」と言わせている。「父母未生以前本来の面目」は、神経衰弱に苦しんだ漱石が、鎌倉円覚寺に参禅した際に与えられた公案である。

親同士の約束や打算ではなく、純粋に精神だけで結ばれた男女の愛が漱石の理想だった。そこに幼少時代に両親の愛情を十分受けることがなかった漱石の精神的希求を見るのは決して的外れではない。しかし漱石は私小説作家ではない。神経衰弱の苦しみと同様に、個人的な愛の希求をより高次の観念にまで昇華している。この観念化された愛の主題は初期の代表作『坊っちゃん』で驚くほどみずみずしく表現されている。

親譲りの無鉄砲で子供の時から損ばかりして居《い》る。小学校に居る時分《じぶん》学校の二階から飛び降りて一週間程《ほど》腰を抜かした事がある。なぜそんな無闇をしたと聞く人があるかも知れぬ。別段深い理由でもない。新築の二階から首を出して居たら、同級生の一人が冗談に、いくら威張つても、そこから飛び降りる事は出来まい。弱虫やーい。と囃《はや》したからである。小使に負《お》ぶさつて帰つて来た時、おやぢが大きな眼をして二階位《くらい》から飛び降りて腰を抜かす奴があるかと云《い》つたから、此次《このつぎ》は抜かさずに飛んで見せますと答へた。

（『坊っちゃん』「一」明治三十九年［一九〇六年］四月）

『坊っちゃん』は末尾を除いて「居《い》る」「ある」などの現在形で現実の出来事をありのままに描写

する写生文の文体である。完全過去形のように一つの焦点に主人公の心象を絞り込めないため、この文体から生み出される思考は単純にならざるを得ない。それが坊っちゃんの向日的な性格を形作っている。ただ他の写生文小説のように坊っちゃんは観察・報告者ではない。決して能動的に行動するわけではなく他者が引き起こす事件に巻き込まれることが多いが、主人公自身が語り手なので写生文小説の中で最も動的な作品になっている。

ただ小説の明るい文体とは裏腹に、坊っちゃんは決して幸福な少年時代を過ごしたわけではない。「おやぢは些《ちつ》ともおれを可愛がつて呉《く》れなかつた。母は兄許《ばか》り贔屓《ひいき》にして居《い》た。此《この》兄はやに色が白くつて、芝居の真似をして女形になるのが好きだつた。おれを見る度《たび》にこいつはどうせ碌《ろく》なものにはならないと、おやぢが云《い》つた。乱暴で乱暴で行く先が案じられると母が云つた」と坊っちゃんは回想している。

父母が亡くなった後、兄は九州の会社に就職することになった。兄は九州に発つ前に先祖代々の家屋敷を骨董品ごと売り払い、坊っちゃんの下宿へ来て六百円を渡した。この金で商売をするなり勉強するなり好きにしろ「其《そ》の代《かわ》りあとは構わない」と言った。坊っちゃんは六百円を学資にして物理学校に通うことにした。「二日立つて新橋の停車場で分れたぎり兄には其後一遍も逢はない」とある。坊っちゃんは天涯孤独な青年である。

虚構化されているが坊っちゃんの少年時代には漱石自身の体験が反映されている。長兄大助や次兄直則《なおのり》、三男直矩《なおかた》は吉原通いをして遊蕩に耽った。また借財のために夏目家代々の家屋敷を売却したのは家を継いだ直矩である。坊っちゃんは「おやぢが小使《こづかい》いを呉《く》れないには閉口した」と言っているが、それは「健三は、小《ちい》さな一個の邪魔物であつた。何《なに》しに斯《こ》んな出来損《できそこな》ひが舞《ま》ひ込《こ》んで来たかといふ顔付《かおつき》をした父は、殆《ほと》んど子としての待遇を彼に与へなかつた」（『道草』）という少年時代の回想と一致している。

坊っちゃんは家庭的にも心理的にも孤独で寂しい青年である。それを写生文の明るい文体が覆い隠している。漱石に韜晦癖があるとすれば、このような点にあるだろう。

ただ漱石の『坊っちゃん』執筆の目的は、自らの幼年時代を主人公に重ねて表現することにはなかった。むしろ孤独な少年時代の描写は、これから坊っちゃんが体験することになる度外れた幸福を際立たせるためにある。

> 愈《いよいよ》約束が極《き》まつて、もう立つと云《い》ふ三日前に清《きよ》を尋ねたら、北向の三畳に風邪を引いて寝て居《い》た。おれの来たのを見て、起き直るが早いか、坊っちゃん何時《いつ》家《うち》を御持《おも》ちなさいますと聞いた。卒業さへすれば金が自然とポッケットの中に湧いて来ると思つて居る。そんなにえらい人をつらまへて、まだ坊っちゃんと呼ぶのは愈馬鹿気《げ》て居る。おれは単簡《たんかん》に当分うちは持たない。田舎へ行くんだと云つたら、非常に失望した容子《ようす》で、胡魔塩《ごましお》の鬢《びん》の乱れを頻《しき》りに撫でた。

余り気の毒だから「行く事は行くがぢき帰る。来年の夏休には屹度《きっと》帰る」と慰めてやつた。夫《それ》でも妙な顔をして居るから「何か見やげを買つて来てやらう、何が欲しい」と聞いて見たら「越後の笹飴《ささあめ》が食べたい」と云つた。（中略）「おれの行く田舎には笹飴はなさゝうだ」と云つて聞かしたら「そんなら、どつちの見当です」と聞き返した。「西の方だよ」と云ふと「箱根のさきですか手前ですか」と問ふ。随分持てあました。

（『坊っちやん』「二」）

親兄弟が坊っちゃんを邪険に扱ったのに対して、「十年来召し使つて居《い》る清《きよ》と云《い》ふ下女」は坊っちゃんを愛した。内緒でおやつを買ってくれたばかりでなく、小額だが金まで貸してくれた。兄が家屋敷を売り払った後、清は甥の元に身を寄せることになった。「どこかへ奉公でもする気かね」と尋ねた坊っちゃんに「あなたが御《お》うちを持つて、奥さまを御貰《おもら》ひになる迄は、仕方がないから甥の厄介になりませう」と答えたとある。

坊っちゃんは下宿から物理学校に通って卒業し、松山に数学教師として赴任することになった。暇乞いに行った坊っちゃんに、清は「坊っちゃん何時《いつ》家《うち》を御持《おも》ちさないます」と尋ねている。清は坊っちゃんが学校を卒業するのを三年間も待っていたのである。現実にはあり得ない話である。ただ坊っちゃんは「行く事は行くがぢき帰る」と答え、実際短期間で清の元に戻って来る。

『坊っちゃん』は松山に赴任した主人公が、偽善的な拝金主義と立身出世主義に染まった学校の生徒や同僚たちと闘って、清の待つ東京に帰って来る小説である。

『坊っちゃん』という小説の本質は、主人公が〝誰にとっての坊っちゃんなのか〟を考えればすぐに理解できる。『坊っちゃん』の主要登場人物は坊っちゃん、野だいこ、赤シャツ、山嵐、うらなり、マドンナだがこれらはあだ名で、坊っちゃんと赤シャツ以外は本名がわかっている。

大局化すれば『坊っちゃん』は、坊っちゃんの正義と赤シャツの不正義の対立の物語である。二つの相容れない思想を背負った人物だけ名前がないわけだ。主人公が自分を呼ぶときの呼称は「おれ」である。おれを最初に「坊っちゃん」と呼ぶのは清である。またおれは現実には坊っちゃんと呼ばれるような境遇にはいない。おれは何よりも清にとっての坊っちゃんなのだ。『坊っちゃん』は主人公と清の愛の物語である。

ただ坊っちゃんは最初から清の愛を受け入れているわけではない。「清は時々台所で人の居《い》ない時に「あなたは真っ直でよい御気性《ごきしょう》だ」と賞める事が時々あつた。（中略）好い気性なら清以外のものも、もう少し善《よ》くしてくれるだらうと思つた。清がこんな事を云《い》ふ度《たび》におれは御世辞は嫌だと答へるのが常であつた。すると婆さんは夫《それ》だから好い御気性ですと云つては、嬉しさうにおれの顔を眺めて居る。（中略）少々気味が悪かつた」とある。

この愛の懐疑は写生文以降の小説で、軋むような思想主題として表現されることになる。しかし『坊っちゃん』では漱石の生《なま》の理想が無防備に表現されている。
清はフロベールが『純な心』で描いた女中フェリシテのように、地方の土産といえば「越後の笹飴《ささあめ》」しか知らず、西の方といえば「箱根のさきですか手前ですか」と問う清く純な心の女である。坊っちゃんへの清の愛は揺るがない。『坊っちゃん』の主題は『琴のそら音』や『趣味の遺伝』などで悲恋に終わった男女の愛の合一を描くことにある。

（前略）夫《それ》から二三日して学校から帰ると、御婆《おばあ》さんがにこにこして、へえ御待《おま》ち遠《どお》さま。やつと参りました。と一本の手紙を持つて来てゆつくり御覧《ごらん》と云《い》つて出て行つた。取り上げて見ると清からの便りだ。（中略）開いて見ると、非常に長いもんだ。坊っちゃんの手紙を頂いてから、すぐ返事をかこうと思つたが、生憎風邪を引いて一週間許《ばか》り寝て居《い》たものだから、つい遅くなつて済まない。（中略）甥に代筆を頼まうと思つたが、折角《せっかく》あげるのに自分でかかなくつちや、坊っちゃんに済まないと思つて、わざわざ下《した》がきを一返して、それから清書をした。（中略）読みにくいかも知れないが、是《これ》でも一生懸命にかいたのだから、どうぞ仕舞《しまい》迄読んでくれ。と云《い》ふ冒頭で四尺ばかり何やら蚊《か》やら認《したた》めてある。成程《なるほど》読みにくい。字がまづい許《ばかり》ではない、大抵平仮名だから、どこで切れて、どこで始まるのだか句読をつけるのに余《よ》っ程《ぽど》骨が折れる。おれは焦《せ》っ勝《か》ちな性分だから、こんな長くて、分りにくい手紙は五円やるから読んでくれと頼まれても断はるのだが、此時《このとき》ばかりは真面目になつて、始《はじめ》から終《しまい》迄読み通した。読み通した事は事実だが、読む方に骨が折れて、意味がつながらないから、又《また》頭から読み直して見た。部屋のなかは少し暗くなつて、前の時より見にくくなつたから、とうとう椽鼻《えんばな》へ出て腰をかけながら鄭寧《ていねい》に拝見した。

（『坊っちゃん』「七」）

松山に赴任した坊っちゃんは清のことばかり考えている。学校に宿直して蚊帳の中にバッタを入れられる悪戯を受けた時は、卑劣な生徒たちと清を比較して「教育もない身分もない婆さんだが、人間としては頗《すこぶ》る尊《たっと》い。（中略）なんだか清に逢ひたくなつた」と考えている。赤シヤツや野だいこと釣りに出かけたときは「金があつて、清をつれて、こんな綺麗な所へ遊びに来たら嘸《さぞ》愉快だらう」と想像している。下宿のお婆さんは坊っちゃんには東京に嫁がいると思い込んでいる。「何故《どう》してててて。東京から便りはないか、便りはないかてて、毎日便りを待ち焦《こ》がれて御《お》いでる」からである。

坊っちゃんは松山に来てから清に一通しか手紙を書いていない。それも簡単でぶっきら棒な内容だ。清から「坊っちゃんの手紙はあまり短過ぎて、容子《ようす》がよくわからないから、此次《このつぎ》には責《せ》めて此手紙の半分位《くらい》の長さのを書いてくれ」と求められても手紙を書かない。「かうして遠くへ来て迄、清の身の上を案じていてやりさへすれば、おれの真心《まこと》は清に通じるに違ない。通じさへすれば手紙なんぞやる必要はない」と考えるのである。

この坊っちゃんの思考は、鏡の中で再会を果たす『幻影の盾』や『薤露行』『琴のそら音』と同じである。一瞬視線を交わしただけで互いの愛を確認できた『趣味の遺伝』の変奏がある。ただ『坊っちゃん』の愛の主題は幻想や他者からの伝聞ではない。坊っちゃんと清の存在によって力強く支えられている。

「所が、去年あすこの御父《おとう》さんが、御亡くなりて、(中略)それや、これやで御輿入《おこしいれ》も延びて居《い》る所へ、あの教頭さんが御出《おいで》て、是非御嫁にほしいと御云《おい》ひるのぢやがもし」

「あの赤シヤツがですか。ひどい奴だ。(中略)」

「人を頼んで懸合《かけお》ふてお見ると、遠山さん(マドンナ家)でも古賀さん(うらなり家)に義理があるから、すぐには返事が出来かねて――まあよう考へて見やう位《くらい》の挨拶を御《お》したのぢやがもし。すると赤シヤツさんが、手蔓《てづる》を求めて遠山さんの方へ出入をおしる様になつて、とうとうあなた、御嬢さんを手馴付《てなづ》けてお仕舞《しまい》ひたのぢやがなもし。赤シヤツさんも赤シヤツさんぢやが、御嬢さんも御嬢さんぢやてて、みんなが悪るく云《い》ひますのよ。一反《いったん》古賀さんへ嫁に行くてて承知をしときながら、今更学士さんが御出《おいで》だけれ、其《その》方に替へよてて、それぢや今日様《こんにちさま》へ済むまいがなもし、あなた」
「全く済まないいね。今日様所《どころ》か明日様にも明後日様にも、いつ迄行つたつて済みつこありませんね」

（『坊っちゃん』「七」）

坊っちゃんは生徒たちのたわいもないが、問い詰めても決して白状しない陰湿な悪戯を受ける。また教師仲間のトラブルに巻き込まれる。英語教師のうらなりにはマドンナというあだ名の美人の許婚がいた。しかしうらなりの家が父親の死で傾き、それに乗じた赤シャツに許婚を横取りされかかっている。マドンナもその気になっているようだ。校長の野だいこと教頭の赤シャツはうらなりが給与を上げてほしいと陳情したのをきっかけに、邪魔者の彼を九州に転勤させてしまう。

気の弱いうらなりに代わって山嵐が猛然と野だいこと赤シャツに抗議するが、今度は彼が奸計に陥れられる。坊っちゃんと山嵐は赤シャツの弟に誘われて日清戦争祝勝会の余興見物に行き、そこで中学と師範学校の生徒たちの喧嘩に巻き込まれた。この事件は新聞沙汰となり、山嵐は野だいこから辞職を迫られる。坊っちゃんにお咎めはない。「あまり単純過ぎるから、置いたつて、どうでも胡魔化《ごまか》される」と見くびられたのである。

坊っちゃんと山嵐は学校を辞職して桝屋という宿屋の二階に籠もる。そこから宿屋兼料理屋の角屋が見えた。坊っちゃんたちは品行方正を口にする赤シャツと野だいこが、角屋で馴染みの芸者と密会しているのを突き止めていた。二人は赤シャツと野だいこが角屋から出たところを捕まえて袋叩きにして松山を後にする。「貴様等は奸物《かんぶつ》だから、かうやつて天誅を加へるんだ。これに懲《こ》りて以来つつしむがいい。いくら言葉巧みに弁解が立つても正義は許さんぞ」と山嵐は吐き捨てたとある。

『坊っちゃん』に登場する若い女はマドンナだけだが、彼女の心を推しはかることができる描写は一切ない。坊っちゃんもまったく関心を示していない。美人だがマドンナは親の言いなりに結婚する当時の大人しいお嬢さんの一人である。漱石が女性の自我意識《エゴ》を正面から描くようになるのは『虞美人草《ぐびじんそう》』以降の作品においてだ。

また坊っちゃんと山嵐は赤シャツと野だいこを成敗するが、それは私怨を晴らしたに過ぎない。学校を去るのは坊っちゃんたちであり、彼らの「正義」の戦いは社会に敗れたのだ。しかし松山を去る坊っちゃんに暗さはない。彼には帰る場所がある。

清の事を話すのを忘れて居《い》た。——おれが東京へ着いて下宿へも行かず、革鞄《かばん》を提《さ》げた儘《まま》、清や帰つたよと飛び込んだら、あら坊っちゃん、よくまあ、早く帰つて来て下さつたと涙をぽたぽたと落した。おれも余り嬉しかつたからもう田舎へは行かない、東京で清とうちを持つんだと云《い》つた。
其後《そのご》ある人の周旋《しゅうせん》で街鉄《がいてつ》の技手になつた。月給は二十五円で、屋賃《やちん》は六円だ。清は玄関付きの家でなくつても至極満足の様子であつたが気の毒な事に今年の二月肺炎に罹《かか》つて死んで仕舞《しま》つた。死ぬ前日おれを呼んで坊つちやん後生《ごしょう》だから清が死んだら、坊っちゃんの御寺へ埋めて下さい。御墓のなかで坊つちやんの来るのを楽しみに待つて居《お》りますと云つた。だから清の墓は小日向《こびなた》の養源寺《ようげんじ》にある。

（『坊っちゃん』「十一」）

東京に帰った坊っちゃんは夫婦のように「清とうちを持つ」。坊っちゃんと清の愛は永遠のものである。それは「御墓のなかで坊っちゃんの来るのを楽しみに待つて居《お》ります」という清の臨終の言葉に示されている。坊っちゃんは清の死を看取り、血縁者ではない清の骨を実際に自分の菩提寺の墓に入れてやる。日本の家制度では現代でもほとんどあり得ないことだ。ただ若い男と年老いた女中の間で愛が成就する点に、漱石が希求した愛の現実世界での実現不可能性が良く表現されている。

漱石は『坊っちゃん』で彼の倫理的社会思想と現実社会との衝突を初めて正面から描いた。それは漱石が理想とした明治の新たな倫理思想でもある。もし明治三十九年に『坊っちゃん』が書かれていなければ、わたしたちの明治時代に対するイメージは変わっているはずだ。それは明治の清新な精神が『坊っちゃん』という作品によって言語化されたことを示している。『坊っちゃん』は日本近代社会の、明治という青春期の精神を体現している。それは文学作品に許された最高の栄誉である。

なお漱石は『坊っちゃん』を気楽に書き飛ばした。書簡から明治三十九年（一九〇六年）三月十七日から二十三日頃までの約一週間ほどで書きあげたことがわかる。三十九年一月に「ホトトギス」に発表された伊藤左千夫の『野菊の墓』も『坊っちゃん』に影響を与えただろう。漱石は森田草平《そうへい》と『野菊の墓』について手紙で議論したが、「趣向は仰《おお》せの如《ごと》く陳腐です」と草平の批判を肯定しながらも一貫して激賞している。特にヒロイン民子の死については「野菊の行きがかりから云《い》ふてあれでなくてはものにならない」と書いた。草平らの若者たちにとって『野菊の墓』は、当時ですら現実にはあり得ない純愛ファンタジーだった。しかし漱石は浮世離れした純愛をこそ評価した。

ただ漱石は同じ試みを二度繰り返さない作家である。『坊っちゃん』では漱石が理想とする愛がまがりなりにも成就したが、小説がリアリティを増すにつれそれは困難になってゆく。

山路《やまみち》を登りながら、かう考へた。

智《ち》に働けば角《かど》が立つ。情に棹《さお》させば流される。意地を通せば窮屈だ。兎角《とかく》に人の世は住みにくい。
住みにくさが高じると、安い所へ引き越したくなる。どこへ越しても住みにくいと悟つた時、詩が生れて、画が出来る。（中略）
越す事のならぬ世が住みにくければ、住みにくい所をどれほどか、寛容《くつろげ》て、束《つか》の間《ま》の命《いのち》を、束の間でも住みよくせねばならぬ。ここに詩人といふ天職が出来て、ここに画家といふ使命が降《くだ》る。あらゆる芸術の士は人の世を長閑《のどか》にし、人の心を豊かにするが故《ゆえ》に尊《たっ》とい。
（『草枕』「一」明治三十九年［一九〇六年］九月）

漱石は『坊っちゃん』について「単純過ぎて経験が乏し過ぎて現今の様《よう》な複雑な社会には円満に生存しにくい人だなと読者が感じて合点しさへすれば、それで作者の人生観が読者に徹したと云《い》ふてよいのです」（「談話（文学談）」明治三十九年［一九〇六年］九月）と語った。これに対して『草枕』は「世間的普通にいふ小説とは全く反対の意味で書いたのである」「この俳句的小説（中略）が成立つとすれば、文学界に新しい境域を拓く訳である。この種の小説は未だ西洋にもないやうだ。日本には無論無い」（「談話（余が『草枕』）」同年）と文学的な意義を強調している。つまり『草枕』で漱石は、はっきりとその文学的独自性を打ち出している。

『草枕』の主人公は画家の「余」である。余は「住みにくい」現世を「東の間でも住みよく」し、「人の心を豊かにする」することを「天職」とする芸術家だ。主人公にこの目的を遂げさせるために漱石は漢語表現を多用している。それは漱石が、幕末に大流行した南画や漢詩で表現される東洋的理想思想を援用したことを示している。漱石は作品の主題に応じて文体構造はもちろん、使用するボキャブラリも変えることができる作家だった。しかし東洋的理想といっても単なる江戸文化への退行ではない。

漱石は主人公を洋画家に設定した。彼はシェリーやメレディスの英詩を口ずさむ。だが絵以外に手がけるのは俳句や漢詩である。余は江戸的感受性を持った明治現代の画家なのだ。この設定は漱石が西洋文明に対して抱いた強烈な違和感の反映である。余は「みんな西洋人にかぶれて居《い》るから、わざわざ呑気な扁《へんしゅう》舟を泛《うか》べて此《この》桃源郷（東洋的出世間の境地）に溯《さかのぼ》るものはない」と言う。

漱石は日本の欧化主義がもはや後戻りできないものであることを知っていた。画家が表現できるのは「東の間」の理想郷に過ぎない。だからその試みは「一つの酔興だ」とも言う。だが酔狂であろうとも、漱石は自らの作品主題を言語化しなければ気が済まない作家である。

しばらく此《この》旅中に起る出来事と、旅中に出逢ふ人間を能の仕組と能役者の所作に見立てたらどうだらう。丸で人情を棄てる訳には行くまいが、根が詩的に出来た旅だから、非人情のやり序《つい》でに、可成《なるべく》節倹《せっけん》してそこ迄は漕ぎ付けたいものだ。（中略）尤《もっと》も画中の人物と違つて、彼等はおのがじし勝手な真似をするだらう。然《しか》し普通の小説家の様に其《その》勝手な真似の根本を探ぐつて、心理作用に立ち入つたり、人事葛藤の詮議《せんぎ》立《だ》てをしては俗になる。（中略）是《これ》から逢ふ人間には超然と遠き上から見物する気で、人情の電気が無暗《むやみ》に双方で起らない様にする。（中略）利害に気を奪はれないから、全力を挙げて、彼等の動作を芸術の方面から観察する事が出来る。余念もなく美か美でないかと鑑識する事が出来る。

（『草枕』「一」）

『草枕』という「俳句的小説」で漱石がとった方法は「非人情」である。現世を「超然と遠き上から見物」する話者主体の位相のことだ。漱石は明治三十九年（一九〇六年）の創作メモで、「己《おの》レヲ大ニスル方法。己レノ住ンデ居《い》ル世界ヲ遠クカラ眺メル法。遠クカラ見ルト自己ノ世界ノ高低、深浅、高下及ビ自己ト周囲トノ関係ガ歴然トワカル」と書いている。

子規─漱石の写生文は縮退した自我意識で世界を切り取るように客観描写する手法だが、それはまた世界を相対的かつ全体的に、俯瞰描写するための方法であった。

ヨーロッパ写実主義文学は、写実といっても人智を超えた大いなる神の意志に左右されることが多い。しかし写生文にはそのような超越性はない。神のように「心理作用に立ち入ったり、人事葛藤の詮議立て《せんぎだ》」をしないのだ。ありのままの世界を認識把握することで、初めて「余念もなく美か美でないかと鑑識する事が出来る」――つまり世界から生《なま》の倫理思想を導き出すことができるのである。

『草枕』は図式的に捉えれば東洋思想と西洋思想の対立を描いた小説ということになる。しかし本質的にはそのいずれにも属さない。先進ヨーロッパ文学を無条件に是とすることなく、写生理論を使って一からその是非を検証した方法の書であり勇気の書である。西洋思想は東洋思想によって揺さぶりをかけられ、東洋思想は欧化した現実世界に激しく浸食される。

あの女の所作を芝居と見なければ、薄気味がわるくて一日も居《い》たたまれん。義理とか人情とか云《い》ふ、尋常の道具立を背景にして、普通の小説家の様な観察点からあの女を研究したら、刺激が強過ぎて、すぐいやになる。（中略）余の此度《このたび》の旅行は俗情を離れて、あく迄画工になり切るのが主意であるから、眼に入るものは悉《ことごと》く画として見なければならん、能、芝居、若《も》しくは詩中の人物としてのみ観察しなければならん。此覚悟の眼鏡から、あの女を覗いて見ると、あの女は、今迄見た女のうちで尤《もっと》もうつくしい所作をする。自分でうつくしい芸をして見せると云ふ気がない丈《だけ》に、役者の所作よりも猶々《なおなお》うつくしい。

（『草枕』「十二」）

語り手の余は観察・報告者であり、『草枕』の実質的主人公は那美《なみ》という若い女性である。余は那古井《なこい》という温泉地に湯治に出かけ、志保田という一軒宿に逗留する。妻に先立たれた主人は隠居していて娘の那美が宿を仕切っていた。那美には好きな男がいたが、親の意向で城下一の金持ちの息子と結婚した。男は銀行勤めだったが日露戦争の煽りで倒産してしまう。それを機に那美は実家に出戻って来たのだった。余が那古井に着く前に休憩した峠の茶屋のお婆さんは「世間では嬢様の事を不人情だとか、薄情だとか色々中します」と語った。『草枕』は余と那美の交流を描いた小説である。

那美の内面と外面には乖離がある。非人情の視線で捉えれば那美の所作は美しい。しかし内面には激しい情念が渦巻いている。実際那美は身勝手とも捨て鉢、あるいは蠱惑的とも言えるような行動をとる。

余が茶屋のお婆さんから聞いたとても美しかったという花嫁姿を見たかったと言うと、那美は何も告げずに振り袖を着てその姿を見せつける。また宿の近くに「鏡が池」がある。余との世間話の最中に那美は「私が（池に）身を投げて浮いて居《い》る所を（中略）やすやすと往生して浮いて居る所を――綺麗な画にかいて下さい」と頼む。余が鏡が池に写生に行くと、那美が崖の上に現れて驚かすのだった。

また那古井の床屋の主人は那美は精神に変調を来していると言う。那古井の観海寺に滞在していた僧侶は那美が理由で身を亡ぼしたと噂話をする。しかし床屋に来合わせた観海寺の小坊主は床屋の言葉を即座に否定する。小坊主は「あの娘さんはえらい女だ。老師がよう褒《ほ》めて居《お》られる」と正反対の言葉を口にした。

那美は好きな男ではなく親の決めた家に嫁ぎ、機を見て婚家から出るという形でしか自我意識を発揮できなかった。那美の不可解な言動は当時の社会制度に阻まれて、自己に忠実に行動できなかった女性の苦悩と混乱を表している。それが那美の評判を正反対のものにしている。

漱石はこのような心理状態にある女性を、後に「無意識なる偽善家《アンコンシャス、ヒポクリット》」（明治四十一年［一九〇八年］）と呼んだ。『坊っちゃん』で表現されたように漱石の理想は無媒介的な絶対的愛であり、無意識なる偽善家《アンコンシャス・ヒポクリット》には批判的だった。しかし強固な自我意識を持つ同時代の若い女性たちに惹きつけられてもいた。実際漱石は後の『三四郎』（四十一年）、『それから』（四十二年［〇九年］）、『門』（四十三年［一〇年］）三部作で、無意識なる偽善家《アンコンシャス・ヒポクリット》の女性を描いている。また崖から飛び降りるという挿話は何度も漱石作品にあらわれる。

『三四郎』のヒロイン美禰子《みねこ》は「飛び込みませうか。でも余《あん》まり水が汚ないわね」と言う。水死は『薤露行《かいろこう》』の重要な舞台装置でもある。崖、飛び込み、水死が意味するのは強い自我意識に基づいた愛の希求とその不可能である。那美や美禰子は自我意識（自由恋愛意志）と当時の社会制度の合間で苦悩する女性たちだ。彼女らは死をも恐れぬ姿勢を垣間見せることで、当時の社会で決定権を持っていた男たちの心に揺さぶりをかける。この飛び込みを巡る思考は『彼岸過迄《ひがんすぎまで》』（明治四十五年〔一九一二年〕）に至るまで繰り返される。

ただ『草枕』で、漱石はまだ苦悩する人間の自我意識深くに分け入ってそれを描こうとしていない。そのためヨーロッパ的な強い自我意識を内に秘める那美と、東洋的達観の境地を模索する画家の心は、外的圧力によって強引に交錯させられることになる。

余は偶然那美が元の亭主と会っている所を目撃する。男は那美から金を受け取っていた。余が見ていたと知った那美は、「あれは、わたくしの亭主です」「何でも満州へ行くさうです」「御金《おかね》を拾ひに行くんだか、死にに行くんだか、分りません」と話す。さらに那美が可愛がっていた従弟の久一が激戦最中の日露戦争に召集された。

余は出征する久一を見送るために、那美とその父兄らと一緒に川舟に乗って汽車の停車場に向かう。「出世間的」な『草枕』の旅から現実世界に引きずり出されたのである。

愈《いよいよ》現実世界へ引きずり出された。（中略）文明はあらゆる限りの手段をつくして、個性を発達せしめたる後、あらゆる限りの方法によつて此《この》個性を踏み付け様《よう》とする。一人前何坪何合かの地面を与へて、此地面のうちでは寝るとも起きるとも勝手にせよと云《い》ふのが現今の文明である。同時に此何坪何合の周囲に鉄柵を設けて、これよりさきへは一歩も出てはならぬぞと威《お》嚇《ど》かすのが現今の文明である、何坪何合のうちで自由を擅《ほしいまま》にしたものが、此鉄柵外にも自由を擅にしたくなるのは自然の勢である。（中略）此平和は真の平和ではない。（中略）檻の鉄棒が一本でも抜けたら――世は滅茶《めちゃ》〃〃《めちゃ》になる。（中略）あぶない、あぶない。気を付けなければあぶないと思ふ。現代の文明は此あぶないで鼻を衝かれる位《くらい》充満している。おさき真闇《まつくら》に盲動する汽車はあぶない標本の一つである。（中略）

「愈御別かれか」と老人が云ふ。

「それでは御機嫌よう」と久一さんが頭を下げる。

「死んで御出《おい》で」と那美さんが再び云ふ。（中略）

車掌が、ぴしやりぴしやりと戸を閉《た》てながら、此方《こちら》へ走つて来る。（中略）久一さんの顔が小さくなつて、最後の三等列車が、余の前を通るとき、窓の中から又《また》一つ顔が出た。

茶色のはげた中折帽《なかおれぼう》の下から、髯だらけな野武士（那美の夫）が名残《なご》り惜気《おしげ》に首を出した。そのとき、那美さんと野武士は思はず顔を見合せた。（中略）野武士の顔はすぐ消えた。那美さんは茫然として、行く汽車を見送る。其《その》茫然のうちには不思議にも今迄かつて見た事のない「憐れ」が一面に浮いている。

「それだ！　それだ！　それが出れば画になりますよ」
と余は那美さんの肩を叩きながら小声に云った。余が胸中の画面は此咄嗟《このとっさ》の際に成就したのである。

（『草枕』「十三」）

「何坪何合のうちで自由を擅《ほしいまま》にしたものが、此鉄柵外にも自由を擅にしたくなるのは自然の勢である」という自由を巡る考察は現在でも通用する。維新後に流入した自由思想は江戸時代にはなかった人間の自由意志とその無限の可能性を保証した。この思想は現代では人間の基本的人権になっている。しかし何をやってもいいわけではない。漱石は人間には無際限の自由などないのだ断じている。

江戸と明治の狭間に生まれた人として、漱石は新渡来の自由思想を新鮮な目で眺め、その是非をとことん考察した。浅薄な利己的個人主義《エゴイズム》を「あぶない、あぶない。気を付けなければあぶない」と指摘する言葉は『三四郎』の広田先生の口から再び繰り返される。

また「此平和は真の平和ではない」「檻の鉄棒が一本でも抜けたら―世は滅茶〳〵《めちゃめちゃ》になる」という言葉は人間の自由意志の上位審級にあって、それを統御する思想を漱石が模索していたことを示している。那美が落ちぶれて満州に行く夫を見て無意識的に顔に浮かべた「憐れ」が上位思想にあたる。余は現世の苦悩を超脱するための極点を、かろうじて「憐れ」に見出したのである。

【図5】は「『草枕』の文体構造」である。『草枕』では存在格を縮退・希薄化させた画家の余が話者主体となって世界を描写している。余が捉える世界は一皮剥けば苦悩に満ちており、自我意識は他者意識と衝突して傷を負う。それは人間が自由意志を行使すれば不可避的に起こる衝突だ。その無間地獄のような苦悩を超脱する上位思想として「憐れ」がある。

漱石は「憐れは神の知らぬ情で、しかも神に尤《もっと》も近き人間の情」だと定義している。那美のように現世の苦悩

【図5】『草枕』の文体構造

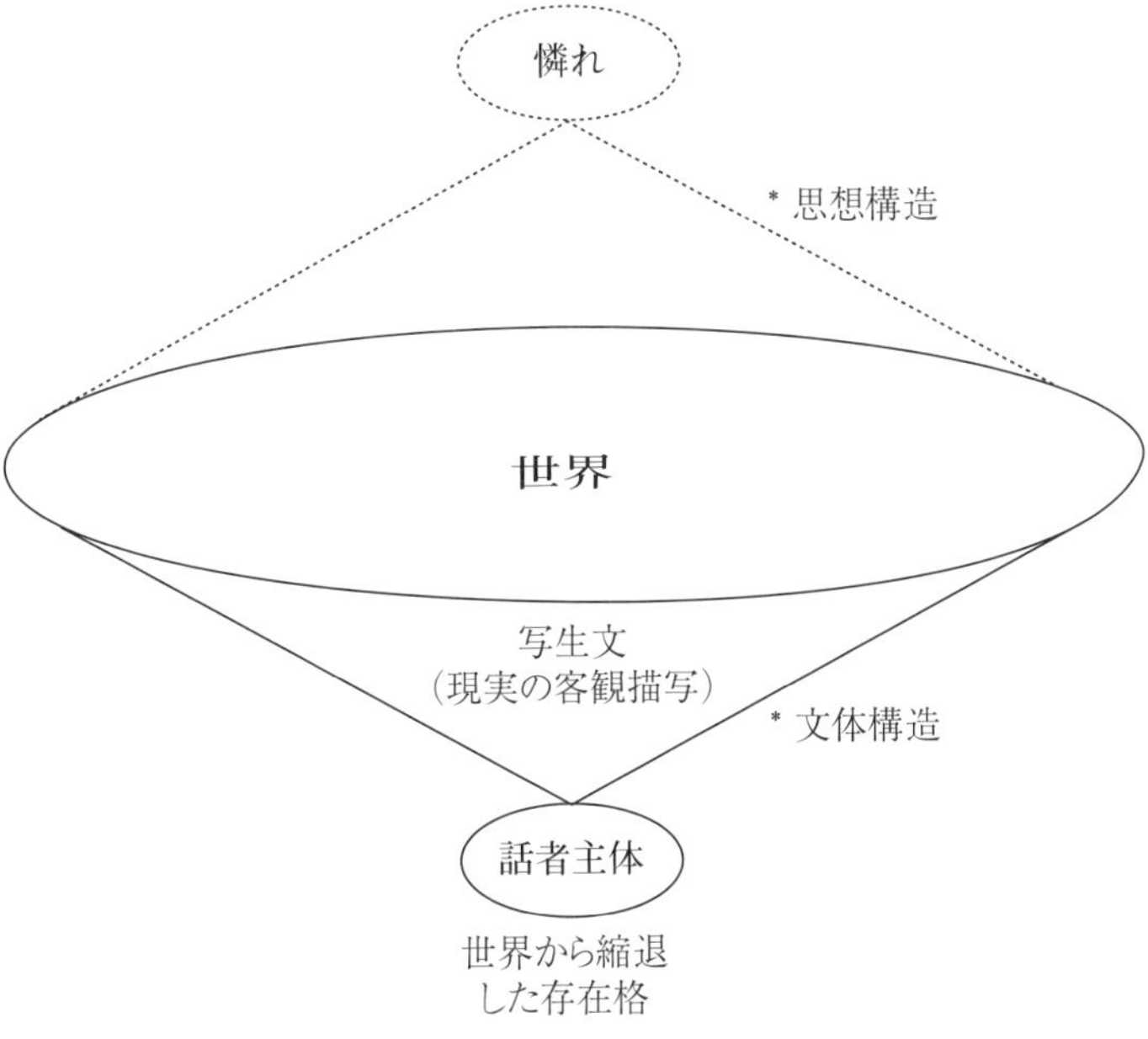

にまみれた人間でも利害やしがらみを超えて、一種の〝無私の境地〟から人間の営みを達観して眺めることができる。それは冷たいとも温かいとも言える視線だ。「写生文家は親の立場から世間を子として見て居《お》る」と言ってもいい。たとえれば禅の悟りの境地に最も近い。ただ漱石はリアリストである。人間はそう簡単に無私の境地に辿り着けないことを知っている。また一瞬であろうと無私の境地を垣間見るには那美と同様、論理では説明できない精神の飛躍が必要である。

画家の余が結局は「現実世界へ引きずり出された」ように、漱石もまた現実の人間世界に降りてゆかねばならない。無私の境地と人間同士の自我意識の戦いという、実に漱石的な、東洋思想とヨーロッパ思想の弁証法的統合が求められるようになるのである。

「事実上諸君は理想を以《もっ》て居《お》らん。家に在つては父母を軽蔑し、学校に在つては教師を軽蔑し、社会に出でては紳士を軽蔑している。是等《これら》を軽蔑し得るのは見識である。然《しか》し是等を軽蔑し得る為めには自己により大なる理想がなくてはならん。自己に何等の理想なくして他を軽蔑するのは堕落である。（中略）」

「英国風を鼓吹《こすい》して憚《はば》からぬものがある。気の毒な事である。（中略）西洋の理想に圧倒せられて眼がくらむ日本人はある程度に於《おい》て皆奴隷である。（中略）」

「諸君。理想は諸君の内部から湧き出なければならぬ。諸君の学問見識が諸君の血となり肉となり遂に諸君の魂となつた時に諸君の理想は出来上るのである。付焼刃《つけやきば》は何にもならない」（中略）

聴衆は一度にどつと鬨《とき》を揚げた。高柳君は肺病にも拘《かかわ》らず尤《もっと》も大なる鬨を揚げた。生れてから始めてこんな痛快な感じを得た。（中略）

道也《どうや》先生は予言者の如《ごと》く凛《りん》として壇上に立っている。吹きまくる木枯は屋《おく》を撼《うご》かして去る。

（『野分』「十一」明治四十年［一九〇七年］一月）

文学者白井道也《しらいどうや》と結核を患う学生高柳青年との無媒介的な相互理解（愛）を表現した『野分《のわき》』は、漱石の思想が直裁に表現された思想小説でもある。道也は若者たちに批判は大いにけっこうだが、批判するにはその前提として「大なる理想がなくてはならん」と説く。また理想は借り物の「付《つけ》焼刃《やきば》」であってはならない。「内部から湧き出」した確信的なものである必要がある。しかし道也は若者たちに、理想が具体的にどんなものであるのかを明らかにしていない。「道也先生は予言者の如《ごと》く」立っているとあるように一つの覚悟を述べ、その可能性を予言しただけである。

朝日新聞に新聞記者として入社する直前の時期に、漱石は周囲の人々に文学に対する強い覚悟を洩らしている。「僕は一面に於《おい》て俳諧的文学に出入すると同時に一面に於て死ぬか生きるか、命のやりとりをする様《よう》な維新の志士の如《ごと》き烈しい精神で文学をやつて見たい」（鈴木三重吉宛書簡 明治三十九年［一九〇六年］十月二十六日）、「文学といふものは国務大臣のやつている事務抔《など》よりも高尚にして有益な者だと云《い》ふ事を日本人に知らせなければならん」（若杉三郎宛書簡 三十九年十月十日）と書き送っている。

続く『虞美人草』で漱石は、『野分』よりもさらに直截に彼の理想思想を表現する。自己の理想を可能な限り明らかにしようと試みるのである。

Ⅵ　写生文小説の限界

『文芸の哲学的基礎』
『虞美人草』
『坑夫』
『文鳥』
『夢十夜』

漱石は明治四十年（一九〇七年）三月に小説記者として東京朝日新聞に入社した。職業作家に転身したのは抑え難いほど高まった創作意欲を満たすためである。しかしそれだけではない。漱石は文学で社会貢献したい、そうできるという自信を抱くようになっていた。最初の連載小説『虞美人草《ぐびじんそう》』開始直前には朝日に『文芸の哲学的基礎』が掲載された。前文に「文芸に関する所信の大要を述べて、余の立脚地と抱負を明らかにするは、社員たる余の天下公衆に対する義務だろうと信ず」とある。

『文芸の哲学的基礎』は元々は東京美術学校での講演だが、漱石は速記原稿に手を入れ「遂《つい》には原稿の約二倍位《ぐらい》長いものにして仕舞《しま》つた」。実質的書き下ろしである。新聞掲載を意識したこともあって珍しく講演中の軽口もそのまま採用している。ただ表題からわかるように文学における思想と技法の関係を理論的に論じた講演である。『文芸の哲学的基礎』は漱石の作家所信表明演説である。

（前略）要するに我々に必要なのは理想である、理想は文に存するものでもない、絵に存するものでもない、理想を有して居《い》る人間に着《つ》いて居るものである。（中略）新しい理想か、深い理想か、広い理想があつて、之《これ》を世の中に実現しやうと思つても、世の中が馬鹿で之を実現させない時に、技巧は始めて此人《この》の為《た》めに至大《しだい》な用をなすのであります。（中略）さうして百人に一人でも、千人に一人でも、此作物《さくぶつ》に対して、ある程度以上に意識の連続に於《おい》て一致するならば、（中略）未来の生活上に消え難き痕跡を残すならば、（中略）文芸家の精神気魄《きはく》は無形の伝染により、社会の大意識に影響するが故に、永久の生命を人類内面の歴史中に得て、茲《ここ》に自己の使命を完《まっと》うしたるものであります。

（『文芸の哲学的基礎』「第二十七回　結論」明治四十年〔一九〇七年〕）

漱石は人間の自我は実在するものではなく意識の連続に過ぎないとした上で、「如何《いか》なる内容の意識を如何なる順序に連続させるかの問題」を解決するための基準が「理想」だと定義している。漱石は鷗外と同様に、文学には絶対に理想が必要だと考えた文学者だった。しかし理想は徒手空拳では表現できない。理想を表現するためには「技巧」が不可欠である。思想表現と技巧は不可分なのだ。「発達した理想と、完全な技巧と合《がっ》した時に、文芸は極致に達します」と述べている。そういった理想を体現した文学だけが「社会の大意識に影響」を与えることができるというのが漱石の論旨である。

ただ漱石は理想は決して固定的なものではないと言っている。時代ごとに理想のあり方は変わる。またそれに応じて文学の技巧も変わってゆかなければならない。「文芸の極致（思想＋技巧）は、時代によって推移するものと解釈するのが、尤《もっと》も論理的」なのである。

人間の意識の流れを元に文学の構造を論じ、文学史的展望《パースペクティブ》をも示しているという点で、『文芸の哲学的基礎』は帝国大学での講義『文学論』（明治四十年［一九〇七年］五月刊行）に基づいている。しかし両者には大きな違いもある。

『文学論』はF、f要素を使ったほぼ純粋な理論書である。これに対して『文芸の哲学的基礎』では、文学で社会貢献するための実践的方法が論じられている。人はある時期に達すると、誰もが「只《ただ》生きればいいと云《い》ふ傾向が発展して、ある特別の意義を有《ゆう》する命《いのち》が欲しくなる」のであり、その指針が理想なのだ。漱石は『文芸の哲学的基礎』で、文学は読者にそのような理想を示すことができると述べている。

『虞美人草』はこの理想を表現するために書かれた。漱石の道学者的思想が驚くほどストレートに表現された作品である。

【図6】は「『虞美人草』の創作メモ」だが、漱石全集に『断片四七C』として収録されている。たまたま残ってしまった初期創作メモだろう。登場人物の名前がAからIのアルファベットで表記されている（女性は丸囲み）。また漱石は章立てして登場人物たちを割り振っている。具体的な名前を決める前に小説の構造をあらかじめ決めているわけだ。この構想方法は写生文小説特有である。漱石は『虞美人草』で、まだワンシーンワンカットの写生文小説の文体を援用している。

【図7】は「『虞美人草』の人物関係」である。ほぼ『創作メモ』通りだ。『虞美人草』は登場人

【図6】『虞美人草』の創作メモ

一　叡山。死、D、F、
二　保津川　童、女
三　E、I
四　F、G、H
五　D、Ⓑ
六　F、I、
七　D、E、
八　Ⓑ、Ⓔ、D、F、
九　D、I、
十　I、
十一　G、(?)
十二　F、Ⓑ
十三　E　Death
十四

注:A=甲野父(死去)
A'=宗近父
B=甲野義母
C=甲野前妻(死去)
D=甲野
E=藤尾
F=宗近
G=孤堂
H=小夜子
I=小野

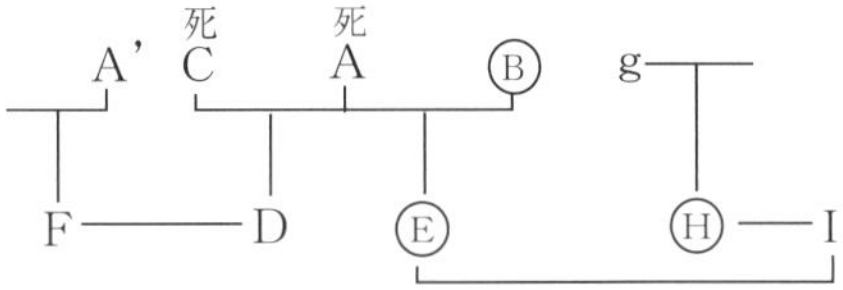

【図7】『虞美人草』の人物関係

*太字は主要登場人物

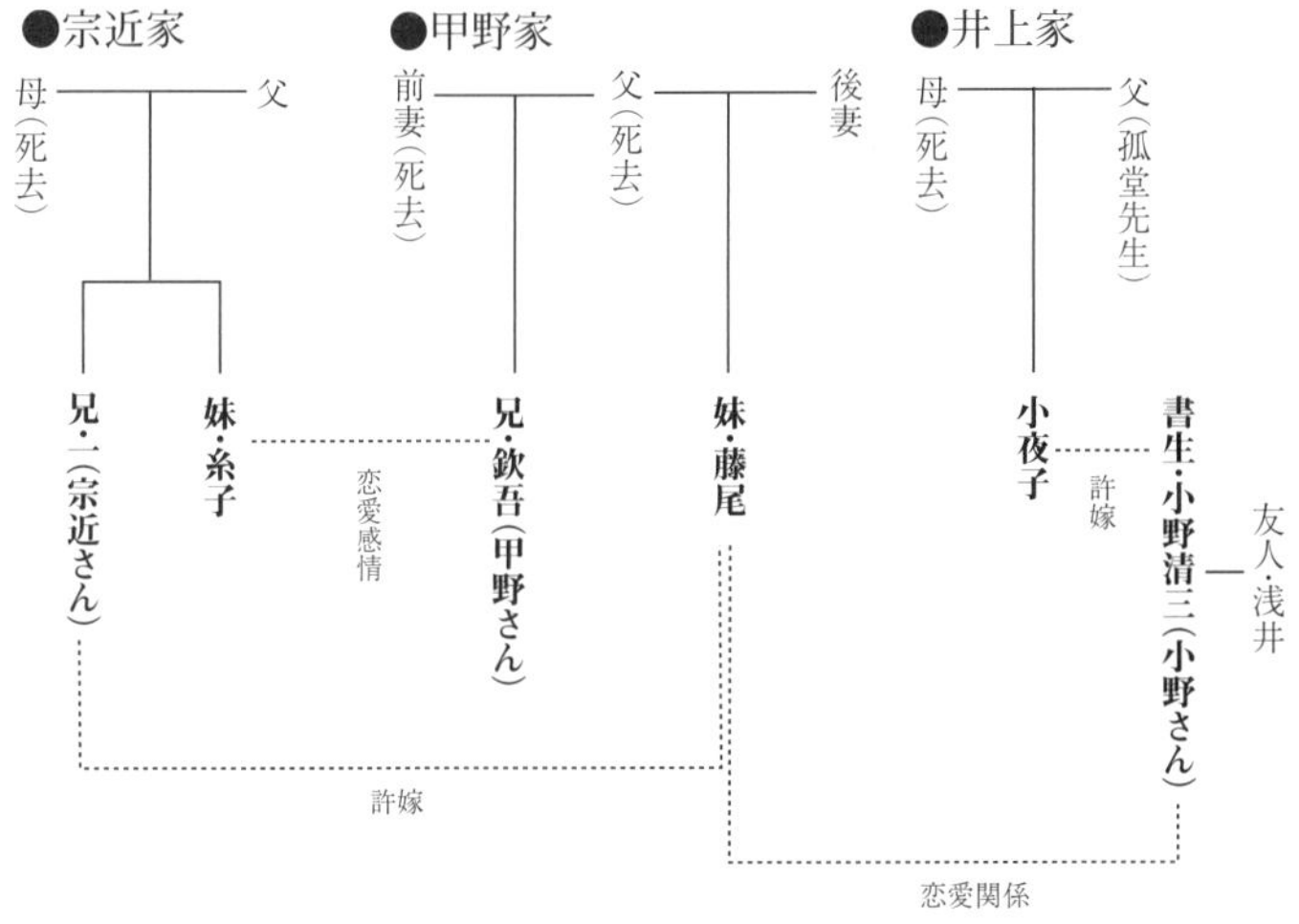

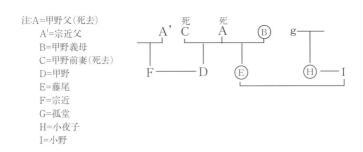

物の多い錯綜した構造である。写生文小説は固定された人物と場面の描写になりがちだ。それを新聞小説用にダイナミックに動かすために多くの登場人物を設定し、章ごとに入れ替わり立ち替わり人物を登場させる方法をとったのだ。『虞美人草』では誰と誰をどのように組み合わせて配置するのかが重要なのである。

主要登場人物は甲野家、宗近《むねちか》家、井上家の若い男女六人である。甲野家の長男欽吾（小説内では「甲野さん」）とその腹違いの妹藤尾《ふじお》、宗近家の長男一《はじめ》（宗近さん）と妹糸子、それに井上家の一人娘小夜子と書生の小野清三（小野さん）である。甲野さんと宗近さんが主人公格だが、語り手といった形での主人公は設定されていない。作家漱石が作品世界の背後に隠れて登場人物たちの言動を描いている。

甲野家と宗近家の兄妹四人は幼馴染みである。甲野と宗近の父親同士の約束で藤尾は宗近さんの許嫁に定められていた。しかし藤尾は宗近さんとの結婚を望んでいない。いわゆる文学少女で当時目新しかった自由恋愛に憧れていたのだ。藤尾は実務家で文学を解しない宗近さんをむしろ嫌っていた。そこに現れたのが英語と文学の個人教師小野さんである。藤尾と小野さんは急速に惹かれ合うようになる。ただ二人の恋愛は純愛ではない。

父親が亡くなってから甲野さんと義母の関係は微妙なものになっていた。当時の民法では家督権は長男にあった。長男には財産相続権とともに家族の養育義務がある。しかし義母は大学卒業後就職もせずに哲学的思索に耽る甲野さんに不安を抱いていた。老後の面倒を見るつもりがないのではないかと疑っているのだ。そこで義母は実子の藤尾を頼ろうと考える。甲野さんに家督を放棄させて藤尾に婿を迎えようと画策するのである。父の決めた婚約を嫌う藤尾も母と同じ考えである。婿を取るなら長男の宗近さんは不都合だ。その点小野さんは身寄りのない青年で都合がいい。しかし小野さんも問題を抱えていた。

小野さんは早くに両親を亡くし、京都で孤堂先生という儒者の書生になって教育を受けた。孤堂には小夜子という一人娘がいた。孤堂は小野さんが大学を卒業したら小夜子を嫁にやるつもりでいた。しかし東京で高い教育を受け出世の糸口を掴んだ小野さんは、経済的に困窮しつつある孤堂の娘を貰うことに不満を抱き始めていた。藤尾との交流が深まるにつれ、小野さんは裕福な甲野家の婿になることが立派な教育を受けた自分に相応しいのではないかと考えるようになる。小野さんは小夜子との許嫁関係を曖昧にしたまま藤尾との恋愛を深めてゆく。

■甲野さんの描写■

大空に向う彼の眼中には、地を離れ、俗を離れ、古今の世を離れて万里の天があるのみである。

（『虞美人草』「一」明治四十年［一九〇七年］六～十月）

■宗近さんの描写■

君はいつでも此袖《このちゃんちゃん》無を一着して居《い》る。其《その》癖裏に着けた狐の皮は斑《まだら》にほうけて、無暗《むやみ》に脱落する所を以《もっ》て見ると、何でも余程《よほど》性《たち》の悪い野良狐に違《ちがい》ない。

（『虞美人草』「一」）

■藤尾の描写■

紅《くれない》を弥生《やよい》に包む昼《ひるたけなわ》酣なるに、春を抽《ぬき》んずる紫《むらさき》の濃き一点を、天地《あめつち》の眠れるなかに、鮮やかに滴《した》たらしたるが如《ごと》き女である。（中略）燦《さん》たる一点の妖星が、死ぬる迄我を見よと、紫色の、眉近く逼《せま》るのである。

（『虞美人草「二」）

■小野さんの描写■

世界は色の世界である。只《ただ》此色を味へば世界を味はつたものである。

（『虞美人草』「四」）

■糸子の描写■

人に示すときは指を用いる。（中略）糸子は五指を並べた様《よう》な女である。

（『虞美人草』「六」）

■小夜子の描写■

小夜子は過去の女である。小夜子の抱《いだ》けるは過去の夢である。

（『虞美人草』「九」）

主要登場人物六人の描写である。各登場人物の性格《キャラクター》がステレオタイプに叙述されている。甲野さんは浮き世離れした哲学的思考に耽る青年であり、宗近さんは実務家らしくいつも同じ「袖無《ちゃんちゃん》」を着た身なりにかまわぬ磊落な青年である。藤尾は美人だが「死ぬる迄我を見よ」と迫る自我意識の強い女性だ。小野さんは「色相世界」、つまり物質界の誘惑に屈しかけている青年と定義される。糸子は「五指を並べた様《よう》な」素直な女性であり、小夜子は明治現代から取り残された「過去の女」である。父孤堂と小野さんの約束を信じて嫁ぐ日を待っている。

キャラクターがあらかじめ規定されているのは主要登場人物だけではない。藤尾と母子密着型の策謀に耽る義母も「謎《なぞ》の女」と描写されている。「謎の女の居《い》る所には波が山となり炭団《たどん》が水晶と光る」とある。言葉の表面の意味と裏の意味が異なるダブルバインド的言辞を弄する女性だということだ。漱石は登場人物の造形を決めた上で『虞美人草』を書いた。

「母（甲野さん義母）の家を出て呉《く》れるなと云《い》ふのは、出て呉れと云ふ意味なんだ。財産を取れと云ふのは寄こせと云ふ意味なんだ。世話をして貰ひたいと云ふのは、世話になるのが厭だと云ふ意味なんだ。——だから僕は表向《おもてむき》母の意志に忤《さから》つて、内実は母の希望通《どうり》にしてやるのさ。（中略）」

宗近君は突然椅子を立つて、机の角迄《かどまで》来ると片肘《かたひじ》を上に突いて、甲野さんの顔を掩《お》ひかぶす様《よう》に覗き込みながら、

「貴様、気が狂つたか」と云つた。（中略）

「なぜ黙つて居《い》たんだ。向《むこう》を出して仕舞《しま》へば好《い》いのに……」

「向を出したつて、向の性格は堕落する許《ばかり》だ」

「向を出さない迄《まで》も、此方《こっち》が出るには当るまい」

「此方が出なければ、此方の性格が堕落する許だ」


（『虞美人草』「十七」）


甲野さんは義母と藤尾の企みを知りながら放置していた。ただ甲野さんの苦悩は財産を失うかもしれないということにはない。哲学者である甲野さんに現世的執着はないのだ。甲野さんが耐え難いと感じていたのは、表向きは良き母や妹を演じる義母と藤尾の偽善である。甲野さんは藤尾に家督を譲る決心をする。肉親の偽善に染まって自分が堕落する前に、家を出ることにしたのだった。

甲野さんの辛い心境を聞いた宗近さんは自分の家に来るよう言う。妹の糸子が以前から甲野さ

んを慕っていたのである。「糸公は君の知己だよ。（中略）学問も才気もないが、よく君の価値《ねうち》を解している。（中略）金が一文もなくつても堕落する気遣《きづかい》のない女だ。――甲野さん、糸公を貰ってやってくれ」とある。ただ甲野さんと宗近さんが切迫した会話を交わしている間に、小野さんと孤堂先生の間でも衝突が起こっていた。小野さんが小夜子との婚約解消を申し出たのである。

優柔不断な小野さんは自分からは言い出せず、友人の浅井を使者に立てて婚約解消を申し出た。孤堂先生は激怒して「人の娘は玩具《おもちゃ》ぢやないぜ」「本人が来て自家《じか》に訳を話すが好《い》い」と厳しく浅井に命じた。動転した浅井は宗近さんを訪ね、小野さんと孤堂父娘の関係はもちろん、小野さんと藤尾の恋愛関係をも話してしまう。宗近、甲野、小野、浅井は同じ大学の学生で知り合いだったのだ。

その日小野さんは藤尾と大森に出かける約束をしていた。大森の宿で藤尾と肉体関係を結び、二人の関係を既成事実化してしまうための密会だった。藤尾は宗近さんの許婚だが二人の間に恋愛感情はない。宗近さんはただ道義を守るために小野さんの下宿に行く。大森に出かける前の小野さんをつかまえて社会的倫理と道徳を説き、小野さんに藤尾との関係を解消して小夜子と結婚すると誓わせたのだった。

「藤尾さん、是《これ》（小夜子のこと）が小野さんの細君だ」

藤尾の表情は忽然として憎悪となつた。憎悪は次第に嫉妬となつた。嫉妬の最も深く刻み込まれた時、ぴたりと化石した。（中略）

「嘘です。嘘です」と二遍云《い》つた。「小野さんは私《わたし》の夫です。私の未来の夫です。あなたは何を云ふんです。失礼な」と云つた。（中略）

「宗近君の云ふ所は一々本当です。是は私《わたくし》の未来の妻に違《ちがい》ありません。――藤尾さん、今日《こんにち》迄の私は全く軽薄な人間です。（中略）今日から改めます。真面目な人間になります。どうか許して下さい。新橋へ行けばあなたの為にも、私の為にも悪いです。だから行かなかつたです。許して下さい」

藤尾の表情は三たび変つた。破裂した血管の血は真白に吸収されて、侮蔑の色のみが深刻に残つた。仮面《めん》の形は急に崩れる。

「ホ、、、《ホホホ》」

歇私的里《ヒステリ》性の笑《わらい》は窓外の雨を衝《つ》いて高く迸《ほとばし》つた。（中略）

呆然として立つた藤尾の顔は急に筋肉が働かなくなつた。手が硬くなつた。足が硬くなつた。中心を失つた石像の様《よう》に椅子を蹴返して、床の上に倒れた。

（『虞美人草』「十八」）

宗近さんの手配で甲野さん、宗近さん、小野さん、糸子、小夜子、それに甲野義母が甲野邸に結集する。引用はそこに、小野さんが現れない新橋駅から藤尾が戻ってきて企みが敗れるクライマックスシーンである。主要登場人物（若い男女六人）が勢揃いしているが、これは言うまでもなく写生文小説の要請である。

【表2】は「『虞美人草』の章別登場人物一覧」である。漱石は第一章から七章までは従来通り場所を固定してワンシーンワンカットで登場人物たちの言動を描いた。第八章以降は複数の写生文を組み合わせるようになる。クライマックスの第十八章は六つもの写生文から構成される。写生文が時系列で連続しながら結末へと進んでゆく。

最後の写生文で主要登場人物が集結するのは『吾輩《わがはい》は猫である』と同じである。写生文は基本的に目の前の現実を客観写生する方法であり、各写生文は世界の断片描写にならざるを得ない。そのため世界のフラグメンツを集めて球体のように完結させるために、最終部での主要登場人物たちの結集が要請される。

クライマックスシーンで甲野さんに促され、小野さんは藤尾の前で小夜子と結婚すると誓う。藤尾は激怒して卒倒し、そのまま意識を取り戻すことなく死んでしまう。藤尾と義母の企みは潰え、甲野さんは糸子を嫁にもらって家を継ぎ、小野さんは育恩のある孤堂先生の娘小夜子と結婚するのだ。この結末に漱石の「理想」が表現されているのは言うまでもない。『文芸の哲学的基礎』で

【表2】『虞美人草』の章別登場人物一覧

章	登場人物の組み合わせ（場所）
一	甲野、宗近（京都）
二	藤尾、小野、甲野義母（甲野邸）
三	甲野、宗近（京都）
四	小野、浅井（小野下宿）
五	甲野、宗近（京都）
六	藤尾、糸子、小野（甲野邸）
七	甲野、宗近、孤堂、小夜子、（小野）（夜汽車）
八	①甲野、宗近、糸子、宗近父（宗近邸）→②藤尾、甲野義母（甲野邸）
九	小野、小夜子、孤堂（孤堂借家）
十	①宗近父、甲野義母（宗近邸）→②宗近、糸子（同）
十一	①甲野、宗近、藤尾、糸子（上野博覧会会場）→②小野、小夜子、孤堂（同）
十二	①小野、小夜子（小野下宿）→②甲野、藤尾（甲野邸）→③甲野、小野（路上）→④藤尾、甲野義母（甲野邸）→⑤藤尾、小野（甲野邸）
十三	甲野、糸子（宗近邸）
十四	①宗近、小野（路上）→②小野、孤堂（孤堂借家）→③小野、小夜子、女中（路上）
十五	①甲野（甲野邸）→②藤尾、甲野義母（同）→③甲野、甲野義母（同）→④甲野、藤尾、甲野義母（同）
十六	①宗近、宗近父（宗近邸）→②宗近、糸子（同）
十七	①小野、浅井（散歩）→②甲野、宗近（甲野宅）
十八	①孤堂、浅井（孤堂借家）→②宗近、小野（小野下宿）→③孤堂、小夜子、宗近父（孤堂借家）→④甲野、糸子、甲野義母（甲野邸）→⑤甲野、宗近、糸子、小夜子、小野、甲野義母（同）→ ⑥甲野、宗近、糸子、小夜子、小野、藤尾、甲野義母（同）
十九	甲野、宗近、藤尾（死体）、小野、甲野義母（甲野邸）

（網掛け）･･･主要登場人物の結集

述べた「社会の大意識に影響する」はずの理想である。


二日して葬式は済んだ。葬式の済んだ夜、甲野さんは日記を書き込んだ。——

「悲劇は遂に来た。来るべき悲劇はとうから予想して居《い》た。（中略）

悲劇は喜劇より偉大である。（中略）忽然《こつぜん》として生を変じて死となすが故に偉大なのである。

（中略）

道義の観念が極度に衰へて、生を欲する万人の社会を満足に維持しがたき時、悲劇は突然として起る。是《これ》に於《お》て万人の眼は悉《ことごと》く自己の出立点に向ふ。始めて生の隣《となり》に死が住む事を知る。（中略）人もわれも尤《もっと》も忌み嫌へる死は、遂に忘る可《べ》からざる永劫の陥穽なる事を知る。陥穽の周囲に朽ちかかる道義の縄は妄《みだ》りに飛び超ゆべからざるを知る。縄は新たに張らねばならぬを知る。第二義以下の活動の無意味なる事を知る。而《しか》して始めて悲劇の偉大なるを悟る。

……」

（『虞美人草』「十九」）


甲野さんの日記に幼い頃から一緒に育った義妹の死を悼む記述は一切ない。藤尾の死は「悲劇」と「喜劇」を巡る哲学的思想へと昇華されている。漱石の定義では「喜劇」は「生」の狂躁を、「悲劇」

は「死」の恐怖と「道義」の復活を意味する。悲劇が重要なのは死によって人を「自己の出立点」に立ち帰らせるからである。どんなに享楽的に浮かれ騒いでも「生の隣《となり》に死が住む」という認識は人を厳粛にさせる。漱石が『虞美人草』にこめた思想のあからさまな解説である。

漱石にとって自己中心的な生の享楽を追求する社会は決して望ましいものではなかった。この堕落した社会を立ち直らせるために悲劇が必要なのだ。漱石は人間が「死を捨てる」ことができる「必要の条件」は、「道義を、相互に守るべく黙契」することにあると書いている。

リアリティという面では『虞美人草』には不自然な点が多い。藤尾が亡くなった後甲野さんは義母に「あなたは藤尾に家《いえ》も財産も遣《や》りたかつたのでせう。だから遣らうと私《わたし》が云《い》ふのに、いつ迄も私を疑《うたぐ》つて信用なさらないのが悪いんです。（中略）さう云ふ所さへ考へ直して下されば別に家《うち》を出る必要はないのです」と言う。しかし義母が間接的にであれ、実の娘を死に追いやった義理の息子と何事もなかったように暮らしてゆけるはずもない。

また主要登場人物のうち「さん」「君」と敬称がつくのは甲野、宗近、小野の男性だけである。それは男権的制度擁護の表れだろう。漱石は同時代の結婚や家長制度を尊重していた。その意味で『虞美人草』はステレオタイプな教訓小説だ。漱石は彼の道義を表現するためにリアリティを犠牲にしている。

【図8】は「『虞美人草』の文体構造」である。写生文小説の方法を使っているが『虞美人草』では話者主体が世界から縮退した位相にはいない。話者は明らかに漱石である。なるほど話者主体は世界の背後に身を隠そうとしている。しかし実際には作品世界を覆うようにその存在格を遍在・肥大化させてしまっている。

第十一章で京都側の孤堂・小夜子・小野さん一行と、東京側の甲野・宗近・藤尾・糸子一行が上野の博覧会会場ですれ違う際に、漱石は「運命は丸い池を作る。池を回《めぐ》るものはどこかで落ち合はねばならぬ」と書いている。京都と東京の若者たちの出会いは漱石が設定した予定調和的「運命」である。

六つの写生文から構成される第十八章でも「小説は此《この》三挺（の人力車）の使命を順次に述べなければならぬ」と写生文を繋いでいる。第八章では「此作者は趣《おもむき》なき会話を嫌ふ」と作者が直截に作品中に現れてしまっている。

【図8】『虞美人草』の文体構造

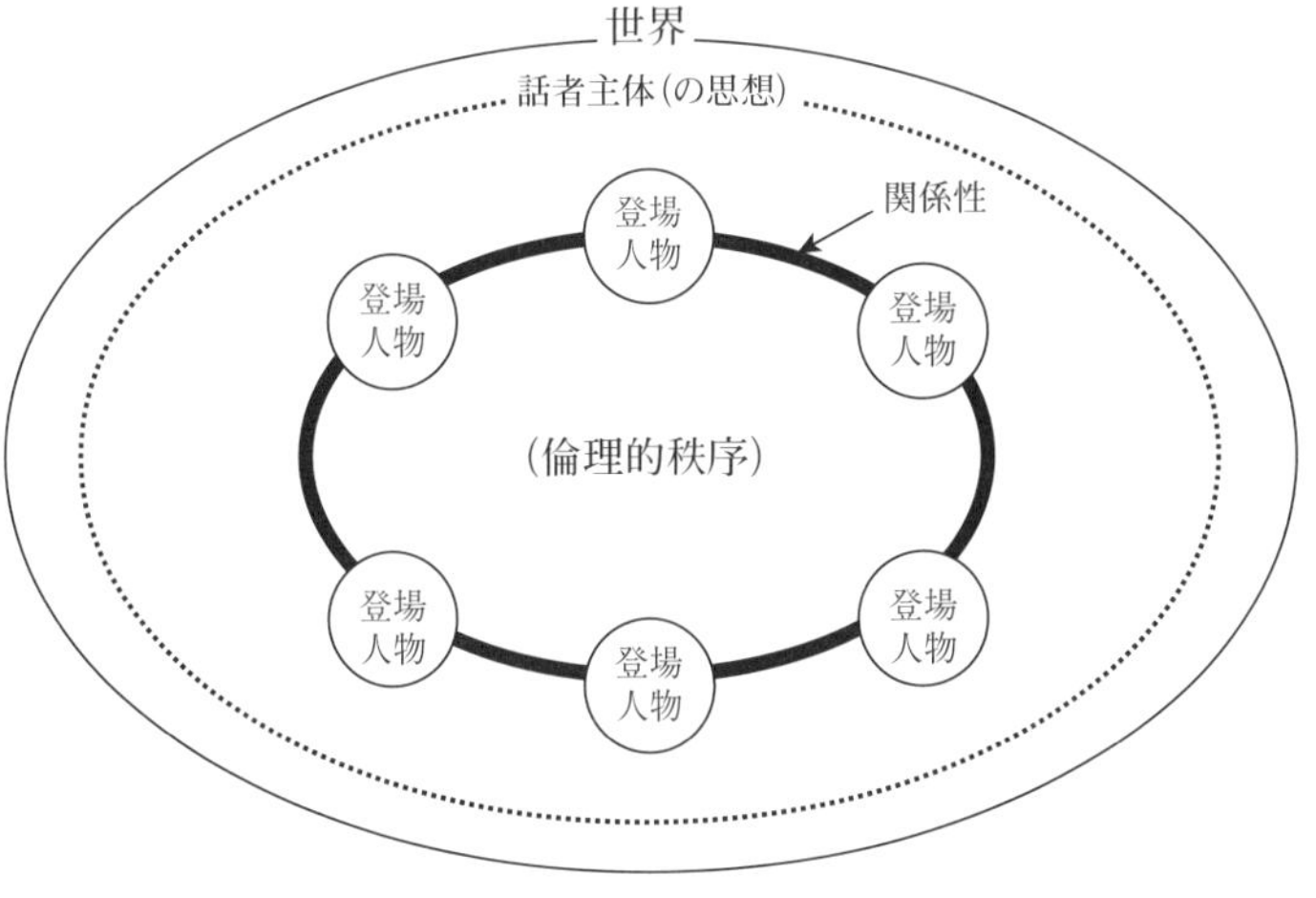

小説内に話者主体が顔を出してしまうのは、漱石が『虞美人草』の中心に彼が理想と考える「倫理的秩序」を据えたためである。『虞美人草』は漱石の倫理思想によって全体が統御されている。『虞美人草』はその凝った文体、大上段に掲げた理想という点で新聞小説作家としてスタートした漱石の意欲作である。しかし漱石の意気込みは空回りしている。作家が物語を予定調和的結末に導いているという意味で、『虞美人草』の文体構造は滝沢馬琴らの幕末勧善懲悪小説のそれに近い。明治の新たな文学としては退行してしまっている。

ただ漱石が偉大なのは、一つの作品を書きあげた後に、短期間でその長所と欠点を客観的に把握できる点にある。漱石は『虞美人草』執筆中に「藤尾といふ女にそんな同情をもつてはいけない。あれは嫌な女だ。（中略）徳義心が欠乏した女である。あいつを仕舞《しまい》に殺すのが一篇の主意である。（中略）最後に哲学をつける。此《この》哲学は一つのセオリーである。僕は此セオリーを説明する為めに全篇をかいている」（明治四十年［一九〇七年］七月十九日）と小宮豊隆宛に手紙を送った。

漱石は自分の元に来た手紙を定期的に焼き捨てていたので小宮の手紙は残っていないが、漱石が自由恋愛に憧れ家長制度に反発する藤尾に批判的だったのに対して、小宮らの若者が藤尾を〝現代的ないい女〟と捉えたのは想像に難くない。それは漱石にショックを与えただろう。

翌明治四十一年（一九〇八年）に漱石は『三四郎』を書くが、ヒロイン美禰子《みねこ》は藤尾タイプの女性である。しかし教条主義的批判は影をひそめている。批判意識は棚上げにして、現代の若者の姿を正確に捉えようとし始めたのだ。漱石の場合、それはもちろん文体構造の変化としても表れることになる。

×まとめる為めには人事上一人の権力に自己の自由を委任する事が必要な時がある。従つて個人主義の世界には纏まりがつかない事が多い。個人主義に渇仰するとまとまらなくても仕方がないとあきらめる。まとまらないでも自由行動がいいと云《い》ふ気になる。従つて、まとまらないもの事《ごと》を見聴《みきき》しても左程《さほど》気にかからない。
×此《この》傾向が自然と小説にもあらはれる。乃《すなわ》ち読者が小説に対して「まとまる」事を要求しなくなる。作家も無理にまとめる事が必要でないと思ふ様になる。従つて結構はまとまらないでも作中の人物が其《その》性格に応じて自由自然に働く様《よう》にする。
（『断片四七Ａ』明治四十、四一年頃［一九〇七、八年］）

『断片四七Ａ』は『虞美人草』執筆前に書かれた創作メモである。メモ後半の内容が甲野さんの日記にほぼ重なっている。引用はメモ前半だが、漱石は個人主義と結構（ストーリー展開）について考察している。登場人物たちの個人主義を尊重すれば、作品がまとまらなくなるのは当然だ。だから小説からストーリーが失われ、「作中の人物が其《その》性格に応じて自由自然に働く様《よう》」になる。

当時の自然主義小説がこのタイプに当たる。

ただ漱石は思想のない自然主義小説に批判的だった。そのため小説で一定のストーリー展開を得るためには、個人主義をある程度犠牲にする必要があると考えた。言うまでもなく『虞美人草』はその方針で書かれた。しかし漱石がストーリー中心の道義的思想小説を書く前に、登場人物の自我意識を自由自然に遊ばせる方法も〝ある〟と認識していたのは重要である。

続く『坑夫』で漱石は『虞美人草』とは逆の方法を採用した。『虞美人草』では思想表現のために登場人物たちの個性を犠牲にしたが、『坑夫』では個人主義が最大限に尊重されている。アプリオリな思想は設定されておらず、身勝手と言っていい主人公の言動が自ずから一つの思想を形成してゆく。その意味で『坑夫』は『虞美人草』と表裏を為す作品である。


『坑夫』の謂《いわ》れは斯《こ》うなんだ――或日私の所へ一人の若い男がヒヨツクリやツて来て、自分の身上に斯ふいふ材料があるが小説に書いて下さらんか。その報酬を頂いて実は信州へ行《い》き度《た》いのですと云《い》ふ。（中略）主《おも》に坑夫になる前の話だつたが、私は個人の事情《パーソナル・アフエア》は書き度くない。（中略）君自身で書いちやどうか（中略）と勧めると、ぢや然《そ》うしませうと云つて帰つて行つた。（中略）さう斯うする間に『朝日新聞』に（中略）私が合ひの楔《くさび》に書かなきやならん事になつた。早速憶《おも》ひだしたのは例の話で、本人に、坑夫の生活の所だけを材料に貰ひたいが差支へあるまいかと念を押すと、一向差支無いと云ふ許しを得たから、そこで初めて書出したのが『坑夫』なんだ。最初の考へぢや三十回ぐらいで終る意《つもり》なのが、トウトウ長くなつて九十余回に上つて了《しま》つた。

（「談話（『坑夫』の作意と自然派伝奇派の交渉）」明治四十一年［一九〇八年］）

『坑夫』は明治四十年（一九〇七年）十一月に、漱石宅を突然訪問して来た荒井某という青年が話した内容に基づいている。家出した荒井が足尾銅山で働いた体験談である。漱石の妻鏡子によると荒井はその後漱石の書生になった。しかし金銭問題を起こし、「萬朝報《よろずちょうほう》」の記者沼波瓊音《ぬまなみけいおん》に漱石が自分の身の上話を勝手に小説に書いて儲けていると話したことなどが漱石の耳に入り、夏目家を出た（『漱石の思ひ出』）。

明治三十四年（一九〇一年）に田中正造が明治天皇に直訴したことから、足尾鉱毒事件は当時の大きな社会問題になっていた。鉱山生活を描く小説は世間の注目を集められる可能性があったわけだ。ただ結果として漱石は鉱山を巡る社会問題をほとんど扱っていない。小説には鉱山特有の隠語などが散りばめられているが、漱石が『坑夫』で描こうとしたのは本質的には主人公の自我意識である。

さつきから松原を通つてるんだが、松原と云《い》ふものは絵で見たよりも余《よ》つ程《ぽど》長いもんだ。何《い》時迄《つまで》行つても松ばかり生えて居《い》て一向《いっこう》要領を得ない。此方《こっち》がいくら歩行《ある》いたつて松の方で発展して呉《く》れなければ駄目な事だ。いつそ始めから突つ立つた儘《まま》松と睨《にら》めつ子《こ》をしている方が増《ま》しだ。東京を立つたのは昨夜《ゆうべ》の九時頃で、夜通し無茶苦茶《むちゃくちゃ》に北の方へ歩いて来たら草臥《くたび》れて眠くなつた。泊る宿もなし金もないから暗闇の神楽堂へ上つて一寸《ちょっと》寝た。何でも八幡様らしい。寒くて眼が覚めたら、まだ夜は明け離れて居なかつた。夫《それ》からのべつ平押《ひらおし》に此処迄《ここまで》遣《や》つて来た様《よう》なものの、かう矢鱈《やたら》に松ばかり並んで居ては歩く精《せい》がない。

足は大分重くなつて居る。膨《ふく》ら脛《はぎ》に小さい鉄の才槌《さいづち》を縛り附《つ》けた様に足掻《あがき》に骨が折れる。袷《あわせ》の尻は無論端折《むろんはしょ》つてある。其《そ》の上洋袴下《ズボンした》さへ穿《は》いて居ないのだから不断《ふだん》なら競争でも出来る。が、かう松ばかりぢや所詮敵《しょせんかな》はない。

（『坑夫』「一」明治四十一年［一九〇八年］一〜四月）

『坑夫』の主人公は、東京から家出してきた十九歳の「自分」である。主人公による一人称一視点小説で、彼が捉えた風物と心理描写なので私小説の一種である。しかし漱石の私小説はやはり特殊だ。

引用は『坑夫』の冒頭である。主人公が大宮あたりの神楽堂で一泊した後に、松原並木の街道に差し掛かった場面である。家出をするからには主人公はそれなりに複雑な事情を抱えている。しかしその煩悶はほとんどない。むしろ家出によって主人公は生まれ変わったようにまっさらな状態にある。煩悶の理由は東京に置き去りにして、「かう松ばかりぢや所詮敵《しょせんかな》はない」と、今現在見ている松原並木ばかりに執着している。リセットされた主人公の精神が赤ん坊のように現実世界に放り出されている。個人主義的自我意識をほとんどそのゼロ地点から発動させているのだ。漱石はつくづく原理的作家である。

主人公はひとりぼっちである。彼に目的はなくどう生きてゆこうかという思想もない。東京から遙か遠くの大宮まで歩いて来たが「いつそ始めから突つ立つた儘《まま》松と睨《にら》めつ子《こ》をしている方が増《ま》し」という有様だ。この状況は主人公の力では変えられない。「松の方で発展して呉《く》れ」ること、つまり他者が現れて働きかけてくれるほかない。

実を云《い》ふと此《こ》の男（ポン引きの長蔵《ちょうぞう》）の顔も服装《なり》も動作もあんまり気に入つちや居《い》ない。（中略）夫《そ》れがものの二十間《けん》とも歩かないうちに以前の感情は何処《どこ》かへ消えて仕舞《しま》つて、打つて変つた一種の温味《あたたかみ》を帯《お》びた心持《こころもち》で後帰《あとがえ》りをしたのは何故《なぜ》だか分《わか》らない。（中略）こんな矛盾は至る所に転がつている。決して自分ばかりぢやあるまいと思ふ。近頃ではてんで性格なんてものはないものだと考へて居《い》る。（中略）本当の事を云ふと性格なんて纏《まとま》つたものはありやしない。本当の事が小説家抔《など》にかけるものぢやなし、書いたつて、小説になる気づかひはあるまい。本当の人間は妙に纏《まと》めにくいものだ。神さまでも手古《てこ》ずる位《くらい》纏まらない物体だ。

（『坑夫』「三二」）

戦前の日本にはその日暮らしで生活する労働者が大勢いた。鉱山は生活に行き詰まった人々が行き着く最後の過酷な働き場所の一つであり、スカウトを専門にする人たちもいた。主人公はそういったスカウトの一人のポン引きの長蔵《ちょうぞう》さんに声をかけられ、あっさり銅山で働くことを承諾する。「今迄死ぬ気でいた。死なない迄も人間の居《い》ない所へ行《ゆ》く気でいた」のだが、自殺が「出来損《そこな》つたから、生きる為に働く気になつた」のである。もちろん主人公は「自殺しようかな」と一瞬考えたくらいで、本気で自殺を試みたりしていない。

主人公の家出理由は恋愛のもつれである。艶子《つやこ》という許嫁がいるのに澄江《すみえ》という少女に惚れてしまったのだ。澄江は「丸くなつたり、四角になつたり色々な芸をして、人を釣つてる」女性である。『虞美人草』の藤尾と同様に、自由恋愛で男を選ぶ「今迄見た新聞小説には決して出て来ない」新しい女性だ。ただ主人公に小野さんのような道義の観念はない。「世間の掟といふ鏡が容易に動かせないとすると、自分の方で鏡の前を立ち去る」しかないと考えて、発作的に出奔してしまった。漱石が『虞美人草』とは逆の小説を書こうとしていたことがよくわかる設定である。

主人公は自分の心変わりを「こんな矛盾は至る所に転がっている」と言う。また「本当の事を云ふと性格なんて纏《まとま》つたものはありやしない」と考える。「個人主義の世界には纏まりがつかない事が多い」（『断片四七A』）わけだ。


「全体《ぜんてえ》ジヤンボー（死者または葬式のこと）になつたら何処へ行《ゆ》くもんだらう」

「御寺よ。極《きま》つてらあ」

「馬鹿にするねえ。御寺の先を聞いてるんだあな」（中略）

「いくら地獄だつて極楽だつて、矢《や》つ張《ば》り飯は食ふんだらう」

「女もいるだらうか」

「女のいねえ国が世界《せけえ》にあるもんか」

ざつと、こんな談話《だんわ》だから、聞《き》いていると滅茶々々《めちゃめちゃ》である。それで始めのうちは冗談だと思つた。（中略）所が笑ひたいのは自分丈《だけ》で、囲炉裏《いろり》を取り捲いている顔はいづれも、彫り附《つ》けた様《よう》に堅くなつている。彼等は真剣の真面目で未来と云《い》ふ大問題を論じていたんである。（中略）寄席を聞いてる積《つもり》で眼を開けて見たら鼻の先に毘沙門様が大勢居《い》て、是《これ》はと威儀を正さなければならない気持であつた。一口に云ふと、自分は此《こ》の時始めて、真面目な宗教心の種を見て、半獣半人の前にも厳格の念を起したんだらう。其《そ》の癖自分は未だに宗教心と云ふものを持つていない。

（『坑夫』「五十四」傍点漱石）

銅山に着いた主人公は坑夫見習いとして飯場の宿で暮らすことになる。入ってゆくと十四、五人の獰猛な顔つきの坑夫たちが囲炉裏を取り巻いている。主人公のような生白いインテリ崩れの青年には必ず言うのだろうが「何故斯《こ》んな所へ来た。（中略）今のうちに東京へ帰つて新聞配達をしろ」と嘲笑混じりに言う。しかし坑夫たちの嘲罵が一段と激しくなりかけた時に事件が起こる。窓の外を葬列が通ったのである。

ジャンボーは坑夫独自の葬儀である。「御経の文句を浪花節に唄つて、金盥《かなだらい》の潰れる程に音楽を入れて、一駄《いちだ》の水《みず》と同《おな》じ様に棺桶をぶらつか」せる葬儀で、「無邪気の極《きょく》で、又《また》冷刻の極である」とある。ただジャンボーを見た坑夫たちは一瞬で厳粛な雰囲気に包まれる。人間の心がとりとめなく無節操で浮薄であっても、その存在を統御する強い原理のようなものは存在する。またそれが鉱山のような社会の底辺にも人間社会の秩序を作り出している。主人公は最下層の生活をしながらも死を畏れ、未来を案じる坑夫たちを「毘沙門様」のようだと感じた。

『坑夫』は全九十六章の小説である。ただその時間配分は特異だ。主人公は銅山で五ヶ月働いたと回想しているが、物語は実質的に三日間で終わっている。一日目は第一章から三十五章で、長蔵さんに連れられて銅山に行くまでの話である。二日目は第三十六章から五十七章で、主人公は飯場の宿でジヤンボーを見て衝撃を受け、鉱山で最初の夜を過ごす。三日目は第五十八章から九十二章である。案内人に連れられて見学のために初めて坑道（シキ）に降りる。四日目は第九十三章から九十五章で、最終の第九十六章で五日目以降の出来事が簡潔に記述されている。

　簡略化すれば漱石は、一日目（三十五章分）で無目的かつ無思想でとりとめもなく揺れ動き続ける主人公の心理（自我意識）を様々な角度から描いた。二日目（二十二章分）で描かれるのは生の指針のヒントである。ジヤンボーがそれだ。三日目（三十五章分）で主人公は決定的な体験をする。ジヤンボーは他者の葬儀だが、主人公自身が擬似的な死を体験をするのだ。四日以降（四章分）は物語の付けたりにすぎない。

　あとは云《い》ふ迄《まで》もなく一人になる。自分はべつとりと、尻を地びたへ着けた。（中略）しばらくは万事が不明瞭であつた。（中略）然《しか》し決して寝たんぢやない。しんとして、意識が稀薄になつた迄《まで》である。（中略）此《この》の自滅の手前迄、突然釣り込まれて、――まあ、どんな心持がしたと思ふ。正直に云へば嬉しかつた。（中略）

　もし此《こ》の状態が一時間続いたら、自分は一時間の間満足していたらう。（中略）意識を数字であらはすと、平生《へいぜい》十のものが、今は五になつて留まつていた。それがしばらくすると四になる。

三になる。推《お》して行けばいつか一度は零《れい》にならなければならない。自分は此の経過に連れて淡《うす》くなりつつ変化する嬉しさを自覚していた。（中略）所が段々と競《せ》り卸《おろ》して来て、愈《いよいよ》零《れい》に近くなつた時、突然として暗中から躍り出した。こいつは死ぬぞと云ふ考へが躍り出した。すぐに続いて、死んぢや大変だと云ふ考へが躍り出した。自分は同時に、豁《くわっ》と眼を開《あ》いた。

（『坑夫』「七十七」）

主人公は初《はつ》さんという坑夫に連れられて坑道《シキ》へ降りる。シキは闇と水の世界である。シキの底で疲労と緊張で動けなくなった主人公に、初さんは「ちつと休むが好《い》い。おれは遊びに行つて来るから」と言い残してどこかに消えてしまう。岩壁に背中をもたせかけながら、主人公は死の間際まで意識を降下させる。

死とは果てしない生の苦悩から解放されることでもある。主人公は母の胎内のようなシキの中で死に近づいてゆく。その過程を「正直に云《い》へば嬉しかつた」と回想している。しかし意識が「零《れい》に近くなつた時」、すなわち最も死に近づいた時に主人公の意識は力強く生へと反転する。本当に「こいつは死ぬぞ」と感じた途端に、「死んぢや大変だと云ふ考へが躍り出し」て「豁《くわっ》と眼を開《あ》いた」のである。

この体験は『虞美人草』甲野さんの日記「万人は悉《ことごと》く生死の大問題より出立する」に対応し

ている。「性格なんて纏《まとま》ったものはありやしない」のが現実だとしても、死の前では厳粛にならなければならない。人間は漠然と死のうと考えたくらいで死ねるほど簡単な生き物ではない。あてにならない自我意識を何とか統御して他者と切り結びながら、世界内で自他の関係性、すなわち一つの秩序を構築してゆくほかないのである。ただ『坑夫』では生《せい》の思想（倫理）が自然発生的に導き出されている。

もちろん『坑夫』は漱石なりの自然主義リアリズム小説であり、シキ体験一つで主人公の考えがガラリと変わってしまうことはない。しかしシキ体験を起点として主人公はじょじょに生の指針を取り戻してゆく。シキに下りた翌日の健康診断で主人公は気管支炎で坑夫の仕事は無理だと診断されてしまう。しかしそれまでと違い働くことを諦めない。飯場頭に頼み込んで帳簿付けの仕事をさせてもらい、五ヶ月間働いて旅費を貯め自力で東京に帰るのである。「死んではならない。死ぬのは弱い」と思うようになったとある。

【図9】は「『坑夫』の文体構造」である。冒頭では主人公以外に他者（登場人物）はおらず、一人きりの自我意識がほとんど世界を覆う形で拡がっている。その意味で世界内で肥大化した私小説の自我意識に近い。また主人公の自我意識は自我意識以外に拠り所がないという意味で自己中心的だが、世界内で確固たる拠り所を持たないという意味で不安定である。自分中心に世界は回っていると夢想する子供の意識のようなものだ。人間本来の自我意識は身勝手でとりとめがないと

【図9】『坑夫』の文体構造

■小説冒頭

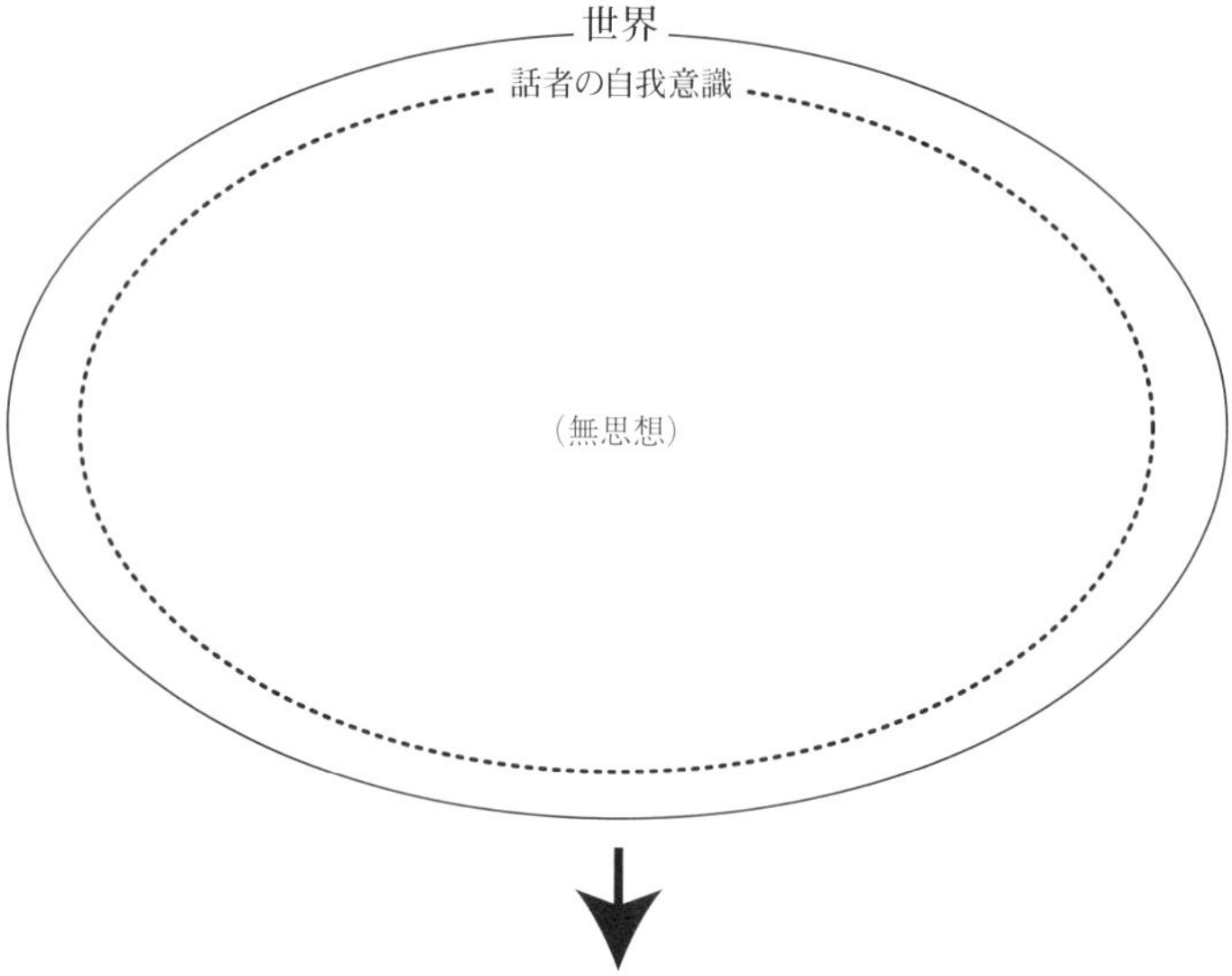

■小説末尾

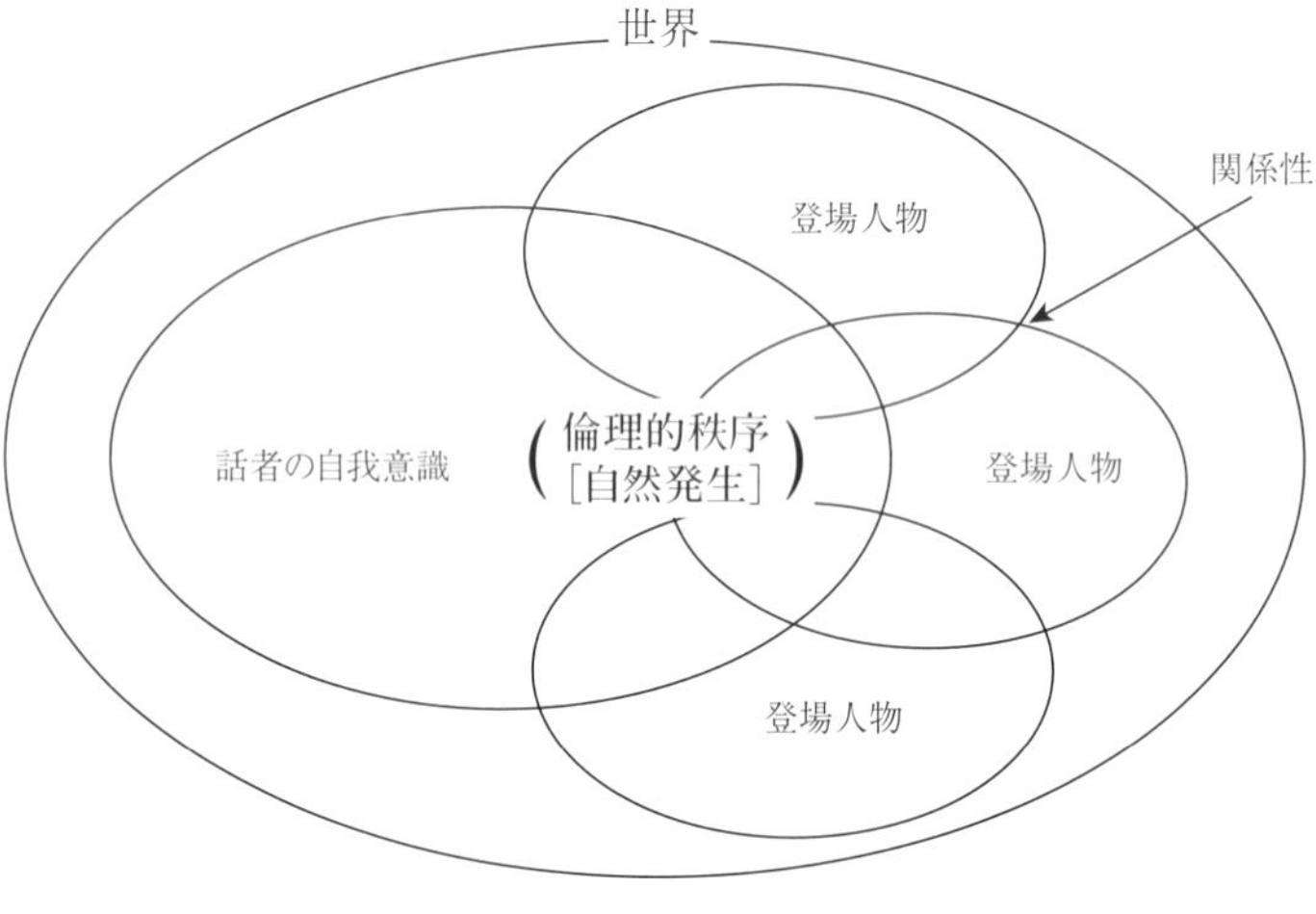

いう漱石の思想の反映である。

この基本地点から、主人公の自我意識は、ポン引きの長蔵さんを始めとする他者によって相対化され始める。他者と関係を持つことで自我意識がじょじょに縮小してゆき、その輪郭（内面）をはっきりさせるのである。自我意識が世界内での居場所を見出すわけだ。この自他の関係性の明確化によって、小説末尾で自然発生的に倫理的秩序が生じる。漱石は『虞美人草』とは逆に、無思想から世界内に倫理的秩序が生じる様子を描いている。

漱石にとって、自我意識が最も重要な思想課題だったのは言うまでもない。ただ自我意識の相対化だけが漱石の方法ではない。大局的にいえば漱石は『虞美人草』と『坑夫』の方法を交互に試みている。自我意識を客体化してその俯瞰的認識を得ると、今度は肥大化した自我意識の内実に直截に斬り込むのである。


「百年待つていて下さい」と思ひ切つた声で云《い》つた。「百年、私《わたくし》の墓の傍に坐《すわ》つて待つていて下さい。屹度《きつと》逢ひに来ますから」

自分は、只《ただ》待つていると答へた。すると、黒い眸《ひとみ》のなかに鮮《あざやか》に見えた自分の姿が、ぼうつと崩れて来た。静かな水が動いて映る影を乱した様に、流れ出したと思つたら、女の眼がぱたりと閉ぢた。長い睫《まつげ》の間から涙が頬へ垂れた。――もう死んで居《い》た。（中略）

自分は夫《そ》れから庭へ下りて、真珠貝で穴を掘つた。（中略）
それから星の破片《かけ》の落ちたのを拾つて来て、かろく土の上へ乗せた。（中略）
自分はかう云ふ風に一つ二つと勘定して行《ゆ》くうちに、赤い日をいくつ見たか分らない。（中略）
仕舞《しまひ》には、苔の生えた丸い石を眺めて、自分は女に欺《だま》されたのではなからうかと思ひ出した。
すると石の下から斜《はす》に自分の方へ向いて青い茎が伸びて来た。見る間に長くなつて、丁度《ちょうど》自分の胸のあたり迄来《まで き》て留まつた。と思ふと、すらりと、揺ぐ茎の頂《いただき》に、心持首を傾けていた細長い一輪の蕾が、ふつくらと瓣《はなびら》を開いた。真白《まっしろ》な百合が鼻の先で骨に徹《こた》へる程《ほど》匂つた。そこへ遥《はるか》の上から、ほたりと露が落ちたので、花は自分の重みでふらふらと動いた。自分は首を前へ出して、冷たい露の滴る、白い花瓣《はなびら》に接吻した。自分が百合から顔を離す拍子《ひょうし》に思はず、遠い空を見たら、暁《あかつき》の星がたつた一つ瞬《またた》いていた。
「百年はもう来ていたんだな」と此《この》の時始めて気が附《つ》いた。
（『夢十夜』「第一夜」明治四十一年［一九〇八年］七月～八月）

漱石は『坑夫』を書きあげたあと、次の長篇小説までのつなぎとして『文鳥』（明治四十一年［一九〇八年］六月）と『夢十夜』（同七月から八月）を書いた。
『文鳥』は鈴木三重吉に勧められて飼った文鳥を巡るエッセイである。文鳥が餌を啄む音を「菫《すみれ》程《ほど》な小さい人が、黄金《こがね》の槌《つち》で瑪瑙《めのう》の碁石でもつづけ様《ざま》に敲《たた》いて居《い》る」ようだと表現している。文鳥が行水する音は「雛壇《ひなだん》をあるく、内裏雛《だいりびな》の袴の襞の擦れる音」のようだと描写した。漱石には「菫程な小さき人に生れたし」（明治三十年〔一八九七年〕）、「雛殿も語らせ給へ宵の雨」（二十八年〔一八九五年〕）の句がある。詩でも表現し得る主題を『文鳥』で散文化している。『夢十夜』はお盆の時期に発表されたこともあって、怪談めいた体裁を取った掌編小説連作である。内容は思いきった幻想小説風のものだ。ただその主題は『坊っちゃん』などで馴染み深いものである。「第一夜」で主人公は、女の死から百年後に百合になった女と接吻を交わすことで再会を果たす。

漱石は間違いなく詩人としての高い資質を持っていた。詩ではその文学的主題を十全に表現できなかったが、生涯に渡って詩を手放さなかった。詩という文学の特徴を正確に理解していたのである。

詩は一つの断言であって良く、作家の純粋な観念を直截に表現できる。小説家としてスタートした漱石は『夢十夜』で物語が天上に舞い上がるのを間際でこらえているが、死んだ女との再会は現実を超えている。漱石はこのような希求を生涯抱き続けた。続く『三四郎』でリアリズム小説に移行した漱石は『夢十夜』のような詩的な小説を書かなくなる。ヨーロッパ文学や同時代の日本文学を分析するのと同じ厳密さで詩と小説表現を分別していったのである。その意味で『夢十夜』は漱石による写生文小説の白鳥の歌である。

漱石は根源的な希求はそのままに、その実現の可能性を小説、つまりは厳しい現実世界の中で模索し始めるようになる。死は観念的飛躍を可能にし、その恐怖は人間に倫理の復活を促すだろう。しかし小説で描かねばならないのは本質的には生者の苦悩であり、そこからの救済の道筋である。

Ⅶ　大衆小説三部作

『三四郎』
『それから』
『門』

『三四郎』『それから』『門』は三部作と呼ばれる。いずれも三人称一視点小説で、恋愛が表向きの主題だからである。主人公は異なるが『三四郎』で描かれたのは恋愛の予感だ。『それから』で恋愛が成就し、『門』は恋愛のその後になる。ただ漱石の主題は愛に留まらない。また漱石の三人称一視点小説はヨーロッパ小説の文体構造とは微妙に異なる。

漱石は『三四郎』の予告文で「田舎の高等学校を卒業して東京の大学に這入《はい》つた三四郎が新しい空気に触れる。さうして同輩だの先輩だの若い女だのに接触して、色々に動いて来る。手間《てま》は此《この》空気のうちに是等《これら》の人間を放《はな》す丈《だけ》である、あとは人間が勝手に泳いで、自《おのずか》ら波瀾が出来るだらうと思ふ」と書いた。『夢十夜』の連載が終了したのは八月五日で『三四郎』連載開始は九月一日だから、ほとんど休む間もなく新たな連載小説を開始したことになる。

主人公は福岡県出身で、熊本の高等学校を卒業して帝国大学文科に入学した二十三歳の小川三四郎である。漱石は小宮豊隆宛に「明後日あたりから小説をかく。君や（鈴木）三重吉の手紙もことによつたら中へ使はうかと思ふ」（明治四十一年［一九〇八年］七月三十日）と書いた。『坊っちゃん』や『坑夫』で若い男を主人公にしたが、漱石が身近な大学生の若者をモデルにしたのは初めてである。新聞小説作家として読者の興味を惹きやすい〝今どきの若者〟の言動をリアルに描こうとしたわけだ。ただ三四郎は漱石門下の若者たちのような生意気な文学青年ではない。

帝大生の三四郎は坊っちゃんや『坑夫』の主人公よりも高い知性を持っている。しかし彼ら以上に世間ずれしてない青年だ。この三四郎を漱石は東京に、彼が今まで知らなかった新たな世界に放り出す。三四郎は真っ白なキャンバスのような青年であり、彼が関わる登場人物たちによってその色が決まってゆく。その意味で『三四郎』の文体構造は『坑夫』冒頭のそれを引き継いでいる。

「然《しか》し是《これ》からは日本も段々発展するでせう」と弁護した。すると、かの男は、すましたもので、「亡びるね」と云《い》つた。熊本でこんな事を口に出せば、すぐ擲《な》ぐられる。わるくすると国賊《こくぞく》取扱《どりあつかい》にされる。三四郎は頭の中の何処《どこ》の隅にも斯《こ》う云ふ思想を入れる余裕はない様《よう》な空気の裡《うち》で生長した。(中略)男は例の如《ごと》くにやにや笑つている。(中略)

「熊本より東京は広い。東京より日本は広い。(中略)日本より頭の中の方が広いでせう」と云つた。「囚《とら》はれちや駄目だ。いくら日本の為めを思つたつて贔屓《ひいき》の引き倒しになる許《ばか》りだ」

此《この》言葉を聞いた時、三四郎は真実に熊本を出た様な心持ちがした。同時に熊本に居《い》た時の自分は非常に卑怯であつたと悟つた。

其《その》晩三四郎は東京に着いた。髭の男は分れる時迄名前を明《あ》かさなかつた。三四郎は東京へ着きさへすれば、此位《このくらい》の男は到る所に居るものと信じて、別に姓名を尋ね様ともしなかつた。

(『三四郎』「一の八」明治四十一年[一九〇八年]九月～十二月)

当時は熊本から東京に行くのに二日かかった。名古屋で一泊して乗った東海道線の中で、三四郎は一人の中年男と相席になった。四十歳くらいの男だが三等車なので、裕福でないことは明らかだ。

男は日露戦争の戦勝に沸き、一等国の仲間入りをしたと浮かれる日本を「亡びるね」と切って捨てる。日本の軍事、経済、文化的優位を喧伝する国粋主義など「贔屓《ひいき》の引き倒し」であり、そんなものに「囚《とら》はれちや駄目だ」と批判したのである。男の言葉は当時の社会風潮に逆行していたが三四郎は男に共感できる知性を持っていた。

三四郎は東京には「此位《このくらい》の男は到る所に居る」と思って男の名前も聞かずに別れたが、そんなことがあろうはずもない。男は広田という名で高等学校の英語教師だった。三四郎は故郷の母親から理科大学の研究者野々宮が遠い知り合いなので訪問するようにという手紙を受け取っていた。野々宮の高等学校時代の恩師が広田だった。また大学で友人になった与次郎は広田の書生をしていた。三四郎は野々宮や与次郎を介して広田家に出入りするようになる。

四十歳くらいで英語教師であることからもわかるように、広田は漱石がモデルである。野々宮は寺田寅彦がモデルだろう。広田はその厭世観から「亡びるね」という言葉を口にしたわけではない。彼の国粋主義批判は日本が陥るだろう独善的な過信と、それによってもたらされる世界からの孤立を危惧したものである。三四郎は広田と日本文化はもちろん、ヨーロッパ文化をも相対化すようなリベラルな議論を交わすことになる。

そんな広田を三四郎は「世の中を傍観している人」であり「批評家」だと考える。与次郎は尊敬を込めて「偉大な暗闇」と呼んでいる。「何でも読んでいる。けれども些《ちっ》とも光らない（出世しない）」からである。それでも三四郎は広田的知性に惹かれる。「自分も批評家として、未来に存在しやうか」とまで考えるようになるのである。ただ若い三四郎を魅了するのは知性だけではない。東京には三四郎が出会ったことのない女性がいた。

「是《これ》は何でせう」と云《い》つて、仰向いた。（中略）

「是は椎《しい》」と看護婦が云つた。（中略）

「さう。実は生《な》つていないの」と云ひながら、仰向いた顔を元へ戻す、其《その》拍子に三四郎を一目見た。三四郎は慥《たし》かに女の黒眼の動く刹那を意識した。其時色彩の感じは悉《ことごと》く消えて、何とも云へぬ或物《あるもの》に出逢つた。其或物は汽車の女に「あなたは度胸のない方ですね」と云はれた時の感じと何所《どこ》か似通つている。三四郎は恐ろしくなつた。

二人の女は三四郎の前を通り過ぎる。若い方が今迄嗅《か》いで居《い》た白い花を三四郎の前へ落として行つた。三四郎は二人の後姿を凝《じっ》と見詰めて居た。（中略）

三四郎は茫然《ぼんやり》していた。やがて、小さな声で「矛盾だ」と云つた。大学の空気とあの女が矛盾なのだか、あの色彩とあの眼付が矛盾なのだか、あの女を見て、汽車の女を思ひ出したのが矛盾なのだか、それとも未来に対する自分の方針が二途《ふたみち》に矛盾しているのか（中略）――この田舎出《いなかで》の青年には、凡《すべ》て解《わか》らなかつた。ただ何だか矛盾であつた。

三四郎は女の落して行つた花を拾つた。さうして嗅いで見た。けれども別段の香《におい》もなかつた。

（『三四郎』「二の四」）

上京後三四郎はすぐに野々宮を訪ね、その帰りに今では「三四郎池」と呼ばれるようになった帝国大学内の池畔で美禰子《みねこ》に出会った。野々宮の妹のよし子が大学内の病院に入院していて、よし子を見舞った美禰子が看護婦と散歩していたのである。

三四郎は名古屋で一泊した時に、ひょんなことから見知らぬ女と同宿することになった。日露戦争後に満州へ出稼ぎに行った夫からの音信が絶えたため実家に戻ろうとしている若い人妻で、女一人では心細いので宿まで案内してくれと頼まれたのだった。宿に着くと女中が夫婦と間違えて二人を一つの部屋に通してしまう。布団も一組しか敷いてくれない。仕方なく「私は癇性《かんしょう》で他人《ひと》の布団に寝るのが嫌だから」と言い訳して自分のシーツを丸めて布団の真ん中に境界線を作り、固まったように一夜を過ごしたのだった。

翌朝名古屋駅で別れる時に女は「「あなたは余《よ》つ程《ぽど》度胸のない方ですね」と云《い》つて、にやりと笑つた」。女は三四郎が誘いさえすれば性の関係を結んでもいいと考えていたのである。「三四郎はプラット、フォームの上へ弾《はじ》き出された様《よう》な心持《こころもち》がした」とある。いくらウブでも三四郎は女の意図に気付いていた。境界線を作ったのは潔癖に女の誘いを拒絶したからではない。自分には理解できない理由で誘っている女を怖れたのである。

美禰子と視線が合った瞬間に名古屋の女を思い出したのは、彼女が未必の故意で三四郎を誘っているからである。それを三四郎は「矛盾だ」と思う。清楚な美禰子に性的な名古屋の女を感じたのは矛盾だ。何よりも三四郎が進もうとする学問世界と美禰子が体現する恋愛世界は矛盾しそうな気配がある。

しかし若い三四郎は恋愛世界に強く惹かれている。世界は「春の如《ごと》く盪《うご》いて」おり、「自分は此《この》世界のどこかの主人公であるべき資格を有しているらしい」と思う。その一方で恋愛世界が「自《みずか》らを束縛して、自分が自由に出入りすべき通路を塞いでいる」とも感じる。『三四郎』は主人公が恋愛を巡る矛盾を生きる物語である。

「（前略）近頃の青年は我々時代の青年と違つて自我の意識が強過ぎて不可《いけ》ない。吾々《われわれ》の書生をして居《い》る頃には、する事為す事一《いつ》として他《ひと》を離れた事はなかつた。（中略）それを一口《ひとくち》にいふと教育を受けるものが悉《ことごと》く偽善家であつた。その偽善が社会の変化で、とうとう張り通せなくなつた結果、漸々《ぜんぜん》自己本位を思想行為の上に輸入すると、今度は我意識が非常に発達し過ぎて仕舞《しま》つた。昔の偽善家に対して、今は露悪家ばかりの状態にある。――君、露悪家といふ言葉を聞いた事がありますか」

「いいへ」

「今僕が即席に作つた言葉だ。（中略）与次郎の如《ごと》きに至ると其《その》最たるものだ。あの君の知つてる里見（美禰子のこと）といふ女があるでせう。あれも一種の露悪家（中略）だから面白い。（中略）所《ところ》が此爛漫《このらんまん》が度を超すと、露悪家同士が御互《おたがい》に不便を感じて来る。其《その》不便が段々高《こう》じて極端に達した時利他主義が又《また》復活する。それが又形式に流れて腐敗すると又利己主義に帰参する。つまり際限はない。我々はさう云《い》ふ風にして暮して行くものと思へば差支《さしつかえ》ない。（後略）」

（『三四郎』「七の三」）

漱石は広田の口を借りて、『草枕』などで書いた利己主義と社会に寄与する利他主義の関係を繰り返している。封建思想が残っていた明治初期までは公に寄与する利他主義が当たり前だった。しかしそれは建前の偽善に過ぎない。維新後の利己主義がそれを暴いたわけだが、利己主義が行き過ぎると再び利他主義が求められるようになる。社会はその繰り返しだと広田は説く。ただ漱石の思考は深化している。「露悪家」は利己主義を巡る新しい概念だ。広田は露悪家を「偽善を行ふに露悪を以《もっ》てする」者だと定義する。人が他者に働きかけて利己的目的を遂げようとする場合、普通はあくまで善意をよそおって行動を促す。しかし露悪家は違う。利己的目的を隠しもせずそれが他者にとっても得になると納得させるのだ。広田は「優美な露悪家」として美禰子と与次郎の名前をあげた。「三四郎には応《こた》へた。念頭に美禰子といふ女があつて、此《この》理論をすぐ適用出来るからである」とある。

美禰子は結婚適齢期を少し過ぎたくらいの女性である。自由恋愛に憧れているが当時は見合い結婚が一般的だった。そして見合いでは、特に良家の娘は経済力のある年上の男と結婚するのが普通だった。学生の三四郎には夫になる資格がない。

美禰子は三四郎に、野々宮は「責任を逃《のが》れたがる人」だと洩らす。年齢的には美禰子と野々宮の間に縁談話があってもおかしくない。美禰子は三四郎いっしょに絵画展に出かけたが、「妙な連《つれ》と来ましたね」と話しかけた野々宮に、「似合ふでせう」と答えている。美禰子の言葉は「大濤《おおなみ》の崩れる如《ごと》く一度に三四郎の胸を浸《ひた》した」とある。

生真面目な三四郎は「野々宮さんを愚弄したのですか」と詰問する。美禰子は「あなたを愚弄したんぢや無いのよ」と答え、あとは無言で「必竟《ひっきょう》、あなたの為にした事ぢやありませんかと、二重瞼《ふたえまぶた》の奥で訴へ」た。美禰子は三四郎の好意を意識しながら、現実の夫候補である野々宮の気を惹くために三四郎を利用した。

もう一人の露悪家の与次郎は広田が引っ越しの際に野々宮から借りた金を内緒で使い込み、馬券ですって困っていた。見かねた三四郎が金を貸してやったのだがなかなか返さない。催促すると美禰子から借りる約束を取り付けたので取りに行けと言う。三四郎は驚くが、与次郎は「己《おれ》が金を返さなければこそ、君が美禰子さんから金を借りる事が出来たんだろう」と悪びれた様子もない。

与次郎は三四郎の美禰子への好意に気づいていた。金に困っていない美禰子は厳しく返せとは言わないだろうし、なにより二人きりで会えるチャンスができたじゃないかと言いたいのだ。「優美な露悪家」の面目躍如といったところだ。三四郎は与次郎の意図を承知で金を借りにゆく。借金のためだろうとやはり美禰子に会いたかったのである。

金を借りる時、美禰子は三四郎が金をすったのだと勘違いして、「馬券で中《あて》るのは、人の心を中るより六《む》づかしいぢやありませんか。あなたは索引の付いている人の心さへ中て見様《みよう》となさらない呑気な方だのに」と言う。美禰子の心は揺れていた。だが三四郎は自分が使い込んだわけではないと説明するのに精一杯でこの言葉を聞き流してしまう。

ただ三四郎は金を借りっぱなしにできる青年ではない。故郷の母から送金してもらい金を返しに行く。二度目のチャンスは自分で作ったのだ。ただその時美禰子の心の「索引」はもう無意味なものになっていた。


二人は又無言《またむげん》で五六間《けん》来た。三四郎は突然口を開いた。

「本当は金を返しに行ったのぢやありません」

美禰子はしばらく返事をしなかつた。やがて、静かに云《い》つた。

「御金は私《わたくし》も要《い》りません。持って入《い》らつしやい」

三四郎は堪《た》へられなくなつた。急に、

「ただ、あなたに会ひたいから行つたのです」と云つて、横に女の顔を覗き込んだ。女は三四郎を見なかつた。其時《その》三四郎の耳に、女の口を洩れた微《かす》かな溜息が聞えた。


（『三四郎』「十の八」）

三四郎のような純な青年にとって、「ただ、あなたに会ひたいから行つたのです」という言葉は精一杯の愛の告白だった。しかし美禰子は「溜息」を洩らし三四郎の告白をはぐらかす。三四郎は告白への答えを聞くことなく、また金を返すこともできずに美禰子と別れてしまう。三四郎は知らなかったがこの時すでに美禰子の縁談はまとまっていた。

与次郎に切符を売りつけられた文芸協会の演芸会に行った夜から三四郎はインフルエンザで寝

込んだ。三四郎は見舞いに来た野々宮の妹よし子から、美禰子の結婚が決まったと聞かされる。結婚相手は野々宮ではなく当初はよし子を妻にと望んだ男だった。野々宮は確信的な独身主義者の広田の弟子である。広田の思想に深く共鳴する野々宮は美禰子との結婚を承諾しなかったのである。

ただ誰も美禰子がよし子の見合い相手と結婚することになった理由を教えてくれない。三四郎は風邪が治ると今度は本当に金を返すことを口実に再び美禰子に会いに行く。

「ヘリオトロープ」と女が静かに云《い》つた。三四郎は思はず顔を後《あと》へ引いた。ヘリオトロープの壜。四丁目の夕暮。迷《ストレイシープ》羊。迷《ストレイシープ》羊。空には高い日が明らかに懸《かか》る。

「結婚なさるさうですね」（中略）

「御存知なの」と云ひながら、二重瞼《まぶち》を細目にして、男の顔を見た。三四郎を遠くに置いて、却《かえ》つて遠くにいるのを気遣い過ぎた眼付である。其癖《そのくせ》眉丈《だけ》は明確《はっきり》落ちついている。三四郎の舌が上顎へ密着《ひっつい》て仕舞《しま》つた。

女はややしばらく三四郎を眺めた後《のち》、聞兼《ききかね》る程の嘆息《ためいき》をかすかに漏《も》らした。やがて細い手を濃い眉の上に加へて、云つた。

「われは我が愆《とが》を知る。我が罪は常に我が前にあり」

聞き取れない位《くらい》な声であつた。それを三四郎は明らかに聞き取つた。三四郎と美禰子は斯《か》様《よう》にして分れた。

（『三四郎』「十二の七」）

明治の恋愛ブームはキリスト教とともに流入した面がある。三四郎は教会から出て来た美禰子と会った。教会、ヘリオトロープ、迷羊《ストレイシープ》と漱石は三四郎と美禰子の最後の会話をヨーロッパ的な小道具で満たしている。

ヘリオトロープは三四郎が洋装店で偶然美禰子に会った時に、シャツを選んでもらったお礼に選んだ香水である。また美禰子は何度も三四郎に自分は「迷羊《ストレイシープ》」なのだと言う。広田らと団子坂に菊人形を見に行った際に、三四郎は人ごみで気分を悪くした美禰子を連れ出して二人で小川の前の草原で話した。「迷子の英訳を知つて入《い》らしつて」「迷《ストレイ》へる子《シープ》」と美禰子は言った。

三四郎はその後美禰子から「迷へる子（羊）を二匹描い」た絵葉書をもらった。美禰子と三四郎のことだ。迷える子羊は『新約聖書』「ルカ福音書」の挿話だが文字通り〝迷子〟のことである。美禰子は自己に忠実に愛に生きるか当時の社会常識に従って見合い結婚するか迷っていた。三四郎もまた美禰子への愛に確信が持てずグズグズしていた。「われは我が愆《とが》を知る」という『旧約聖書』「詩篇」の言葉は自己に正直に行動できなかった美禰子の「愆《とが》」と、結局は三四郎の心を弄んでしまった「罪」を示唆している。

『三四郎』は長くなるかといふのですか、然《そ》うですね、長く続かせるのですね。（中略）実は今御話をした其《その》フェリシタス（ドイツ人作家ズーデルマンの小説の女主人公）ですね、之《これ》を余程前に見て面白いと思つていたところが、宅に居《い》た森田白楊（草平《そうへい》）が今頻《しき》りに小説を書いているので、そんなら僕は例の「無意識《アンコンシャス》なる偽善家《ヒポクリット》」を書いて見やうと、串談《じょうだん》半分に云《い》ふと、森田が書いて御覧なさいと云ふので、森田に対しては、さう云ふ女を書いて見せる義務があるのですが、他《ほか》の人に公言した訳でもないから、どんな女が出来ても構はないだらうと思つています。（中略）

＊

（前略）今甲と云ふ事相《じそう》が乙に移るとすると、直線的の興味は甲を去つて乙になる所が主《しゅ》だから、乙が注意の対象になる。之《これ》反して低徊趣味《ていかいしゅみ》の方は事相其《その》ものに執着するのだからして、興味の中心が却《かえ》つて甲にある。即ち乙に移りたくないといふ姿がある。だから此の二つの趣味はどうせ相俟《あいま》つて行かなければ完全な趣味の起る訳はない。早く甲が乙に変じて呉《く》れれば可《い》いと思ふ様《よう》では甲自身が厭《あ》きられているのだから、作物《さくもつ》としてはそこに陥欠《かんけつ》がある。と同時にいつ迄も甲に低徊するとなるといつ迄立《た》つても埒《らち》は明《あ》かない事になつて仕舞《しま》ふ。だから甲にも興味があると同時に甲が乙に移る所にも興味を持つと云ふ風でなければなるまいと思ふ。純粋の写生文や純粋の筋書的小説は此一方丈《このいっぽうだけ》を代表したもので双方共《そうほうとも》改善の余地のあるものと考へられる。
（「談話（文学雑話）」傍点原文、明治四十一年［一九〇八年］）

「文学雑話」は『三四郎』執筆中に行われた比較的長いインタビューである。漱石は前半で「無《アン》意識なる偽善家《コンシャス・ヒポクリット》」について語り、後半で「写生文」と「筋書的小説」のメリット・ディメリットを論じている。「筋書的小説」とは起承転結の物語展開を楽しむいわゆる大衆小説のことである。漱石は無意識なる偽善家《アンコンシャス・ヒポクリット》は男の心をもてあそぶ悪女のことで、『虞美人草《ぐびじんそう》』の藤尾《ふじお》が典型的だ。漱石は『三四郎』でそれを「優美な露悪家」という概念にまで高めた。漱石本来の愛は旧弊というより度外れた純愛であり、優美な露悪家には批判的だった。しかし『三四郎』で優美な露悪家は自我意識の肥大化によって生まれた利己的人間の一典型だと普遍性を持たせている。自由が天与の権利で露悪家が必然的存在なら、それをステレオタイプな道義思想で批判しても無駄である。そのため与次郎や美禰子の言動の是非は留保される。

写生文についても相対化が始まっている。漱石らの写生文作家が変化のない特定場面の描写を繰り返す「低徊《ていかい》派」と揶揄されたことはよく知られている。しかし漱石はもはや写生文にこだわっていない。写生文は「平面的の興味云《い》はば空間的《スペイシアル》の特質」があるが、筋書的小説は「直線をたどる様《よう》なもの」だと言う。写生文は現実を微細に描写できるが固着的で散漫になりやすく、筋書的小説は面白くてもプロットしか印象に残らない可能性がある。

このメリット・ディメリットを漱石は理論よりも複雑な形で経験していた。写生文の方法を使ったが『虞美人草』は結果的には筋書的小説になってしまった。『三四郎』の時期に漱石は写生文と筋書的小説の統合を考えていた。

『三四郎』の広田には漱石の思想が反映されている。しかし彼は積極的に三四郎を導いたりしない。三四郎は自分を学問世界から引き離し未知の愛の世界に誘う美禰子の影響も強く受ける。つまり『三四郎』ではそれぞれ独立した人間が登場して内面（思想）を交錯させ合う。その結果はあらかじめ決められたプロットに沿っておらず自律的である。

「どうだ森の女は」
「森の女と云《い》ふ題が悪い」
「ぢや、何とすれば好《い》いんだ」
三四郎は何とも答へなかつた。ただ口の内《うち》で迷《ストレイシープ》羊、迷《ストレイシープ》羊と繰り返した。

（『三四郎』「十三」）

三四郎は広田と野々宮、与次郎と一緒に画家の原口が美禰子をモデルに描いた絵が展示された展覧会に行く。野々宮は展覧会場で絵の批評をメモしようとして、たまたま懐に入っていた美禰子の結婚披露宴の招待状を取り出し「千切つて床の上に捨てた」。迷ったまま三四郎を誘いきれなかった美禰子の役割は終わったということだ。

与次郎に絵の感想を聞かれた三四郎は「森の女と云《い》ふ題が悪い」と答える。しかしほかの題は思いつかず「迷羊《ストレイシープ》」と心の中で繰り返す。それは今や美禰子一人のことだ。奥手でウブな三四郎は恐れ迷い続けたが、はっきりと自らの意志で愛の世界を選んだ。その意志は完遂されなければならない。漱石は〝ではない〟という否定形で筆を止める作家ではない。

漱石は『それから』の予告で「色々な意味に於《おい》てそれからである。「三四郎」には大学生の事を描《かい》たが、此《この》小説にはそれから先の事を書いたからそれからである。（中略）此主人公は最後に、妙な運命に陥《おちい》る。それからさき何《ど》うなるのかは書いてない。此意味に於ても亦《また》それからである」（『それから』予告』傍点漱石、明治四十二年「一九〇九年」）と書いた。主人公は大胆に愛の世界へと飛び込む。

代助は机の上の書物を伏せると立ち上がつた。縁側の硝子戸《がらすど》を細目に開けた間から暖かい陽気な風が吹き込んで来た。さうして鉢植のアマランスの赤い瓣《はなびら》をふらふらと揺《うご》かした。日は大きな花の上に落ちている。代助は曲《こご》んで、花の中を覗き込んだ。やがて、ひよろ長い雄蕊《おずい》の頂《いただ》きから、花粉を取つて、雌蕊《しずい》の先に持つて来て、丹念に塗り付けた。

（『それから』「四の二」明治四十二年［一九〇九年］六～十月）

『それから』の主人公は長井代助である。大学は卒業したが働いておらず、読書と哲学的思考に耽る当時の高等遊民だ。ある意味知性を発達させたのちの三四郎である。また漱石は三四郎と美禰子の最後の会話を教会を背景にしたヨーロッパ的小道具で満たした。『それから』ではそれをさらに徹底させている。

代助の実家では西洋間を建て増したが、代助は欄間の周囲に北欧神話のヴァルキューレを題材とした絵を描かせた。代助が実家から独立して暮らす家は日本家屋だが、朝は紅茶を飲み読書には西洋式の椅子と机を使っている。書斎の本棚には西洋の書物がぎっしり詰まっている。代助はヨーロッパ文学と思想に深く傾倒する青年である。

また小説冒頭で代助は鉢植えのアマランスの雄蕊《おずい》と雌蕊《しずい》を自分の手で受精させる。これから起こる恋愛は代助の意志に基づく人工受精だということだ。

「あんなに、焦つて」と、電車に乗つて飛んで行く平岡の姿を見送つた代助は、口の内《うち》でつぶやいた。さうして旅宿《りよしゆく》に残されている細君の事を考へた。
代助は此《この》細君を捕《つら》まへて、かつて奥さんと云《い》つた事がない。何時《いつ》でも三千代《みちよ》さん三千代さんと、結婚しない前の通りに、本名を呼んでいる。代助は平岡に分れてから又《また》引き返して、旅宿へ行《ゆ》つて、三千代さんに逢つて話をしやうかと思つた。けれども、何だか行けなかつた。（中略）夫《それ》で家《うち》へ帰つた。其《その》代り帰つても、落ち付かない様な、物足らない様な、妙な心持ちがした。ので、又外へ出て酒を飲んだ。（中略）
「あの時は、何《ど》うかしていたんだ」と代助は椅子に倚《よ》りながら、比較的冷やかな自己で、自分の影を批判した。
（『それから』「四の三」）

代助には高等中学から大学時代の親友平岡がいた。平岡は共通の友人でチフスで亡くなった菅沼《すがぬま》の妹三千代《みちよ》と学生結婚した。縁談を取りまとめたのは代助だった。大学を卒業すると平岡は銀行員になり三千代を連れて関西に赴任していった。新橋駅に夫妻を見送った時、平岡の「眼鏡の裏には得意の色が羨《うらや》ましい位《くらい》動」き、それを見た代助は急に平岡を「憎らしく思つた」とある。
手紙での交流はあったがそれも疎遠になり始めた三年目に、平岡から突然会社を辞めて上京するから「着京の上は何分宜《なにぶんよろ》しく頼む」という手紙が届いた。平岡の話では部下が会社の金を使い込んだので、支店長から金を借りて弁済した上で会社を辞めたのだという。しかし三千代の話は違っていた。三千代は結婚一年目に流産しそれが原因で心臓を悪くした。平岡はそれ以来遊び始めたのだった。借金は高利貸しから金を借りて遊蕩に耽ったのが原因だった。

借金を背負った平岡が遊民の暮らしを送る代助に反発を感じたのは当然だった。かつて代助が平岡に対して覚えた妬みの感情が、今度は平岡の側に生じたのである。しかし困窮した平岡が東京で頼ることができる相手は代助以外にはいなかった。代助もできるだけ平岡の面倒を見ることにした。友情のためばかりではない。三千代のことが気にかかった。

代助の学生時代の三千代への感情は、愛とは言えないほど曖昧なものだった。しかし再会してから思いはどんどん募ってゆく。『それから』は代助が一線を越えて三千代と姦通する物語である。明治時代には姦通罪があった。夫が訴えれば姦通した妻とその相手は二年以下の懲役に課せられた。それだけでなく姦通した男女は実質的に社会の日陰者として暮らさねばならなかった。

代助は姦通に向かって突き進んでゆく。三四郎の心は広田的学問世界と美禰子的愛の世界の間で揺れていたが、代助にそのような迷いはない。代助の自我意識が他者との関係性によって、退路を断たれるように三千代との愛に絞り込まれてゆく。

「何故働かないつて、そりや僕が悪いんぢやない。つまり世の中が悪いのだ。（中略）斯《こ》う西洋の圧迫を受けている国民は、頭に余裕がないから、碌《ろく》な仕事は出来ない。（中略）自分の事と、自分の今日《こんにち》の、只今《ただいま》の事より外に、何も考えてやしない。（中略）其《その》の間に立つて僕一人が、何と云《い》つたつて、何を為《し》たつて、仕様がないさ。（中略）日本の社会が精神的、徳義的、身体的に、大体の上に於《おい》て健全なら、僕は依然として有為多望なのさ。（中略）然《しか》し是《これ》ぢや駄目だ。今の様なら僕は寧《むし》ろ自分丈《だけ》になつている。（中略）有《あり》の儘《まま》の世界を、有の儘で受取つて、其中《そのうち》に僕に尤《もっと》も適したものに接触を保つて満足する。進んで外《ほか》の人を、此方《こっち》の考へ通りにするなんて、到底出来た話ぢやありやしないもの――」

（『それから』「六の七」）

代助の思想は『三四郎』の広田と同じである。日本は欧米先進国に倣って一等国にのし上がったが、うわべの個人主義を摸倣した日本人は利己的国民になってしまっている。その風潮を代助一人で是正することなどできない。そのため代助は矛盾に満ちた社会を「有《あり》の儘《まま》」に認識して、社会と最低限度の接触を保ちながら孤独に生きてゆこうと決めている。

代助は人間には生まれながらの目的があるわけではなく「生れた人間に、始めてある目的が出来て来る」のだと考える。「歩きたいから歩く。すると歩くのが目的になる。考《かんが》へたいから考へる。すると考へるのが目的になる。それ以外の目的を以《もっ》て、歩いたり、考へたりするのは、歩行と思考の堕落になる」と思考するのだ。代助はこの原則に忠実に「無目的な行為を目的として活動」して来た。そして自他を欺かないという点で、それを「尤《もっと》も道徳的なものと心得ていた」。代助の思想自体は論理的で原理的である。「世の中を傍観」する広田的批評家の生を実践している。

ただ代助の生活は実家からの仕送りで支えられている脆弱なものだ。代助は一方で『野分』の道也《どうや》が指摘した、社会を軽蔑し得る「見識」はあるが、「自己により大なる理想」を持っていない青年の一人である。平岡の生活者の思想は当然そんな代助の矛盾を衝いてくる。

「僕は失敗したさ。けれども失敗しても働らいている。（中略）君は世の中を、有《あり》の儘《まま》で受取る男だ。言葉を換えて云《い》ふと、意志を発展させる事の出来ない男だらう。意志がないと云ふのは嘘だ。（中略）終始物足りないに違《ちがい》ない。僕は僕の意志を現実社会に働き掛けて（中略）幾分でも、僕の思ひ通りになつたと云ふ確証を握らなくつちや、生きていられないね。（中略）君は（中略）考へてる丈《だけ》だから、頭の中の世界と、頭の外の世界を別々に建《こんりゅう》立して生きている。此《この》大不調和を忍んでいる所が、既に無形の大失敗ぢやないか。（後略）」

（『それから』「六の六」）

平岡は「意志がないと云《い》ふのは嘘だ」とストレートに代助を批判する。矛盾を抱えているのは平岡も同じである。彼はどうしようもない欲動に突き動かされて借金を抱え、家庭生活も危機に瀕している。しかし働いてなんとかその矛盾を解消しようと藻掻いている。現実から目をそむけて「頭の中の世界と、頭の外の世界を別々に建立《こんりゅう》」し、「大不調和を忍んでいる」代助より自分の方がましだと言い放つのだ。

代助は平岡を軽蔑しているがそれを押し隠している。平岡も同様だが代助より露骨だ。平岡は代助のことを「笑ひたいんだが、世間から見ると、笑つちや不可《いけ》ないんだろう」と言う。平岡が代助を蔑まないのは代助の金をあてにせざるを得ないからである。代助と平岡は今やお互いの思想を激しくぶつけ合い、否定し合うという意味での親友である。

漱石作品最大の特徴は心理描写にあるが、その方法が確立されたのが『それから』である。どんな小説でも異なる思想を持った人間同士が衝突し合う。しかしたいていの場合、主人公と対立する他者思想は作家によって微妙な形で一定方向に誘導あるいは緩和されている。だが『それから』以降の漱石小説ではほとんどそれがない。あくまで異なる強い自我意識を持った登場人物たちが反発し合い、時に融和する。

この方法は写生文と筋書的小説の統合から生み出された。個の思想の緻密な描写は写生文を人間心理に応用したものだが、それらを組み合わせることでストーリーが動く。「甲にも興味があると同時に甲が乙に移る所にも興味を持つ」ことができる漱石独自の文体だ。さほど大きな事件が起こらなくとも漱石小説がスリリングなのはこの文体ゆえである。

（前略）親爺から説法されるたんびに、代助は返答に窮《きゅう》するから好加減《いいかげん》な事を云《い》ふ習慣になっている。代助に云はせると、親爺の考《かんがえ》は（中略）毫《ごう》も根本の意義を有していない。しかのみならず、今利他本位でやつてるかと思ふと、何時《いつ》の間《ま》にか利己本位に変つている。言葉丈《だけ》は滾々《こんこん》として、勿体《もったい》らしく出るが、要するに端倪《たんげい》すべからざる空談《くうだん》である。

（『それから』「三の三」）


「それ御覧《ごらん》なさい。あなたは一家中悉《じゅうことごと》く馬鹿にして入《い》らつしやる」

「どうも恐れ入りました」

「そんな言訳《いいわけ》はどうでも好《い》いんですよ。貴方《あなた》から見れば、みんな馬鹿にされる資格があるんだから」

「もう、廃《よ》さうぢやありませんか。今日は中中《なかなか》きびしいですね」

「本当なのよ。夫《それ》で差支《さしつかえ》ないんですよ。（中略）けれどもね、そんなに偉い貴方が、何故私なんぞから御金《おかね》を借りる必要があるの。可笑《おか》しいぢやありませんか。（中略）それ程《ほど》偉い貴方でも、御金がないと、私見《み》た様《よう》なものに頭を下げなきやならなくなる」

（『それから』「七の五」）

代助の自我意識を揺さぶるのは平岡だけではない。父親は旧世代の利他的偽善家である。父は三十歳になっても働かない代助に見合い結婚を勧める。とりあえず身を固めた方がいいと言うのだ。もちろん打算混じりだ。相手は父と縁のある裕福な大地主の娘で、「さう云《い》ふ親類が一軒位《くらい》あるのは、大変な便利で、且《か》つ此際《このさい》甚《はなは》だ必要ぢやないか」と言う。代助の身を思っての利他主義がいつのまにか利己主義に変わっている。ただ代助は表立って父に逆らうことができない。代助は傍観的批評家であり、独自の思想を持っていない。

兄嫁の梅子の批判はさらに手厳しい。梅子は「あなたは一家中《じゅう》悉《ことごと》く馬鹿にして入《い》らつしやる」と喝破し「夫《それ》で差支《さしつかえ》ないんですよ」と代助の思想に一定の理解を示しながら、「そんなに偉い貴方が、何故私なんぞから御金《おかね》を借りる必要があるの」と代助の根本的矛盾を鋭く指摘する。

代助は平岡から三千代を通して借金の申し込みをされていた。五百円という当時の大金である。梅子は「車屋なら貸して上げない事もないけれども、貴方《あなた》には厭《いや》よ」と言っていったんは代助の申し出を断る。しかし郵便で二百円の金を送ってくれる。その金額にも梅子の社会的配慮が働いている。梅子は『それから』で母性を代表する人である。

漱石作品には概して母親の影が薄い。『虞美人草』の若い男女は藤尾を除いて実母を亡くしていた。『三四郎』の美禰子の両親も死去していた。『それから』でも代助の母は亡くなっている。三千代もそうだ。この設定に漱石の実人生を重ね合わせることはできる。ただ小説に即せば漱石は、母親という最も強力な抑止力を排除することで個の自我意識を際立たせている。代助は父の思惑や兄嫁の心配を振り切って自分一人で決断を迫られることになる。

　三千代を通して二百円を受け取ったあと、平岡は「僕も実は御礼に来た様《よう》なものだが、本当の御礼には、いづれ当人が出るだらう」と人ごとのように言う。平岡が不倫を黙認した気配は一切ないが、彼は代助が三千代に惹かれていることに気づいていた。また平岡は新聞社の経済部に入社したが当時日糖事件という経済疑獄事件が世間を騒がせていた。代助の父と兄は実業家だった。新聞社を訪ねた代助に「(借金の返済は)もう少し待つて呉《く》れ玉《たま》へ。其代《そのかわ》り君の兄さんや御父《おとっ》さんの事も、斯《こ》うして書かずにいるんだから」と言う。平岡は優美な偽善家である。ただ必死の生活者である平岡はしたたかだ。それは頼る人のいない三千代も同じである。

　東京に戻った三千代は百合の花を持って代助を訪ねた。代助は学生時代に、百合の花を手土産に菅沼と三千代兄妹の下宿に遊びに行ったことがあった。三千代は「貴方《あなた》だつて、鼻を着《つ》けて嗅《か》いで入《い》らしつたぢやありませんか」と代助に学生時代を思い出させている。また代助を訪ねて来た時三千代は髪を銀杏返しに結っていた。それは代助が初めて三千代と会った時の髪型だった。三千代は「あら、気が付いて。あれは、あの時限《ぎり》なのよ」と言う。三千代は代助のために髪を銀杏返しに結ったのである。

三千代は誘う女である。しかし美禰子のように意識と無意識の狭間から誘っているわけではない。彼女の誘いは切実だ。そこには荒んだ夫婦生活と夫が作った借金から逃れたいという衝動がある。人生をやり直したいという希望がある。当時の女性はこんな形でしか自我意識を表現できなかった。代助もそれを承知していた。にもかかわらず代助は三千代の誘いに応じる。


（前略）彼は今此《この》書物の中に、茫然として坐《すわ》つた。良《やや》あつて、これほど寝入つた自分の意識を強烈にするには、もう少し周囲の物を何《ど》うにかしなければならぬと、思ひながら、室《へや》の中をぐるぐる見廻した。それから、又《また》ぽかんとして壁を眺めた。が、最後に、自分を此薄弱な生活から救ひ得る方法は、ただ一つあると考へた。さうして口の内《うち》で云つた。

「矢《や》つ張《ぱ》り、三千代さんに逢《あ》はなくちや不可《いか》ん」

（『それから』「十一の二」）


（前略）代助は三千代と相対《あいたい》づくで、自分等《ら》二人の間をあれ以上に何《ど》うかする勇気を有《も》たなかつたと同時に、三千代のために、何《なに》かしなくては居《い》られなくなつたのである。だから、今日の会見は、理知の作用から出た安全の策と云《い》ふよりも、寧《むし》ろ情の旋風《つむじ》に捲《ま》き込《こ》まれた冒険の働きであつた。其所《そこ》に平生の代助と異なる点があらはれていた。けれども、代助自身は夫《それ》に気が付いていなかつた。

（『それから』「十三の五」）

代助はヨーロッパ文学に親しんでいたが、欧米的愛に憧れを抱いていない。むしろヨーロッパ小説の「男女《なんにょ》の情話が、あまりに露骨で、あまりに放肆《ほうし》で、且《か》つあまりに直線的に濃厚なのを平生から怪しんでいた」とある。したがって代助の愛は純愛ではない。恋に恋した青年のものでもない。漱石は代助の愛は彼を「薄弱な生活から救ひ得る（唯一の）方法」であり、あえて「理知」を無視して「情の旋風《つむじ》に捲《ま》き込《こ》まれた冒険の働き」だと書いている。

端的に言えば代助が行うのは恋愛という名の冒険である。三千代とは愛に対する希求が異なることを知りながらそこに飛び込む。三千代が冒険の共犯者の資格を持っているからである。三千代への愛の告白は代助がとった初めての能動的行動だが、それは彼を大人の単独者にする危うい冒険なのだ。その意味で『それから』は『三四郎』よりも本質的な青年成長小説《ビルドゥングスロマン》である。

「僕の存在には貴方《あなた》が必要だ。何《ど》うしても必要だ。僕は夫丈《それだけ》の事を貴方に話したい為にわざわざ貴方を呼んだのです」

代助の言葉には、普通の愛人の用ひる様《よう》な甘い文彩《あや》を含んでいなかつた。彼の調子は其《その》言葉と共に簡単で素朴であつた。寧《むし》ろ厳粛の域に逼《せま》つていた。但《ただ》、夫丈《それだけ》の事を語る為《ため》に、急用として、わざわざ三千代を呼んだ所が、玩具《おもちゃ》の詩歌に類していた。

（『それから』「十四の十」）

代助と三千代は現実利害を含むそれぞれの立場から愛を確認する。また愛を告白したにも関わらず、代助の心が定まっていたとは言えない。「仕様《しょう》がない。覚悟を極《き》めませう」という三千代の言葉を聞いて「代助は背中から水を被《かぶ》つた様《よう》に顫《ふる》へた」。三千代の言葉で初めて退路を断たれた責任と畏れを感じたのである。だがもう後戻りできない。代助の「玩具《おもちゃ》の詩歌」のような愛の言葉は三千代を巻き込んでしまった。代助は平岡に会って謝罪し三千代を自分に譲ってくれるよう頼む。平岡は承諾するが代助の父に手紙を書いて彼の罪を訴えた。

「姉《ねえ》さんは泣いているぜ」と兄が云《い》つた。（中略）
「御父《おとう》さんは怒つている」（中略）
兄の言葉は、代助の耳を掠《かす》めて外へ零《こぼ》れた。（中略）彼は彼の頭の中《うち》に、彼自身に正当な道を歩んだといふ自信があつた。（中略）代助は無言の儘《まま》、三千代と抱き合つて、此焔《このほのお》の風に早

く己《おの》れを焼き尽くすのを、此上《このうえ》もない本望とした。（中略）
「代助」と兄が呼んだ。「今日はおれは御父さんの使《つかい》に来たのだ。（中略）御父さんは斯《こ》う云はれるのだ。――もう生涯代助には逢はない。（中略）子としても取り扱《あつか》はない。又《また》親とも思つて呉《く》れるな。（中略）御父さんの云はれる事は分つたか」
「よく分りました」と代助は簡明に答へた。
「貴様は馬鹿だ」と兄が大きな声を出した。（中略）
「愚図だ」と兄が又云つた。「不断《ふだん》は人並以上に減らず口を敲《たた》く癖に、いざと云ふ場合には、丸で唖《おし》の様《よう》に黙つている。さうして、陰で親の名誉に関はる様な悪戯《いたずら》をしている。今日迄《こんにちまで》何の為に教育を受けたのだ」（中略）
「ぢや帰るよ」と今度は普通の調子で云つた。代助は丁寧に挨拶をした。兄は、
「おれも、もう逢はんから」と云ひ捨てて玄関に出た。

（『それから』「十七の三」）

兄の誠吾は兄嫁梅子と同様に代助の理解者である。父が代助を「どうも見込がなさそうだ」と評した際に、「あれで中々解《わか》つた所がある。当分放つて置くが可《い》い。放つて置いても大丈夫だ」と擁護した。また代助と対峙する場面でも「御父さんに取り成《な》」そうという姿勢を見せている。し

かし代助は黙ったままだ。

代助の三千代への愛は彼を消極的生活から救い出す契機であり、偽善と矛盾に満ちた現代社会への彼なりの否定である。しかし代助は否定以上のいかなる思想も持っていない。誠吾は代助の行為に「家族の名誉と云ふ観念」を上回るどんな正当性があるのかと問うが、代助は答えられないのである。

誠吾は現代の若者が抱える問題を理解しながら、彼らがそこから正しく成長してゆのを見守る大人である。代助を「貴様は馬鹿だ」と叱り飛ばす誠吾には、門下生の森田草平と平塚雷鳥《らいちょう》の心中未遂事件を「遊びだ」と切って捨てた漱石の面影がある。しかし誠吾は代助の思想や行動に一切関与しない。代助の三千代との姦通は漱石が作り出した登場人物たちによる自律的完遂である。

【図10】は一般的な「ヨーロッパ小説の文体構造」である。ヨーロッパ式三人称一視点小説では作家主体が作品世界の上位審級に位置する。神になぞらえられる特権的主体である。主人公に作家思想が仮託されるが、登場人物たちは異なる思想を持って主人公と衝突する。ただ大局的に見れば対立は作家の上位思想によって統御されている。少なくとも二十世紀初頭までの大半のヨーロッパ小説はこのような文体構造を規範としていた。維新後に日本の文学者が衝撃を受け、模倣・移入しようとしたのはこの文体構造である。それにより勧善懲悪的なクリシェに終始しない明治現代人の多様な自我意識を表現しようとした。

【図10】ヨーロッパ小説の文体構造

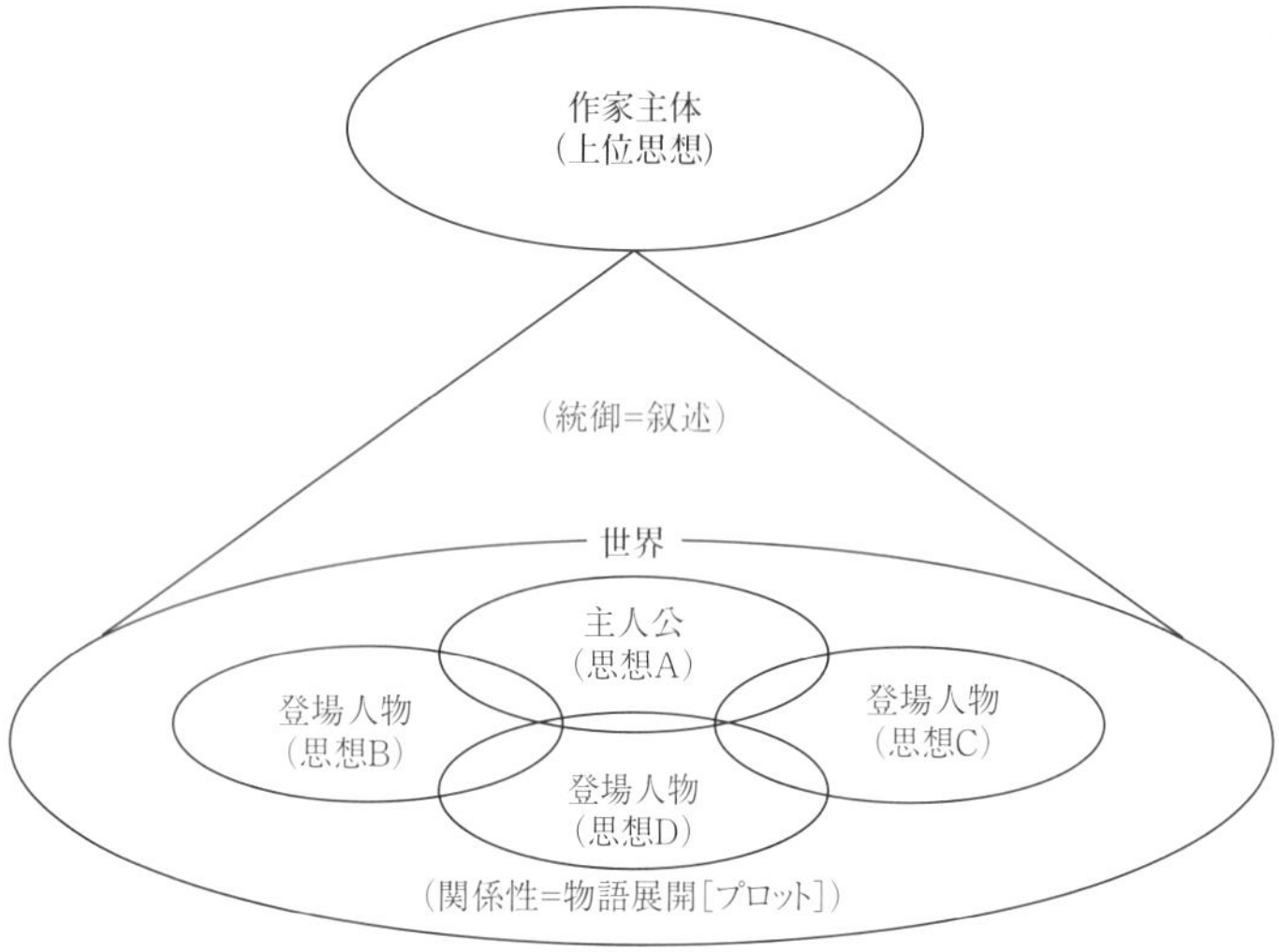

【図11】『それから』の文体構造

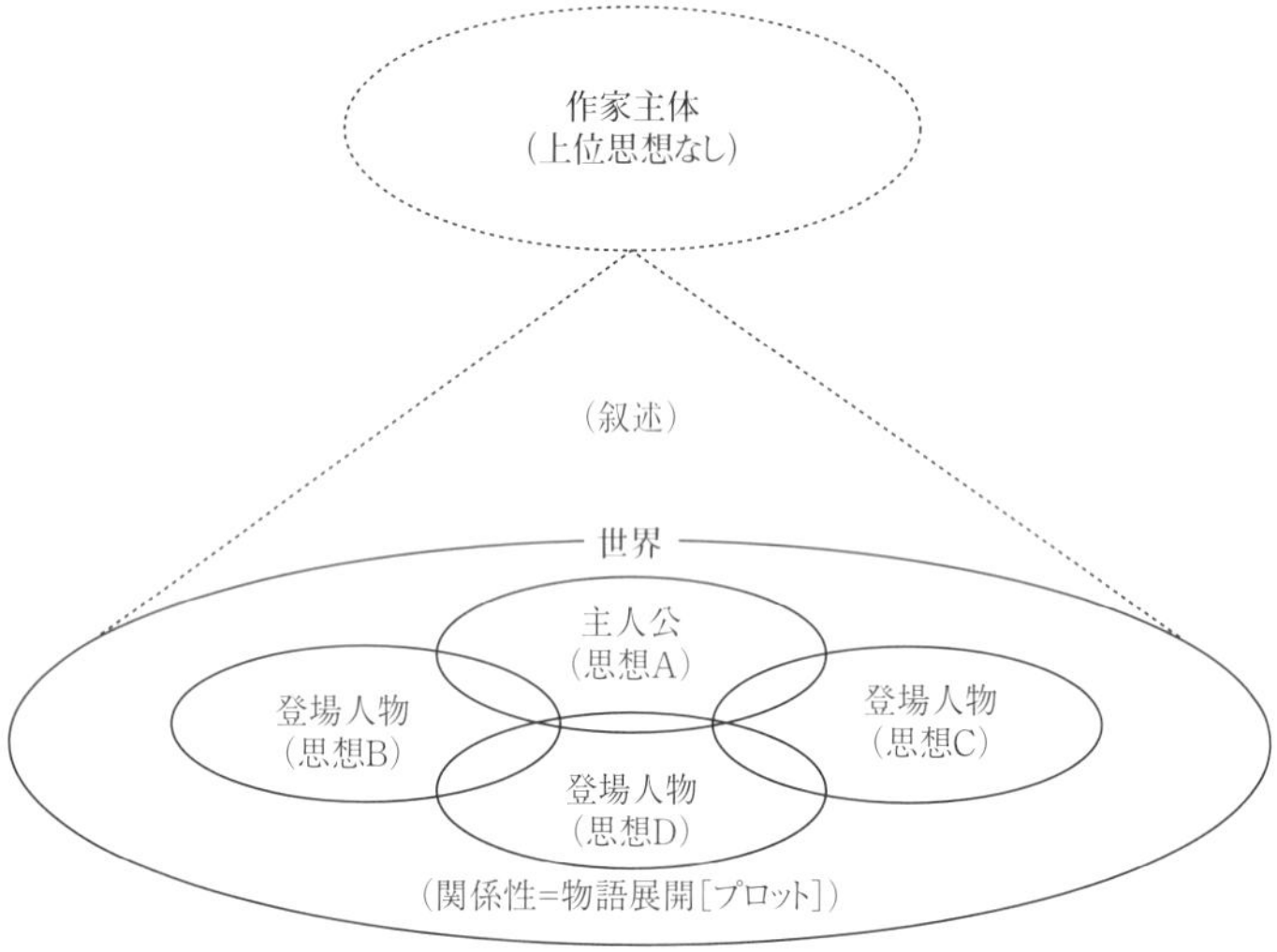

ただヨーロッパ小説の特権的作家主体はキリスト教的規範と不可分だった。しかし日本社会にそのような絶対的規範は存在しない。そのため日本の小説は登場人物たちが強固な思想を抱えていても、それを統御する上位思想のない平面的な私小説へと変化していった。上位思想がない以上、不吉なまでに傲慢な自我意識は他者や社会と果てしのない衝突を繰り返し、深い傷を負う。自己嫌悪と他者嫌悪を深め精神のどん底まで転落する。その苦に満ちた奈落の底で一種の無の境地に達し、裸眼で自他関係の本質に直面するのが私小説である。この本質認識は一つの〝真〟ではあるが倫理や道徳と無縁である。残酷なまでに露骨な人間認識だ。

【図11】に示したように、『それから』の文体構造はヨーロッパ小説と同じである。『三四郎』も同じ構造だが『それから』の完成度の方が遙かに高い。しかし私小説と同様に、明確に作品世界を統御する上位思想は存在しない。社会規範に背いてでもひたすらに自我意識を貫徹させる青年の姿が描かれている。また自他対立や社会との軋轢で傷を負う人間心理は私小説でも描けるが、漱石はその方法を採らなかった。必ずしも人間世界の苦を描くのが目的ではないからである。漱石はヨーロッパ小説と同様に、だがそれとは質の違う日本的上位思想を求めている。

飯田橋へ来て電車に乗つた。電車は真直に走り出した。代助は車のなかで、「ああ動く。世の中が動く」と傍《はた》の人に聞える様《よう》に云《い》つた。彼の頭は電車の速力を以《もっ》て回転し出した。回転するに従つて火の様《よう》に焙《ほて》つて来た。是《これ》で半日乗り続けたら焼き尽す事が出来るだらうと思つた。

　忽《たちま》ち赤い郵便筒が眼に付いた。すると其《その》赤い色が忽ち代助の頭の中に飛び込んで、くるくると回転し始めた。（中略）烟草屋《たばこや》の暖簾が赤かつた。売出しの旗も赤かつた。電柱が赤かつた。赤ペンキの看板がそれから、それへと続いた。仕舞《しまい》には世の中が真赤になつた。さうして、代助の頭を中心としてくるりくるりと焔の息を吹いて回転した。代助は自分の頭が焼け尽きる迄《まで》電車に乗つて行かうと決心した。

（『それから』「十七の三」）


　実家からの援助を断たれた代助は、夏の日盛りの町に職を求めて飛び出してゆく。代助は赤い炎の幻想にとらわれるが狂気に陥ったわけではない。ようやく自分の意志で選んだ生が動き始めたのだ。赤い炎は代助がこれから直面することになる困難を示唆している。

　またこの炎は本当に代助を焼き尽くしてくれはしない。『三四郎』から持ち越された愛の主題は『それから』で姦通という、当時最も困難な愛の形で成就した。姦通を現世的な至高の愛として描くこともできたが漱石はそうしなかった。〝それから〟があるからだ。明治現代の偽善的利他主義や独善的利己主義を全否定しても上位思想が得られるわけではない。漱石小説は一つの課題を解消すると、それを統合する形でさらに困難な問題に挑んでゆく。

「おい、好《い》い天気だな」と話し掛けた。細君は

「ええ」と云《い》つたなりであつた。（中略）

「御米《およね》、近来《きんらい》の近の字はどう書いたつけね」と尋ねた。（中略）

「何故」

「何故つて、幾何容易《いくらやさし》い字でも、こりや変だと思つて疑《うた》ぐり出すと分らなくなる。此間《このあいだ》も今日《こんにち》の今で大変迷つた。紙の上へちやんと書いて見て、ぢつと眺めていると、何だか違つた様《よう》な気がする。仕舞《しまい》には見れば見る程《ほど》今らしくなくなつて来る。——御前《おまい》そんな事を経験した事はないかい」

「まさか」

「己丈《おれだけ》かな」と宗助は頭へ手を当てた。

「貴方何《あなたど》うかして入《い》らつしやるのよ」

「矢《や》つ張《ぱ》り神経衰弱の所為《せい》かも知れない」

「左様《さう》よ」と細君は夫の顔を見た。夫は漸《よう》く立ち上つた。

（『門』「一の一」明治四十三年［一九一〇年］三～六月）

『門』は野中宗助《そうすけ》と御米《およね》夫婦の物語である。主人公は違うが『それから』の後日譚だ。宗助は東京出身だが京都帝国大学出で、御米は宗助の親友安井の妻だった。二人は姦通を犯して夫婦になったのだった。ただ「今では赤い色が日を経て昔の鮮《あざや》かさを失つていた。互《たがい》を焚《や》き焦《こ》がした焔は、自然と変色して黒くなつていた」とある。『それから』で描かれた真っ赤な観念世界はすでに終わっている。

物語は宗助と御米が東京に戻って三年目の秋から始まる。姦通により「大きく云《い》へば一般の社会を棄てた。もしくは夫等《それら》から棄てられた」二人は京都から広島に移り、さらに福岡へと流れていった。福岡時代に京都大学時代の友人が面会を求めてきた。その友人のおかげで宗助は下級官吏の仕事を得て、東京に戻ることができた。

学生時代の宗助は「服装《なり》にも、動作にも、思想にも、悉《ことごと》く当世らしい才人《さいじん》の面影《おもかげ》を漲《みなぎ》ら」せ、「学問は社会へ出るための方便と心得て」積極的に社交を求める青年だった。それは綺麗に消え失せている。ただ二人は仲のいい夫婦だ。安普請の崖下の借家に住んでいるが、日曜の昼下がりの穏やかな秋日和を喜んでいる。

ヨーロッパ的小道具で満ちていた『三四郎』や『それから』と打って変わり、『門』は純日本的な舞台装置で統一されている。多かれ少なかれヨーロッパの影響を受けた男女の愛はまがりなりにも『それから』で完遂したからだ。漱石が『門』で描こうとしたのは愛のその後である。「幾何《いくら》容易《やさし》い字でも、こりや変だと思つて疑《うた》ぐり出すと分らなくなる」と話す宗助の姿には、平穏な日常に潜む不安が暗示されている。

宗助と御米とは仲の好《い》い夫婦に違《ちがい》なかつた。（中略）彼等に取つて絶対に必要なものは御互《おたがい》丈《だけ》で、其《その》御互丈が、彼等にはまた充分であつた。彼等は山の中にいる心を抱《いだ》いて、都会に住んでいた。

自然の勢として、彼等の生活は単調に流れない訳に行かなかつた。（中略）彼等が（中略）長《なが》の月日を倦《う》まず渡つて来たのは、（中略）社会の方で彼等を二人限《ぎり》に切り詰めて、其二人に冷かな背《そびら》を向けた結果に外《ほか》ならなかつた。外《そと》に向つて生長する余地を見出し得なかつた二人は、内に向つて深く延び始めたのである。（中略）彼等の命は、いつの間にか互の底に迄《まで》喰《く》ひ入つた。（中略）切り離す事の出来ない一つの有機体になつた。（中略）彼等は此抱合《このほうごう》の中《うち》に、尋常の夫婦に見出し難い親和と飽満《ほうまん》と、それに伴なう倦怠とを兼ね具へていた。さうして其倦怠の慵《ものう》い気分に支配されながら、自己を幸福と評価する事丈《ことだけ》は忘れなかつた。（中略）

彼等は人並以上に睦《むつ》ましい月日を渝《かは》らずに今日から明日へと繋いで行きながら、（中略）自分達が如何《いか》な犠牲を払つて、結婚を敢《あえ》てしたかと云《い》ふ当時を憶《おも》ひ出さない訳には行かなかつた。（中略）彼等は鞭《むちう》たれつつ死に赴《おもむ》くものであつた。ただ其鞭《むち》の先に、凡《すべ》てを癒《い》やす甘い蜜の着《つ》いている事を覚つたのである。

（『門』「十四の一」）

宗助と御米は刺激の強い東京で世間を狭くして暮らしている。それは姦通という特殊な体験で生じた生活である。しかし普通の夫婦よりも幸せだ。社会から改めて罪を指弾されれば二人はおののかざるを得ない。また罪の重さとそこから生じた影響に対して繊細な感性を働かせることができる夫婦でもある。だが罪の意識で押し潰されることはない。宗助と御米の愛は強靱である。一生背負わなければならない罪の代償に得た生活の先には「凡《すべ》てを癒《い》やす甘い蜜」がある。

このような愛の形は『それから』の代助が求めたものだった。代助は「都会的生活を送る凡《すべ》ての男女《なんにょ》」は「所謂不義《いわゆるインフィデリチ》の念に冒《おか》されて」いると考え、「渝《かは》らざる愛を、今の世に口にするものを偽善家の第一位に置い」ていた。より美しく魅力的な人に気持ちが移るのは人間の性《さが》であり、普遍の愛を口にするすべての男女は本質的に「不義《インフィデリチ》」だと結論付けていたのである。実際代助はこの思想に忠実に、愛と性の対象を芸者に求めて過ごしていた。それが代助の自らの思想に対する「道徳」だった。しかし代助はそれまでの思想を振り捨てて三千代との愛を貫いた。その結果が宗助と御米の生活に具現化されている。

愛が成就した以上、御米はもやは誘う女ではない。宗助の自我意識の主張も小さい。だが宗助の心の不安は去らない。それは本質的には罪の意識ではない。罪と引き替えに愛を得ても、なおも人間存在につきまとう根源的不安である。漱石文学のアポリアは『門』で愛以上の審級に引き上げられている。


「小六《ころく》の事は何《ど》うしたものだらう」と宗助が聞くと、

「さうね」と云《い》ふ丈《だけ》であつた。

「理屈を云へば、此方《こっち》にも云ひ分はあるが、云ひ出せば、とどの詰《つ》まりは裁判沙汰になる許《ばか》りだから、証拠も何もなければ勝てる訳のものぢやなし」と宗助が極端を予想すると、

「裁判なんかに勝たなくつても可《い》いわ」と御米がすぐ云つたので、宗助は苦笑して已《や》めた。

「つまりは己《おれ》があの時東京へ出られなかつたからの事さ」

「さうして東京へ出られた時は、もうそんな事は何《ど》うでも可《よ》かつたんですもの」


夫婦はこんな話をしながら、又《また》細い空を庇《ひさし》の下から覗いて見て、明日の天気を語り合つて蚊帳《かや》に這入《はい》つた。

（『門』「四の十一」）

ひっそりと暮らす夫婦にも世間の荒波は打ち寄せる。御米は宗助だけが頼りである。宗助もまた母は二十歳頃に亡くなり、父親は広島時代に死去した孤独な人である。訃報を受けて上京したがあると思っていた財産は意外に乏しく、それどころか多額の借金が残されていた。宗助は家財道具を売って二千円ほどの金を得た。そのうち千円を叔父の佐伯に渡し、弟の小六《ころく》の学資に充ててくれるよう頼んだ。土地家屋と骨董品の処分は叔父に委ねた。売り急いではいけないという叔父の忠告に従ったのだ。

夫婦が東京に戻って一年目に叔父は亡くなった。小六は叔父の家から高等学校に通っていたが高校三年生の夏に、叔母から年末までしか学資は出してやれないと言い渡されてしまう。不動産と骨董を売れば父の借金を上回る額になるはずだった。だが山気の多い事業家だった叔父の手で遺産の余剰金は全て使い尽くされていた。また広島時代に不動産は売れて借金は返したという叔父の手紙が来たが、宗助は詳細を問いただささなかった。一つには東京に戻った際に何かと世話を焼いてくれた叔父夫婦への気兼ねがあった。小六の面倒を見てもらっているという負い目もあった。

宗助は伯母から伯父が遺産を使い果たした顛末を聞いた。彼は叔母の話に特に嘘を見出さなかった。また裁判で争っても金が戻って来るわけでもなかった。御米は叔父の不正に「一言《ひとこと》の批評も加へなかつた」。生活のために金は必要だが、夫婦は富貴を望んでいない。ささやかだが平穏な暮らしを守ることの方が二人には大事だったのである。

ただ小六の窮状を放置しておくわけにはいかない。大学進学の金を捻出できないとわかると宗助は、とりあえず小六を自分の家に引き取ることにした。小六はこんな中途半端な状態では勉強が手につかないと苛立つが、宗助は「其《その》位《くらい》な事で夫程《それほど》不平が並べられれば、何処《どこ》へ行つたつて大丈夫だ。学校を已《や》めたつて、一向差支《いっこうさしつかえ》ない」と言うばかりである。そこには辛酸を舐めた宗助の諦念がある。それは小六もわかっていた。小六は自分で叔母やその息子の安之助に学費援助を掛け合い始めた。

実際小六の処遇は年が明けると解決の兆しを見せ始める。宗助の大家は崖上に住む坂井という文人趣味の金持ちだった。年の暮れ頃に坂井家に泥棒が入り、崖を滑り降りて宗助の家の庭に盗品を落としていった。交際を好まない宗助はそれまで家賃を届ける以外に坂井と接点がなかったが、盗品を返しに行ったのをきっかけに交際するようになった。また宗助は叔父の家に唯一残っていた骨董品の酒井抱一《ほういつ》の屛風をもらい受け、骨董屋に売った。それを坂井が買ったのだった。『虞美人草』でも藤尾の死の床に抱一の屛風が置かれていた。いずれも草花に月をあしらった銀屛である。江戸の古い庄屋の夏目家には抱一の屛風があったのかもしれない。

その坂井が小六を自分の所に書生に寄越しては、と言ってくれたのだった。人の好意から遠ざかっていた宗助は驚いたが、小六を書生にしてもらえればそこから生じる余裕に安之助の援助を足して大学に進学させられそうだった。ただ坂井との交際は宗助に思いもかけぬ精神的危機をもたらすことになった。

宗助は坂井から彼の弟が満州で得体の知れない仕事に従事していると聞いた。その弟が久しぶりに訪ねて来る。「御出《おいで》になるのは御令弟丈《ごれいていだけ》ですか」と尋ねた宗助に、坂井は「いや外《ほか》に一人弟の友達で向《むこう》から一所《いっしょ》に来たものが、来る筈《はず》になつています。安井とか云《い》つて私《わたくし》はまだ逢《あ》つた事もない男ですが」と答えた。安井は御米の前夫だった。

二人は夫《それ》から以後安井の名を口にするのを避けた。（中略）「御米、御前《おまえ》信仰の心が起つた事があるかい」と或時《あるとき》宗助が御米に聞いた。御米は、ただ、「あるわ」と答へた丈《だけ》で、すぐ「貴方《あなた》は」と聞き返した。宗助は薄笑ひをしたぎり、何《なん》とも答へなかつた。（中略）二人は兎角《とかく》して会堂（教会）の腰掛《ベンチ》にも倚《よ》らず、寺院の門も潜らずに過ぎた。（中略）彼等の信仰は、神を得なかつたため、仏に逢《あ》はなかつたため、互《たがい》を目標《めじるし》として働らいた。互に抱き合つて、丸い円を描き始めた。彼等の生活は淋しいなりに落ち付いて来た。其《その》淋しい落ち付きのうちに、一種の甘い悲哀を味はつた。（中略）彼等は、此《この》味を舐め尽しながら、自分で自分の状態を得意がつて自覚する程の知識を有《も》たなかつたから（中略）一層純粋であつた――是《これ》が七日（正月七日）の晩に坂井へ呼ばれて、安井の消息を聞く迄《まで》の夫婦の有様《ありさま》であつた。

（『門』「十七の一」）

宗助は安井の出現に激しく動揺するが、その理由は単純ではない。社会的制裁を受けようとも二人に後悔はなく、今に至るまで深い愛は続いている。苦悩の原因を作ったのは自分たちだが、安井がどんなに苦しもうとも宗助は「何《ど》うする事も出来ない」のだ。宗助は坂井の招待を断るが物陰から一目でも安井の姿を見たいと思う。それによって「自分の想像程《ほど》彼は堕落していないという慰藉を得たかつた」のである。

宗助と御米の罪の意識は深かったから、彼らが信仰によって心の安らぎを得られるのではないかと考えたのは当然である。しかしどんな宗教にも帰依しなかった。彼らの愛は「丸い円を描くように完結していた。それは「得意がつて」も良いほど純粋な愛の形だった。

この信仰に近い愛も『それから』の代助が理想としたものだった。「彼（代助）は神に信仰を置く事を喜ばぬ人であつた。又《また》頭脳の人として、神に信仰を置く事の出来ぬ性質《たち》であつた。けれども、相互に信仰を有するものは、神に依頼するの必要がないと信じていた。相互が疑ひ合ふときの苦しみを解脱する為めに、神は始めて存在の権利を有するものと解釈していた」とある。宗助と御米が「相互に信仰を有するもの」である以上、彼らは「神に依頼するの必要がない」。にも関わらず二人は不安から逃れられない。

御米は三度流産していた。易者に手相を見てもらうと「貴方《あなた》は人に対して済まない事をした覚《おぼえ》がある。其《その》罪が祟《たた》つているから、子供は決して育たない」と告げられた。御米はそれを深く気に病んでいた。宗助は宗助であまり丈夫ではない御米が寝込むたびに激しい不安に襲われた。二人の間には『坊っちゃん』的愛が成立していると言えるが、安井への罪の意識だけでなく、愛を脅かす事件は次々に起こる。地上の愛は永遠ではない。

宗助は安井が坂井家を訪ねて来る夜を酒を飲んでやり過ごした。家に帰る道で、彼は「口の中で何遍も宗教の二字を繰り返した」。考え続けるうちに宗助はなにかの宗教に入信するのではなく、坐禅によって精神の平安を得られるのではないかと思う。「もし昔から世俗で云《い》ふ通り安心とか立命とかいふ境地に、坐禅の力で達する事が出来るならば、十日や二十日役所を休んでも構はないから遣《や》つて見たい」と考えるのである。実際宗助は役所を休んで参禅する。

老師といふのは五十格好《がっこう》に見えた。（中略）

「まあ何から入つても同じであるが」と老師は宗助に向つて云《い》つた。「父母未生《ふぼみしょう》以前本来の面目は何だが、それを一つ考へて見たら善《よ》からう」

宗助には父母未生以前といふ意味がよく分らなかつたが、何しろ自分と云ふものは必竟《ひっきょう》何物だか、其《その》本体を捕《つら》まへて見ろと云ふ意味だらうと判断した。それより以上口を利くには、余り禅といふものの知識に乏しかつたので、黙《だま》つて又宜道《またぎどう》に伴《つ》れられて一窓庵へ帰つて来た。

（『門』「十八の四」）

宗助の参禅が、漱石が明治二十七年（一八九四年）に鎌倉円覚寺に釈宗演《しゃくそうえん》を訪ねた経験を元に書かれたのは言うまでもない。禅宗では参禅者が禅師から公案を与えられ、師と対座して自己の考えを述べる修行も行われる。漱石が宗演から与えられた公案が「父母未生《ふぼみしょう》以前本来の面目」だった。

この公案は宗助が考えたように、「自分と云ふものは必竟《ひっきょう》何物だか、其《その》本体を捕《つら》まへて見ろと云ふ意味」である。しかし自我意識の探求は人間にとって最も困難な課題だ。また自我意識は世界の一部分に過ぎない。自我意識を把握することは世界認識を得ることでもある。それを総体として把握するのはさらに困難である。

宗助は修行に励む若い禅僧の宜道《ぎどう》と話しているうちに、悟りを得るには自分が余りにも「無力無能力な赤子《あかご》」だと気付く。また滞在日数が尽きる間際になっても悟りのきっかけさへ掴めない自分を、「直截《ちょくせつ》に生活の葛藤を切り払ふ積《つも》りで、却《かえ》つて迂闊に山の中へ迷ひ込んだ愚物」だと感じる。宗助は悟りを得ることなく山を下りる。物語の筋だけ辿れば宗助の参禅は失敗に終わったことになる。しかしそうではない。

「不立文字《ふりゅうもんじ》」を教義とするように、禅は明文化された教義体系を持たない。絶え間のない思索と修行によって悟りに達し、悟ったらすぐに現世の汚濁の中に戻って来いと命じる宗教である。悟りを得た禅の修行者は尊敬されるが神格化されることはないのだ。何人《なんびと》も悟りの境地に安住することはできない。漱石はそのような禅の特徴をよく知っていた。

（前略）自分は門を開けて貰《もら》ひに来た。けれども門番は扉の向側にいて、敲《たた》いても遂に顔さへ出して呉《く》れなかつた。ただ、

「敲いても駄目だ。独りで開けて入れ」と云《い》ふ声が聞こえた丈《だけ》であつた。彼は何《ど》うしたら此《この》門の閂《かんぬき》を開ける事が出来るかを考へた。さうして其《その》手段と方法を明らかに頭の中に拵《こしら》えた。けれども夫《それ》を実地に開ける力は、少しも養成する事が出来なかつた。（中略）彼は依然として無能無能力に鎖《と》ざされた扉の前に取り残された。（中略）彼自身は長く門外に佇《たたず》むべき運命をもつて生れて来たものらしかつた。夫《それ》は是非もなかつた。けれども、何《ど》うせ通れない門なら、わざわざ其所《そこ》迄《まで》辿り付くのが矛盾であつた。彼は後ろを顧《かえり》みた。さうして到底又《また》元の路へ引き返す勇気を有《も》たなかつた。彼は前を眺めた。前には堅固な扉が何時《いつ》迄《まで》も遮《さえ》ぎつていた。

彼は門を通る人ではなかつた。又門を通らないで済む人でもなかつた。要するに、彼は門の下に立ち竦《すく》んで、日の暮れるのを待つべき不幸な人であつた。

（『門』「二十一の二」）

宗助は参禅で悟りを得られなかったが、「其《その》手段と方法を明らかに頭の中に拵《こしら》えた」。いかにも漱石らしいが門を潜るための道筋は理路整然と説明できるのだ。しかし実際に門を潜るには理論は役立たない。命がけの飛躍が必要である。修行者ではなく市井の理知の人である宗助は、飛躍できないまま門前に佇んでいる。

「今になってまだ何を知りたいのかね?」と守衛はたずねる、「お前さんはほどほどということを知らないな。」「ですが、誰もが律法を求めているのに」と男はいう、「どうしてこの長年のあいだ、わたしのほか誰一人として、入れてくれと頼まなかったのか?」守衛は男がもう息を引き取るばかりであるのを見、遠くなって行く耳にも届けと、大声でどなりつける。「ここではほかの誰も入ることはできなかったのだ。この入り口は、お前さんのだけのためにあったのだからな。さあ、もう行って門をしめるぞ。」

（フランツ・カフカ『律法の門前』川村二郎・円子修平訳　一九一八年［大正七年］）

「敲いても駄目だ。独りで開けて入れ」と云《い》ふ声が聞こえた丈《だけ》であった」という記述は、しばしばフランツ・カフカの『律法の門前』と比較して論じられる。カフカの掌編はユダヤ教の律法の門を潜ろうとする男の話である。男は守衛にあらゆる手を尽くして中に入れてくれと頼む。しかし入れてくれない。そのうち男の生の時間が尽きる。死の間際に守衛は「ここではほかの誰も入ることはできなかったのだ。この入り口は、お前さんのだけのためにあったのだからな」と言う。男は宗助と同じく「門を通る人ではなかつた。又門を通らないで済む人でもなかつた」。

漱石とカフカ作品の類似は偶然であり必然でもある。カフカはポスト・モダニズム文学の先駆者である。キリスト教的神的概念を解体した最初期の作家だということだ。カフカ作品には世界を統御する神的中心点は存在しない。そのため世界は、東洋の無神論世界のような中心のない無限の網の目のような関係性総体として認識される。しかし中心がないのに世界は調和を保っており、かつ存在同士のせめぎ合いから大きな仮の求心点がいくつも生まれる。カフカがこだわった法や律法はそういった世界内求心点である。

この求心点はあると言えばあり、ないと言えば存在しない。禅の悟りも律法もその教義や法文の奥に隠された唯一無二の実体的真理が存在するわけではないのである。悟りとは悟りを目指して修養する心の働きそのものであり、律法は律法を意識する人にとってのみ実体を持つ規範として立ち現れる。律法の門前にたたずむ男は律法を守った、あるいはすでに律法に深くとらわれた者である。宗助もまた門を意識することで悟りへと歩み出している。

【図12】は「『門』の文体構造」である。『三四郎』や『それから』には上位思想は設定されおらず、物語は登場人物たちの関係性で展開する自動律だった。しかし『門』には漱石の上位思想がある。ただこの上位思想はアプリオリなものではなく、作中

【図12】『門』の文体構造

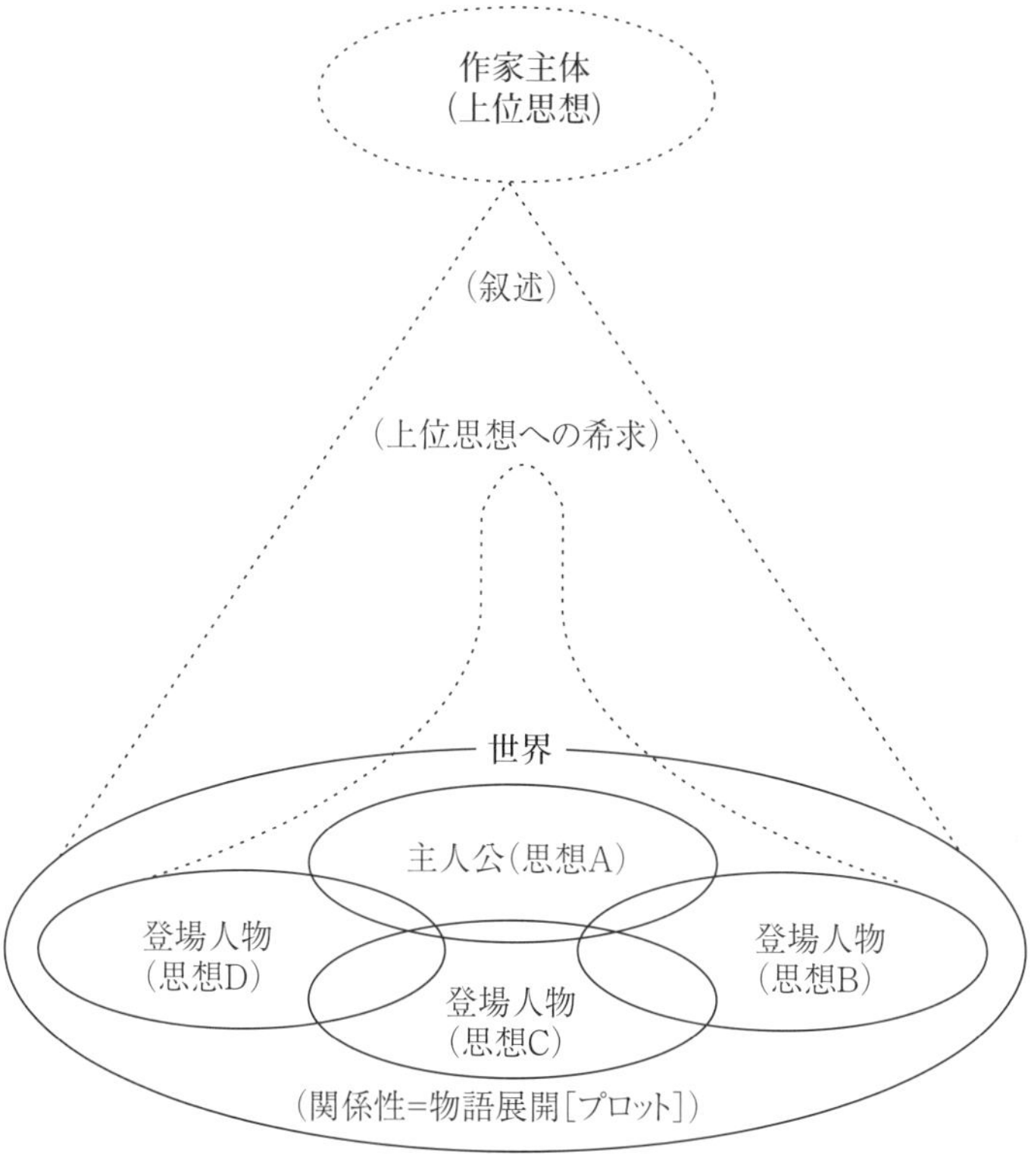

登場人物の思想生成と相互補完的であるところに漱石文学の大きな特徴がある。日本文化には明確な中心思想は存在しない。神道や仏教、儒教、キリスト教をあてはめても日本文化共通の規範思想にはならないのだ。ただ日本社会には間違いなく世界を調和あるものにしている原理が存在する。しかしそれを説明するのは困難だ。漱石＝宗助はそれを明らかにしようとする。

比喩的な言い方になるが、現実（作品）世界から悟りの境地を希求する宗助の指向と、現実（作品）世界を上位から統御する漱石の指向が接点を結べば日本社会の調和原理は明らかになる。ただ論理階梯を辿るだけではそこに到達できない。論理を越えた精神の飛躍が必要だ。『門』で禅が援用されたのはそのためである。禅は神や仏といった超越的存在とは無縁である。禅者は現世的な論理階梯を踏んで修行を積むが、悟りは論理を超えた位相にある。

小康は斯《か》くして事を好まない夫婦の上に落ちた。ある日曜の午《ひる》宗助は久し振りに、四日目の垢を流すため横町の銭湯に行つたら、五十許《ばか》りの頭を剃つた男と、三十代の商人らしい男が、漸《ようや》く春らしくなつたと云《い》つて、時候の挨拶を取り換はしていた。若い方が、今朝始めて鶯の鳴声を聞いたと話すと、坊さんの方が、私は二三日前にも一度聞いた事があると答へていた。

「まだ鳴きはじめだから下手だね」

「ええ、まだ充分に舌が回りません」

宗助は家へ帰つて御米に此《この》鶯の問答を繰り返して聞かせた。御米は障子の硝子《ガラス》に映る麗《うらら》かな日影をすかして見て、

「本当に難有《ありがた》いわね。漸《よう》やくの事春になつて」と云つて、晴ればれしい眉を張つた。宗助は縁に出て長く延びた爪を剪《き》りながら、

「うん、然《しか》し又《また》ぢき冬になるよ」と答へて、下を向いたまま鋏《はさみ》を動かしていた。

（『門』「二十三」）


『門』は冒頭から終わりまで濃厚な季節感に貫かれている。春の訪れとともに宗助を悩ませた現実問題はなし崩し的に解決されてゆく。安井は坂井の弟といっしょに満州に去り、小六は坂井邸に移った。学資問題も宗助と安之助が援助することで話が付き始めている。また勤め先の役所で局員削減問題が起こったが宗助は解雇を免れ、わずかだが昇級にあずかった。

ただ宗助は「本当に難有《ありがた》いわね。漸《よう》やくの事春になつて」と言った御米に「うん、然《しか》し又《また》ぢき冬になるよ」と答えている。漱石は『門』が日本文学ではなじみ深い季節の循環性に収斂するのを拒否している。

志賀直哉の『暗夜行路』は主人公がいとこと過ちを犯した妻を許すクライマックスで、日本的

自然観を援用している。主人公は大山に登山し「大きな自然の中に溶込んで行くのを感じ」て妻を許そうと心に決める。あれほど理知的に悩んだのに自我意識を季節の循環性に溶解させることでなし崩しの許しを与えたのだ。最も苛烈な私小説を書いた葛西善蔵ですら、「親愛なる椎の若葉よ、君の光の幾部分かを僕に恵め」(『椎の若葉』)という言葉で作品を終えた。

私小説には作品を統御する上位思想が存在しないので、いつ始まってもいつ終わってもよいような、アメーバー的平面作品になりがちだ。私小説はいわゆる日本の〝純文学〟のことだが、純文学にも定型的落とし所はある。冬の後には必ず春が来る。大いなる自然や季節の循環性で作品をまとめる方法は、現代でも純文学作家が多用する日本文学のクリシェである。

宗助の言葉は漱石がありふれた東洋的世界観を援用することなく、あくまで個の自我意識との格闘によって悟りの境地になぞらえられる精神的地平を模索したことを示している。実際、続く『彼岸過迄』『行人』『心』三部作で、漱石の自我意識探求はさらに苛烈さを増す。限界まで自我意識と格闘することで安心の境地に至ろうとするのだ。またそれに応じて漱石の文体構造は再び大きく変化するのである。

Ⅷ　前衛小説三部作

『思ひ出す事など』
『彼岸過迄』
『行人』
『心』

『門』脱稿後に生死の境をさまよった修善寺の大患は漱石文学に大きな影響を与えた。長与胃腸病院に入院したのが明治四十三年（一九一〇年）六月六日で、修善寺から戻り、再入院を経てようやく退院できたのは翌四十四年（一一年）二月二十六日のことだった。『彼岸過迄《ひがんすぎまで》』を起稿したのは十二月二十八日である。約一年半のブランクだった。

病気療養中に漱石はエッセイ『思ひ出す事など』を書いた。『思ひ出す事など』で漱石は若い頃から抱いていた東洋的理想郷《イデア》への傾倒を深めている。もちろん現実逃避ではない。

余は一度死んだ。さうして死んだ事実を、平生からの想像通りに経験した。果して時間と空間を超越した。然《しか》し其《その》超越した事が何の能力をも意味しなかつた。（中略）どうして幽霊となれやう。どうして自分より大きな意識と冥合《みょうごう》出来やう。臆病にして且《か》つ迷信強き余は、ただ此《この》不可思議を他人《ひと》に待つばかりである。

迎火《むかいび》を焚いて誰《たれ》待つ絽《ろ》の羽織

（『思ひ出す事など』「十七」明治四十三年［一九一〇年］十月～四十四年［一一年］二月）

風流　人《ひと》　未《いま》だ死せず　病裡《びょうり》　清閑《せいかん》を領《りょう》す　日日《にちにち》　山中の事　朝朝《ちょうちょう》　碧山《へきざん》を見る

（原文圏点付き漢詩）

詩（漢詩のこと）に圏点《けんてん》のないのは障子に紙が張ってない様《よう》な淋しい感じがするので、自分で丸を付けた。（中略）余は平生事《へいぜい》に追はれて簡易な俳句すら作らない。詩となると億劫《おっくう》で猶《なお》手を下さない。ただ斯様《かよう》に現実界を遠くに見て、杳《はるか》な心に些《すこし》の蟠《わだかま》りのないとき丈《だけ》、句も自然と湧き、詩も興《きょう》に乗じて種々な形のもとに浮んでくる。さうして後から顧《かえり》みると、夫《それ》が自分の生涯の中《うち》で一番幸福な時期なのである。

（『思ひ出す事など』「五」）

危篤状態に陥った漱石が死について考察したのは当然である。だが仮死体験で得たのは死は無だというかねてからの確認に過ぎなかった。書物で読んだ死後の生の気配などまったくなく、心理学の無意識とも違う味気ない無の状態だったと書いている。

ただ危篤を脱した漱石が仰向けのまま真っ先に日記に書いたのは「別る《る》ゝや夢一筋の天の川」から始まる三句の俳句だった。子規写生理論を的確に理解していたことからわかるように、漱石は詩人としての高い資質を持っていた。十七字の俳句でも自己を表現できた。ただ心身が回復すると次第に漢詩が増えてくる。漱石の詩人の資質に漢詩は最も合っていた。

漢詩は外国語の詩形式である。ストレートに感情を表現することはできず、限られた漢語に変換しなければならない。複雑な想念の言語的抽象化が漱石が漢詩に求めた最大の効果だった。最晩年に漱石は午前中に『明暗』を書き、午後に漢詩を創作した。小説で現実世界を描きながら、詩でその上位審級にある観念を把握するヒントを得たのは大患の療養中である。

ただ病が癒えた漱石は慌ただしく現世に戻ってゆく。「苟《いやし》くも塵事《じんじ》に堪《た》へ得《う》るだけの健康を有《も》つていると自信する以上、又《また》有つていると人から認められる以上、われは常住日夜《じょうじゅうにちや》共に生存競争裏《り》に立つ悪戦の人である」「自活自営の立場に立つて見渡した世の中は悉《ことごと》く敵である。（中略）彼対我の観《かん》を極端に引延ばすならば、朋友《ほうゆう》もある意味に於《お》いて敵であるし、妻子もある意味に於て敵である。さう思ふ自分さへ日に何度となく自分の敵になりつつある」と、身も蓋もない現実認識を書き連ねている。漱石にとって生は絶え間のない戦いであり、現世は苦の世界だった。ただ生死の境を見た漱石の精神は変わっていた。

其《その》二週間は待ち遠い歯搔《はがゆ》さもなく、又《また》あつけない不足もなく普通の二週間の如《ごと》くに来て、尋常の二週間の如くに去つた。（中略）暗い空を透《す》かして、余は雨かと聞いたら、人は雨だと答へた。（中略）

舁《か》かれて室《へや》を出るときは平であつたが、階子段《はしごだん》を降りる際《きわ》には、台が傾いて、急に輿《こし》から落ちさうになつた。玄関に来ると同宿の浴客が大勢並んで、左右から白い輿を目送していた。何《いず》れも葬式の時の様《よう》に静かに控《ひか》えていた。（中略）進んでわが帰るべき所には、如何《いか》なる新しい天地が、寐《ね》ぼけた古い記憶を蘇生せしむるために展開すべく待ち構へているだらうかと想像して独り楽しんだ。同時に昨日迄低徊《までていかい》した藁蒲団《わらぶとん》も鶺鴒《せきれい》も秋草《あきくさ》も鯉も小河《おがわ》も悉《ことごと》く消えて仕舞《しま》つた。

万事休《ばんじきゅう》せし時　一息回《いっそくかえ》る　余生《よせい》豈《あ》に忍びんや　残灰《ざんかい》に比《ひ》するに　風は古澗《こかん》を過ぎて
秋声《しゅうせい》起こり　日は幽篁《ゆうこう》に落ちて　瞑色《めいしょく》来たる　漫《みだ》に道《い》う　山中《さんちゅう》に三月《さんげつ》滞《とどこお》ると　詎《なん》ぞ
知らん　門外に一天開くを　帰期《きき》後《おく》るる勿《な》かれ　黄花《こうか》の節《せつ》　恐らくは羇魂《きこん》の旧苔《きゅうたい》を夢
むる有《あ》らん

（原文圏点付き漢詩）
（『思ひ出す事など』「三十二」）

修善寺には弟子や友人、朝日新聞関係者らが続々と見舞いに訪れた。漱石は吐血前から吐血直後を回想した文章で主立った人々の名前を書いている。しかし病状が安定し、東京に帰る日が近づくにつれて『思ひ出す事など』から人々の固有名は消えてゆく。

思想としては大患は漱石に何ももたらさなかった。仮死は「深さも厚さもない経験」に過ぎなかった。しかし「余は雨かと聞いたら、人は雨だと答へた」という抽象化された美しく簡潔な散文は漢詩から生まれた。「わが帰るべき所には、如何《いか》なる新しい天地が、寐《ね》ぼけた古い記憶を蘇生せしむるために展開すべく待ち構へているだらうか」という散文は、「帰期《きき》後《おく》るる勿《な》かれ　黄花《こうか》の節《せつ》恐らくは羇魂《きこん》の旧苔《きゅうたい》を夢むる有《あ》らん」という漢詩に正確に対応している。また漱石は「詎《なん》ぞ知らん　門外に一天開くを」と書いた。新たな認識地平が開いたのだ。

　漢詩は短歌のように強い自我意識を前面に押し出すことなく、俳句よりも的確に人、場所、時、出来事、そこから生じた感情を言語化できる詩形式である。散文のように細々とした事象を描くことはできないが、厳密に定型化された詩形と極度に抽象化された用語で、現実具体物に疎外されることなく出来事の本質を的確に表現することができる。

　漱石が「修善寺の大患」で得たのは自然発生的に生じた新たな文体の可能性である。他者だけではなく、自我意識も客体化して淡々と描いている。それは私の自我意識を前提としながらも私を去って、現実世界を天から俯瞰するような文体構造を示唆している。

　ただ続く『彼岸過迄』で、漱石はかつてないほど直截に人間の自我意識に迫っている。正確には他者との相互理解を希求する自我意識の問題である。『門』で描いたように悟りに実体はなく、大患で経験したように死は無である。どこを探したって現実世界に便利な救いなどありはしない。しかし生きたまま東洋的理想郷《イデア》の境地に至るには、他者と衝突し、動揺して悩み続ける自我意識からの超脱が必要だ。それには自我意識を極限まで見つめる必要がある。

「彼岸過迄」といふのは元日から始めて、彼岸過迄書く予定だから単にさう名づけた迄に過ぎない実は空《むな》しい標題《みだし》である。かねてから自分は個々の短篇を重ねた末に、其《そ》の個々の短篇が相合《あいがっ》して一長篇を構成するやうに仕組んだら、新聞小説として存外面白く読まれはしないだらうかといふ意見を持《ぢ》していた。（中略）もし自分の手際が許すならば此《こ》の「彼岸過迄」をかねての思はく通りに作り上げたいと考へている。

（『彼岸過迄に就《つい》て』明治四十五年［一九一二年］一月）

今度は短篇をいくつか書いて見たいと思ひます、その一つ一つには違つた名をつけて行く積《つもり》ですが予告の必要上全体の題が御入用かとも存じます故《ゆえ》それを「心」として置きます。

（『『心』予告』大正三年［一九一四年］三月）

『彼岸過迄』『行人』『心』は三部作と呼ばれることが少ない。しかし内容と構成から言って明らかな三部作である。内容は人間の自我意識の探求に絞り込まれている。構成はいずれも短篇連作による長篇小説の試みである。『彼岸過迄』は七つの短篇から構成された。『行人』は四篇構成である。『心』は三つの短篇だ。主人公の設定方法も共通している。通常の小説では話者主体が主人公である。しかし『彼岸過迄』『行人』『心』では話者主体とは別に実質的主人公が設定されている。

【表3】は『彼岸過迄』『行人』『心』の話者主体と間接話者、実質的主人公をまとめたものである。『彼岸過迄』の話者主体は「結末」を除いて敬太郎である。しかし実質的主人公は須永市蔵だ。敬太郎は市蔵の観察・報告者だが、最もストレートに市蔵の内面に斬り込むのは松本である。松本による市蔵の自我意識分析を敬太郎が聞く。

『行人』の話者主体は二郎、実質的主人公は一郎になる。最終章「塵労」（後半）で、間接話者Hさんの手紙が一郎の自我意識を分析・報告し、二郎がそれを読む。

【表3】『彼岸過迄』『行人』『心』の話者主体と間接話者、実質的主人公

作品名	章	話者主体	間接話者	実質的主人公
『彼岸過迄』	風呂の後	敬太郎		須永
	停留所			
	報告			
	雨の降る日（前半）			
	（後半）		千代子	
	須永の話		須永	
	松本の話		松本	
	結末	作家（漱石）		
『行人』	友達	二郎		一郎
	兄			
	帰つてから			
	塵労（前半）			
	（後半）		Hさん（手紙）	
『心』	先生と私	私		先生
	両親と私			
	先生と遺書		先生（手紙）	

『心』の話者主体は私、実質的主人公は先生だ。最終章「先生と遺書」で実質的主人公自らが手紙で自我意識を分析し、私がそれを読む構造になっている。

つまり新三部作では話者主体が読者に物語を伝えるが、最重要の実質的主人公の内面は、間接話者か実質的主人公自身によって伝達される。読者は話者主体が聞いた／読んだ実質的主人公の内面を受け取る。この実質的主人公を焦点とした話者主体─間接話者という入れ子構造は、文体構造的にも内容的にも新三部作を複雑にしている。また漱石が、新三部作の文体構造をあらかじめ確立していたとは言えない。

『彼岸過迄』は漱石が語り手の「結末」を除くと、話者主体による四つの短篇と実質的主人公中心の二つの短篇から構成される。『行人』では話者主体・実質的主人公の章が二対一になり『心』では二対一になる。新三部作では末尾の短篇が小説の大団円である。構成の変化は漱石が一作ごとに結論に至る過程を切り詰め、じょじょに作品の完成度を上げていったことを示している。

多くの読者が感じるように新三部作はゴツゴツとして読みにくく、かつ内容的切迫感は非常に高い。新三部作の話者主体の位相は写生文小説に近い。しかし話者主体が客観的に実質的主人公の自我意識を明らかにできるわけではない。そのため最後に実質的主人公が語り出すわけだが、実質的主人公もまた自らの自我意識を隅々まで表現しきれない。人間の自我意識は捉えにくいのだ。それをできるだけ正確に描写するために、漱石は写生文と三人称一視点、一人称一視点を組み合わせた新たな多角的文体構造を作り出している。その意味で新三部作は漱石による一種の前衛小説の試みである。

漱石は「昔から大きな芸術家は守成者《しゅせいしゃ》であるよりも多く創業者である。創業者である以上、其《その》人は黒人《くろうと》でなくつて素人でなければならない。人の立てた門を潜るのでなくつて、自分が新しく門を立てる以上、純然たる素人でなければならないのである」（『素人と黒人』大正三年［一九一四年］）と述べた。新三部作は「純然たる素人」の手になる小説である。漱石は新三部作で小説文学に「新しく門を立て」ようとしている。

> 始《はじ》めは見方《みかた》一つで長くもなり短かくもなる位《くらい》の意味かも知れないと思つて、先へ進んで見たが、夫《それ》では余り平凡過ぎて、解釈が付いたも付かないも同じ事の様《よう》な心持がした。（中略）彼の想像は不図《ふと》全体としての杖を離れて、握りに刻まれた蛇の頭に移つた。其《その》瞬間に（中略）胴のない鎌首だから、長くなければならない筈《はず》だのに短かく切られている、其所《そこ》が即ち長い様な短かい様な物であると悟つた。（中略）あとに残つた「出る様な這《は》入《い》る様な」ものは、大した苦労もなく約五分の間に解けた。彼は鶏卵《たまご》とも蛙とも何とも名状し難い或物《あるもの》が、半《なか》ば蛇の口に隠れ、半ば蛇の口から現はれて、呑み尽されもせず、逃《のが》れ切りもせず、出るとも這入るとも片の付かない状態を思ひ浮かべて、すぐ是《これ》だと判断したのである。

（『彼岸過迄』「停留所」「二十三」明治四十五年［一九一二年］一～四月）

『彼岸過迄』の話者は大学を卒業して就職活動中の田川敬太郎で、実質的主人公は親友の須永市蔵である。二人は対照的な青年だ。敬太郎は田舎出で、市蔵は江戸っ子だが当分の間は就職しないで気ままな思索生活を送るつもりである。敬太郎は「平凡を忌む浪漫趣味《ロマンチック》の青年」で、市蔵は内にこもりがちな青年だ。物語は敬太郎が市蔵に就職の世話を頼んだことから動き出す。

「君は何《ど》んな事がして見たいのだ」と聞いた市蔵に、敬太郎は「自分はただ人間の研究者否《いな》人間の異常なる機関《からくり》が暗い闇夜に運転する有様《ありさま》を、驚嘆の念を以《もっ》て眺めていたい」と答えた。『彼岸過迄』は敬太郎が市蔵の思いもよらぬ心の「闇夜」を知る物語である。

敬太郎は市蔵から、市蔵の叔父で実業家の田口を紹介してもらう。しかし約束の日時に訪ねていったのに先客が帰らないという理由で二度も追い返されてしまう。敬太郎は田口に会うのは諦めようかと思うがふとした気まぐれで占いに行き、「（あなたは）進まうか止《よ》さうかと思つて迷つて居《い》らつしやるが、是《これ》は御損《ごそん》ですよ」という言葉を聞いて思い直す。占い婆さんはまた「貴方《あなた》は自分の様《よう》な又他人《またひと》の様な、長い様な又短かい様な、出る様な又這入《はい》る様なものを持つて居らつしやるから、今度事件が起つたら、第一にそれを忘れないやうになさい。左様《そう》すれば旨《うま》く行きます」と告げた。

敬太郎は婆さんの言葉で森本からもらった手紙を思い出した。森本は同じ下宿の同居人だったが家賃を滞納して失踪してしまった。やがて敬太郎の元に差出人不明の手紙が届く。森本からだ。今満州の大連で働いているが自分の所帯道具は強欲な下宿の主人夫婦が売り払ってしまうだろうが、玄関に置いてある洋杖《ステッキ》は敬太郎に譲ると書いてあった。

敬太郎はステッキの蛇の頭の形が婆さんの言う「自分の様《よう》な又《また》他人の様な、長い様な又短かい様な、出る様な又這入《はい》る様なもの」だということに気づいた。改めて田口に面会を求める手紙を書き、森本のステッキを持って出かけるとあっさり会ってくれた。

漱石は『彼岸過迄』予告で「久し振だから成《な》るべく面白いものを書かなければ済まないといふ気がいくらかある」と書いた。謎めいた出だしは読者の興味を惹くためだろう。しかしそれだけではない。敬太郎は田口との面会を諦めかけた時に、「今日迄《こんにちまで》何一つ自分の力で、先へと突き抜けたといふ自覚を有《も》つていなかつた」「突き抜けた心持を確かり捕《つら》まへる為には馬鹿と云《い》はれる迄も、其所《そこ》迄突つ懸《か》けて行く必要がある」と考える。しかしどうしていいかわからない敬太郎は占いに手がかりを求めたのである。

敬太郎の心理は漱石の執筆態度でもある。漱石は漠然と把握している『彼岸過迄』の主題を「突き抜けた心持」まで書き続けようとしている。しかしそれを表現するための方法を完全には把握していない。どんな事件や思想に打ち当たるかわからないまま他者との交流を重ねてゆく敬太郎の姿は『彼岸過迄』を書く漱石に重なっている。

「あんなに跟《つ》け廻したつて、私《わたくし》はあの人達の不名誉になる様《よう》な観察は決して為《し》ていない積《つもり》です」

「御尤《ごもっと》もだ。そんなら一つ行つて御覧《ごらん》なさい。紹介するから」

田口は斯《こ》う云《い》ひながら、大きな声を出して笑つた。けれども敬太郎には此《この》申し出が満更《まんざら》の冗談とも思へなかつたので、彼は紹介状を携へて本当に眉間《みけん》の黒子《ほくろ》と向き合つて話して見やうかといふ料簡《りょうけん》を起した。

（『彼岸過迄』「報告」「六」）

田口に面会した敬太郎は「貴方《あなた》の私事《わたくしごと》にでも可《い》いから、一寸《ちょっと》使つて見て下さい」と自分を売り込んだ。田口は手紙で奇妙な依頼をしてきた。「眉と眉の間に大きな黒子《ほくろ》がある」四十歳くらいの男の行動を探偵して報告しろというのだ。敬太郎が指示された日時に男をつけると若い女と会っていた。しかし雨が激しく降ってきて敬太郎の人力車が男の乗った車を見失ってしまう。

翌日報告に出かけたが男の素性も女との関係も皆目わからない。「余《あん》まり要領を得ませんね」と意地悪く笑う田口に敬太郎は自分の考えを思い切って話した。「直《じか》に会つて聞きたい事丈《だけ》遠慮なく聞いた方が（中略）確かな所が分《わか》りやしないかと思ふのです」と言ったのである。

意外なことに田口は「貴方《あなた》に夫丈《それだけ》の事が解つていましたか。感心だ」と言い、黒子の男への紹介状を書いてくれた。男の名前は松本で一度は「雨の降らない日に御出《おいで》を願へますまいか」という奇妙な挨拶を女中にされて面会できなかったが、晴れた日に出直すとすぐ会ってくれた。松本は何も仕事をしていない「高等遊民」だと自己紹介した。敬太郎は「世に著《あら》はれない学者の一人なのではなからうか」と思ったとある。言うまでもなく漱石がモデルである。

敬太郎が正直に松本をつけたことを話すと松本は敬太郎よりも田口に腹を立てたが、彼らの関係を説明してくれた。松本には二人の姉がいて一人は市蔵の母、一人が田口の妻になっていた。松本、須永、田口家はごく近い親戚同士なのだ。松本が会っていた若い女性は田口の娘の千代子《ちよこ》で敬太郎は叔父と姪をつけたのだった。田口は甥の市蔵から敬太郎が探偵の仕事に興味を持っていると聞いていて、半分は敬太郎をからかうため、半分は品定めする目的で松本をつけるよう命じたのである。

松本は田口は決して悪い男ではないが長年の実業家としての習性から、「此奴《こいつ》は役に立つだらうかとか、此奴は安心して使へるだらうかとか、まあそんな事ばかり考へているんだね」とその行動原理を説明してくれた。また「田口が箆棒《べらぼう》を遣《や》つて呉《く》れた為め、君は却《かえ》つて仕合《しあわせ》をした様《よう》なものですね」「屹度《きっと》何か位置を拵《こし》らへて呉れますよ」と告げた。実際松本に会った後に田口を訪ねると、近いうちに相当の地位の職業を斡旋すると約束してくれた。

ただもちろん物語は職を得た敬太郎の活躍には向かわない。須永、田口、松本家と交流を持つことになった敬太郎が、親友で何でも知っていると思っていた市蔵の秘密を知ることになる。敬太郎は占い婆さんの謎かけを自分で解いた。田口が松本の後をつけるよう命じた理由は松本が解いてくれた。そして「雨の降らない日に御出《おいで》を願へますまいか」と松本が女中に言わせた理由は市蔵と千代子が解いてくれる。尾行という探偵小説的始まりの『彼岸過迄』では薄皮を剥くようにじょじょに謎が明らかになってゆく。物語は主人公と文体の変化と共に核心へと向かう。

> 敬太郎は一人で二人（市蔵と千代子）に当っているのが少し苦しくなつた。此次《このつぎ》内幸町（田口邸で千代子の実家）へ行く時は、屹度《きっと》（蛇頭のステッキを）持つて行つて見せるといふ約束をして漸《ようや》く千代子の追窮《ついきゅう》を逃れた。其《その》代り千代子から何故松本が雨の降る日に面会を謝絶したかの源因《げんいん》を話して貰《もら》ふ事にした。――
>
> 夫《それ》は珍らしく秋の日の曇つた十一月のある午過《ひるすぎ》であつた。千代子は松本の好きな雲丹《うに》を母から言付《ことづ》かつて矢来《やらい》へ持つて来た。（中略）松本には十三になる女を頭《かしら》に（中略）四人の子が揃つていた。（中略）家庭に華やかな匂《におい》を着《つ》ける此《この》生き生きした装飾物の外《ほか》に、松本夫婦は取つて二つになる宵子《よひこ》を、指環に嵌《は》めた真珠の様《よう》に大事に抱いて離さなかつた。彼女は真珠の様に

透明な青白い皮膚と、漆の様に濃い大きな眼を有《も》つて、前の年の雛の節句の前の宵に松本夫婦の手に落ちたのである。

（『彼岸過迄』「雨の降る日」「二」）

「夫《それ》は珍らしく秋の日の曇つた十一月のある午過《ひるすぎ》であつた」から話者は千代子に変わる。千代子が語るのは松本家の末っ子の宵子《よひこ》の死である。宵子は千代子が夕飯を食べさせている最中に突然死した。宵子が死んだ時には激しく雨が降っていた。しかし松本は客と話していて死に目に会えなかった。松本はそれ以来雨の日の来客を断るようになったのだった。この「雨の降る日」を漱石は実体験に基づいて書いた。ただ単なる個人的思い入れで書いたわけではない。

第四章「雨の降る日」で初めて市蔵と千代子の、親密だが緊張をはらんだ関係が明らかになる。宵子の葬儀の場で千代子に「貴方《あなた》の様《よう》な不人情な人は斯《こ》んな時には一層《いっそ》来ない方が可《い》いわ」となじられた市蔵は、「不人情なんぢやない。まだ子供を持つた事がないから、親子の情愛が能《よ》く解《わか》らないんだよ」と答えた。また松本は「生きてる内は夫程《それほど》にも思はないが、逝《ゆ》かれて見ると一番惜しい様だね」と悲しみながらも宵子の死を冷静に受け入れる。

「雨の降る日」で描かれるのは市蔵と千代子、松本の宵子の死の受け止め方である。千代子は情愛深いが市蔵は世間的常識を欠落させており、松本は穏当な現実主義者である。第四章で主要登場人物が市蔵、千代子、松本の三人に絞り込まれたわけだ。第五章「須永の話」、六章「松本の話」ではほとんど唐突に実質的主人公市蔵と、松本による市蔵の自我意識の分析が始まるが、第四章は五、六章で起こる大きな変化を和らげるために挿入されている。

僕は自分と千代子を比較する毎《ごと》に、必ず恐れない女と恐れる男といふ言葉を繰り返したくなる。(中略)僕に云《い》はせると、恐れないのが詩人の特色で、恐れるのが哲学者の運命である。僕の思ひ切つた事の出来ずに愚図々々《ぐずぐず》しているのは、何より先に結果を考へて取越苦労《とりこしくろう》をするからである。千代子が風の如《ごと》く自由に振舞《ふるま》ふのは、先の見えない程《ほど》強い感情が一度に胸に湧き出るからである。彼女は僕の知つている人間のうちで、最も恐れない一人《いちにん》である。だから恐れる僕を軽蔑するのである。僕は又《また》感情といふ自分の重みで蹴爪付《けつまづき》さうな彼女を、運命のアイロニーを解せざる詩人として深く憐れむのである。否《いな》時によると彼女の為に戦慄するのである。

(『彼岸過迄』「須永の話」「十二」)

市蔵の父親は彼が幼い頃に亡くなった。その頃の田口は今ほど裕福ではなく、市蔵の父が目をかけていた後輩だった。田口の縁談は市蔵の父がまとめたのだった。田口家で長女千代子が生まれた時に、市蔵の母は千代子を嫁にと申し出て田口夫妻もそれを承諾した。しかし年頃になった千代子を市蔵は娶ろうとしない。その理由を市蔵は千代子との関係が「恐れない女と恐れる男」のそれだからだと説明する。市蔵が敬太郎に話すのは基本的には千代子との恋愛問題である。

しかし市蔵の説明は不可解である。市蔵は千代子と結婚しても「妻《さい》の眼から出る強烈な光に堪《た》へられないだらう」と言う。愛を形而上の問題として捉え、純粋で抽象的な愛を持続させることなどできないと言うのだ。それでも千代子が愛そうとすれば問題を形而下に置き換え、自分には権力や財力を得る能力がないと言う。市蔵の思考は形而上と形而下を行き来しながら愛の成就の可能性をことごとく否定している。

ただ「恐れない女と恐れる男」の関係は、二人の間に恋愛感情があって初めて成立する。市蔵の母親が「市さんも最《も》う徐々《そろそろ》奥さんを探さなくつちやなりませんね」と話したのを聞いて、千代子は「妾《あたし》行つて上げませうか」と口を挟んでいる。千代子は市蔵を愛している。また市蔵は千代子が冗談で結婚が決まったと言うのを聞いて、「僕の心臓は、此答《この》と共にどきんと音のする浪を打つた」と告白している。娶る気がないと言いながら市蔵の心は揺れている。

僕は此《この》二日間に娶《めと》る積《つもり》のない女に釣られさうになつた。（中略）もし千代子と高木と僕と三人が巴《ともえ》になつて恋か愛か人情かの旋風《つむじ》の中に狂ふならば、其《その》時僕を動かす力は高木に勝たうといふ競争心でない事を僕は断言する。夫《それ》は高い塔の上から下を見た時、恐ろしくなると共に、飛び下りなければ居《い》られない神経作用と同じ物だと断言する。（中略）しかも其動力は高木が居さへしなければ決して僕を襲つて来ないのである。僕は其二日間に、此怪しい力の閃《ひらめき》を物凄く感じた。さうして強い決心と共にすぐ鎌倉を去つた。

（『彼岸過迄』「須永の話」「二十五」）

市蔵は大学の夏休み中に起こった出来事を話す。市蔵は田口一家が避暑で滞在している鎌倉に遊びに行った。別荘に着くと千代子の妹百代子《ももよこ》の同級生の兄で、高木という男がいた。高木も避暑に来ていたのである。市蔵は高木は千代子の婿候補なのではないかと疑い激しい嫉妬を覚える。それに耐えられず二日だけいて東京に戻った。

数日して千代子が市蔵の母を送って東京に来た。千代子は市蔵の行動を正確に理解していた。「何故《なぜ》愛してもいず、細君にもしやうと思つていない妾《あたし》に対して（中略）嫉妬なさるんです」と激しくなじった。「貴方《あなた》は卑怯です、徳義的に卑怯です」といいつのった。市蔵を愛している千代子には当然の批判の言葉だった。しかし市蔵の決断を促すために未必の故意で高木を利用した。

三四郎の美禰子《みねこ》への愛は野々宮の存在によって強められた面がある。また『それから』の代助が三千代に会いに行く際の心理は「情の旋風《つむじ》に捲《ま》き込《こ》まれた冒険の働《はたら》き」だった。しかし市蔵は「冒険」に踏み出さない。三角関係の「旋風《つむじ》の中に狂ふ」ことを明確に拒否するのだ。市蔵は三角関係とは「高い塔の上から下を見た時」に「飛び下りなければ居《い》られない神経作用と同じ物だと断言」し、愛の問題ではないと結論付けるのである。

市蔵は東京に戻る時の感情を「僕は自分の気分が小説になり掛《か》けた刹那に、驚ろいて東京に引き返したのである」「自分と書き出して自分と裂《さ》き棄てた様《よう》な此《この》小説の続きを色々に想像」し、「其何《そのいず》れをも嘗《な》め試ろみる機会を失つて却《かえ》つて自分の為に喜んだ」のだった。市蔵は愛をフィクショナルな「小説」として相対化している。市蔵は美禰子に愛を告白しない三四郎であり、三千代との姦通に踏み出さない代助である。

市蔵はそんな自己の心理を「もし詩に訴へてのみ世の中を渡らないのが老人なら、僕は嘲けられても満足である。けれども若《も》し詩に涸《か》れて乾《から》びたのが老人なら、僕は此《この》品評に甘んじたくない。僕は始終詩を求めて藻掻《もが》いている」と省察する。

市蔵が希求する「詩」は恋愛以上の何かである。『彼岸過迄』の主題は恋愛以上の審級に置かれており、漱石は新たな〝真〟を模索し始めている。だが千代子との恋愛問題にとらわれる市蔵はそれを明らかにできない。そのため第六章「松本の話」が必要になる。

> 事実を一言でいふと、僕の今遣《や》つているやうな生活は、僕に最も適当なので、市蔵には決して適当でないのである。（中略）市蔵は在来の社会を教育する為に生れた男で、僕は通俗な世

間から教育されに出た人間なのである。（中略）市蔵は高等学校時代から既に老成していた。彼は社会を考へる種に使ふけれども、僕は社会の考へに此方《こっち》から乗り移つて行く丈《だけ》である。其《そ》所《こ》に彼の長所があり、かねて彼の不幸が潜《ひそ》んでいる。（中略）市蔵は自我より外《ほか》に当初から何物も有《も》つていない男である。彼の欠点を補なふ――といふより、彼の不幸を切り詰める生活の径路《けいろ》は、唯《ただ》内に潜り込まないで外《そと》に応ずるより外《ほか》に仕方がないのである。然《しか》るに彼を幸福にし得る其《その》唯一の策を、僕は間接に彼から奪つて仕舞《しま》つた。

（『彼岸過迄』「松本の話」「二」）

松本は市蔵は「自我より外《ほか》に当初から何物も有《も》つていない男」だと規定する。またそれゆえ市蔵は「在来の社会を教育する為に生れた男」だとも言う。もし自我意識しか持っていない人間がいるとすれば、それは原理的人間存在である。独自の思想を確立した自律的存在である。その思想が男女間に限定されない自己と他者との相互理解を可能にする方法を見出せば、世界に大きな影響を与えるはずだ。しかしこの特異で原理的でもある市蔵の思想は『彼岸過迄』ではこれ以上追究されない。物語は市蔵の出生の秘密にそれてゆく。

松本はある時市蔵に「貴方《あなた》は不親切だ」と詰め寄られ、隠していた出生の秘密を明かした。彼は父と小間使との間に生まれた子だった。市蔵母子は「本当の母子《おやこ》よりも遥かに仲の好《い》い継母《ままはは》と継子《ままこ》」だが血の繋がりはない。実母は既に亡くなっている。母が姪の千代子を嫁に望むのも、自らの一族の血統を求めてのことだということも明かされる。出生の秘密を聞いて市蔵は「淋《さび》しいです。世の中にたつた一人立つている様《よう》な気がします」と松本に言った。

出生の秘密を前提とすれば、市蔵が千代子との結婚を拒む理由も、内省的性格である理由も簡単に説明できるようになる。市蔵は自己の生い立ちに何かが隠されていることを敏感に察知しており、それが精神に影響を与えたのだと解釈できるからである。漱石が『彼岸過迄』で援用した謎解き手法の一つである。ただこの秘密の暴露によって、『彼岸過迄』は大衆小説三部作の恋愛の主題とはまた別の、フィクショナルな小説に流れてしまっている。

市蔵は大学を卒業すると一人旅に出る。松本との約束で旅先から手紙を送ってくる。手紙には「是《これ》は旅行の御蔭《おかげ》で僕が改良した証拠なのです。僕は自由な空気と共に往来する事を始めて覚えたのです。(中略)考へずに観《み》るのが、今の僕には一番薬だと思ひます」とある。このような救いの設定は漱石が『門』で否定したはずの東洋的自然観への自我意識の溶解である。「束の間」の出世間的な『草枕』の旅に市蔵の自我意識を逃がしてやったのだとも言える。

要するに人世《ひとよ》に対して彼(敬太郎)の有する最近の知識感情は悉《ことごと》く鼓膜の働らきから来ている。森本に始まつて松本に終る幾席かの長話《ながばなし》は、最初広く薄く彼を動かしつつ漸々《ぜんぜん》深く狭く彼を動かすに至つて突如として已《や》んだ。けれども彼は遂に其中《そのなか》に這入《はい》れなかつたのである。其所《そこ》が彼に物足らない所で、同時に彼の仕合《しあわ》せな所である。彼は物足らない意味で蛇の頭を呪ひ、仕合せな意味で蛇の頭を祝した。さうして、大きな空を仰いで、彼の前に突如として已んだ様《よう》に見える此《この》劇が、是《これ》から先何《ど》う永久に流転して行くだらうかを考へた。

（『彼岸過迄』「結末」）

『彼岸過迄』は漱石が話者となった「結末」で終わる。漱石がまとめを付けなければ物語を終えられないのである。また漱石は森本のステッキの謎かけが作品全体の喩だと書いている。物語は敬太郎にとって「自分の様《よう》な又《また》他人の様な」「出る様な又這入《はい》る様な」中途半端な位相に留まる。物語は円を描くように物語が冒頭に戻ってしまったのだ。ただ「突如として已《や》んだ」物語が「是《これ》から先何《ど》う永久に流転して行くだらうか」と含みを持たせている。

大衆小説三部作最初の『三四郎』が恋愛の予感で終わったように、『彼岸過迄』の完結はかりそめのものだということだ。そしてこの物語の「流転」は東洋的自然観へは向かわない。「自我より外《ほか》に当初から何物も有《も》つていない」人間の探求になる。

「御前他《おまえひと》の心が解《わか》るかい」と突然聞いた。（中略）

「僕の心が兄さんには分らないんですか」と稍《やや》間を置いて云《い》つた。（中略）
「いや御前の心ぢやない。女の心の事を云つてるんだ」
兄の言語のうち、後《あと》一句には火の付いたやうな鋭さがあつた。（中略）
「御前、メレヂスといふ人を知つてるか」と兄が聞いた。
「名前丈《だけ》は聞いていますす」（中略）
「其人の書翰《しょかん》の一つのうちに彼は斯《こ》んな事を云つている。――自分は女の容貌に満足する人を見ると羨《うらや》ましい。女の肉に満足する人を見ても羨ましい。自分は何《ど》うあつても女の霊といふか魂といふか、所謂《いわゆる》スピリットを攫《つか》まなければ満足が出来ない。それだから何うしても自分には恋愛事件が起らない」
「メレヂスつて男は生涯独身で暮したんですかね」
「そんな事は知らない。又《また》そんな事は何うでも構はないぢやないか。然《しか》し二郎、おれが霊も魂も所謂《いわゆる》スピリットも攫まない女と結婚している事丈は慥《たしか》だ」
（『行人』「兄」「二十」大正元年［一九一二年］十二月～二年［一三年］十一月）
『行人』の話者主体は長野二郎で、実質的主人公は兄の一郎である。二郎は大学を卒業して設計事務所で働いている青年で、一郎は中年にさしかかった大学の先生だ。一郎は「詩人らしい純粋な気質」を持っているが人当たりのいい外面とは裏腹に、家族にとっては気難しい暴君である。誰も一郎の突拍子もない言動を理解できないのだ。漱石が自分と同世代の男を主人公にしたのは『行人』が初めてである。一郎には神経症で家族を恐怖のどん底に突き落とした漱石の面影がある。

所用で大阪に来ていた二郎は家族旅行で来阪した母と兄夫婦と合流する。友人の三沢と関西旅行を楽しむはずが、三沢が持病の胃潰瘍で緊急入院してしまったのだ。散歩に出た二郎は、一郎から妻のお直《なお》の「節操を御前《おまえ》に試して貰《もら》ひたい」と依頼され仰天する。一郎は「お直は御前に惚《ほれ》てるんぢやないか」「二郎己《おれ》はお前を信用している。けどれも直を疑ぐつている。(中略)己は今明言した通り、お前の云《い》ふ事なら何でも信じられるし又《また》何でも打明けられるから(中略)頼むのだ」とあからさまな言葉を口にした。二郎は「真正の精神病患者」ではないかと疑ったとある。

また妻の貞節を疑っていると明かした上で、二郎に惚れているかもしれないお直といっしょに出かけろと命じるのはダブルバインド的屈折である。しかし本当に一郎の依頼が異様なのは、それが必ずしも地上の男女の色恋を巡るものではない点にある。お直の心を知りたいという欲求は当然二郎にも跳ね返ってくる。

「もう己《おれ》はお前に直《なお》の事に就《つ》いて何も聞かないよ」と兄が云《い》つた。

「左右《そう》ですか。其方《そのほう》が兄さんの為にも嫂《ねえ》さんの為にも、また御父《おとう》さんの為にも好《い》いでせう。

善良な夫になつて御上《おあ》げなさい。さうすれば嫂さんだつて善良な夫人でさあ」と自分は嫂《あによめ》を弁護するやうに、又《また》兄を戒《いまし》めるやうに云つた。

「此《この》馬鹿野郎」と兄は突然大きな声を出した。（中略）

「お前はお父さんの子だけあつて、世渡りは己より旨《うま》いかも知れないが、士人《しじん》の交はりは出来ない男だ。なんで今になつて直の事をお前の口などから聞かうとするものか。軽薄児《けいはくじ》め」

自分の腰は思はず坐《すわ》つている椅子からふらりと立ち上つた。自分は其儘扉《そのままドア》の方へ歩いて行つた。

「お父さんのやうな虚偽な自白を聞いた後、何で貴様の報告なんか宛《あて》にするものか」

自分は斯《こ》ういふ烈《はげ》しい言葉を背中に受けつつ扉《ドア》を閉めて、暗い階段の上に出た。

（『行人』「帰ってから」「二十二」）


二郎は一郎の執拗な頼みに根負けしてお直と二人だけで出かけた。日帰りのはずが台風に巻き込まれ、一泊することになってしまった。もちろん間違いが起こるはずもない。ただ二郎はお直が「妾《あたし》のやうな魂の抜殻はさぞ兄さんには御気《おき》に入らないでせう。然《しか》し私《わたくし》は是《これ》で満足です」と言うのを聞いた。お直は〝わたくし〟を殺してでも一郎に尽くそうとする当時の貞淑な妻である。

ただ二郎は一郎の要請をある程度正確に理解していた。お直の「魂の抜殻」という言葉は本心ではない。押し殺していても彼女の自我意識はある。しかし二郎はそれ以上追究できず、「嫂《あによめ》の正体は全く解らないうちに空が蒼々《あおあお》と晴れて仕《し》舞《ま》つた」。それもあり二郎は東京に帰つてからも一郎への報告を先延ばしにしていた。だがいざ報告しようとした時には一郎の方が二郎に不信感を持ってしまっていた。きっかけは二人の父親が語った昔の恋愛話だった。

父は謡の会で、友人が女中と肉体関係を伴う恋愛をして結婚の約束までしたが、若かった男はすぐに後悔して約束を破棄したと話した。男は二十数年ぶりに偶然女と再会したが、女は目が見えなくなっていた。気の毒に思った男は父に見舞いに行ってくれるよう頼んだ。女は見舞金の受け取りを拒否した上で、なぜ男が結婚の約束を破棄したのか、その理由が聞きたいと詰め寄った。父は出任せの言葉で何とか女を納得させたと自慢気に語ったのだった。

一郎は「おれはあの時、其《その》女のために腹の中で泣いた。（中略）お父さんの軽薄なのに泣いた」と言った。しかし二郎はよくある話と受け流してしまった。一郎は「お前も矢《や》つ張《ぱ》りお父さん流だよ。少しも摯実《しじつ》の気質がない」と罵り、「軽薄児《けいはくじ》め」と吐き捨てたのだった。

一郎の苛立ちは二郎とも精神の直接交流を求めていることを示している。二郎は「善良な夫になつて御《お》上《あ》げなさい」と言うのが精一杯の常識人である。二郎ばかりではない。『行人』の登場人物たちは一郎以外は普通の人である。しかし一郎の思想は社会常識を越えている。むしろ彼を取り巻く穏当な社会常識を虚偽だと憎んでいる。

「二郎、だから道徳に加勢するものは一時の勝利者には違《ちがい》ないが、永久の敗北者だ。自然に従ふものは、一時の敗北者だけれども永久の勝利者だ。……」

自分は何とも云《い》はなかつた。

「所《ところ》が己《おれ》は一時の勝利者にさへなれない。永久には無論敗北者だ」

自分は夫《それ》でも返事をしなかつた。

「相撲の手を習つても、実際力のないものは駄目だらう。そんな形式に拘泥しないでも、実力さへ慥《たしか》に持つていれば其方《そのほう》が屹度《きっと》勝つ。勝つのは当り前さ。四十八手は人間の小刀細工だ。膂力《りょりょく》は自然の賜物だ。……」

兄は斯《こ》ういふ風に、影を踏んで力んでいるやうな哲学をしきりに論じた。さうして彼の前に坐《すわ》つている自分を、気味の悪い霧で、一面に鎖《とざ》して仕舞《しま》つた。自分は此朦朧《このもうろう》たるものを払ひ退《の》けるのが、太い麻縄を噛み切るよりも苦しかつた。

「二郎、お前は現在も未来も永久に、勝利者として存在しやうとする積《つもり》か」と彼は最後に云つた。

(『行人』「帰つてから」「二十八」)

お直の報告で激しく対立したこともあり、二郎は家を出て下宿することにした。暇乞いに行った二郎に、一郎はダンテ『神曲』「地獄篇」のパオロとフランチェスカの話しをした。パオロはフランチェスカの夫の弟で、二人は姦通の罪で夫に殺されたのである。しかし今では誰もフランチェスカの夫の名前を覚えていない。その理由は「人間の作つた夫婦といふ関係よりも、自然が醸《かも》した恋愛の方が、実際神聖だから」だと一郎は言う。事件が起こった「当時はみんな道徳に加勢する」。しかし「あとへ残るのは何《ど》うしても青天《せいてん》と白日《はくじつ》、即《すなわ》ちパオロとフランチエスカ」なのである。

二郎が不安な気持ちになったのは、一郎がパオロとフランチェスカの話を、一郎とお直と自分の三角関係を念頭に置いて話していると思ったからである。しかし現実には三角関係は存在しない。また一郎から関係を疑われているような状態で姦通など起こりようがない。

パオロとフランチェスカの話を踏まえると、一郎の「一時の勝利者にさへなれない」という言葉は、彼が穏当な社会道徳を信じ切れないという意味である。そして「永久には無論敗北者だ」という言葉は彼が女性――つまりお直との直接的な相互理解をどうしても得られないことを意味する。一郎は社会「道徳」にも「恋愛」にも荷担することができない。

だから「二郎、お前は現在も未来も永久に、勝利者として存在しやうとする積《つもり》か」という一郎の言葉は、二郎がお直との恋愛を成就させる勝利者だということを意味しない。なぜ二郎は易々と一郎には受け入れがたい「道徳」と「恋愛」のコードを守れるのかという問いかけである。一郎はその理由を自分に開示することなく家を出てゆく二郎を非難している。

二郎は健康な精神と肉体を持つ普通の青年だ。大阪で胃腸病院に入院した友人三沢を見舞いに通ったが、後から美しい女が入院してきた。三沢は入院する前に友人たちと茶屋で飲んだ時に呼んだ芸者だと言った。二人の関係は深いものではない。しかし二郎は二人を仲良くさせたくないと思う。その理由を「要するに其処《そこ》には性の争ひがあつたのである」と考える。二郎は愛を性欲を含む単純なものとして捉えている。

また三沢は退院して東京に帰るための汽車の待ち時間にある娘の話をした。数年前に三沢の父が仲人をした娘が一年ほどで離縁されてしまった。事情がありすぐ実家には戻らず、三沢の家で一時的に引き取ることになった。その娘は婚家での辛い経験のためか少し精神に異常をきたしていた。三沢が出かける時に必ず玄関まで送って来て「早く帰つて来て頂戴《ちょうだい》ね」と言った。三沢は家人から関係を疑われるような素振りをする娘を叱ろうとするが、彼女の顔を見てやめた。娘が「たつた一人で淋しくつて堪《たま》らないから、何《ど》うぞ助けて下さい」と訴えているように感じたのである。三沢は「僕は病気でも何でも構はないから、其《その》娘さんに思はれたいのだ」と言った。

娘はすでに亡くなっているので、この話だけなら三沢は永遠の恋人として娘を思い続けていることになる。しかしそうではない。二郎が兄夫婦の不和を相談すると「君がお直さん抔《など》の傍に長く喰付《くっつ》いているから悪いんだ」と答え、「死んだ女に惚れられたと思つて、己惚《うぬぼれ》ている己《おれ》の方が、まあ安全だらう。(中略)面倒は起らないから」と言った。

実際三沢は現世的な判断で妻を選び、二郎にも結婚を勧める。二郎は三沢の紹介で非公式の見合いをするが、見合い相手の娘について「少し旧式ぢやないか」と言うと、三沢は「ああいふのが間違がないいんだよ」と答えた。三沢も二郎と同様に現世に属する人である。

しかし一郎は違う。和歌山に向かう汽車の中で二郎が四方山話に三沢の娘の話をすると、「其女《その》が果して左右《そう》いふ種類の精神病患者だとすると、凡《すべ》て世間並の責任は其女の頭の中から消えて無くなつて仕舞《しま》ふに違《ちがい》なからう。(中略)其女の三沢に云つた言葉は、普通我々が口にする好《い》い加減な挨拶よりも遥に誠《まこと》の籠《こも》つた純粋のものぢやなからうか」と答え、「噫々《ああ》女も気狂にして見なくつちや、本体は到底解《わか》らないのかな」と嘆息した。一郎は三沢の娘の言葉に世間常識にとらわれない純な心を見ている。

また戦前の中流以上の家では長年使っている女中を嫁がせてやるという暗黙のしきたりがあった。長野家でもお貞《さだ》を嫁がせることになった。「相応《そうおう》の年をしている癖に、宅中《うちじゅう》で一番初心《うぶ》な女」とある。そもそも二郎が大阪に行ったのは、お貞の縁談をまとめるためだった。お貞は何一つ不平を言わず女中として働き、一度も会ったことのない男との結婚に浮き立った。そのお貞を一郎は寵愛する。家族が怪訝な目で見守るなか、お貞を書斎に招き二人で三十分ほど話し込んだ。書斎から出て来たお貞の顔には涙の跡があった。何を話したのかはわからない。しかし一郎は三沢の娘やお貞といった〝無私〟に近い心を持つ者を愛した。

ただ二郎が家を出てから長野家ではますます一郎が孤立して、神経衰弱の症状を深めていく。妹のお重《しげ》は一郎が自分を実験台にしてテレパシーの研究を行ったと言った。家族からの強い要請もあって、二郎は一郎の同僚で親友のHさんに頼み込んで一郎を気晴らしの旅行に連れ出してもらう。二郎はHさんに旅先での一郎の様子を手紙で報せてくれるよう依頼した。そして二人が旅行に出てから十一日目に届いたHさんの長い手紙によって、社会道徳にも既存恋愛観念にも属さない一郎独自の思想が明らかになる。

「自分のしている事が、自分の目的《エンド》になつていない程《ほど》苦しい事はない」と兄さんは云《い》ひます。

「目的《エンド》でなくつても方便《ミーンズ》になれば好《い》いぢやないか」と私《わたくし》が云ひます。

「それは結構である。ある目的《エンド》があればこそ、方便《ミーンズ》が定められるのだから」と兄さんが答へます。

兄さんの苦しむのは、兄さんが何《なに》を何《ど》うしても、それが目的《エンド》にならない許《ばか》りでなく、方便《ミーンズ》にもならないと思ふからです。ただ不安なのです。従つて凝《じ》つとしていられないのです。兄さんは落ち着いて寐《ね》ていられないから起きると云ひます。起きると、ただ起きていられないから歩くと云ひます。歩くとただ歩いていられないから走《かけ》ると云ひます。既に走《か》け出した以上、何処《どこ》迄《まで》行つても止まれないと云ひます。（中略）其《その》極端を想像すると恐ろしいと云ひます。冷汗が出るやうに恐ろしいと云ひます。怖くて怖くて堪《たま》らないと云ひます。

（『行人』「塵労」「三十一」）

最終章「塵労」は煩悩を意味する漢語である。Hさんの手紙は一郎の思想の零地点を明らかにすることから始まる。一郎にとって「目的《エンド》」のない「方便《ミーンズ》」は無意味である。目的が達成できないならすべての努力は無駄ということだ。一郎はその恐ろしさを「心臓の恐ろしさだ。脈を打つ活きた恐ろしさだ」とも言う。一郎の目的は学問や芸術領域での達成ではなく、生の根幹に関わるものである。

『それから』の代助は「無目的な行為を目的として活動」していた。だがそんな生活を続けられるはずもなく愛の「旋風《つむじ》」の中に飛び込んだ。しかし『門』の宗助は愛を得ても不安から逃れられず、『彼岸過迄』の市蔵は愛をフィクショナルな「小説」として棄却した。一郎は彼らの延長線上にいる。

問題の審級が上がっている。一郎が抱える問題は本質的にはもはや男女の恋愛に限定されない。漱石は一郎とHさんの求道者が行う教理問答のような対話で生の根幹に関わる「目的《エンド》」と、そこに近接するための「方便《ミーンズ》」を一気に明らかにしようとしている。ドストエフスキー『カラマーゾフの兄弟』「大審問官」に比肩するようなスリリングで圧の高い対話である。

「一度打《ぶ》つても落付いている。二度打つても落付いている。三度目には抵抗するだらうと思つたが、矢《や》つ張《ぱ》り逆らはない。僕が打てば打つほど向《むこう》はレデーらしくなる。そのために僕は益《ますます》無頼漢《ごろつき》扱《あつか》ひにされなくては済まなくなる。（中略）夫の怒《いかり》を利用して、自分の優越に誇らうとする相手は残酷ぢやないか。（中略）僕は何故女が僕に打たれた時、起《た》つて抵抗して呉《く》れなかつたと思ふ。抵抗しないでも好《い》いから、何故一言《ひとこと》でも云《い》ひ争つて呉れなかつたと思ふ」

斯《こ》ういふ兄さんの顔は苦痛に充ちていました。不思議な事に兄さんはこれ程《ほど》鮮明に自分が細君に対する不快な動作を話して置きながら、その動作を敢《あえ》てするに至つた原因に就《つ》いては、具体的に殆《ほと》んど何事も語らないのです。兄さんはただ自分の周囲が偽《いつわり》で成立していると云ひます。しかも其偽《そのいつわり》を私《わたくし》の眼の前で組み立てて見せやうとはしません。私は何でこの空漠な響を有《も》つ偽《いつわり》といふ字のために、兄さんがそれ程興奮するかを不審《ふしん》がりました。兄さんは私が偽《いつわり》といふ言葉を字引《じびき》で知つている丈《だけ》だから、そんな迂闊《うかつ》な不審を起すのだと云つて、実際に遠い私を窘《たし》なめました。

（『行人』「塵労」「三十七」）

一郎は旅の途中でHさんに「君の心と僕の心とは一体何処迄《どこまで》通じていて、何処から離れているのだらう」と問いかけた。また「僕は君の好意を感謝する。けれども左右《そう》いふ動機から出る君の言動は、誠《まこと》を装《よそお》ふ偽《いつわ》りに過ぎないと思ふ」と詰め寄った。

人間同士の無媒介的結びつきは『坊っちゃん』から続く漱石文学の一貫した主題である。ただそれが厳しい現実の枠組みの中で問われるようになっている。一郎はHさんや二郎にもそれを求めたが、最も強く希求するのは妻のお直に対してである。

一郎はお直を殴ったと告白する。何か気に入らない言動があったからではない。心を通い合わせることができないのが「打《ぶ》つ」理由である。そして一郎の希求が理解できないお直は頑なに心を鎖して殴られ続ける。それがさらに一郎の怒りを高めてしまう。一郎にはお直の従順な姿が相互理解を妨げる「偽《いつわり》」に見える。一郎はこの偽《いつわり》を取り除こうと足掻く。

Hさんはその原理を「兄さんには甲でも乙でも構はないといふ鈍《どん》な所がありません。必ず甲か乙かの何方《どっち》かでなくては承知出来ないのです。しかも其《その》甲なら甲の形なり程度なり色合なりが、ぴたりと兄さんの思ふ坪《つぼ》に嵌《はま》らなければ肯《うけ》がはないのです。兄さんは自分が鋭敏な丈《だけ》に、自分の斯《こ》うと思つた針金の様《よう》に際《きは》どい線の上を渡つて生活の歩《ほ》を進めて行《ゆ》きます。其代《そのかわ》り相手も同じ際どい針金の上を、踏み外さずに進んで来て呉《く》れなければ我慢しないのです」と説明する。

一郎の希求は過剰だ。ただ「自分に誠実でないものは、決して他人に誠実であり得ない」と考える原理主義者の一郎にとって、他者との完全相互理解の可能性は、一度は根本的かつ直截に問い糾してみなければ済まない問題である。それは理想の追求でもある。Hさんは「兄さんの予期通りに兄さんに向つて働き懸《か》ける世の中を想像して見ると、それは今の世の中より遥に進んだものでなければなりません。（中略）だから唯《ただ》の我儘《わがまま》とは違ふでせう」と補足する。

確かに一郎の希求通りに自他が無媒介的な相互理解に踏み出せば、世界は今とはまったく違うものになる。しかしそれは不可能だ。そのため一郎とHさんの議論は相互理解の可能性を離れもう一方の極へと大きく振れることになる。

「自分を生活の心棒《しんぼう》と思はないで、綺麗《きれい》に投げ出したら、もつと楽になれるよ」と私《わたくし》が又《また》兄さんに云《い》ひました。

「ぢや何を心棒にして生きて行《ゆ》くんだ」と兄さんが聞きました。

「神さ」と私が答へました。

「神とは何だ」と兄さんが又聞きました。

（『行人』「塵労」「四十」）

神は全能の世界創造主であり先験的真理である。そのため自我意識を放棄して神に帰依すれば、自他の対立問題を飛び越して一気に世界認識（世界を隅々まで理解した神的存在との擬似的一体化）を得られることになる。多くの宗教者が神の代理人として、苦悩から解き放たれた平穏な世界認識を説く。しかし一郎はそのような絶対神を認めない。

二郎は「御前《おまえ》他《ひと》の心が解《わか》るかい」と聞かれた際に、人間同士は完全には理解し合えないがそれを超越するのが宗教ではないかと答えた。しかし一郎は「宗教は考へるものぢやない、信じるものだ」と即座に反論した。Hさんにも「神を僕の前に連れて来て見せて呉《く》れるが好《い》い」と言う。

一郎は無神論的日本の思想家として、神に帰依することなく思考の力で心の平穏を得ようとする。一郎は電車の中などで出会う「何も考へていない、全く落付払つた」人々の顔が「非常に気高《けだか》く見える。僕は殆《ほと》んど宗教心に近い敬虔《けいけん》の念をもつて、其《その》顔の前に跪《ひざま》づいて感謝の意を表《ひよう》したくなる」と告白する。『草枕』の〝無私の境地〟（「憐れは神の知らぬ情で、しかも神に尤《もっと》も近き人間の情」）である。一郎が三沢の娘さんやお貞に見たのはこの無私の境地である。しかし無私の境地はすぐに消えてしまう儚いものである。一郎はその状態を恒久的に得ようとする。

「神は自己だ」と兄さんが云《い》ひます。（中略）

「ぢや自分が絶対だと主張すると同じ事ぢやないか」と私《わたくし》が非難します。兄さんは動きません。

「僕は絶対だ」と云ひます。（中略）
兄さんの絶対といふのは、哲学者の頭から割り出された空しい紙の上の数字ではなかつたのです。自分で其《その》境地に入つて親しく経験する事の出来る判切《はっきり》した心理的のものだつたのです。

兄さんは純粋に心の落ち着きを得た人は、求めないでも自然に此《この》境地に入れるべきだと云ひます。一度《ひとたび》此境地に入れば天地も万有も、凡《すべ》ての対象といふものが悉《ことごと》くなくなつて、唯《ただ》自分丈《だけ》が存在するのだと云ひます。さうして其時《そのとき》の自分は有《ある》とも無いとも片の付かないものだと云ひます。（中略）何とも名の付け様《よう》のないものだと云ひます。即《すなわ》ち絶対だと云ひます。さうして其絶対を経験している人が、俄然《がぜん》として半鐘《はんしょう》の音を聞くとすると、其半鐘の音は即ち自分だといふのです。言葉を換へて同じ意味を表はすと、絶対即相対になるのだといふのです。従つて自分以外に物を置き他《ひと》を作つて、苦しむ必要がなくなるし、又《また》苦しめられる掛念《けねん》も起らないのだと云ふのです。

「根本義は死んでも生きても同じ事にならなければ、何《ど》うしても安心は得られない。すべからく現代を超越すべしといつた才人は兎《と》に角《かく》、僕は是非共《とも》生死を超越しなければ駄目だと思ふ」

兄さんは殆《ほと》んど歯を喰ひしばる勢《いきおい》で斯《こ》う言明しました。

（『行人』「塵労」「四十四」）

漱石は「神は自己だ」で始まる一郎の思想を叙述する前に、Hさんの口を借りてその意義を長々と説明させている。「私は酔狂で六《む》づかしい事を書くのではありません。六づかしい事が活きた兄さんの一部なのだから仕方がないのです」とある。Hさんが難しい議論だがどうか我慢して読んで欲しいと噛んで含めるように二郎（つまり読者）に要請しているのは、一郎の思想に大きな飛躍があるからである。一郎の思想は「哲学者の頭から割り出された空しい紙の上の数字ではなかった」――つまり本質的に論理を超えた審級にある。

一郎はずっと不可避的に対立してしまう自我意識と他者意識をピタリと重ね合うための現実的方法を模索していた。その試みが行き詰まった時に初めて宗教が検討された。現世的自他対立を無化する高次認識の模索が始まったのだ。しかし「神は自己だ」「僕は絶対だ」で始まる一郎の思想は抽象的絶対神を措定した宗教的帰依ではない。あくまで現世的方法であり、現世でわずかに許された超越的方法である。

自我意識の絶対化とは、自我意識がなければ世界は存在しないという認識の徹底である。この認識を文字通り貫徹して世界＝自我意識になり切ってしまえば逆接的に自我意識は希薄化する。「自分は有《ある》とも無いとも片の付かないもの」になるのだ。

この方法は【図13】に示した「私小説の文体構造」に近い。日本文学独自の私小説は家や家族などの狭い時空間に限られるが、世界と同じくらい私の自我意識を肥大化させることで、他者だけでなく私の自我意識をも相対化して認識把握できる方法である。そのため私小説では自己の愚かな言動をもあたかも他人事のように叙述できるようになる。

ただ一郎の方法は私小説とは微妙に異なる。私小説の自我意識は肥大化（絶対化）と縮退（相対化）の間を往還するため、ほとんど透明なまでに客観的な自他意識（自他関係）の相対化は一瞬のことで、たいていは私の自我意識と他者の自我意識が対立し合う苦の世界になる。しかし一郎は自我意識を絶対化すれば「自分以外に物を置き他《ひと》を作つて、苦しむ必要がなくなるし、又《また》苦しめられる掛念《けねん》も起らない」のだと言う。一郎の自我意識の絶対化は苦と無縁である。

【図14】は「一郎の世界認識構造」である。一郎は世界と同じくらい自我意識を肥大化（絶対化）させるだけでは不十分で、さらに上位審級にまで自我意識を昇華させて、自他意識を含む世界を俯瞰的に相対化する必要があると考えている。つまり「則天去私＝天に則《のっと》って私を去る」である。それは自我意識の神への昇華ではないので、他者意識が隅々まで完全理解できるようになるわけではない。自分ではないという意味での絶対他者の意識が自我意識化されるのだ。まだるっこしい言い方になるが、自我意識なのに他者意識であり、他者意識なのに自我意識である。それが一郎の言う「絶対即相対」の境地である。

つまり一郎の「絶対即相対」とは、絶対であるがゆえに、その存在を意識しないですむ自我意識が、丸のままの他者意識を世界＝自我意識の地平に取り込むことである。この認識構造は当初一郎が

【図13】私小説の文体構造

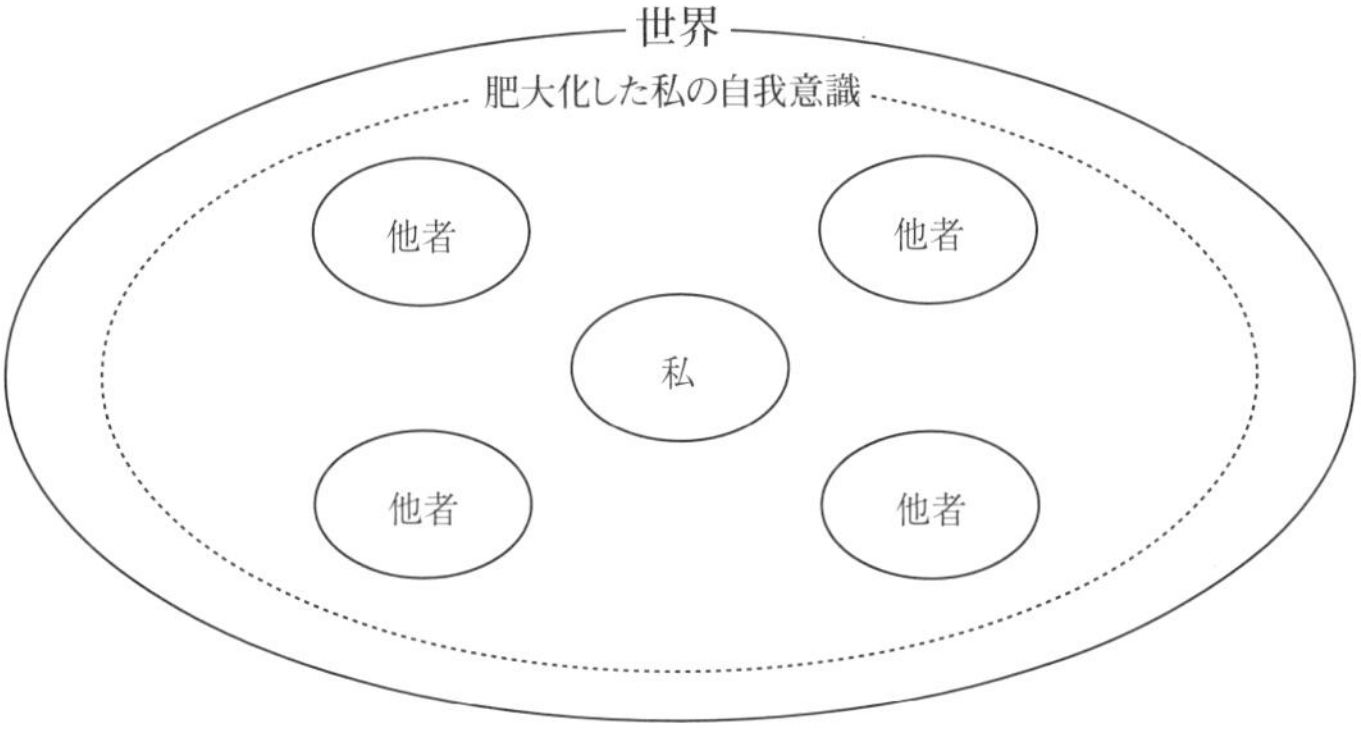

【図14】一郎の世界認識構造

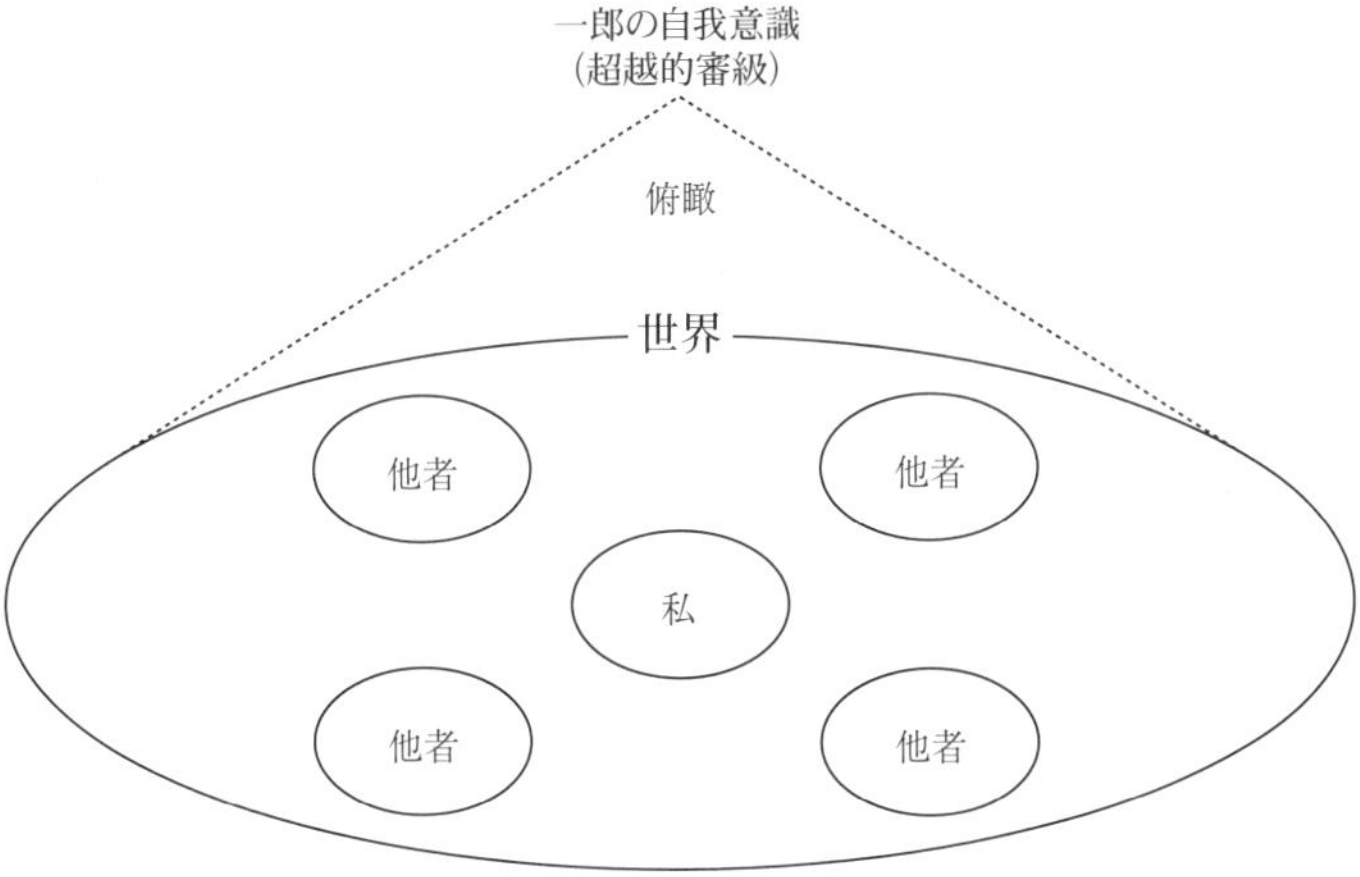

目指していた他者の完全理解ではない。ただ自我意識を絶対化し、世界＝自我意識となれば世界内で交錯する自己と他者の言動を人ごとのように俯瞰して眺めることができる。

問題はそのような境地にどうやって到達するかということである。一郎の「僕は是非共《とも》生死を超越しなければ駄目だと思ふ」という言葉はそれが生の極致であり、死の擬態でもあることを示している。一番近いのは禅の悟りの境地である。それは一郎が「何《ど》うかして香厳《こうがん》になりたい」と言っていることからもわかる。香厳は書物を焼き捨てて隠棲し、小石が竹藪に当たった音で悟りを得た中国は唐時代の禅僧である。

理論を追ってゆけば無私の悟りの境地（絶対即相対の境地）に至るのが一郎の「目的《エンド》」である。ただその「方便《ミーンズ》」はまだ見えてこない。一郎は「僕は明かに絶対の境地を認めている。然《しか》し僕の世界観が明かになればなる程《ほど》、絶対は僕と離れて仕舞《しま》ふ。要するに僕は図を披《ひら》いて地理を調査する人だつたのだ。それでいて脚絆《きゃはん》を着《つ》けて山河を跋渉《ばっしょう》する実地の人と、同じ経験をしやうと焦慮《あせ》り抜いている」と言う。

『門』の代助は悟りの「門の閂《かんぬき》を開ける」「手段と方法を明らかに頭の中に拵《こしら》えた」。一郎は、論理で説明できる限りにおいてその「手段と方法」を掴んでいる。しかし悟りの境地に至るための門はあいかわらず超えられない。大局的に言えば半歩進んだだけで、一郎は代助と同じように門前にたたずんでいる。

私《わたくし》が此《この》手紙を書き始めた時、兄さんはぐうぐう寐《ね》ていました。此手紙を書き終る今も亦《また》ぐうぐう寐ています。私は偶然兄さんの寐ている時に書き出して、偶然兄さんの寐ている時に書き終る私を妙に考へます。兄さんが此眠《ねむり》から永久覚めなかつたら嘸《さぞ》幸福だらうといふ気が何処《どこ》かでします。同時にもし此眠から永久覚めなかつたら嘸悲しいだらうといふ気も何処かでします。

（『行人』「塵労」「五十二」）

二郎は大阪から帰る寝台列車の中で眠る一郎の姿を「身体が寐《ね》ているよりも本当に精神が寐ているやうに思はれた」と描写している。Hさんが見た一郎の眠りも同じである。一郎の眠りは精神の一時的停止でしかない。彼はいずれ目覚めなければならない。そして目覚めた一郎が直面する問題は、相変わらず自他の相互理解の問題である。執拗に『心』を通わせようとする。

私は其人《その》を常に先生と呼んでいた。だから此所《ここ》でもただ先生と書く丈《だけ》で本名は打ち明けない。

（中略）

私が先生と知り合になつたのは鎌倉である。其時私はまだ若々しい書生であつた。暑中休暇を利用して海水浴に行つた友達から是非来いといふ端書《はがき》を受取つたので、私は多少の金を工面して、出掛《でかけ》る事にした。（中略）所《ところ》が私が鎌倉に着いて三日と経たないうちに、私を呼び寄せた友達は、急に国元から帰れといふ電報を受け取つた。（中略）彼の母が病気であるとすれば彼は固《もと》より帰るべき筈《はず》であつた。それで彼はとうとう帰る事になつた。折角《せっかく》来た私は一人取り残された。（中略）

私は毎日海へ這入《はい》りに出掛けた。古い燻《くす》ぶり返つた藁葺の間を通り抜けて磯へ下りると、此《この》辺《へん》にこれ程《ほど》の都会人種が住んでいるかと思ふ程、避暑に来た男や女で砂の上が動いていた。（中略）

私は実に先生を此《この》雑踏の間に見付《みつけ》出したのである。

（『心』「先生と私」「二」大正三年［一九一四年］四～八月）

『心』はストレートに話者主体の私と実質的主人公である先生の出会いから始まる。友達に誘われ鎌倉に避暑に行った私は、友人が国元に帰った後も鎌倉に滞在し海水浴客の中に先生を見出した。私は先生を追いかけて海に入り沖へと泳いでゆく。「広い蒼《あお》い海の表面に浮いているものは、其《その》近所に私等二人より外《ほか》になかつた」とある。私は「愉快ですね」と話しかけた。私と先生は誰の紹介も受けず二人っきりで海の上で知り合いになったのである。

東京に帰ってから私と先生の本格的付き合いが始まる。「私は月に二度若《も》しくは三度づつ必ず先生の宅《うち》へ行くやうになつた」。先生が交流するのは妻と私だけである。私は故郷に帰った際に両親と兄、妹婿らと交流するくらいだ。つまり人間関係が極度に限定されている。しかも妻や親族は私と先生の関係を際立たせる役割しか担わされていない。

物語の時間も圧縮されている。私が先生と知り合ったのは「若々しい書生」の時で、大学を卒業するまで付き合いは続く。卒業は明治天皇崩御の年だから、当時の学制では明治四十、四一年(一九〇七、八年)から四十五年(一二年)頃までの五、六年になる。しかし『心』を読んでそんな長い時間が経ったと感じる読者はいない。進学などの時間の節目を想起させる記述がなく、同世代の友人たちとの交流もほぼ描かれていない。若い私が恋愛問題で悩むこともない。私は先生だけを見つめ続けている。先生の態度も冒頭から末尾まで変わらない。

また空間移動も非常に少ない。鎌倉での出会いを除けば先生が出かけるのは雑司ヶ谷墓地に行った時くらいである。私も同様で、父の危篤で帰省する時くらいしか大きな移動はない。『心』の空間は先生の自宅と私の下宿周囲に限定されており、私の日常生活の中心であったはずの大学の光景すら一度も描かれていないのだ。『心』では人間関係と時空間が異様なほど圧縮されている。

【図15】は「『心』の小説構成要素」だがすべての小説に適用できる汎用的なものである。小説が作家思想を核として構想されるのは言うまでもない。作家思想を反映した登場人物が造形され、彼らが活動する時間・空間軸が設定される。それをどう動かすのかを規定するのが一人称一視点や三人称一視点といった文体構造である。また文体構造は作家思想と連動している。作家が何を表現したいのかによって登場人物を動かす方法が決まる。小説は作家思想という核と文体構造という外皮によってその秩序を維持している有機言語体である。

小説は思想・形式両面でまったく制約のない自由詩に比べると底固い言語芸術である。短歌・俳句の定型ほどではないが小説には決まり事《クリシエ》があり、簡単には動かせない。前衛小説は図示した小説構成要素を意図的に微修正《モディファイ》したものが多い。凪のような時代には文体構造の中で最も重要度の低いテニ

【図15】『心』の小説構成要素

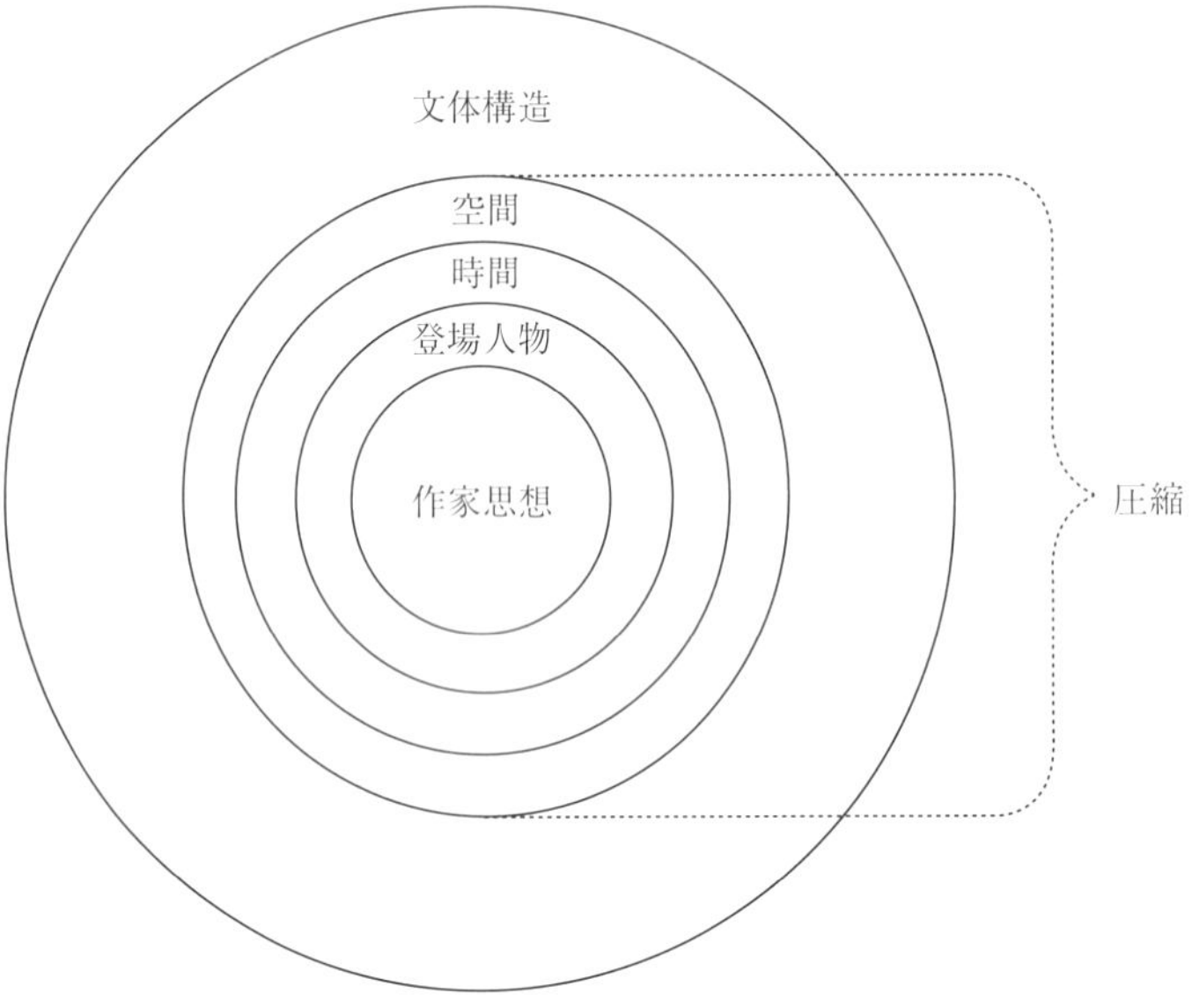

オハをいじったくらいで前衛と評価されることもある。ただ小説構成要素の変更は本質的に作家思想の反映でなければ意味がない。

出来がいいとされる小説は作家思想と文体構造が安定しているのはもちろん、登場人物と時間・空間のバランスが取れた作品である。しかし多くの読者は『心』はバランスの悪い小説だと感じるはずである。前半の私による先生の観察・報告と後半の先生の遺書で、小説が真っ二つに割れてしまっている。にも関わらず非常に強い切迫感がある。登場人物・時間・空間要素の圧縮に意味があるからである。

漱石は『心』の広告文で「自己の心を捕へんと欲する人々に、人間の心を捕へ得たる此《この》作物を奨《すす》む」と書いた。漱石は書き急ぐように最終章「先生と遺書」に突き進んでゆく。この性急さが小説構成要素の圧縮を引き起こしたわけだが、それが可能だったのは漱石が小説の構造に敏感な作家だったからである。


「あなたは物足りない結果私の所に動いて来たぢやありませんか」

「それは左右《そう》かも知れません。然《しか》しそれと恋とは違ひます」

「恋に上る楷段《かいだん》なんです。異性と抱き合ふ順序として、まづ同性の私の所へ動いて来たのです」

「私《わたくし》には二つのものが全く性質を異《こと》にしているやうに思はれます」

「いや同じです。私は男として何《ど》うしてもあなたに満足を与へられない人間なのです。それから、ある特別の事情があつて、猶更《なおさら》あなたに満足を与へられないでいるのです。私は実際御気の毒に思つています。あなたが私から余所《よそ》へ動いて行くのは仕方がない。私は寧《むし》ろそれを希望しているのです。然《しか》し……」

「然し気を付けないと不可《いけ》ない。恋は罪悪なんだから。私の所では満足が得られない代りに危険もないが、――君、黒い長い髪で縛られた時の心持を知つていますか」

（『心』「先生と私」「十三」）

先生は私が交流を求めたのは「恋に上る楷段《かいだん》」のためだと言う。心理学の思春期同性間疑似恋愛でも説明できるが、先生は同性間と男女間の恋愛――つまり人間同士の相互理解の希求は「同じ」だと認識している。同性間の友愛で相互理解を得られない人間は恋愛や性的関係を伴う男女関係にそれを求めるようになるということである。しかし相互理解の幻想をより強く喚起するという意味で男女の「恋は罪悪」なのだと先生は言う。だが先生は『彼岸過迄』の市蔵のように恋愛を拒否したり、『行人』の一郎のように妻との不和を抱えた人ではない。

先生は私に「私は世の中で女といふものをたつた一人しか知らない（中略）妻《さい》の方でも、私を天下にただ一人しかない男と思つて呉《く》れています。さういふ意味から云《い》つて、私達は最も幸福に生れた人間の一対であるべき筈《はず》です」と言う。先生の妻は私に「先生は私を離れれば不幸になる丈《だけ》です。（中略）私は今先生を人間として出来る丈《だけ》幸福にしているんだと信じていますわ」と告白する。また妻から私に悪い所があるなら言ってくださいと詰め寄られた先生は「御前《おまえ》に欠点なんかありやしない、欠点はおれの方にある丈《だけ》だ」と答える。

『心』では大衆小説三部作の恋愛の主題がレジュメのように整然と繰り返される。また『彼岸過迄』や『行人』で、「自我より外《ほか》に当初から何物も有《も》つて」おらず、「僕は絶対だ」と断言できた人間心理に揺さぶりがかけられる。

恋愛は他者と濃密に関係しないと成立しない。魅力的な女性とライバルの存在が主人公を愛の成就に走らせる。他者が、社会が主人公を駆り立てるのだ。それは自我意識を唯一の拠り所とする人間も同じだ。須永や一郎の自我意識の絶対化は彼らが虚偽と考える他者や社会への批判を基盤にしていた。仮想敵としての社会との関係性によって彼らの自我意識は成立している。

『心』ではそういった外的要素がひとつずつ取り除かれてゆく。先生は恋の階段を上り詰め、自我意識の絶対化も親しく検討する。それでも不安は去らない。人間存在の根源的な不安定性、その孤独が限界まで検討される。

「私は私自身さへ信用していないのです。つまり自分で自分が信用出来ないから、人も信用できないやうになつているのです。自分を呪ふより外《ほか》に仕方《しかた》がないのです」

「さう六《む》づかしく考へれば、誰だつて確かなものはないでせう」

「いや考へたんぢやない。遣《や》つたんです。遣つた後で驚ろいたんです。さうして非常に怖くなつたんです」（中略）

「兎《と》に角《かく》あまり私を信用しては不可《いけ》ませんよ。今に後悔するから。さうして自分が欺《あざ》むかれた返報に、残酷な復讐をするやうになるものだから」

「そりや何《ど》ういふ意味ですか」

「かつては其《その》人の膝の前に跪《ひざま》づいたといふ記憶が、今度は其人の頭の上に足を載《の》せやうとするのです。私は未来の侮辱を受けないために、今の尊敬を斥《しり》ぞけたいと思ふのです。私は今より一層淋しい未来の私を我慢する代りに、淋しい今の私を我慢したいのです。自由と独立と己《おの》れとに充《み》ちた現代に生れた我々は、其犠牲としてみんな此《この》淋しみを味《あじわ》はなくてはならないでせう」

私はかういふ覚悟を有《も》つている先生に対して、云ふべき言葉を知らなかつた。

（『心』「先生と私」「十四」）

先生は二十歳頃に両親を亡くしたが、後見人の叔父に遺産を使い込まれる裏切りにあった。叔父は娘と結婚させることで事を穏便に収めようと画策したが、先生は残りの遺産を整理して永遠に故郷を後にした。それが唯一の 傷《トラウマ》 なら先生は他者を呪うだけだったろう。しかし先生は「私は私自身さへ信用していない」ので「人も信用できない」のだと言う。先生は他者批判をより高次の思想にまで高めている。

「かつては其《その》人の膝の前に跪《ひざま》づいたといふ記憶が、今度は其人の頭の上に足を載《の》せやうとするのです」という先生の認識は、人間存在にとって一つの残酷な真理である。現代人が他に取り替えのきかない唯一無二の自我意識を存在源基《アイデンティティ》に据えた以上、無条件に他者を受け入れ相互理解を結ぶのは不可能である。自我意識が独立不羈であればあるほど、人は他者の思想を批判・相対化し、固有の思想によってアイデンティティを保とうとする。「私は未来の侮辱を受けないために、今の尊敬を斥《しり》ぞけたいと思ふのです」という言葉は思想の共有は一時的なものであり、他者は必ず私を踏みつけ乗り越えてゆこうとするものだという認識を示している。それは当事者にとって目先の金の問題で裏切られるよりも辛い精神的痛手である。

現代人である以上、先生も他者の思想を批判・相対化してアイデンティティを育んできた。しかし先生の思考はもやは単純な自我意識《アイデンティティ》の絶対化に留まることがない。生半可な自我意識の絶対化は必ず他者に批判され乗り越えられる。もしくは他者の言動によって激しく揺らぐ。

また一郎が考えたように、自我意識の絶対化はそれ自体が目的なのではなく、現世的自他対立の苦悩から精神を解き放つたためのものである。お直に求めたような完全な相互理解が得られれば苦悩は霧散するのだ。先生と私は不可能を承知の上で相互理解の道を探る。

「あなたは本当に真面目なんですか」と先生が念を押した。「私は過去の因果で、人を疑りつけている。だから実はあなたも疑つている。然《しか》し何《ど》うもあなた丈《だけ》は疑りたくない。あなたは疑るには余りに単純すぎる様《よう》だ。私は死ぬ前にたつた一人で好《い》いから、他を信用して死にたいと思つている。あなたは其《その》たつた一人になれますか。なつて呉《く》れますか。あなたは腹の底から真面目ですか」

「もし私の命が真面目なものなら、私の今いつた事も真面目です」

私の声は顫《ふる》へた。

（『心』「先生と私」「三十一」）

抽象的思念で組み立てられた思想は強さと汎用性を持たない。痛切な体験を普遍的概念にまで昇華したものだけが思想の名に値する。だから私は「先生の過去が生み出した思想だから、私は重きを置くのです。二つのものを切り離したら、私には殆《ほとん》ど価値のないものになります」と言う。先生も戸惑いながら私に応えようとする。「私は死ぬ前にたつた一人で好《い》いから、他を信用して死にたいと思つている」と言うのである。
だが自我意識を絶対とする人間は、自らの自我意識にとって、超越的審級にある他者思想しか無条件で受け入れることができない。その時死は一つの必然として現れてくる。先生は自殺を前提に私宛の遺書を書く。

私はそれまで躊躇《ちゅうちょ》していた自分の心を、一思《ひとおも》ひに相手の胸へ擲《たた》き付けやうかと考へ出しました。（中略）奥さんに御嬢さんを呉《く》れろと明白な談判を開かうかと考へたのです。然《しか》しさう決心しながら、一日一日と私は断行の日を延ばして行つたのです。（中略）意志の力に不足があつた為ではありません。Kの来ないうちは、他《ひと》の手に乗るのが厭《いや》だといふ我慢が私を抑え付けて、一歩も動けないやうにしていました。Kの来た後は、もしかすると御嬢さんがKの方に意があるのではなからうかといふ疑念が絶えず私を制するやうになつたのです。（中略）世の中では否応なしに自分の好《す》いた女を嫁に貰《もら》つて嬉しがつている人もありますが、それは私達より余《よ》つ程《ぽど》世間ずれのした男か、さもなければ愛の心理がよく呑み込めない鈍物《どんぶつ》のする事と、当時の私は考へていたのです。一度貰つて仕舞《しま》へば何《ど》うか斯《か》うか落ち付くものだ位《くらい》の哲理では、承知する事が出来ない位私は熱していました。つまり私は極めて高尚な愛の理論家だつたのです。同時に尤《もっと》も迂遠《うえん》な愛の実際家だつたのです。

（『心』「先生と遺書」「八十八」）

先生は学生時代に軍人の未亡人が営む下宿に住み、そこのお嬢さんに惹かれるようになる。その経緯は大衆小説三部作から続く恋愛のレジュメと言っていいほど整然と叙述される。先生は恋愛感情はプラトニックなもので「信仰に近い愛」だったと回想し、「本当の愛は宗教心とさう違つたものでないといふ事を固く信じているのです」とも書いている。

先生の愛に最初に現実の影を投げかけるのはお嬢さんの母親である。女一人で娘を育てた奥さんが年頃になった娘の嫁入り先を心配するのは当然だった。エリートの帝大生で気心の知れた先生が婿候補の一人として意識されるようになったのも自然である。先生はお嬢さんと接近させたがっているようで、二人の仲を警戒している素振りを見せる奥さんの態度を矛盾だと思う。しかし母親としては当然だろうとそれを受け入れる。

ただ先生とお嬢さんは相思相愛ではない。お嬢さんは親の決めた男の元に嫁ぐのを当然と考える当時の娘さんの一人である。「奥さんに御嬢さんを呉《く》れろと明白な談判を開かうかと考へた」とあるように、奥さんが承諾すれば先生はお嬢さんを嫁にもらえるのだ。求婚しない理由は先生の内面にある。先生は愛の成就は魂の合一とでも呼ぶべき相互理解であるはずだという理想を抱いていたが、その理想の成就を信じ切れていない。

先生に現実的決断を迫るのは親友のKである。Kは同郷の幼馴染みで医者の家に養子に出ていたが、養家を偽って自分の好きな道に進学した。しかし大学三年の夏に養家に手紙を出し、医学を専攻していないことを告白して学資の提供を断たれた。先生は困窮したKを下宿の空き部屋に引き取ることにした。金銭を提供しても断るだろうから食住を援助することにしたのである。

Kは禁欲的な青年だった。「意志の力を養つて強い人になる」ことを生涯の目的にしていた。学問はそのための方途の一つに過ぎず、常住座臥すべてが精神修養だと考えていた。「精神と肉体を切り離したがる癖」があり「肉を鞭撻《べんたつ》すれば霊の光輝が増すやうに感ずる」極端な精神主義者だった。奥さんは「そんな人を連れて来るのは、私の為に悪いから止《よ》せ」と言ったが先生は下宿で同居した。求道者Kがよもや御嬢さんに恋愛感情を抱くことはあるまいと考えたのである。しかし一方で先生は未必の故意としてKを試している。

Kが理想と現実の間に彷徨《ほうこう》してふらふらしているのを発見した私は、ただ一打《ひとうち》で彼を打ち倒す事が出来るだらうといふ点にばかり眼を着《つ》けました。さうしてすぐ彼の虚に付け込んだのです。（中略）私は先づ「精神的に向上心のないものは馬鹿だ」と云《い》ひ放ちました。是《これ》は二人で房州を旅行している際、Kが私に向つて使つた言葉です。（中略）然《しか》し決して復讐ではありません。私は復讐以上に残酷な意味を有《も》つていたといふ事を自白します。私は其《その》一言でKの前に横たわる恋の行手を塞《ふさ》がうとしたのです。

（『心』「先生と遺書」「九十五」）

Kは自我意識の絶対化によって煩悩にまみれた弱い自我意識からの超脱を目指す一郎のような青年だった。しかし先生にはそれが空回りしているように見えた。先生は理想と現実の折り合いがつかず、精神と肉体が乖離しがちなKの矛盾を縮めてやろうとする。奥さんとお嬢さんにKに親しく接してやってくれるよう頼んだのである。

Kは自分と同等の知性を持つ人間以外とは精神の交流ができないと考える理想主義者だった。その意味で女性蔑視者だった。当時の女性の知的レベルは低く抑え込まれていたのである。ただしばらくしてKは「女はそう軽蔑すべきものでない」と言うようになる。また先生はしばしばKとお嬢さんが親しげに話しているのを目撃する。先生の中でお嬢さんを巡るKとの三角関係がじょじょに強く意識されるようになる。そして先生が最も恐れていた事態が起こる。Kの「口から、彼の御譲さんに対する切ない恋を打ち明けられた」のである。

先生は「失策《しま》つた」と思い「先《せん》を越された」と感じる。しかしそれまでの観念的な「愛の理論」に従ってお嬢さんを譲ることもできない。「摂慾《せつよく》や禁欲は無論、たとひ慾《よく》を離れた恋そのものでも道の妨《さま》害《たげ》になる」と考えていたKは先生に意見を求める。先生は一緒に房州旅行をした際にKが言った「精神的に向上心のないものは馬鹿だ」という言葉を投げかけた。自我意識の絶対化を希求するKにとっては、たとえ純愛でも他者存在によって平静な自我意識を乱されること自体が精神的堕落だったのである。

Kは「僕は馬鹿だ」と自己批判の言葉を繰り返し、「もう其《その》話は止めやう」と言う。しかし先生は「もともと君の方から持ち出した話ぢやないか。（中略）一体君は君の平生の主張を何《ど》うする積《つもり》なのか」と追い詰める。Kが精神的求道者の道に戻り、お嬢さんを諦めると言うのを期待したのだった。しかしKが発した言葉は「覚悟、――覚悟ならない事もない」という曖昧なものだった。そしてこの言葉が先生を行動に駆り立てた。

先生は「覚悟」という言葉を「Kが御嬢さんに対して進んで行くといふ意味」に解釈し、Kの留守中に「御嬢さんを私に下さい」と申し出た。奥さんはあっさり承諾した。母が取り決めた結婚にウブな御嬢さんが異存のあろうはずもない。代助のように先生は愛の旋風に巻き込まれた。

ただ先生はKにお嬢さんに求婚したことを言い出せず、二人の縁談がまとまったことは奥さんが話した。奥さんによるとKは落ち着いた様子で「左右《そう》ですか」とだけ言った。「あなたも喜んで下さい」と言うと「御目出《おめで》たう御座《ござ》います」と答え、「何か御祝を上げたいが、私は金がないから上げる事が出来ません」と付け加えた。先生はKと話す勇気が出なかった。「おれは策略で勝つても人間としては負けたのだ」という忸怩たる思いがあった。しかし先生が躊躇している間にKは唐突に自殺してしまう。

それでも私はついに私を忘れる事が出来ませんでした。私はすぐ机の上に置いてある手紙に眼を着《つ》けました。それは予期通り私の名宛《なあて》になつていました。私は夢中で封を切りました。然《しか》し中には私の予期したやうな事は何も書いてありませんでした（中略）手紙の内容は簡単でした。さうして寧《むし》ろ抽象的でした。自分は薄志弱行で到底行先の望みがないから自殺するといふ丈《だけ》なのです。それから今迄私に世話になつた礼が、極《ごく》あつさりした文句で其《その》後に付け加へてありました。（中略）必要な事はみな一口《ひとくち》づつ書いてある中に御嬢さんの名前丈《だけ》は何処《どこ》にも見えませんでした。私は仕舞迄《しまいまで》読んで、すぐKがわざと回避したのだと気が付きました。然し私の尤《もっと》も痛切に感じたのは、最後に墨の余りで書き添へたらしく見える、もつと早く死ぬべきだのに何故今迄生きていたのだらうといふ意味の文句でした。

（『心』「先生と遺書」「百二」）

Kの死体を最初に発見したのは先生で、遺書を最初に読んだのも先生だった。先生はKが自分を非難する言葉を書き連ねていることを覚悟した。しかしそんな言葉は一つもなかった。「まづ助かった」と思ったとある。ただ先生がKの遺書で最も引っかかったのは、「もつと早く死ぬべきだのに何故今迄生きていたのだらうといふ意味の文句」だった。

先生はKの自殺現場を見た瞬間を「其時《そのとき》私の受けた第一の感じは、Kから突然恋の自白を聞かされた時のそれと略《ほぼ》同じでした」と書いている。Kの精神はお嬢さんに恋をしたと告白した時点ですでに死んでいた。

先生は精神的求道者のKがお嬢さんに恋したことに驚いたがそれはKも同じだった。彼は女性によって自分の自我意識が乱されるとは思っていなかった。また先生にとってKは常に精神的先行者だったが、自我意識を絶対的アイデンティティとする現代人として、Kを超えたいという気持ちもあった。先生は未必の故意としてKにお嬢さんという試練を与えたのだとも言える。Kはこの試練を乗り越えて新たな精神的地平に歩み出すかもしれなかった。しかしできなかった。


（前略）私はKの死因を繰り返し繰り返し考へたのです。其当座《そのとうざ》は頭がただ恋の一字で支配されていた所為《せい》でもありませうが、私の観察は寧《むし》ろ簡単でしかも直線的でした。Kは正《まさ》しく失恋のために死んだものとすぐ極《き》めてしまつたのです。しかし段々落ち付いた気分で、同じ現象に向つて見ると、さう容易《たやす》くは解決が着《つ》かないやうに思はれて来ました。現実と理想の衝突、――それでもまだ不充分でした。私は仕舞《しまい》にKが私のやうにたつた一人で淋しくつて仕方がなくなつた結果、急に所決したのではなからうかと疑がひ出しました。さうして又慄《またぞっ》としたのです。

私もKの歩いた路《みち》を、Kと、同じやうに辿《たど》っているのだといふ予覚が、折々風のやうに私の胸を横過《よぎ》り始めたからです。

（『心』「先生と遺書」「百七」）

Kの死後、先生はお嬢さんと結婚した。Kへの嫉妬が去ると妻への「愛情の方も決して元のやうに猛烈ではな」くなってゆくのを感じた。献身的な妻だが「信仰に近い愛」が成就することはなかったのだ。それにかわり先生を苦しめ始めたのはKを裏切ったことへの罪悪感だった。先生は次第に「人に鞭《むち》うたれるよりも、自分で自分を鞭つ可《べ》きだ」と思い、「自分で自分を鞭つよりも、自分で自分を殺すべきだという考《かんがえ》」にとらわれてゆく。そして遂に自殺することに決めた。きっかけは明治天皇の崩御と乃木希典《まれすけ》陸軍大将の殉死だった。

先生は「明治の精神が天皇に始まつて天皇に終つたやうな気がしました。最も強く明治の影響を受けた私どもが、其《その》後に生き残つているのは必竟《ひっきょう》時勢遅れだという感じが烈《はげ》しく私の胸を打ちました」と述懐している。しかしそれはかねてから考えていた自殺の引き金に過ぎない。

先生が遺書を書いている時、私は故郷で死の床についた父親のそばにいた。父は明治天皇崩御を知ると「ああ、天子様もとうとう御《お》かくれになる。己《おれ》も」と言った。乃木将軍自殺後には「乃木大将に済まない。実に面目次第がない。いへ私もすぐ御後《おあと》から」と譫言を口走った。激動の明治を生きた人々にとって明治天皇崩御は単なる元号の移り変わりではなかった。先生の「其後《その》に生き残つているのは必竟《ひっきょう》時勢遅れ」という感慨は明治を生きた抜いた世代に共通していた。

だから先生が自死を選んだ本当の理由は明治天皇崩御による旧世代の終わりではない。Kが失恋のために死んだわけではないという結論に至ったからである。Kは学問と精神修養によって厭うべき現世を超脱するための強い自我意識を育もうとした。そのために激しい他者批判を行った。しかしKの自我意識はお嬢さんへの恋愛感情で動揺し、先生の裏切りによって傷付けられた。Kは自我意識は弱く不安定なものだということに気付いた。

他者も自我意識も信用できないKは世界の中で孤立する。それは「淋しくつて仕方がな」い状態である。つまりKは自我意識の絶対化のために他者を喪失し、他者の影響で激しく動揺したことで唯一の拠り所であった自我意識を喪失した。「もつと早く死ぬべきだのに何故今迄生きていたのだらう」というKの言葉は文字通りのものである。Kは生の「目的《エンド》」と目的に達するための「方法論《ミーンズ》」を見失ったために自殺した。

先生もKと同じ状態に辿り着く。先生は叔父の裏切りで他者不信に陥り、Kへの裏切りで自己不信に陥った。自己も他者も信頼できない時、自己と他者の関係から構成される世界は崩壊する。「私が世界に働きかけようとするたびに自己と他者への不信を新たに呼び覚まされることになる。「私が何《ど》の方面かへ切つて出やうと思ひ立つや否や、恐ろしい力が何処《どこ》からか出て来て、私の心をぐいと握り締めて少しも動けないやうにするのです」と先生は書いている。

先生は「何時《いつ》も私の心を握り締めに来るその不可思議な恐ろしい力」や「淋しくつて仕方がない状態を「恐ろしい影」とも呼んでいる。それは最初は「偶然外から襲つて来る」ものに過ぎなかった。しかしそれは次第に「自分の胸の底に生れた時から潜んでいるものの如《ごと》く」に感じられるようになる。そして先生は「ただ人間の罪といふものを深く感じ」始める。

先生にとって人間存在の原罪は、自己も他者も信用するに足りないものだということである。先生やKのような原理的思考者にとって自他関係に基づく世界との関係（世界認識）を構築できなければ自殺は一つの思想的帰結になり得る。

私が死なうと決心してから、もう十日以上になりますが、その大部分は貴方に此《この》長い自叙伝の一節を書き残すために使用されたものと思つて下さい。始めは貴方に会つて話をする気でいたのですが、書いて見ると、却《かえ》つて其《その》方が自分を判然《はっきり》描き出す事が出来たやうな心持がして嬉しいのです。私は酔興に書くのではありません。私を生んだ私の過去は、人間の経験の一部として、私より外《ほか》に誰も語り得るものではないのですから。それを偽《いつわ》りなく書き残して置く私の努力は、人間を知る上に於《お》いて、貴方にとつても、外の人にとつても、徒労ではなからうと思ひます。（中略）私の努力も単に貴方に対する約束を果すためばかりではありません。半ば以上は自分自身の要求に動かされた結果なのです。

（『心』「先生と遺書」「百十」）

先生は私が故郷に帰っている間に遺書を書き郵便で送った。先生は私にだけ自己の内面を告白すると繰り返している。しかし遺書は「半ば以上は自分の要求に動かされた結果なのです」とも述べている。先生は自己の自我意識を客体化する目的もあって遺書を書いた。

【図16】は「『彼岸過迄』『行人』の文体構造」である。漱石は大衆小説三部作で援用した、近・現代文学で最も安定した三人称一視点文体構造を破棄している。話者主体は初期写生文小説と同様に世界から縮退した位置にあって登場人物たちの言動を観察・報告する。しかし

【図16】『彼岸過迄』『行人』の文体構造

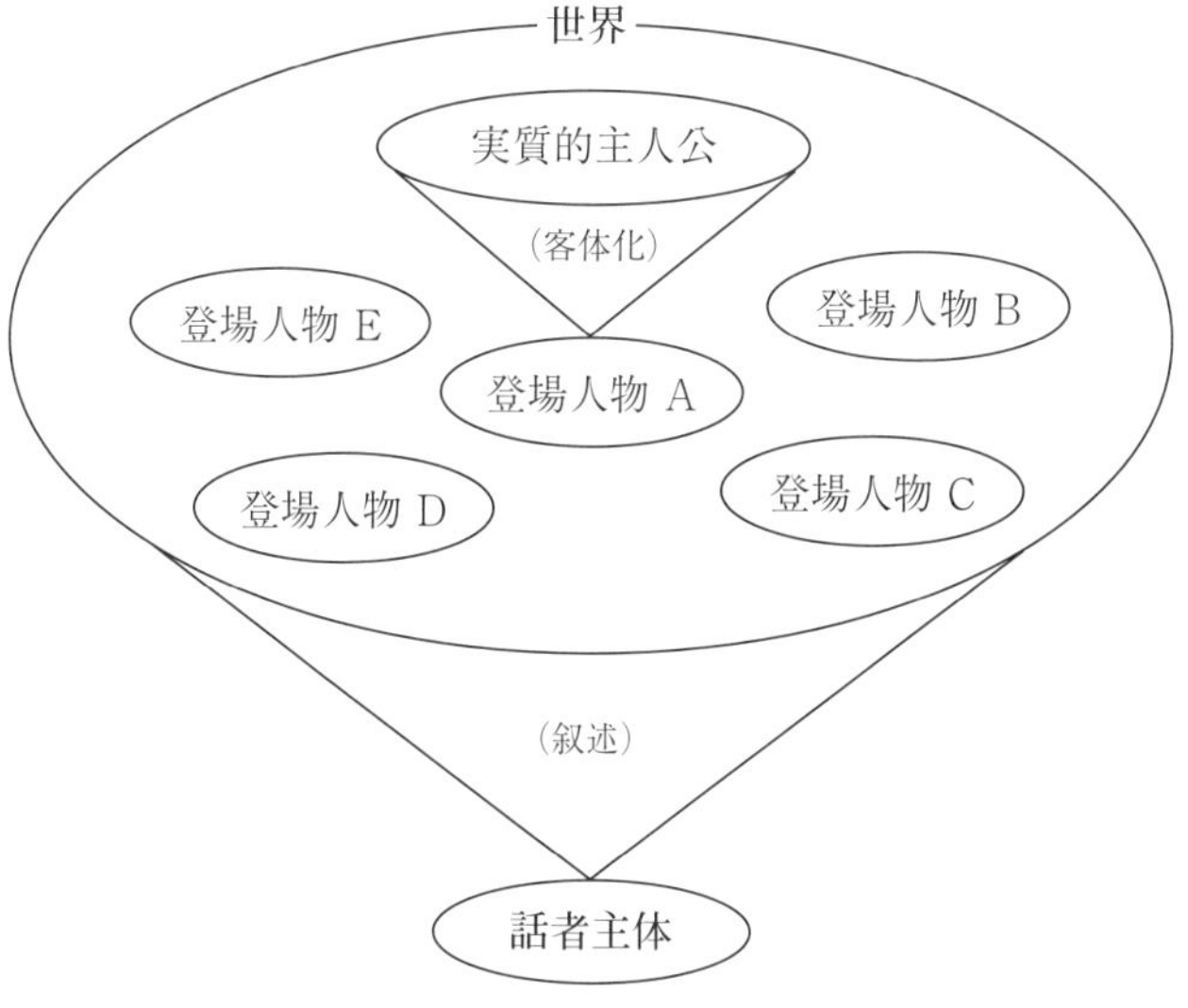

最も実質的主人公の内面に肉薄するのは松本やHさんといった作中登場人物である。この入れ子構造は漱石が可能な限り客観的に、小説の焦点である実質的主人公の内面に肉薄しようとしたため生み出された。

『心』の「先生と私」「両親と私」の章は『彼岸過迄』と『行人』の文体と同じである。ただ【図17】に示したように最終「先生と遺書」で文体構造が変わる。図式的に言えば一人称一視点小説の文体である。先生は私が理解しやすいよう可能な限り自我意識を客体化している。しかし私が理解できなければ先生の遺書の目的は達成されない。先生の遺書は私の理解によって初めて人間の自我意識の純客観叙述になる。

【図17】『心』の文体構造

●『先生と遺書』の章

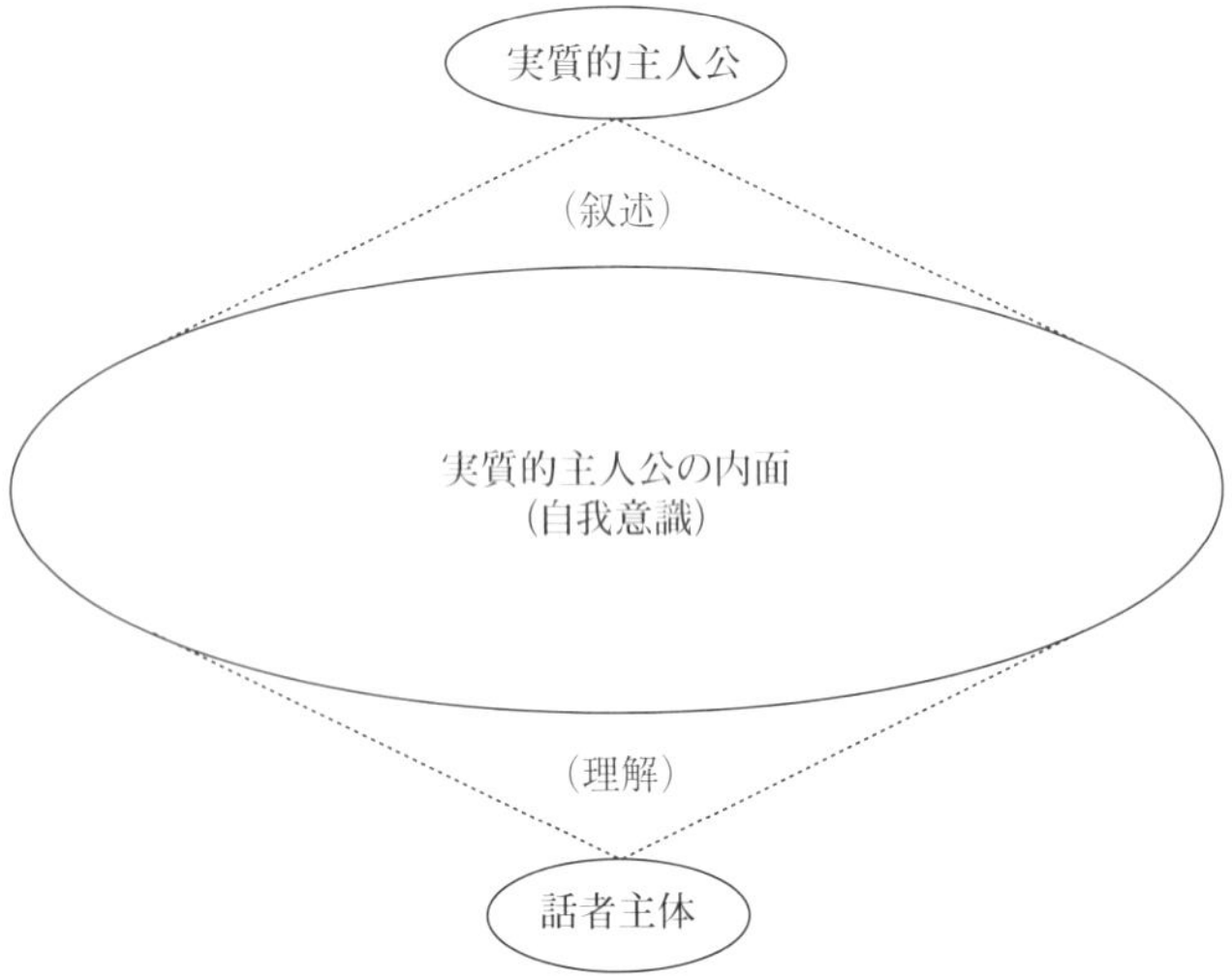

私は又《また》父の様子を見に病室の戸口迄《まで》行つた。病人の枕辺は存外静かであつた。頼りなさそうに疲れた顔をして其所《そこ》に坐《すわ》つている母を手招きして、「何《ど》うですか様子は」と聞いた。母は「今少し持ち合つているやうだよ」と答えた。（中略）
私は又病室を退ぞいて自分の部屋に帰つた。其所で時計を見ながら、汽車の発着表を調べた。私は突然立つて帯を締め直して、袂《たもと》の中へ先生の手紙を投げ込んだ。（中略）
私は停車場の壁へ紙片《かみぎれ》を宛てがつて、其上《その》から鉛筆で母と兄あてで手紙を書いた。手紙はごく簡単なものであつたが、断らないで走るよりまだ増《ま》しだらうと思つて、それを急いで宅《うち》へ届けるやうに車夫に頼んだ。さうして思ひ切つた勢《いきおい》で東京行の汽車に飛び乗つてしまつた。私はごうごう鳴る三等列車の中で、又《また》袂から先生の手紙を出して、漸《よう》く始から仕舞《しまい》迄眼を通した。

（『心』「両親と私」「十八」）

私は先生の手紙を受け取ってから居ても立ってもおられず、ついに危篤の父を残して東京行の汽車に飛び乗ってしまう。遺書に「此《この》手紙があなたの手に落ちる頃には、私はもう此世には居《い》ないでせう」とあるので、東京に戻っても先生は亡くなっている。私は先生の存在ではなく手紙で表現された先生の思想への強い理解と共感を示すために先生のいない東京に走った。
自己にとっての他者とは、撞着的な言い方だが自己ではない全ての存在のことである。そのため原理的に考えれば自己にとっての他者はただ一人の人間に集約できる。私が先生の思想を理解したことは自他の関係性、すなわち世界認識が構築できたことを示している。だから読者は私と同様に、先生のただ一人の理解者になれなければ『心』という小説は響かない。ただそれは漱石が当初希求したものとは違う。先生と私（読者）の無媒介的相互理解は先生の死によってのみ達成されるからである。

先生は遺書で「私の鼓動が停《とま》つた時、あなたの胸に新らしい命が宿る事が出来るなら満足です」と書いた。先生は他者と全的理解を結ぶには、自己の不定形で不安定な自我意識を死によって絶対化するしか方法がないことを知っている。その意味で『坊っちゃん』から続いた人間同士の相互理解の可能性は、思想的には一つの結論に達したと言える。死はそれを可能にする。しかし生きた人間同士の全的相互理解は不可能である。

『彼岸過迄』の市蔵も『行人』の一郎も、その思想を敷衍してゆけば『心』の先生と同じ結論にたどり着くはずである。つまり思想としてはこの先の展開はない。漱石が思想家であれば『心』で筆を折っても不思議ではない。しかし漱石は文学の方に、小説を書き続ける方に戻ってくる。思想家である以上に漱石は文学者である。生者同士の無媒介的相互理解は不可能だという認識に立って、世界の秩序原理を把握しようと試み始める。

Ⅸ　小説への回帰

『私の個人主義』
『硝子戸の中』
『道草』

健康状態がすぐれなかったこともあり、漱石は大正三年（一九一四年）八月に『心』の連載を終えてから『道草』連載開始（四年［一五年］六月）までに約十ヶ月を置いた。この間に二つの重要な仕事を残した。最後の講演になった『私の個人主義』と連載エッセイ『硝子戸《がらすど》の中《うち》』である。

これらの仕事で漱石は初めて過去を回想した。漱石四十八歳から四十九歳の時期である。五十歳で死去するわけだから最晩年になる。死からその文学活動を辿れば気弱になった漱石が過去を回想したと解釈することはできる。しかし漱石の精神は衰えていない。また漱石は本質的に私小説作家ではない。

『私の個人主義』と『硝子戸の中』で、漱石は過去を社会的《パブリック》な側面と極私的《プライベート》な側面から検討した。その両方が『道草』という新たな小説のために必要だった。

（前略）色々の事情で、私は私の企てた事業を半途で中止してしまひました。私の著《あら》はした文学論はその記念といふよりも寧《むし》ろ失敗の亡骸《なきがら》です。（中略）

然《しか》しながら自己本位といふ其《その》時得た私の考《かんがえ》は依然としてつづいています。否年を経るに従つて段々強くなります。著作的事業としては、失敗に終りましたけれども、其時確かに握つた自己が主で、他は賓《ひん》であるといふ信念は、今日の私に非常の自信と安心を与へて呉《く》れました。私は其引続《ひきつづ》きとして、今日猶《こんにちなお》生きていられるやうな心持がします。

（『私の個人主義』大正三年［一九一四年］十一月二十五日）

『私の個人主義』前半で、漱石は大学を卒業してからイギリス留学中に『文学論』を構想するまでの半生を回想した。漱石は大きな苦悩を抱えていた。「全く他人本位で、根のない萍《うきぐさ》のやうに、其所《そこ》いらをでたらめに漂よつていた」のだ。同時代の文学者と同様に欧米思想に追随し、欧米評価を基準として文学研究に従事していた。

しかし漱石は留学中に「文学とは何《ど》んなものであるか、その概念を根本的に自力で作り上げるより外に、私を救ふ途はないのだと悟つた」。「自己本位」の思想である。正確には「自己が主で、他は賓《ひん》であるといふ信念」だ。自己本位の思想を得てから「今迄霧の中に閉ぢ込まれたものが、ある角度の方向で、明らかに自分の進んで行くべき道を教へられた」と回想している。漱石は思想と方法の人である。思想がなければ方法は見い出せず、方法が確立されなければ思想は明確にならない。

漱石は学生たちに「若《も》し途中で霧か靄のために懊悩《おうのう》していられる方があるならば、何《ど》んな犠牲を払つても、ああ此所《ここ》だといふ掘当《ほりあ》てる所迄《ところまで》行つたら宜《よろ》しからうと思うのです」と語りかけている。ただ自己本位は序論に過ぎない。「今迄申し上げた事は此《この》講演の第一篇に相当するものですが、私は是《これ》から其《その》第二篇に移らうかと考へます」と述べている。漱石は学生たちが自己本位を独善的な利己主義《エゴイズム》と受け取ることを危惧している。

今迄の論旨をかい摘《つま》んで見ると、第一に自己の個性の発展を仕遂《しと》げやうと思ふならば、同時に他人の個性も尊重しなければならないといふ事。第二に自己の所有している権力を使用しやうと思ふならば、それに付随している義務といふものを心得なければならないといふ事。第三に自己の金力を示さうと願ふなら、それに伴ふ責任を重《おもん》じなければならないといふ事。つまり此《この》三ヶ条に帰着するのであります。

是《これ》を外の言葉で言い直すと、苟《いや》しくも倫理的に、ある程度の修養を積んだ人でなければ、個性を発展する価値もなし、権力を使ふ価値もなし、又《また》金力を使ふ価値もないといふ事になるのです。それをもう一遍云《い》ひ換へると、此三者を自由に享《う》け楽しむためには、其《その》三つのものの背後にあるべき人格の支配を受ける必要が起つて来るといふのです。

（『私の個人主義』）

漱石は自己本位から利己主義《エゴイズム》を除去したものが「個人主義」なのだと語っている。人は自己の思想を主張する権利を有しているが、同時に他者の自由をも尊重しなくてはならない。また権力や金力を得てもそれを社会で行使する際には義務と責任を負う。漱石の個人主義は自己本位を社会的に昇華させた思想である。それは高い倫理を含んでいる。

また『私の個人主義』の時期、日本は第一次世界大戦に参戦中だった。そんな状況を踏まえて「個人主義」と「国家主義」を対比させて論じている。「国家が危《あやう》くなれば個人の自由が狭《せば》められ、国家が泰平の時には個人の自由が膨張して来る、それが当然の話です」と述べている。その一方で「国家的道徳といふものは個人的道徳に比べると、ずつと段の低いものの様《よう》に見える」と論じている。

漱石の考えでは「元来国と国とは辞令はいくら八釜《やかま》しくつても、徳義心はそんなにありやしません。詐欺をやる、誤魔化しをやる、ペテンに掛ける、滅茶苦茶《めちゃくちゃ》なもの」である。従って「国家の平穏な時には、徳義心の高い個人主義に矢張《やはり》重きを置く方が、私にはどうしても当然のやうに思はれます」ということになる。ただしそれを実践するのは難しい。

漱石は個人主義を「党派心がなくつて理非がある主義」であり、「朋党《ほうとう》を結び団隊《だんたい》を作つて、権力や金力のために盲動しない」主義だとも言う。それは時に人を孤立させる。「個人主義は人を目標として向背《こうはい》を決する前に、まづ理非を明《あき》らめて、去就を定めるのだから、或《ある》場合にはたつた一人ぼつち」になることがあるのだ。誰か（何か）をアプリオリな規範とすることなく、世界を敵に回してでも自己の信じる道義を掲げ続けるのが漱石の個人主義である。

ただ漱石は個人主義の「背後にあるべき人格の支配」がどんなものかを具体的に明らかにして

いない。孤独に耐える得る強さを獲得する方法も示していない。また漱石も平静であるわけではない。現実への激しい嫌悪や苛立ちは漱石作品のあらゆる箇所で表現されている。現実批判意識が道義的個人主義思想を生み出したと言えるほどだ。ここでも思想とその実践には距離がある。

硝子戸《がらすど》の中《うち》から外を見渡すと、霜除《しもよけ》をした芭蕉だの、赤い実の結《な》つた梅もどきの枝だの、無遠慮に直立した電信柱だのがすぐ眼に着《つ》くが、其他《そのほか》に是《これ》と云《い》つて数へ立てる程のものは殆《ほと》んど視線に入つて来ない。(中略)
然《しか》し私の頭は時々動く。気分も多少は変る。いくら狭い世界の中でも狭いなりに事件が起つて来る。それから小さい私と広い世の中とを隔離している此《この》硝子戸の中へ、時々人が入つて来る。それが又《また》私に取つては思ひ掛《が》けない人で、私の思ひ掛けない事を云つたり為《し》たりする。私は興味に充ちた眼をもつて夫等《それら》の人を迎へたり送つたりした事さへある。
私はそんなものを少し書きつづけて見やうかと思ふ。
(『硝子戸の中』「一」大正四年[一九一五年]一~二月)

『硝子戸の中』冒頭の文章は、漱石の直観がいかに鋭いものだったかを示している。『硝子戸の中』とはガラスを通して太陽の光が差し込む温室のように暖かい書斎のことだ。それは素通しの心(自我意識）の喩でもある。前衛小説三部作の市蔵や一郎、先生の自我意識は、「一人ぼっち」になろうとも強固な思想を求めて肥大化し、内向していた。しかしそれでは心の平安は得られない。『硝子戸の中』で漱石は自我意識を希薄化させている。つまり文学の方法を変えようとしている。

漱石は閑文字と揶揄されるようなエッセイを新聞に連載することを「恥づかしいものの一つに考へる」と書いている。ただ「切り詰められた時間しか自由に出来ない人達の軽蔑を冒《おか》して書くのである」とも言う。「硝子戸の中へ、時々人が入つて来る」際の心の揺れを描く漱石の筆は真剣だ。文学でしかできない仕事を為そうとしている。

硝子戸の中に紹介状もなく訪ねて来た若い女がいた。女は痛切な悲恋体験を告白し、漱石がもし自分の話を小説に書くなら「女の死ぬ方が宜《い》いと御思《おおも》ひになりますか、それとも生きているように御書《おか》きになりますか」と訊ねた。それは漱石にとって本質的問いかけだった。

「もし生きているのが苦痛なら死んだら好《い》いでせう」

斯《こ》うした言葉は、どんなに情なく世を観《かん》ずる人の口からも聞き得ないらだう。（中略）

私は彼女に向つて、凡《すべ》てを癒す「時」の流れに従つて下れと云《い》つた。彼女は若《も》しさうしたら此《この》大切な記憶が次第に剥げて行くだらうと嘆いた。（中略）

斯《か》くして常に生よりも死を尊《たっと》いと信じている私の希望と助言は、遂に此不愉快に充ちた生といふものを超越する事が出来なかつた。しかも私にはそれが実行上に於《おけ》る自分を、凡庸な自然主義者として証拠立《だ》てたやうに見えてならなかつた。私は今でも半信半疑の眼で凝《じつ》と自分を眺めている。

（『硝子戸の中』「八」）

漱石が「凡庸な自然主義者」だと感じたのは、女性に生きることを勧めた自分の言葉に思想がなかったからである。自然主義作家の徳田秋聲《しゅうせい》について「徳田氏の作物は現実其儘《そのまま》を書いて居《い》るが、其裏にフイロソフイーがない。尤《もっと》も現実其物がフイロソフイーなら、それまでであるが、眼の前に見せられた材料を圧搾する時は、かう云《い》ふフイロソフイーになるといふ様《よう》な点は認める事が出来ぬ」（「談話（文壇のこのごろ）」大正四年［一九一五年］）と批判している。

原理的思考者である漱石にとって思想は生の指針だった。自然主義作家のように目の前の現実事象を帰納した哲学では満足できず、演繹的な思想的極点を求めた。

もちろん漱石は単純な自殺肯定論者ではない。「私の死を択《えら》ぶのは悲観ではない厭世観なのである」（林原耕三宛書簡　大正三年［一九一四年］十一月十四日）と書いている。ただ「私は死んで始めて絶対の境地に入ると申したいのですさうして其《その》絶対は相対の世界に比べると尊《たっと》い気がするのです」（畔柳芥舟《くろやなぎかいしゅう》宛書簡　四年［一九一五年］二月十五日）とも言っている。漱石にとって自殺によって自我意識を絶対化して他者と相互理解を結ぶのはあり得べき道のはずだった。しかし漱石は女に「死んだら好《い》いでせう」とは言えなかった。それは現実と合致した思想を求める漱石には大きな矛盾だった。この「半信半疑の眼で凝《じっ》と自分を眺めている」状態は、当然だが解消されなければならない。

（前略）私は悪い人を信じたくない。それから又善《またい》い人を少しでも傷《きずつ》けたくない。さうして私の前に現はれて来る人は、悉《ことごと》く悪人でもなければ、又みんな善人とも思へない。すると私の態度も相手次第で色々に変つて行かなければならないのである。

此《この》変化は誰にでも必要で、また誰でも実行している事だらうと思ふが、それが果して相手にぴたりと合つて寸分間違のない微妙な特殊な線の上をあぶなげもなく歩いているだらうか。（中略）

もし世の中に全知全能の神があるならば、私は其《その》神の前に跪《ひざま》づいて、私に毫髪《ごうはつ》の疑《うたがい》を挟《さしはさ》む余地もない程《ほど》明らかな直覚を与へて、私を此苦悶から解脱せしめん事を祈る。でなければ、此不明な私の前に出て来る凡《すべ》ての人を、玲瓏透徹《れいろうとうてつ》な正直ものに変化して、私と其人との魂がぴたりと合ふやうな幸福を授け給《たま》はん事を祈る。今の私は馬鹿で人に騙《だま》されるか、或《あるい》は疑ひ深くて人を容《い》れる事が出来ないか、此両方だけしかない様《よう》な気がする。不安で、不透明で、不愉快に充ちている。もしそれが生涯つづくとするならば、人間とはどんなに不幸なものだらう。

（『硝子戸の中』「三十三」）

漱石の妻鏡子は、恋愛体験を告白しに来た女性に関する記事がある雑誌のゴシップ欄に掲載されていたと回想している。記事には「その女といふのがなかなかのしたたかもので、手をかへ科《しな》をかへて夏目をだましに行つたがさつぱり験《しるし》がないので、この頃は河岸《かし》を替へて佐藤紅緑《こうろく》さんのところへしきりに行つてる」とあった（『漱石の思ひ出』）。この話を鏡子から聞いた漱石は「いやな顔をして黙つて」いたのだという。ただもちろん漱石の思想は個人批判には向かわない。

漱石は相変わらず自他の無媒介的相互理解を求めている。「相手にぴたりと合つて寸分間違のない微妙な特殊な線の上をあぶなげもなく歩いているだらうか」という問いかけは、『行人』でHさんが語った「兄さんは自分が鋭敏な丈《だけ》に、自分の斯《こ》うと思つた針金の様《よう》に際《きは》どい線の上を渡つて生活の歩《ほ》を進めて行《ゆ》きます。其代《そのかわ》り相手も同じ際どい針金の上を、踏み外さずに進んで来て呉《く》れなければ我慢しないのです」という言葉に正確に対応している。

人間存在の不幸は心の底から他者と理解し合えないことにある。ただ絶対的に悪い人間も善い人間もこの世には存在しない。漱石はこの認識を深めてゆく。人間が一人では存在し得ない社会的動物である以上、「不安で、不透明で、不愉快」な状態は「生涯つづく」。ならばその状態を前提に新たな思想を育まねばならない。

私は今迄他《ひと》の事と私の事をごちやごちやに書いた。他の事を書くときには、成《な》る可《べ》く相手の迷惑にならないやうにとの掛念《けねん》があつた。私の身の上を語る時分には、却《かえ》つて比較的自由な空気の中に呼吸する事が出来た。それでも私はまだ私に対して全く色気を取り除き得る程度に達していなかつた。（中略）其所《そこ》にある人は一種の不快を感ずるかも知れない。然《しか》し私自身は今其《その》不快の上に跨《また》がつて、一般の人類をひろく見渡しながら微笑しているのである。今迄詰《つま》らない事を書いた自分をも、同じ眼で見渡して、恰《あたか》もそれが他人であつたかの感を抱きつつ、矢《や》張《は》り微笑しているのである。

まだ鶯が庭で時々鳴く。春風《はるかぜ》が折々思ひ出したやうに九花蘭《きゅうからん》の葉を揺《うご》かす。猫が何処《どこ》かで痛く噛まれた米噛《こめかみ》を日に曝《さら》して、あたたかさうに眠つている。（中略）家も心もひつそりとしたうちに、私は硝子戸を開け放つて、静かな春の光のなかで、恍惚と此《この》原稿を書き終るのである。さうした後で、私は一寸肱《ちょっとひじ》を曲げて、此縁側に一眠《ひとねむ》り眠る積《つもり》である。

（『硝子戸の中』「三十九」）

最終章で漱石は再び『思ひ出す事など』と同じ境地に辿りついている。動植物と人間を等価に扱う漢詩的世界観を背景に自我意識の客体化が起こっているのだ。漱石は「今迄詰《つま》らない事を書いた自分をも、（中略）恰《あたか》もそれが他人であつたかの感を抱きつつ、矢張《やは》り微笑している」。『硝子戸の中』で漱石は、実母千枝《ちえ》との数少ない思い出や、養子体験や実家で過ごした幼年時代などについて書いた。しかし「自分の欠点を、つい発表しずに仕舞《しま》つた」。前衛小説三部作で肥大化した自我意識との格闘を終えた漱石は、今度は自我意識を相対化して「もつと卑《いや》しい所、もつと悪い所、もつと面目を失するやうな自分の欠点」を書くことになる。

それは漱石が到達した新たな境地であり、世界を冷たく静かに眺める構造としての思想の萌芽である。またこの境地が道義的個人主義を裏付ける「人格の支配」になる。『硝子戸の中』を読むと、漱石が呆れるほど無駄な仕事をしなかった作家だということがよくわかる。

〇一度絶対の境地に達して、又《また》相対に首を出したものは容易に心機一転が出来る

（『断片　六五』大正四年［一九一五年］）

『断片　六五』は『道草』執筆直前に書かれた。漱石は絶対の境地を目指すのではなく、絶対と相対の往還方法を具体的に考え始めている。閉じた〝心〟の世界から、「硝子戸を開け放つて」新

しい認識地平に出ようとしている。その心機一転のために「一眠《ひとねむ》り眠る」のである。

健三が遠い所から帰つて来て駒込の奥に世帯《しょたい》を持つたのは東京を出てから何年目になるだらう。彼は故郷《こきょう》の土を踏む珍らしさのうちに一種の淋し味《み》さへ感じた。

彼の身体には新らしく後《あと》に見捨てた遠い国の臭《におい》がまだ付着していた。彼はそれを忌《い》んだ。一日も早く其《その》臭を振ひ落さなければならないと思つた。さうして其臭のうちに潜んでいる彼の誇りと満足には却《かえ》つて気が付かなかつた。（中略）

ある日小雨が降つた。（中略）すると車屋《くるまや》の少しさきで思い懸《が》けない人にはたりと出会つた。（中略）健三が行手《ゆくて》を何気なく眺めた時、十間位《じゅっけんくらい》先から既に彼の視線に入つたのである。さうして思はず彼の眼をわきへ外《そら》させたのである。（中略）

彼は此《この》男に何年会はなかつたらう。彼が此男と縁を切つたのは、彼がまだ廿歳《はたち》になるかならない昔の事であつた。それから今日《こんにち》迄に十五六年の月日が経つているが、其間《あいだ》彼等はついぞ一度も顔を合せた事がなかつたのである。

（『道草』「二」大正四年［一九一五年］六〜九月）

主人公健三が出会ったのはかつての養父島田である。漱石の伝記に即せば塩原昌之助だ。昌之助は明治三十九年（一九〇六年）春に突然塩原家の養子に復籍しないかと漱石に申し出た。当時漱石は帝大講師で、『吾輩は猫である』上篇を刊行して流行作家の道を歩み始めていた。困窮した昌之助は立身出世したかつての養子に頼ろうとしたのである。その際昌之助が利用したのが「今後とも互《たがい》に不実不人情に相成《あいなら》ざる様心掛度《ようこころがけたく》と存《ぞんじ》　候《そうろう》」という漱石が書いた（昌之助が書かせた）書付《かきつけ》だった。この件は四十二年（〇九年）十一月に漱石が百円を支払い、昌之助が今後完全に漱石と縁を絶つという誓約書を入れたことで解決した。

『道草』では島田が健三に金銭援助を申し入れたのは留学から帰国した直後の明治三十六年（一九〇三年）頃に脚色されているが、実人生でほぼ同様の出来事があったのは確かであり、そのため『道草』は一種の私小説だと言われることがある。しかし『道草』の主人公の自我意識は私小説のように肥大化していない。むしろ自己も他者も「恰《あたか》もそれが他人であつたかの感を抱きつつ」描くのが『道草』の目的である。

漱石は「其《その》臭のうちに潜んでいる彼の誇りと満足には却《かえ》つて気が付かなかつた」と自分のエリート意識を相対化している。島田は特権的知性とキャリアを誇る健三の自我意識を揺さぶり相対化する存在である。島田だけではない。今や大学教授になった健三を頼って多くの近親者が援助を求め、その心を激しく動揺させる。

彼は紙入《かみいれ》の中にあつた五円紙幣を出して彼女の前に置いた。
「失礼ですが、車へでも乗つて御帰り下さい」
彼女はさういふ意味で訪問したのではないと云《い》つて一応辞退した上、健三からの贈りものを受け納めた。気の毒な事に、其《その》贈り物の中には、疎《うと》い同情が入つている丈《だけ》で、露《あら》はな真心は籠《こも》つていなかつた。彼女はそれを能《よ》く承知しているやうに見えた。さうして何時《いつ》の間にか離れ離れになつた人間の心と心は、今更取り返しの付かないものだから、諦らめるより外《ほか》に仕方がないといふ風に振舞つた。彼は玄関に立つて、御常《おつね》の帰つて行く後姿を見送つた。

（『道草』「六十三」）

かつての養母御常《おつね》も健三の家を訪れた。物静かに身の上話をするだけだが、御常は健三が差し出した五円札をあっさり受け取った。御常も暗に健三の援助を期待していたのだ。ただ健三に頼りきることはできないと諦めていた。それに対して島田は「斯《こ》うなつちや、御前《おまえ》を措《お》いてもう外《ほか》に世話をして貰ふ人は誰もありやしない。だから何《ど》うかして呉《く》れなくつちや困る」と凄み、金銭援助を強要した。島田の方が経済的に切羽詰まっていたのだ。

健三が「疎《うと》い同情」と「怒りと不快」しか抱けなかった理由は、養父母がその責任を果たさなかったからである。しかし当時の社会常識では昔の養父母と縁を断てば、不義理の誹りを受けかねなかった。また妻の御住《おすみ》の父親も困窮していた。官職を辞した後に相場に手を出して多額の借金を抱えてしまったのだ。借金の連帯保証人になってくれと懇願された健三は、ただ拒絶して済ますわけにはいかなかった。保証人になることは断ったが友人に借金して四百円を用立てた。姉もまた健三を頼りにした。

「どうか姉さんを助けると思つてね。姉さんだつて此身体《この》ぢやどうせ長い事もあるまいから」是《これ》が姉の口から出た最後の言葉であつた。健三はそれでも厭《いや》だとは云ひかねた。

(『道草』「六」)

健三は帰国直後から姉の御夏《おなつ》に小遣いを渡していたが、その額を増額してくれと懇願されたのだった。健三はこの申し出も断ることができなかった。健三は近親者に可能な限りの金銭援助をしている。

漱石は肉親や近親者を「悪人でもなければ、又《また》みんな善人とも思へない」(『硝子戸の中』)普通の人として描いている。御夏は人に御馳走したり物を贈るのが大好きな女だった。そこにはお返しを期待する下心もあった。健三夫婦に三女が産まれた時には反物を贈ってくれた。健三は自分がやった小遣いで贈り物をする行為を馬鹿馬鹿しく思った。しかし妻の御住に「親切気《ぎ》は丸でないんでせうか」と尋ねられ考え込んでしまう。健三は「毫《ごう》も他人に就《つ》いて考へなかつた。新らしく生れる子供さへ眼中になかつた。自分より困つている人の生活などはてんから忘れていた」のだ。健三は「ことによると己《おれ》の方が（御夏よりも）不人情に出来ているのかも知れない」と呟かざるを得ない。

戦前の日本では最貧層とは言えない庶民でも助け合って生きていた。御夏と比田《ひだ》夫婦は、比田が勤めを辞めた際にもらった退職金を元手に金貸しを始め、健三や兄の長太郎にも金を借りないかと打診して来た。小遣いを渡している姉夫婦から金を借りる「矛盾は誰の眼にも映る位《ぐらい》明白であつた」。しかし御夏夫婦には矛盾でも何でもなく、たくさんある相互扶助形態の一つに過ぎなかった。その扶助システムの中に島田もいた。健三は島田の近況を聞きに行った時に御夏の話から、「金銭上の問題で、自分が東京を去つたあとも、なほ多少の交際が二人の間に持続されていたのだといふ見当」を抱いた。

御夏や比田や長太郎は健三の前では盛んに島田の悪口を言った。しかし生活に余裕のない者たちが困窮すれば、頼みにするのは親戚筋である。実際島田は養子復籍の申し出を比田を通して健三に伝えて来た。また健三は島田の申し出を比田や長太郎を通して断らざるを得ない。

健三は親類縁者を自分の意志で選んだわけではない。人は死は選択できてもいつどこで生まれるのかを選べないのである。ただ彼らは健三という人間の人格形成に関わった人々であり、「健ちやん」と呼んでスッと懐に入り込んで来る。そのような親族との関係を健三は「此《こ》世界は平生の彼にとつて遠い過去のものであつた。然《しか》しいざといふ場合には、突然現在に変化しなければならない性質を帯びていた」と考察する。健三は「遠い所から」新しい個人主義的内面を抱えて帰ってきたが、古い土地の人々との関係を断ち切れない。

ただ妻の御住は異なる。健三は自分の意志で御住と結婚して子供をもうけた。しかし二人の間に相互理解が成立しているわけではない。親族との関係は多かれ少なかれ金で解決できる。だが御住との関係では金は全く役に立たない。『道草』は島田問題を軸に進むが、作品の本当の主題は御住との関係を明らかにすることにある。

「単に夫といふ名前が付いているからと云《い》ふ丈《だけ》の意味で、其《その》人を尊敬しなくてはならないと強《し》ひられても自分には出来ない。もし尊敬を受けたければ、受けられる丈の実質を有《も》つた人間になつて自分の前に出て来るが好《い》い。夫といふ肩書などは無くつても構はないから」（中略）「女だから馬鹿にするのではない。馬鹿だから馬鹿にするのだ、尊敬されたければ尊敬される丈の人格を拵《こしら》えるがいい」

健三の論理《ロジック》は何時《いつ》の間《ま》にか、細君が彼に向つて投げる論理《ロジック》と同じものになつてしまつた。彼等は斯《か》くして円い輪の上をぐるぐる廻つて歩いた。さうしていくら疲れても気が付かなかつた。
健三は其《その》輪の上にはたりと立ち留る事があつた。（中略）細君も其輪の上で不図《ふと》動かなくなる事があつた。（中略）其時健三は漸《ようや》く怒号《どごう》を已《や》めた。細君は始めて口を利《き》き出した。二人は手を携《たずさ》えて談笑しながら、矢張《やはり》円い輪の上を離れる訳《わけ》に行かなかつた。

（『道草』「七十一」）

『行人』の一郎はHさんに「自分の周囲が偽《いつわり》で成立している」と言い、「細君は殊《こと》にさう見える」と訴えながら、その「原因に就《つ》いては、具体的に殆《ほと》んど何事も語らな」かった。しかし語り始めれば妻への一方的な批判にはならない。諍いは夫の問題でもある。『道草』では御住に対する不満が描き出されると、それと同じくらい健三の身勝手や無理解が明らかになる。健三と御住が互いに投げかける言葉の「論理《ロジック》」は同じだ。夫婦関係は相関的である。

健三と御住はそれぞれに欠点を抱え、それぞれがお互いに対して過剰な期待を抱きながら同じ「円い輪の上をぐるぐる廻つて」いる。果てしのない夫婦の対立である。彼らの間に明確な和解はない。和解はふとしたはずみで健三が「輪の上にはたりと立ち留」り、御住が「輪の上で不図《ふと》動かなくなる」時に訪れる。そんな時だけ夫婦は「手を携《たずさ》えて談笑」できる。彼らはギスギスとした「円い輪の上を離れる訳《わけ》に行かな」いのである。

彼女は本当に情に逼《せま》つて刃物三昧《ざんまい》をする気なのだらうか、又《また》は病気の発作に自己の意志を捧《ささ》げるべく余儀なくされた結果、無我夢中で切れものを弄《もてあ》そぶのだらうか、或《あるい》は単に夫に打ち勝たうとする女の策略から斯《こ》うして人を驚ろかすのだらうか、驚ろかすにしても其《その》真意は果して何処《どこ》にあるのだらうか。（中略）

其解決は彼の実生活を支配する上に於《おい》て、学校の講義よりも遥かに大切であつた。（中略）

今よりずつと単純であつた昔、彼は一図《いちず》に細君の不可思議な挙動を、病《やまい》の為とのみ信じ切つていた。其時代には発作の起るたびに、神の前に己《おの》れを懺悔する人の誠《まこと》を以《もつ》て、彼は細君の膝下に跪《ひざま》づいた。彼はそれを夫として最も親切で又最も高尚な所置と信じていた。

（『道草』「五十四」）

ある日健三が夜中にふと目を覚ますと、御住は天井を見つめたまま健三がロンドンから持ち帰った剃刀を手に握っていた。健三は「馬鹿な真似をするな」と言って剃刀を取り上げて投げ捨てた。御住の「歇斯的里《ヒステリ》」が始まったのだ。

ただ健三はヒステリが仮病なのではないかと疑っている。健三にとって普段の御住は「しぶとい」女である。しかしだからこそヒステリが危険な兆候だと知っている。強いはずの芯がポキリと折れて放心状態に陥ってしまうのだ。御住のヒステリは身を賭した最後の抵抗だということだ。そのためヒステリが起こると健三は御住と和解しなければならない。ヒステリが激化して御住を失ってしまうのではないかという不安に耐えられないのである。

「其《その》解決は彼の実生活を支配する上に於《おい》て、学校の講義よりも遥かに大切であつた」とあるように、御住のヒステリの原因を明らかにすることは、健三が精魂傾けて取り組んでいる英文学研究よりも大事だった。御住の心が理解できれば健三は彼女と全的理解を得られる。しかしいくら考えてもわからない。それは「到底解決の付かない問題」である。

御住は夫婦の不和を「喧嘩をするのは詰《つま》り両方が悪いからですね」という言葉で片付けることができる。しかし健三は御住に「離れればいくら親しくつても夫切《それぎり》になる代《かわ》りに、一所《いっしょ》にいさへすれば、たとひ敵《かたき》同士でも何《ど》うにか斯《こ》うにかなるものだ。つまりそれが人間なんだらう」と答える。それは「日和《ひより》の好《い》い精神状態が少し継続」した時の夫婦の会話である。健三は夫婦関係を突き放し相対化して捉えている。しかし御住との相互理解を諦めきれない。相変わらず手で掴めるような確かな結び付きを求める。

「確《しっ》かりしろ」（中略）

彼は狼狽した。けれども洋燈《ランプ》を移して其所《そこ》を輝《てら》すのは、男子の見るべからざるものを強ひて見るやうな心持《こころもち》がして気が引けた。彼は已《やむ》を得ず暗中に模索した。彼の右手は忽《たちま》ち一種異様の触覚をもつて、今迄経験した事のない或物《あるもの》に触れた。其《その》或物は寒天《かんてん》のやうにぷりぷりしていた。さうして輪郭からいつても恰好《かっこう》の判然しない何かの塊《かたまり》に過ぎなかつた。彼は気味の悪い感じを彼の全身に伝へる此《この》塊を軽く指頭《しとう》で撫《な》でて見た。塊りは動きもしなければ泣きもしなかつた。ただ撫でるたんびにぷりぷりした寒天のやうなものが剥げ落ちるやうに思へた。若《も》し強く抑へたり持つたりすれば、全体が屹度《きっと》崩れて仕舞《しま》ふに違《ちがい》ないと彼は考へた。彼は恐ろしくなつて急に手を引込《ひっこ》めた。

「然《しか》し此儘《まま》にして放《ほお》つて置いたら、風邪を引くだらう、寒さで凍《こご》えてしまふだらう」

死んでいるか生きているかさへ弁別《みわけ》のつかない彼にも斯《か》ういふ懸念が湧いた。彼は忽《たちま》ち出産の用意が戸棚の中《うち》に入れてあるといつた細君の言葉を思ひ出した。さうしてすぐ自分の後部《うしろ》にある唐紙《からかみ》を開けた。彼は其所から多量の綿《わた》を引き摺《ず》り出した。脱脂綿《だっしめん》といふ名さへ知らなかつた彼は、それを無暗《むやみ》に千切《ちぎ》つて、柔かい塊の上に載せた。

(『道草』「八十」)

御住は予定日よりも早く産気づいた。健三はあわてて女中に産婆を呼びに行かせたが間に合わず、御住は赤ん坊を出産してしまう。健三は一人で御住の出産に立ち合うことになった。

健三は赤ん坊を「今迄経験した事のない或物《あるもの》」「恰好《かっこう》の判然しない何かの塊《かたまり》」「気味の悪い感じを彼の全身に伝へる此塊《このかたまり》」と不気味なものとして執拗に叙述している。そこに新たに我が子を得た父親の喜びはない。新生児は健三にとって自分とは縁遠い異物に過ぎない。

三女が産まれてしばらくして健三は「女は子供を専領してしまふものだね」と言って御住を困らせる。だが御住も黙ってはいない。「貴夫何故其子《あなたなぜその》を抱いて御遣《おや》りにならないの」「貴夫には女房や子供に対する情合《じょうあい》が欠けているんですよ」と非難する。

実際御住と赤ん坊の密着した関係をほとんど憎悪の目で眺めることはあっても、健三は子供に何の関心も示していない。健三は御住に対して「今に其《その》子供が大きくなつて、御前《おまえ》から離れて行く時期が来るに極《きま》つている。御前は己《おれ》と離れても、子供とさへ融《と》け合つて一つになつていれば、それで沢山だといふ気でいるらしいが、それは間違だ。今に見ろ」とさえ考える。

御住のように多くの人は現世での最も強い結び付きを子供との関係に求める。だが健三の希求は相変わらず御住に向かっている。健三は子供たちと戯れる御住の姿を見て「訳《わけ》の分《わか》らないものが、いくら束になつたつて仕様《しょう》がない」とすら思う。健三にとって血縁関係は重要ではない。元々は赤の他人同士であろうとも、明確な自我意識を持った人間同士が様々な障害を乗り越えて成就する全的相互理解を希求している。

ただ漱石は『道草』の時代になって、現世での人間同士の無媒介的結び付きが不可能だと認識している。恋愛や友愛などそれを可能とするような現象は世界に満ちている。しかしいくら探求してもその原理は見つからない。存在するのは時に強く、時に弱く人間たちを結び付ける様々な関係性だけである。

夫婦は健三を可愛がつていた。けれども其《そ》の愛情のうちには変な報酬が予期されていた。金の力で美しい女を囲つている人が、其女の好きなものを、云《い》ふが儘《まま》に買つて呉《く》れるのと同じ様《よう》に、彼等は自分達の愛情そのものの発現を目的として行動する事が出来ずに、ただ健三の歓心を得るために親切を見せなければならなかつた。

（『道草』「四十一」）

健三は過去を回想し始める。幼い頃養子に出されたが自分は養子だと知っていた。養父母は健三を甘やかした。「彼は此吝《このりんしょく》嗇な島田夫婦に、余所《よそ》から貰《もら》ひ受けた一人つ子として、異数の取扱ひを受けていたのである」とある。しかし養父母は健三に「御前《おまえ》は何処《どこ》で生れたの」「健坊、御前本当は誰の子なの。隠さずにさう御云《おい》ひ」と尋ねた。健三は養子の自分に無理矢理実子だと言わせようとする養父母のエゴイズムと虚偽を激しく嫌悪した。

養子制度に関しては島田夫婦よりも幼い健三の方が〝大人〟だった。健三は養子であることを前提に夫婦から愛されることを望んでいた。しかし養父母に身勝手な愛情や自分の将来に対する功利的期待しか見出せなかった。また島田と御常の離婚で実家に戻されても、養父母に感じたエゴイズムや功利主義を超える愛情を実父から受け取れなかった。

健三は「今の自分は何《ど》うして出来上つたのだらう」と自問する。また「過去が何うして此《この》現在に発展して来《き》たかを疑《うた》が」う。健三が今の自分になったのは、意志の力で「自分の周囲と能《よ》く闘ひ終《おお》せた」結果である。しかし過去は消せない。漱石が『道草』で島田問題を取り上げたのは、本質的には子供時代にまで溯って自己と他者の関係性を明らかにするためである。

彼は自分の生命を両断しやうと試みた。すると綺麗に切り棄てられべき筈《はず》の過去が、却《かえ》つて自分を追掛《おっか》けて来た。（中略）

葭簀《よしず》の隙から覗くと、奥には石で囲んだ池が見えた。（中略）中には緋鯉の影があちこちと動いた。濁つた水の底を幻影《まぼろし》の様《よう》に赤くする其魚《そのうお》を健三は是非捕りたいと思つた。

或日彼は誰も宅《うち》にいない時を見計《みはから》つて、不細工な布袋竹《ほていちく》の先へ一枚糸を着《つ》けて、餌と共に池の中に投げ込んだら、すぐ糸を引く気味の悪いものに脅かされた。彼を水の底に引つ張り込まなければ已《や》まない其強い力が二の腕迄伝つた時、彼は恐ろしくなつて、すぐ竿を放り出した。さうして翌日静かに水面に浮いている一尺余りの緋鯉を見出した。彼は独り怖がつた……。

（『道草』「三十八」）

健三はほとんど初源にまで記憶を遡らせる。そこには人の気配のない「大きな四角な家」がある。島田夫婦の家なのだが夫婦の姿は見えない。健三は生まれ落ちた時からの人間の本源的な孤独を背負わされたように大きな四角い家の中を探索し、家の周囲を一人で歩き回る。家の近所に池があった。少年の健三は池を泳ぐ緋鯉に魅せられそれを釣り上げたいと思う。実際に簡単な竿を使って釣ろうとする。

健三を惹きつける美しい緋鯉は、捕まえようとすれば彼を底なし沼のような深みへと引きずり込もうとする不気味な「強い力」に変わる。翌日になって健三が見る「静かに水面に浮いている一尺余りの緋鯉」は、健三を脅かした力の正体が明白でありながら、決して捉えることのできない何物かであることを示している。幻のように目で捉えることはできるが、実際に捕まえると死んでいる。それは文学でしか為し得ない優れた喩的表現だ。人間同士の関係性は厳然と存在する。しかしいくら詳細に腑分けしてもその本質はつかめない。

「先刻《さっき》の書付《かきつけ》は何《ど》うしたい」
「箪笥《たんす》の抽斗《ひきだし》に仕舞《しま》つて置きました」

彼女は大事なものでも保存するやうな口振《くちぶり》で斯《こ》う答へた。(中略)

「まだ中々《なかなか》片付きやしないよ」

「何うして」

「片付いたのは上部丈《うわべだけ》ぢやないか。だから御前《おまえ》は形式張つた女だといふんだ」

細君の顔には不審と反抗の色が見えた。

「ぢや何うすれば本当に片付くんです」

「世の中には片付くなんてものは殆《ほと》んどありやしない。一遍起つた事は何時迄《いつまで》も続くのさ。ただ色々な形に変るから他《ひと》にも自分にも解《わか》らなくなる丈の事さ」

健三の口調は吐き出す様《よう》に苦々しかつた。細君は黙つて赤ん坊を抱き上げた。

「おお好《い》い子だ好い子だ。御父《おとう》さまの仰《おっし》やる事は何だかちつとも分《わか》りやしないわね」

細君は斯う云《い》ひ云ひ、幾度《いくたび》か赤い頬に接吻した。

(『道草』「百二」)

「もう参上《あが》りませんから」と捨て台詞を吐いたが、やはり島田は金銭援助を要求してきた。書付を買い取れと言うのだ。健三は「書付を買への、今に迷惑するのが厭《いや》なら金を出せのと云《い》はれると此方《こっち》でも断るより外《ほか》に仕方《しかた》がありませんが、困るから何《ど》うかして貰《もら》ひたい、其代《そのかわ》り向後《こうご》一切無心がましい事は云つて来ないと保証するなら、昔の情義上少しの工面はして上げても構ひません」と言って援助を承諾した。

健三にとって書付と引き替えに金を出すのか、それとも「情義上」の理由で金を出すのかは大きな違いだった。書付と引き替えに金を出すことはかつての養子の「義務」を認めることを意味した。しかし養子縁組が解消されている以上そんな義務はない。一方で健三は確かに島田に育恩があった。情義上の理由なら金を出すと言ったのはそのためである。ただ島田の方は金さえ取れれば理由はどうでも良かった。健三は金と引き替えに古い書付と島田が書いた「証文」を受け取った。

ただ「まあ好《よ》かつた。（中略）是《これ》で片が付いて」と言った御住に、健三は「世の中には片付くなんてものは殆《ほとん》どありやしない。一遍起つた事は何時《いつ》迄《まで》も続くのさ」と答える。漱石はこの言葉、あるいは認識を明らかにするために『道草』を書いた。

健三は納得できなければ「何時《いつ》までも不愉快の中で起臥《きが》する決心」ができる原理的思考者である。養子縁組が解消されており援助する義務のない島田に金をやるのは健三（漱石）の新たな認識ゆえである。健三は不快でも理不尽でも自己と他者との関係性が世界の構成原理だと認識することで島田に金を出すことを決めた。それは漱石にとって大きな思想的転換だった。

【図18】は「『道草』の文体構造」である。この作品を統御する上位思想は「世の中には片付くなんてものは殆《ほとん》どありゃしない。一遍起つた事は何《い》時《つ》迄《まで》も続くのさ」という認識である。漱石は思想について「己《おれ》は口に丈《だけ》論理《ロジック》を有《も》つている男ぢゃない。口にある論理《ロジック》は己の手にも足にも、身体全体にあるんだ」と健三に言わせている。「一遍起つた事は何《い》時《つ》迄《まで》も続く」という認識は、単純だが肉体化された思想だった。

『道草』の文体構造は大衆小説三部作と同じ三人称一視点である。世界に

【図18】『道草』の文体構造

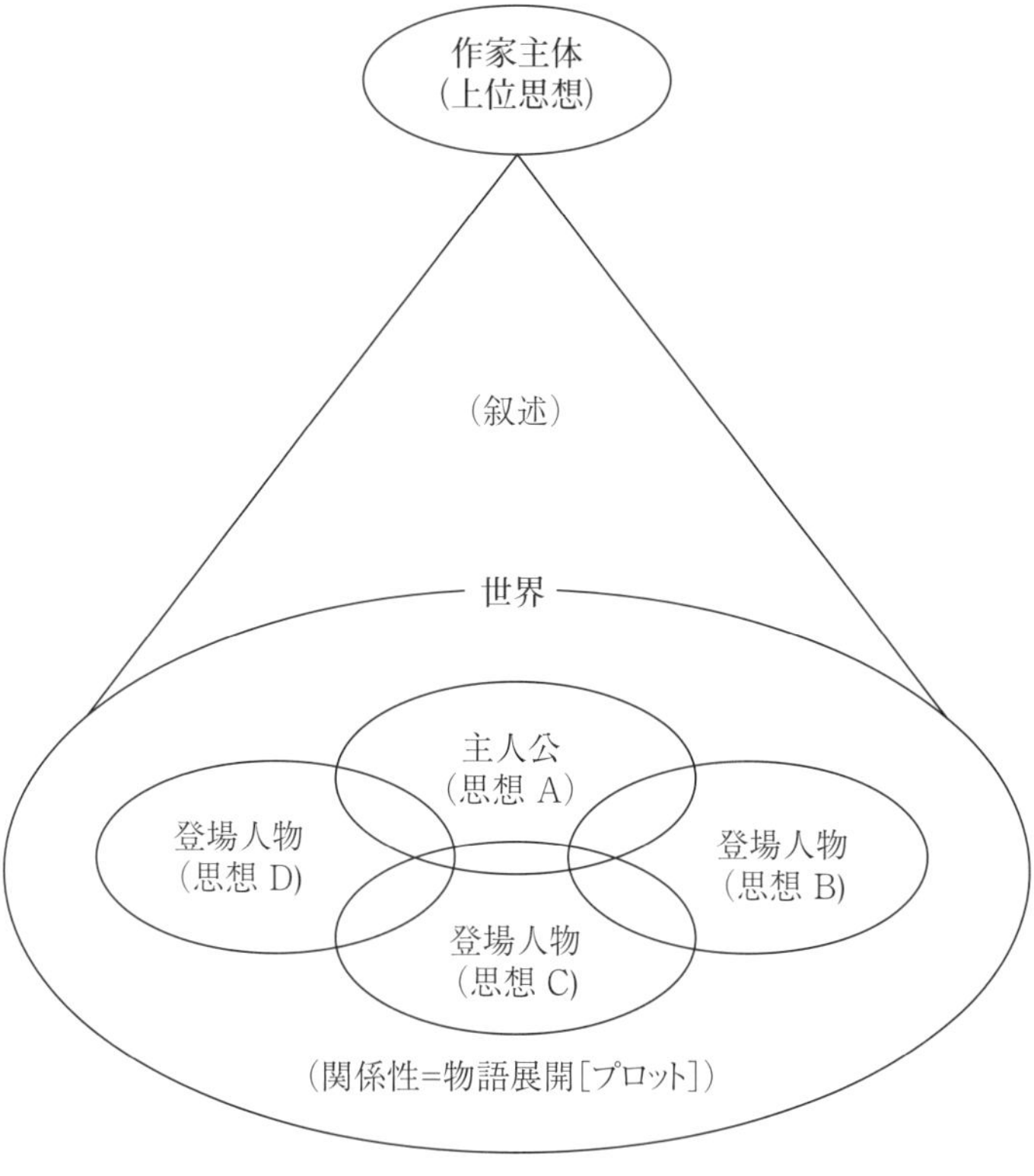

は関係性しかないという認識を上位に据えているため、意味的切迫感は別にして、上位思想が希薄だった大衆小説三部作よりも安定した作品になっている。しかしこの上位思想は漱石にとって通過点でしかなかった。

人間世界には関係性しかないというのは確かに一つの思想だが、漱石という作家にとっては取っかかりの「上部《うわべ》」の思想に過ぎない。健三が御住（妻だが血縁者ではない元他人）との無媒介的相互理解を求めているように、漱石は他者との相互理解をあきらめていない。それが「上部《うわべ》」ではない内実の思想探求になる。ただその探求方法が変わる。

続く『明暗』で漱石は、誰もそう簡単には死なない、誰もが絶対的に間違っているわけではなく、正しいわけでもない現実の人間関係に立脚した小説を書くことになる。関係性しかない現実世界を基盤にしながら、それを調和あるものにしている原理――つまり漱石が追い求める〝安心立命の境地〟を明らかにしようとする。自己と他者が激しくぶつかり合い互いの思想を相対化し合う世界から、自然生成的に湧き出す思想を掴もうとするのである。

X　現代文学の創出

『明暗』

医者は探りを入れた後で、手術台の上から津田を下した。

「矢張穴《やっぱり》が腸迄《まで》続いているんでした。此前《このまえ》探つた時は、途中に瘢痕《はんこん》の隆起があつたので、つい其所《そこ》が行き留りだとばかり思つて、ああ云《い》つたんですが、今日疎通を好《よ》くする為に、其奴《そいつ》をがりがり掻き落して見ると、まだ奥があるんです」（中略）

「腸迄続いているとすると、癒《なお》りつこないんですか」

「そんな事はありません」

医者は活発にまた無雑作に津田の言葉を否定した。併《あわ》せて彼の気分をも否定する如《ごと》くに。

「ただ今迄の様《よう》に穴の掃除ばかりしていては駄目なんです。それぢや何時《いつ》迄経つても肉の上《あが》りはこないから、今度は治療法を変へて根本的の手術を一思《ひとおも》ひに遣《や》るより外《ほか》に仕方がありませんね」

「根本的の治療と云ふと」

「切開です。切開して穴と腸と一所《いっしょ》にして仕舞《しま》ふんです。すると天然自然割《さ》かれた面の両側が癒着して来ますから、まあ本式に癒るやうになるんです」

津田は黙つて点頭《うなず》いた。


（『明暗』「二」大正五年［一九一六年］五〜十二月）

『明暗』の冒頭は、この作品が現世の下世話な物語であることを示すように主人公津田の痔の診療場面から始まる。実際『明暗』は下世話な小説である。ただ男女の愛憎や金の問題が微に入り細に入り描かれているという意味での下世話ではない。

津田を含む『明暗』の登場人物たちは、現実に立脚した極度に観念的な会話を飽くことなく繰り返す。『行人』や『心』が典型的だが、漱石作品では高い知性を備えた登場人物は一作品にほぼ一人だった。しかし『明暗』は違う。全ての登場人物が一郎や先生のような高い知性を持ち、お互いの思想を批判し打ち消し合う。主要登場人物全員が主人公格である。

『明暗』は会話し衝突するたびに関係が変化する、現実の人間関係を極度に抽象化した作品である。打算、妬み、嫉み、駆け引き、抜け駆け、あるいは無償の愛、無償の友情などを含む人間関係の抽象化なのだ。このような関係は現実には誰かが老いて死ぬまで緩やかに続く。『道草』の「一遍起つた事は何時《いつ》迄《まで》も続く」という認識が基盤に据えられている。

ただその関係を底の底までえぐり出すのは容易ではない。医者の言葉にあるように、探り始めれば人間関係には「まだ奥がある」。その正体を捉えるには無理矢理にでも「疎通を好《よ》くする為に、其奴《そいつ》をがりがり掻き落して見る」ほかないのだ。それは苦痛を伴う作業である。津田は彼が抱える本質的な問題を解決するために「根本的の手術」を受ける。あるいは漱石は彼の文学主題を突き詰めるために『明暗』で根本的手術を行うのである。

「此《この》肉体はいつ何時《なんどき》どんな変に会はないとも限らない。それどころか、今現に何《ど》んな変が此肉体のうちに起りつつあるかも知れない。さうして自分は全く知らずにいる。恐ろしい事《こと》だ」

此所迄《ここまで》働らいて来た彼の頭はそこで留まる事が出来なかつた。どつと後《うしろ》から突き落とすやうな勢で、彼を前の方に押し遣《や》つた。突然彼は心の中《うち》で叫んだ。

「精神界も同じ事だ。精神界も全く同じ事だ。何時《いつ》どう変るか分らない。さうして其《その》変る所を己《おれ》は見たのだ」（中略）

「何《ど》うして彼《あ》の女は彼所《あすこ》へ嫁に行つたのだらう。それは自分で行かうと思つたから行つたに違ない。然《しか》し何うしても彼所へ嫁に行く筈《はず》ではなかつたのに。さうして此己《このおれ》は又《また》何うして彼の女と結婚したのだらう。それも己が貰はうと思つたからこそ結婚が成立したに違ない。然し己は未だ嘗《かつ》て彼の女を貰はうと思つていなかつたのに。偶然？　ポアンカレーの所謂《いわゆる》複雑の極致？　何だか解らない」

彼は電車を降りて考へながら宅《うち》の方へ歩いて行つた。

（『明暗』「二」）

津田はかつて清子という女性と恋愛関係にあった。現代のように肉体関係を伴う恋愛ではないが、少なくとも津田は相思相愛だと思っていた。約束は交わしていなかったが清子と結婚するはずだったのだ。ところが清子は津田と別れ、関という男と結婚してしまった。清子はその理由を一言も話さず去っていった。清子との恋愛関係が消滅したあとに津田はお延《のぶ》と結婚した。

しかし結婚後に津田は「己《おれ》は未だ嘗《かつ》て彼《あ》の女（お延）を貰はうと思つていなかつたのに」と考える。また「何《ど》うして彼の女は（清子）は彼所《あすこ》へ嫁に行つたのだらう」と惑う。『明暗』のプロットは基本的には津田が清子の心変わりの理由を確かめ、お延と結婚した理由と夫婦の愛の結び付きを確認することにある。ただそれは津田と清子、お延の直接対話だけで為されるわけではない。

津田は「今迄《いままで》自分の行動に就《つ》いて他《ひと》から牽制を受けた覚《おぼえ》がなかつた。為《す》る事はみんな自分の力で為《し》、言ふ事は悉《ことごと》く自分の力で言つたに相違なかつた」男である。つまり漱石文学ではなじみ深い強い自我意識の塊のような男だ。しかし清子の心変わりは津田の理解を超えていた。また自分の意志でお延と結婚したが、思い返すとさしたる理由も見当たらない。

津田はそこに自我意識を超えた自然な、それゆえ不可避的な大きな力が働いたのではないかと感じている。「此《この》肉体はいつ何時《なんどき》どんな変に会はないとも限らない」ように、「精神界も（中略）何時《いつ》どう変るか分らない」のである。漱石は『明暗』で津田個人を超えた力の働きを、彼を取り巻く複雑な人間関係から描き出そうとする。

【図19】は「『明暗』の人物関係」である。太字が主要登場人物になる。津田は三十歳の勤め人で

【図19】『明暗』の人物関係

*太字は主要登場人物

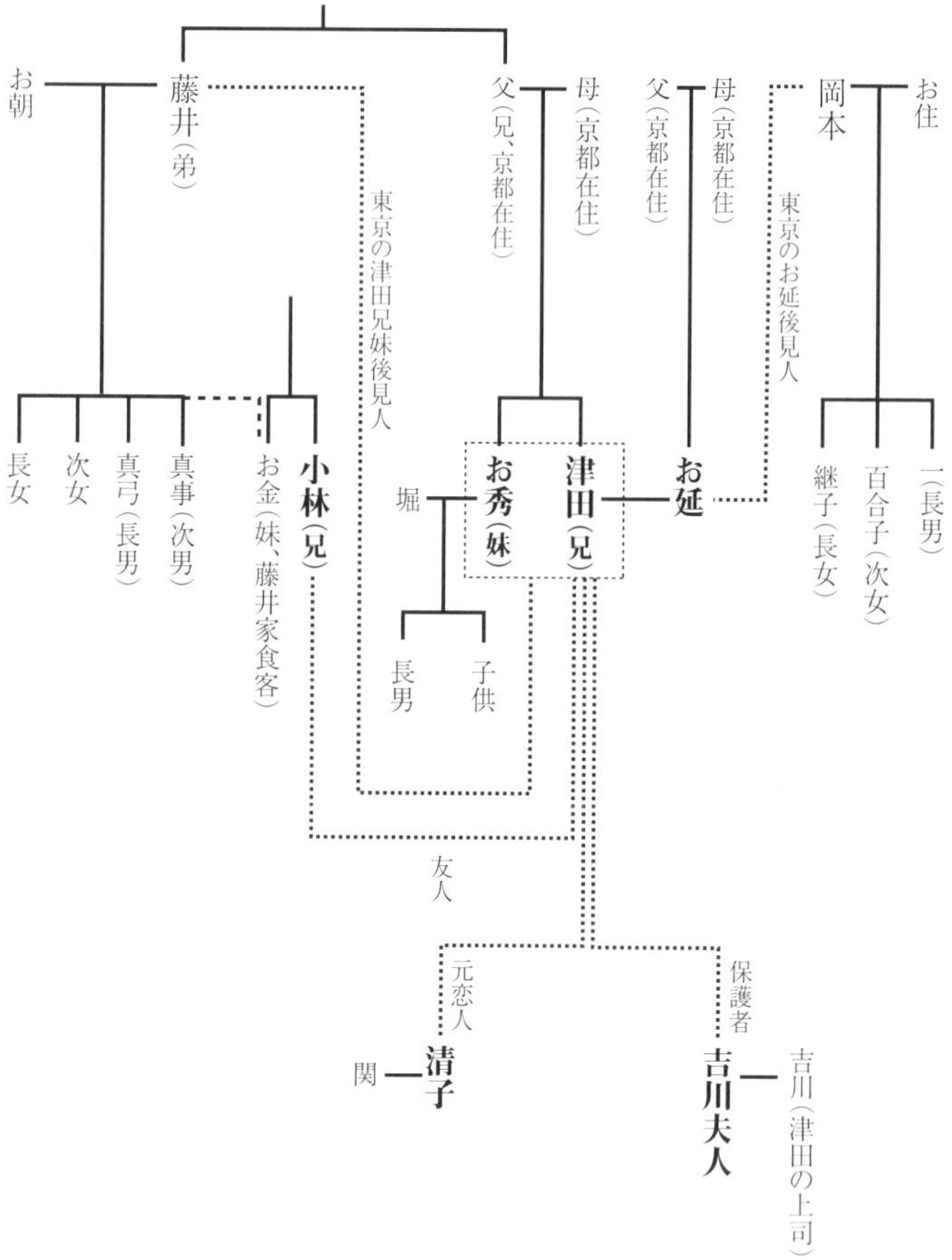

妻のお延は二十三歳だ。新婚五ヶ月とある。津田とお延は同じような環境で育った。二人とも両親は東京から遠く離れた京都に住んでいる。密な母子関係、あるいは抑圧的な父子関係に阻害されずに自己の意志（個人主義）に従って行動できる若い夫婦に設定されている。

また二人とも東京に育ての親がいる。お延の育ての親は岡本夫婦だ。裕福な実業家で二人の娘がおり、お延を実の娘のように可愛がっている。岡本夫婦はお延の後見人で経済的保護者である。津田の父の友人でもある。

津田の父も裕福だが、津田と妹のお秀《ひで》は東京で叔父の藤井夫婦に育てられた、藤井は社会批評を書く貧乏な文筆家である。それもあり藤井夫婦は贅沢好きな津田夫婦に批判的だ。妹のお秀も兄夫婦の生活に批判的だが、そこには自らの満たされない結婚生活の不満も入り交じっている。

吉川夫人は津田の勤め先の上司の妻で津田の保護者である。津田に清子を紹介したのは吉川夫人だった。有閑夫人の吉川は「若い二人を喰《く》っ付《つ》けるやうな、又《また》引き離すやうな閑《かん》手段を縦《ほしい》ままに弄《ろう》して、そのたびに迷児々々《まごまご》したり、又は逆《のぼ》せ上《あが》つたりする二人を眼の前に見て楽しんだ」のだった。しかし清子の心変わりは夫人にも意外だった。夫人は津田と清子の恋愛が破綻したことに一定の責任を感じるようになった。吉川夫人は津田とお延の結婚媒酌人でもある。

津田の友人の小林は『明暗』で特異な位置を占める。藤井家の食客として育ったが、家族は妹のお金《きん》だけの孤独な青年である。生活は貧窮の極みにあり、藤井が関係する売れない雑誌の編集を手伝うよりほか定職もなく、妹を藤井夫婦に委ねて朝鮮に活路を求めようとしている。小林は富める人々に対して激しい妬みや嫉みの感情を持っていた。また貧富の格差の拡大とともに、当時の日本で急速に拡がり始めた社会主義思想に強い共感を抱いていた。小林は社会底辺の単独者として津田とお延を批判しその心を揺さぶる。

津田の元恋人清子は作品末尾にようやく現れる。清子が『坊っちゃん』の清と同様に清い心を持つ女性であることはほぼ確実である。〝ほぼ〟というのは『明暗』が漱石の死によって未完で終わってしまったからだ。

人物関係図からわかるように、『明暗』は漱石作品で最も複雑な人間関係を持っている。漱石小説で最も長い作品でもある。創作メモも残っていないため、漱石がどのような形で作品を完結させるつもりだったのかを知ることはできない。ただ『明暗』は厳密に構想された作品だ。現存部分の構造を分析することで作品の全体像をある程度正確に把握できる。

【表4】は「『明暗』の構成」である。『明暗』の主人公は津田だが、文体構造は津田とお延が交互に主人公になる三人称二視点小説である。津田の心の動きを興味の焦点として、それが津田とお延を主人公にして交互に語られる。また漱石が意識的に二視点形式を使っていることは章構成からはっきりわかる。

Iブロック（第一章から四十四章）は津田が主人公である。ここでお延との夫婦関係が語られ、

【表４】『明暗』の構成

（濃い網掛け）津田・お延交互に主人公のブロック

（薄い網掛け）津田→お延→津田・・・と主人公が変わるブロック

ブロック	経過日数	章	主人公	概要
Ⅰ	1～5日目	1～44章（44章分）	津田	痔の診療から入院手術
Ⅱ	5～7日目	45～90章（46章分）	お延	岡本一家、小林との会話
Ⅲ	−	91章（1章分）	無人称	お秀夫婦の客観描写
Ⅳ	7日目	92～102章（11章分）	津田	病院で津田とお延、お秀と対決
		103～112章（10章分）	お延	
Ⅴ	−	113章（1章分）	無人称	津田夫婦の客観描写
Ⅵ	8日目	114～121章（8章分）	津田	病院で津田と小林、吉川との会話／お延、お秀の自宅で対決
		122章（1章分）	津田→お延	
		123～130章（8章分）	お延	
		131～142章（12章分）	津田	
		143章（1章分）	お延	
		144章（1章分）	津田→お延	
		145～146章（2章分）	津田	
		147～152章（6章分）	津田→お延	
Ⅶ（未完）	9～15日頃	153～188章（36章分）	津田	津田退院。小林の送別会の後、湯治場で清子と会う
Ⅷ	−	50章分くらいか	お延	東京でお延と吉川夫人対決か
Ⅸ	−	50章分くらいか	津田→お延	東京で津田とお延対峙か
Ⅹ	−	＊津田とお延の三人称二視点が統合されるブロックになった可能性がある		

後見人の藤井夫婦や吉川夫人、小林との関係が描かれる。Ⅱブロック（第四十五章から九十章）はお延が主人公である。お延の後見人の岡本夫婦との関係などが叙述される。二章分の違いはあるが、Ⅰ、Ⅱブロックで漱石は津田とお延それぞれの人間関係を等分に描いている。ここまでが『明暗』の導入部である。

一章分だけだがⅢブロック（第九十一章）とⅤブロック（第百十三章）は無人称（漱石が話者）で、それぞれ堀・お秀夫婦と津田夫婦の現況が客観的に描写される。この二ブロックで挟んだⅣブロック（第九十二章から百十二章）で、津田夫婦とお秀との対立を描くためである。Ⅳブロックの二十一章分も、一章分違いで主人公は津田とお延に割り振られている。

Ⅵブロック（第百十四章から百五十二章）では主人公が目まぐるしく変わる。病院で次々に見舞客と会う津田とせわしなく動き回るお延が交互に主人公になる。ここで津田夫婦が小林、吉川夫人、お秀らと話した内容が、小説半で実現されてゆくことになる。転調のパートである。

Ⅶブロック（第百五十三章から百八十八章）は退院した津田が主人公である。津田は朝鮮へ行く小林の送別会を開いたあと、吉川夫人の勧めで清子が逗留する温泉宿に湯治に行く。ただし清子との対峙は漱石の死で描かれないまま終わった。Ⅰ、Ⅱブロックの構成から推測して、五十章分くらいは津田と清子の交流が書かれただろう。

Ⅷブロック以降は残された『明暗』に基づく推測になる。病院で吉川夫人は津田夫婦のギクシャクとした関係がお延の思想や性格にも原因があると話した。夫人は「貴方は知らん顔をしていれば可《い》いんですよ。後は私の方で遣《や》るから」と言って、津田の留守中にお延の考えを矯正すると請け合った。そのためⅧではⅦブロックの時間軸と平行して、東京の吉川夫人とお延の対決が描かれたはずである。対話にはお秀も加わっただろう。このブロックも五十章分程度になったと推測できる。

Ⅸブロックでは湯治から戻って来た津田とお延の関係が描かれたはずである。それぞれ清子と吉川夫人（それにお秀）と話して、なんらかの新たな内面を目覚めさせた津田夫婦の対峙である。このブロックも既存の『明暗』から推測して、主人公は津田とお延交互になった可能性がある。ここまではかなり高い確率で『明暗』のその後を予想できる。

もちろんⅨブロック以上のプロットを漱石が用意していた可能性はある。二人が主人公のブロックが交互に現れることは、いずれそれが統合されることを示唆しているからだ。それがⅩブロックになるのかもしれない。その統合方法も漱石独自のものとなっただろう。

いずれにせよ現存の物語から言って、『明暗』内での経過日数は最大でも一ヶ月以内、全体の章数は三百章前後になったはずだ。また漱石という作家にとって文体構造は思想である。最後まで一定の法則に従って『明暗』構成していったことは疑いない。

長編小説に多いが二視点、三視点（主人公が二人、三人）で描かれる作品は珍しくない。しかし『明暗』のような三人称二視点小説はほかに例がない。登場人物たちは固有の強い思想を持っており、他者と衝突しても容易なことでは引かないのである。

「私《わたくし》は何時《いつ》かつから兄さんに云《い》はう云はうと思つていたんです。嫂《ねえ》さんのいらつしやる前でですよ。だけど、其《その》機会がなかつたから、今日迄《まで》云はずにいました。（中略）それは外《ほか》でもありません。よござんすか、あなた方お二人は御自分達の事より外《ほか》に何《なん》にも考へていらつしやらない方だといふ事丈《だけ》なんです。（中略）」

此《この》断案を津田は寧《むし》ろ冷静に受ける事が出来た。彼はそれを自分の特色と認める上に、一般人間の特色とも認めて疑はなかつたのだから。然《しか》しお延には又是程《またこれほど》意外な批評はなかつた。彼女はただ呆《あき》れるばかりであつた。（中略）

「結果は簡単です」とお秀が云つた。「結果は一口《ひとくち》で云へる程《ほど》簡単です。然し多分あなた方には解《わか》らないでせう。（中略）兄さん、あなたは私の出した此お金は欲しいと仰《おつし》やるのでせう。然し私の此お金を出す親切は不用だと仰やるのでせう。私から見ればそれが丸で逆です。（中略）嫂さんは又私の持って来た此お金を兄さんが貰はなければ可《い》いと思つていらつしやるんです。（中略）さうしてそれが嫂さんには大変なお得意になるのです。嫂さんも逆です。嫂さんは妹の実意を素直に受けるために感じられる好い心持《こころもち》が、今のお得意よりも何層倍人間として愉快だか、丸で御存じない方なのです」

（『明暗』「百九」）

津田は独身時代から父の経済援助を受けていたが、結婚後に何かと生活費がかさむという理由で金額を増額してもらった。父は承諾したが増額分を盆暮の賞与で返すよう求めた。しかし津田は返さなかった。父親の金は自分のものだという甘えがあった。怒った父は送金を停めてしまった。痔の手術で出費がかさむと訴えても援助してくれなかった。

妹のお秀は日頃から派手好みの兄夫婦の生活を苦々しく思っていた。津田を責めたが内心では兄嫁のお延を嫌っていた。「兄がもしあれ程《ほど》派手好きな女と結婚しなかつたならば」とある。お秀が京都の父に兄夫婦の奢侈癖を批判する手紙を書いたことも送金が停まった理由だった。また見栄っ張りの津田は送金がなく、手元不如意であることをお延に言えないでいた。

津田の窮状を知っているお秀は見舞金を持って病院に現れた。「兄に頭を下げさせたかつた。勢ひ兄の欲しがる金を餌にして、自分の目的を達しなければならなかつた」とある。金の力で日頃から自分を軽んじている兄に意趣返しをし、加えて派手な生活を改めさせようとしたのだ。しかしお秀の目論みは外れた。兄妹喧嘩の最中にお延が病室に現れたのだ。

前日岡本家に遊びに行ったお延は岡本からもらった臨時の小遣いを小切手で持っていた。兄妹喧嘩の原因が金だと知ったお延は「良人《うち》に絶対に必要なものは、あたしがちゃんと拵《こしら》へる丈《だけ》なのよ」と言って懐から小切手を出した。お秀の金の効力は失われた。金の力を借りずに兄夫婦に対峙せねばならなくなった。

お秀は「お二人は御自分達の事より外《ほか》に何《なん》にも考へていらつしやらない」と兄夫婦を面罵する。「兄さんが妹の親切を受けて下さらないのに、妹はまだ其《その》親切を尽す気でいたら、その親切は義務と何所《どこ》が違ふんでせう。私の親切を兄さんの方で義務に変化させてしまふ丈《だけ》ぢやありませんか」と言い募る。言うまでもなくお秀の論理は利己的だ。彼女の親切には自分に有利な機会を利用して兄をやりこめる意図が含まれていた。それが無効になったとき見舞金は義務に変わった。

ただ利己的なのは津田も同じだ。「自分達の事より外《ほか》に何《なん》にも考へてい」ないのは彼にとって「一般人間の特色」に過ぎない。お秀よりさらに人間存在に対する冷酷で露骨な認識を持っているのだ。だから津田はお延が現れる前に平然と、お秀に「お前は妹らしい情愛の深い女だ。兄さんはお前の親切を感謝する。だから何《ど》うぞ其《その》金を此《この》枕元に置いて行つて呉《く》れ」と言い放つ。お秀の目的を敏感に察知し、金を必要悪だと見切っているからそんなことが言えるのだ。しかし津田の言葉を聞いて「お秀の手先が怒りで顫《ふる》へた」のは、彼女の行為が打算ずくではないことを示している。お秀の手口はあざといが彼女は兄との心の交流を求めている。それはお延も同じである。

お秀が帰った後、お延は「昨日岡本へ行つたのは、それ（小切手）を叔父さんから貰ふためなのよ」

と津田に嘘をついた。岡本に借金を申し込むのがどんなに辛かったかと付け加えるのを忘れなかった。お延の心には「彼を愛する事によつて、是非共《ぜひとも》自分を愛させなければ已《や》まない」という一事しかなかった。それが彼女の自我意識であり、譲ることのできないプライドだった。お延は瞬時の判断で兄妹喧嘩を夫との愛を深めるための機会として利用しようとした。

漱石は病室で徐々に険悪な雰囲気に陥ってゆく三人の姿を、「彼等の背中《せなか》に脊負《しょっ》つている因縁は、他人に解《わか》らない過去から複雑な手を延ばして、自由に彼等を操つた」と叙述している。登場人物たちは「因縁」に近い関係で深く結び付けられている。また彼らの関係はそれぞれの利害に支配されている。その一方で誰もが無媒介的な相互理解を求めている。しかしあと一歩が踏み出せない。他者と激しく衝突することで少しだけ自我意識が変わり、自他の関係性が変わるだけである。

お秀が実際家になつた通り、お延も何時《いつ》の間《ま》にか理論家に変化した。今迄《いままで》の二人の位地《いち》は顛《てん》倒《とう》した。さうして二人とも丸で其所《そこ》に気が付かずに、勢《いきおい》の運ぶが儘《まま》に前の方へ押し流された。あとの会話は理論とも実際とも片の付かない、出たとこ勝負になつた。(中略)

「枯草で可《い》いと思ひますわ」

「あなたには可いでせう。けれども男には枯草でないんだから仕方がありませんわ。それよりか好きな女が世の中にいくらでもあるうちで、あなたが一番好かれている方が、嫂《ねえ》さんに取つても却《かえ》つて満足ぢやありませんか。それが本当に愛されているといふ意味なんですもの」

「あたしは何《ど》うしても絶対に愛されて見たいの。比較なんて始めから嫌ひなんだから」

お秀の顔に軽蔑の色が現はれた。其《その》奥には何といふ理解力に乏しい女だらうといふ意味がありありと見透《みす》かされた。お延はむらむらとした。

「あたしは何うせ馬鹿だから理窟なんか解《わか》らないのよ」

「ただ実例をお見せになる丈《だけ》なの。其方が結構だわね」

お秀は冷然として話を切り上げた。お延は胸の奥で地団太《じだんだ》を踏んだ。折角の努力は是《これ》以上何物をも彼女に与へる事が出来なかつた。


（『明暗』「百三十」）


病院で恥をかかせられたお秀は翌日吉川夫人に津田夫婦の非道を訴え、藤井家にも回って訴えを繰り返した。その帰りに津田の家に寄ったがお延は銭湯に行って留守だった。帰宅して女中からお秀が訪ねて来たと聞いたお延はあわてて堀の家に向かった。昨日の出来事があった以上、お秀が何の目的もなく訪ねて来るはずがなかった。またお秀は義妹だった。縁を切れるはずもなくいずれ和解しなければならなかった。

しかし「何《ど》んな敵《かたき》を打たれるかも知れない」と考えて訪問したお延の予想は外れた。わずかなうちにお秀はその日の自分の行動を何も話すまいと決めてしまっていた。お延がいくら聞いても訪問の理由はもちろん、津田夫婦に対して企んでいる報復のヒントさえ与えてくれなかった。形式的で空々しい会話を重ねるうちに、二人の会話は次第に妙な方向にズレていった。男女の愛が話題になったのである。

お秀は見合い結婚だった。嫁ぎ先の堀家は裕福だが姑と二人の子供以外にも大勢の親族が同居していた。おまけに堀は遊び人だった。お秀は家族の世話で忙殺され、夫の愛情も感じられずにいた。それに対してお延は当時は珍しかった恋愛結婚で津田と結ばれた。恋愛では「冒頭から結末に至る迄、彼女は何時《いつ》でも彼女の主人公であつた」。津田同様、お延も強い自我意識を持ち自分の思い通りに生きてきたのだ。

しかし結婚後お延がいくら愛情を注いでも津田は当然だという顔をしていた。お延は「良人《おっと》といふものは、ただ妻の情愛を吸ひ込むためにのみ生存する海綿に過ぎないのだらうか」と思い惑う。津田を虜にしたはずのお延の自信は「思ひ違ひ疳《かんちがい》違の痕迹《こんせき》で、既に其所此所《そこここ》汚れていた」。『明暗』の登場人物たちの会話は表面的な探り合いから一気に互いの本質的思想の衝突へと発展してゆく。お秀は本や雑誌から得た空虚な愛しか知らない女である。しかし議論するうちに「好きな女が世の中にいくらでもあるうちで、あなたが一番好かれている方が、嫂《ねえ》さんに取つても却《かえ》つて満足ぢやありませんか」と具体的な夫婦の愛の形を口にする。だがお延は納得しない。夫にとって自分以外の女は「枯草で可《い》い」のであり「あたしは何《ど》うしても絶対に愛されて見たいの」と、ほとんど実現不可能な純粋愛への希求を口にする。

お秀の「実例をお見せになる丈《だけ》なの。其方《その》が結構だわね」という言葉はお延への嫌味である。お秀はお延は兄から十分過ぎるほど愛されていると思っている。今以上の愛を求める欲張りな女だと呆れているのだ。しかし実際は違う。お延は津田から「絶対に愛されて」いるという実感を持てない。お秀の方が「本当に愛されているといふ意味」を理解しているのかもしれないのだ。また二人はお互いの立場（思想）が入れ替わったことに気づかない。登場人物を完全な独立人格として造形していなければこのような逆転劇は描けない。

恋愛結婚したお延は、後見人の岡本家の二人の娘に「女は一目《ひとめ》見て男を見抜かなければ不可《いけな》い」と得意の言葉を口にして、「恋愛の教師」と慕われていた。しかし大人たちはお延の愛が満たされていないことに気づいていた。お延は養父の岡本の態度に「何《ど》うしてお延のやうな女が、津田を愛し得るのだらう（中略）人間を見損なつたのは、自分ではなく、却《かえ》ってお延なのだという断定」があるように感じ、「他人の前に、何一つ不足のない夫を持つた妻としての自分を示さなければならない」と心に決める。お延の愛は分厚い虚栄心に取り囲まれている。激しく愛し愛されたいと願いながら自己をさらけ出せない。それは津田も同じである。

「一体貴方《あなた》は図迂《ずう》々《ずう》々しい性質《たち》ぢやありませんか。さうして図迂々々しいのも世渡りの上ぢや一徳《いつとく》だ位《くらい》に考へているんです」

「まさか」

「いえ、左右《そう》です。其所《そこ》がまだ私《わたし》に解《わか》らないと思つたら、大間違です。好《い》いぢやありませんか、図迂々々しいで、私は図迂々々しいのが好きなんだから。だから此所《ここ》で持前の図迂々々しい所を男らしく充分発揮なさいな。そのために私が折角骨を折つて拵《こしら》へて来たんだから」

「図迂々々しさの活用ですか」と云《い》つた津田は言葉を改めた。

「あの人は一人で行つてるんですか」

「無論一人です」

「関は？」

「関さんは此方《こっち》よ。此方に用があるんですもの」

津田は漸《よう》く《や》行く事に覚悟を極《き》めた。


（『明暗』「百四十一」）

津田が吉川夫人に取り入るのは仕事上の利益になるからだった。失敗に終わった清子との恋愛ですら、何かに利用できると考えていた。その一方で津田は「自己をわざと押し蔵《かく》し」て夫人に接していた。内心では夫人を軽んじていたのである。しかし『明暗』では誰かが誰かの絶対的優位に立つことはない。

病院に見舞いに訪れた夫人は「貴方《あなた》は延子《のぶこ》さんをそれ程《ほど》大事にしていらつしやらない癖《くせ》に、表では如何《いか》にも大事にしているやうに、他《ひと》から思はれよう思はれようと掛《かか》つている」、それは「良人《うち》や岡本の手前がある」からだと喝破する。夫人は津田の内面を見抜いている。

もちろん津田は打算だけでお延と結婚したわけではない。少なくとも普通の夫のようにお延を愛し大事にしている。しかし成就しなかった清子との愛が本物だったのではないかと惑っている。だが自尊心の強い津田は清子に未練があるとは認められない。その津田に夫人は清子に会いに行くよう勧める。直接会って別れた理由を聞くことで未練を断ち切るよう勧めたのである。それは津田の外面と内面の齟齬を縮める契機になるはずだった。

吉川夫人はまた、津田が清子との過去を隠すからお延は過剰なまでに津田の愛を求めるのだと指摘する。「あの方は少し己惚《うぬぼ》れ過ぎてる所があるのよ。それから内側と外側がまだ一致しないのね」とも言う。お延への批判は津田に対して行ったそれと同じである。その意味で津田とお延は似た者夫婦だ。二人は自尊心や虚栄心をかなぐり棄て、内面をぶつけ合うことでちぐはぐにすれ違う互いの愛を結びつけられる可能性がある。ただそれには津田夫婦と同じ平面にいる夫人だけでは足りない。利害にまみれた現実世界を完全に相対化できる他者が必要になる。

「ぢやあなたは私《わたくし》を厭《いや》がらせるために、わざわざ此所《ここ》へ入《い》らしつたと言明なさるんですね」

「いや目的は左右《そう》ぢやありません。目的は外套を貰《もら》ひに来たんです」

「ぢや外套を貰ひに来た序《ついで》に、私を厭がらせようと仰《おつ》しやるんですか」（中略）

「怒つちや不可《いけま》せん」と小林が云《い》つた。「僕は自分の小さな料簡《りようけん》から敵打《かたきうち》をしてるんぢやないといふ意味を、奥さんに説明して上げた丈《だけ》です。天がこんな人間になつて他《ひと》を厭がらせて遣《や》れと僕に命ずるんだから仕方がないと解釈して頂《いただ》きたいので、わざわざさう云つたのです。僕は僕に悪い目的はちつともない事をあなたに承知して頂きたいのです。僕自身は始めから無目的だといふ事を知つて頂きたいのです。然《しか》し天には目的があるかも知れません。さうして其《その》目的が僕を動かしているかも知れません。それに動かされる事が又《また》僕の本望かも知れません」

（『明暗』「八十六」）

貧乏な小林は、津田から彼が学生時代に着ていた古外套をもらう約束をした。小林は津田の入院中にお延を訪ね外套を渡してくれるよう頼む。お延が女中に命じて電話で約束の確認を取らせている間に、小林は津田は結婚して変わったと話す。小林が暗示しているのは津田と清子の関係である。当時は結婚前の恋愛は隠さねばならない秘密だった。お延は焦れるが頭を下げてまで津田の過去を聞き出すのは自尊心が許さない。

小林は個人的な悪意からお延に「厭がらせ」をしているのではないと言う。「天」、つまり彼の自我意識を超えた何かの大きな力に従って行動している。小林の行動は「始めから無目的」だが「天には目的があるかも知れ」ないと言う。

小林は『明暗』の複雑に絡まり合った人間関係を一気に相対化する存在である。社会底辺の孤立無援の単独者である小林には現世の人間関係の虚偽がよく見える。自分の意志の力を超えた天の目的に動かされているという意味で、小林は晩年の漱石が唱えた「則天去私」の思想を体現する人物である。小林の中には聖と俗が矛盾なく同居している。

「奥さん、人間はいくら変な着物を着て人から笑はれても、生きている方が可《い》いものなんですよ」(中略)

「さうですか。私《わたくし》はまた生きてて人に笑はれる位《くらい》なら、一層《いっそ》死んでしまつた方が好《い》いと思ひます」

小林は何にも答へなかつた。然《しか》し突然云《い》つた。

「有難う。御陰《おかげ》で此《この》冬も生きていられます」

彼は立ち上つた。お延も立ち上つた。然し二人が前後して座敷から縁側へ出ようとするとき、小林は忽《たちま》ち振り返つた。

「奥さん、あなたさういふ考《かんが》へなら、能《よ》く気を付けて他《ひと》に笑はれないようにしないと不可《いけ》ませんよ」

（『明暗』「八十七」）

思わせぶりな言葉に我慢できなくなり、「あなたは私《わたくし》の前で（津田の過去を）説明する義務がありますす」と詰問したお延を小林はあっさりかわし、何も語らずに帰ってゆく。小林の言動は「無目的」だからと言えばそれまでだが、津田と清子の過去を話してもお延が抱える問題は解決しないのである。

ただ「人間はいくら変な着物を着て人から笑はれても、生きている方が可《い》いものなんですよ」という小林の言葉には生死を一貫した思想がある。どんなに不善で不実でも小林はありのままの世界を受容できる。小林の思想は強靱だ。「有難う。御陰《おかげ》で此《この》冬も生きていられます」という小林の言葉には嫌味も自己卑下もない。

しかし「生きてて人に笑はれる位《くらい》なら、一層《いっそ》死んでしまつた方が好《い》いと思ひます」というお延の言葉は体面を守るための虚勢に過ぎない。人は「笑はれる位」で死ぬことなどできない。お延は「さういふ考《かんが》へなら、能《よ》く気を付けて他《ひと》に笑はれないようにしないと不可《いけ》ませんよ」という小林の言葉に激しく動揺する。お延が求める津田との愛は体面を超えた位相にある。そこに近づくためには誰に笑はれようとも自己をさらけ出さねばならない。

「君は自分の好みでお延さんを貰《もら》つたらう。だけれども今の君は決してお延さんに満足しているんぢやなからう」

「だつて世の中に完全なもののない以上、それも已《やむ》を得ないぢやないか」

「といふ理由を付けて、もつと上等なものを探し廻る気だらう」

「人聞きの悪い事を云《い》ふな、失敬な。君は実際自分でいふ通りの無頼漢だね。観察の下卑て皮肉な所から云つても、言動の無遠慮で、粗野な所から云つても」（中略）

「そらね。さう来るから畢竟《ひっきょう》口先ぢや駄目なんだ。矢ッ張り実践でなくつちや君は悟れないよ。僕が予言するから見ていろ。今に戦ひが始まるから。其時《その》漸《ようや》く僕の敵でないといふ意味が分るから」

「構はない、擦《す》れつ枯らしに負けるのは僕の名誉だから」

「強情だな。僕と戦ふんぢやないぜ」

「ぢや誰と戦ふんだ」

「君は今既に腹の中で戦ひつつあるんだ。それがもう少しすると実際の行為になつて外へ出る丈《だけ》なんだ。余裕が君を扇動して無役の負 戦《まけいくさ》をさせるんだ」

（『明暗』「百六十」）

小林は津田に朝鮮行きの送別会を開いてもらい、そこで餞別を貰う約束を強引に取り付けた。その席で小林は津田を痛烈に批判する。小林は守るものがない「貧賤」の方が「富貴」よりも自由で幸福だと言う。「余裕」があるため「好きなものを手に入れるや否や、すぐ其次《その》のものが欲しくなる」津田には「今に戦ひが始まる」と言う。しかし貧乏で自由な小林と、富に束縛されている津田との間に生じる「戦ひ」ではない。それは津田の「腹の中」で起こる。そこで津田は「無役の負 戦《まけいくさ》」をするだろうと小林は「予言」するのである。小林の予言は湯治場での清子との対峙を示唆している。

小林は現実世界を激しく批判するが、他者の好意に対してなんの含みもなく素直に感謝できる。お延に「有難う。御陰《おかげ》で此冬《この》も生きていられます」と言ったように、餞別に三十円をくれた津田に「僕は余裕の前に頭を下げるよ。僕の矛盾を承認するよ、君の詭弁を首肯《しゆこう》するよ。何でも構はないよ。礼を云《い》ふよ、感謝するよ」と言って「ぽたぽたと涙を落し」た。矛盾はない。世界は醜いが美しくもある。

小林は送別会に原という貧乏な画家を呼んで津田からもらった三十円を机の上に並べた。「さあ取り給《たま》へ。要《い》る丈《だけ》取り給へ」と言った。原は遠慮しながら十円だけ受け取った。全部欲しいと言われても拒まなかっただろう。また小林は原と話している間に津田に一通の手紙を読ませる。小林宛の手紙で津田には未知の書き手だ。そこには叔父に騙され極貧の中で喘ぐ青年の苦悩が綴られていた。手紙の最後には小林に経済的援助を期待しているわけではない、しかし「同情」を寄せて欲しい、それによって「僕がまだ人間の一員として社会に存在しているといふ確証を握る事が出来る」のだからと書かれていた。青年は生きるために必要な最低限度の人間同士の結び付き（友愛）を求めていた。

手紙を読んで津田は不快な気分に襲われる。「僕には全く無関係だ」と小林に答える。しかし小林に「同情心はいくらか起るだらう」と問われて、「そりや起るに極《きま》つているぢやないか」と答えざるを得ない。小林は「それで沢山なんだ、僕の方は。同情心が起るといふのは詰《つま》り金が遣《や》りたいといふ意味なんだから。それでいて実際は金が遣りたくないんだから、其所《そこ》に良心の闘ひから来る不安が起るんだ。僕の目的はそれでもう充分達せられているんだ」と言った。

小林が指摘したのは人間存在の中に存在する、単純だが決して拭い去ることのできない〝無私の愛〟である。下位審級から捉えれば世界は人間たちの醜い利己主義《エゴイズム》に満ちている。しかし上位審級から捉えれば無私の愛は必ず人間世界に見出せる。写生文小説の『猫』は世界から縮退し―

―つまり世界を下位から捉えてその滑稽さを描き出した。しかし小林は上位審級から眺めて世界内にある美をも捉えることができる。

この世界を上位審級からでも下位審級からでも自在に捉えることができる小林的視点が『明暗』における漱石の世界認識である。ただ人間の醜さは見えやすいが無償の愛は抽象理想概念である。少しでも形あるものにするためには矛盾とエゴにまみれた厳しい人間世界の軋轢を経なければならない。またこの無償の愛は、津田とお延が希求する愛――無媒介的な相互理解に通じる。それを垣間見るためには自己の虚栄心を取り除く必要がある。

津田に彼のエゴとの対峙を迫るのは清子である。また小林の送別会に行く津田に、お延は「あたし近頃始終さう思つてるの、何時《いつ》か一度此《この》お肚《なか》の中に有《も》つてる勇気を、外へ出さなくつちやならない日が来るに違ないつて」と言った。漱石の死で書かれることなく終わったが、お延もまた吉川夫人との対話で自らのエゴに向き合うはずである。

「おれは今この夢見たやうなものの続きを辿らうとしている。東京を立つ前から、もつと几帳面に云《い》へば、吉川夫人に此《この》温泉行《ゆき》を勧められない前から、いやもつと深く突き込んで云へば、お延と結婚する前から、――それでもまだ云ひ足りない、実は突然清子に背中を向けられた其《その》刹那から、自分はもう既にこの夢のやうなものに祟《たた》られているのだ。(中略)眼に入《い》る低い軒《のき》、近頃砂利を敷いたらしい狭い道路、貧しい電燈の影、傾むきかかつた藁屋根、（中略）――すべて朦朧たる事実から受ける此感じは、自分が此所迄《ここまで》運んで来た宿命の象徴ぢやないだらうか。今迄も夢、今も夢、是《これ》から先も夢、その夢を抱いてまた東京へ帰つて行く。それが事件の結末にならないとも限らない。いや多分はさうなりさうだ。ぢや何のために雨の東京を立つてこんな所迄出掛《でかけ》て来たのだ。畢竟《ひっきょう》馬鹿だから？　愈《いよいよ》馬鹿と事が極《き》まりさへすれば、此所からでも引き返せるんだが」

（『明暗』「百七一」）

清子のいる湯治場の停車場に着いた津田は幻想にとらわれる。目に映る風景が朦朧とし始め、心は過去を遡ってゆく。ずっと「夢のやうなものに祟《たた》られている」ように感じる。それが自分の「宿命」だと思い、「今迄も夢、今も夢、是《これ》から先も夢、その夢を抱いてまた東京へ帰つて行く」のだと予感する。清子と対峙しても自己の虚栄心を捨てられないということだ。小林が言うとおりこの旅行は「無役の負戦《まけいくさ》」になる。

しかし津田の幻想は彼が自我意識の奥底に降りようとしていることを示唆している。そこに本来の自分があるのではないかと直観している。漱石文学の新たな方法だ。漱石好みの言葉で言えば「父母未生《ふぼみしょう》以前本来の面目」を無意識界に探るのである。

「そんならさうと早く仰《おっし》やれば可《い》いのに、私《わたくし》隠しも何《なん》にもしませんわ、そんな事。理由《わけ》は何でもないのよ。ただ貴方《あなた》はさういふ事をなさる方なのよ」

「待伏せをですか」

「ええ」

「馬鹿にしちや不可《いけ》ません」

「でも私の見た貴方はさういふ方なんだから仕方がないわ。嘘でも偽《いつわ》りでもないんですもの」

「成程《なるほど》」

津田は腕を拱《こまね》いて下を向いた。


（『明暗』「百八十六」）


津田は湯治宿の洗い場で鏡に映る自分の顔を見て「是《これ》は自分の幽霊だといふ気が先《ま》ず彼の心を襲った」。浴場を出た津田は迷路のような宿で迷子になる。ふと階上から物音がするのに気づきその音に怯える。「其《その》驚きは、微弱なものであつた。けれども性質からいふと、既に死んだと思つたものが急に蘇《よみがえ》つた時に感ずる驚きと同じであつた」とある。

階上の踊り場に現れたのは清子だった。二人は視線を合わせたが清子は一瞬棒立ちになり、すぐにきびすを翻して自分の部屋に消えた。津田は翌日旅館の下女に「昨夕《ゆうべ》僕が幽霊に出会つたのは此所《ここ》だといふのさ」と冗談交じりで言う。清子は津田の自我意識の輪郭が溶解した刹那に現れた。現世を少しだけ超脱した審級にいる女性だということだ。この方法は従来の漱石にはなかった。

ただ女中を介して対面した清子は物静かな普通の女である。清子は津田が自分を待ち伏せしていたのではないかと疑っている。誤解を解こうとしてもなかなか納得してくれない。なぜ「さういふ疑ひを起こした」のかと食い下がる津田に、「貴方《あなた》はさういふ事をなさる方なのよ」と言い、「私の見た貴方はさういふ方なんだから仕方がないわ」と追い打ちをかける。清子は津田の心を見切っている。津田はもう清子の愛を取り戻せない。清子との対話で完全な拒絶に会い、自己の厚い虚栄心の殻を痛感することになる。

この後に続くはずの清子との決定的対峙は漱石の死によって書かれないまま終わった。また湯治場のパートで漱石が新たに始めた、精神の奥底へと降りてゆこうとする津田の心の動きも十全に表現されなかった。ただ津田に起こる「腹の中」の「戦ひ」は、究極的には自我意識を遡ってほとんど無意識の中に、無私に近い本来の面目を得ること以外にない。

斯《こ》ういふ女（お延のこと）の裏面には驚ろくべき魂胆が潜んでいるに違ないといふのがあなたの予期で、さう云《い》ふ女の裏面には必ずしもあなた方の考へられるやうな魂胆ばかりは潜んでいない、もつとデリケートな色々な意味からしても矢張り同じ結果が出得るものだといふのが私の主張になります。

あなたの方が真実でないとは云《い》ひません。然《しか》し其《その》方の真実は今迄の小説家が大抵書きました。（中略）今迄の小説家の慣用手段を世の中の一筋道の真として受け入れられた貴方《あなた》の予期を、私は決して不合理とは認めません、然し明暗の発展があなたの予期に反したときに、成程今迄《なるほどいままで》考へ［て］いた以外此所《ここ》にも真があつた、さうして今自分は漱石なるものによつて始めて、新らしい真に接触する事が出来たと、貴方から云つて頂く事の出来ないのを私は遺憾に思ふのであります。

（大石泰蔵宛書簡　大正五年［一九一六年］七月十九日）


漱石はお延の心には「驚ろくべき魂胆が潜んでいる」のではないかと手紙を送ってきた未知の読者（大石泰蔵）に、それは「今迄の小説家が大抵書き」尽くした「慣用手段」だと答えている。隠された裏面がないのはお延以外の登場人物も同じである。『明暗』には謎解きのような「一筋道の真」はなく、漱石は従来の「所謂《いわゆる》小説」を書こうとしているわけではないと明言している。漱石は『明暗』で「新らしい真」、すなわち新たな思想を表現しようとしている。しかしそれはただ一つの真理には収斂しない。

もちろん『明暗』という小説一作でそれが十全に表現できたかどうかはわからない。しかしたった一つの思想で統御されない『明暗』的関係性小説では、登場人物たちは厳しい現世的関係を保持しながら、その関係性全体でより良き人間関係、より良き人間の意志を希求している。

【図20】は「『明暗』の文体構造」である。『明暗』の文体構造はヨーロッパ小説に近い。しかし上位審級にある作家主体が唯一の思想で作品世界全体を統御しているわけではない。漱石の思想は登場人物それぞれに付与されている。彼らは他者と衝突することで自我意識や自他関係に関する認識を深めてゆく。衝突は局所的なものだがそれが積み重なることで作品主題が明らかになる。図示したように思想は登場人物たちの衝突点から複数生じる。抽象化すれば根茎《リゾーム》状に拡がった人間関係から複数の思想が樹木《ツリー》状に生成される。人間関係には大きな衝突もあれば小さな交流もある。しかし特定の思想樹木《ツリー》に作品の主題が込められているわけではない。作品主題は思想樹木《ツリー》が伸びる方向で示唆される。この方向は作家主体漱石が設定、あるいは期待したものである。

従って『明暗』の作家主体は空虚な求心点である。具体的思想はあくまで作品内の思想樹木《ツリー》にある。漱石は複数の異なる思想が並列し絡み合えばそれは自ずから一つの方向性を形成すると考えている。完全には理解し合えない登場人物たちが形作る人間関係根茎《リゾーム》が、対立や融和などの思想樹木《ツリー》を無数に生じさせながら全体として一つの〝秩序〟を生成してゆくのである。それが直截に倫理・道徳思想が表現されているわけではない『明暗』に、漱石が「倫理的にして始めて芸術的なり。真に芸術的なるものは必ず倫理的なり」（『大正五年日記』）という意図を込めることができた理由である。またそれは漱石による日本文化の構造化でもある。日本文化には基軸となる思想は存在しない。複数の異なる思想が絡み合って全体として秩序を保っている。

『明暗』の作家主体は作品世界より上位審級にあるという意味で「則天」であり、作家の強い自我意識に基づく特定思想を持たないという意味で「去私」である。『行人』の一郎は絶対の境地に入れば「絶対即相対」と

【図20】『明暗』の文体構造

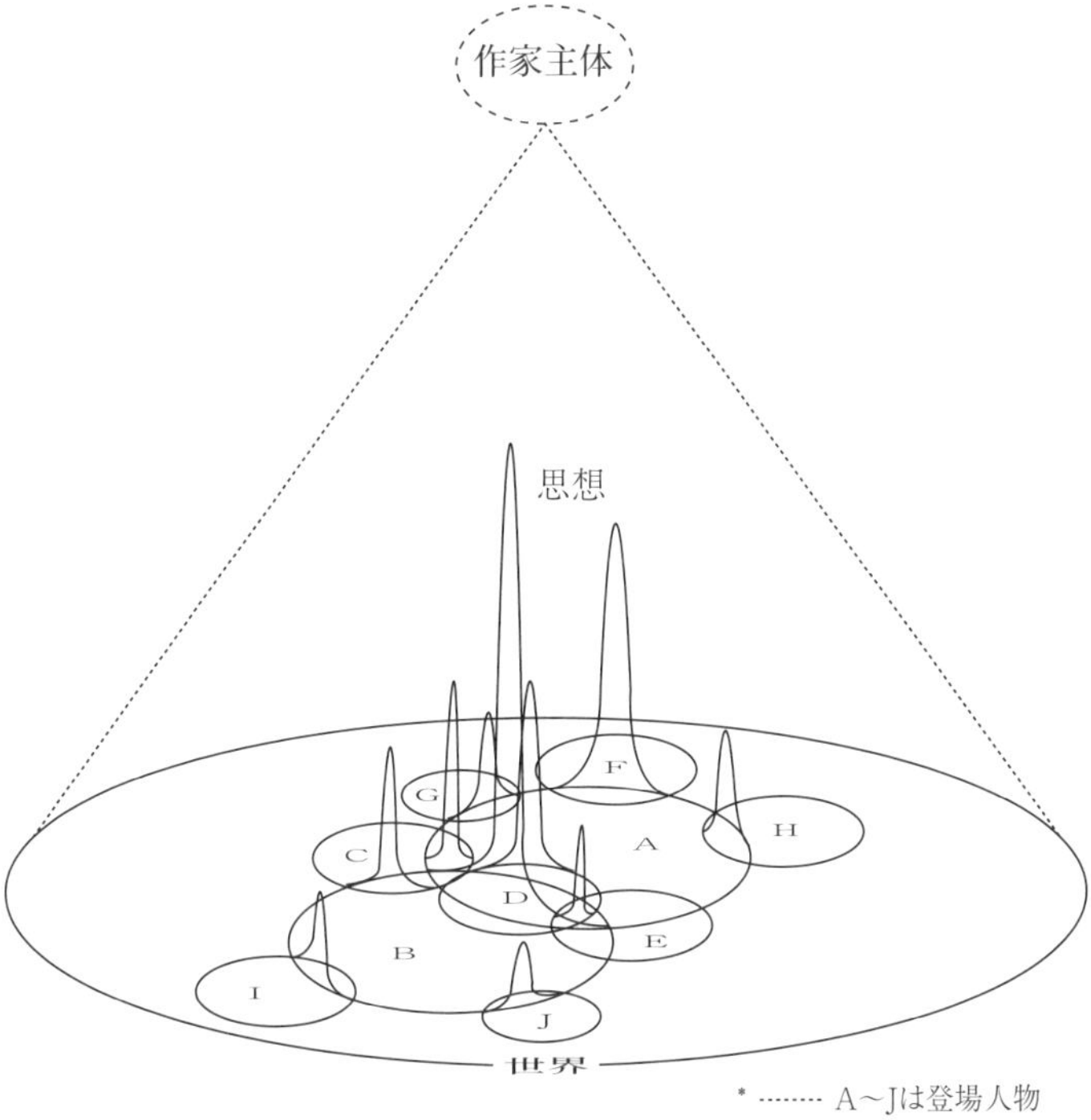

＊ …… A〜Jは登場人物

なり「自分以外に物を置き他《ひと》を作って、苦しむ必要がなくなる」と言った。しかし生きたままそのような境地に入るのは不可能だと認識していた。漱石はそれを文体構造で実現した。『明暗』の自己と他者は「絶対即相対」の関係にある。どちらも自己で他者であり、主客は逆転可能なのだ。それは作家主体と作品世界の関係でもある。作品世界の思想は作家主体という求心点がなければまとまらず、作家主体の思想は作品世界が示唆する。漱石が唱えた「則天去私」は本質的には文体構造である。

東洋哲学者の井筒俊彦は「禅ではよく主客未分とか、主客の別を超えるとかいうが、これは主（中略）と客（中略）を超脱して遠い地平の彼方、茫漠模糊たる世界に行ってしまうということではない。主と客をそれぞれに主と客として成立させる可能性を含みつつ、しかもそれ自体は主でも客でもない或る独特の「場《フィールド》」の現成を意味する」（『禅における言語的意味の問題』）と述べた。井筒の言う主客未分の境地は「父母未生《ふぼみしょう》以前本来の面目《フィールド》」の論理的説明である。またそれは一郎が説明した「絶対即相対」の境地とピタリと重なっている。

あなたがたから端書《はがき》がきたから奮発して此《この》手紙を上げます。僕は不相変《あいかわらず》「明暗」を午前中書いています。心は苦痛、快楽、器械的、此三つをかねています。存外《ぞんがい》涼しいのが何より仕合《しあわ》せです。夫《それ》でも毎日百回近くもあんな事を書いていると大いに俗了された心持になりますので三四日前から午後の日課として漢詩を作ります。日に一つ位《くらい》です。さうして七言律です。中々出来ません。厭《いや》になればすぐ已《や》めるのだからいくつ出来るか分りません。（中略）

今日からつくつく法師が鳴き出しました。もう秋が近づいて来たのでせう。

私はこんな長い手紙をただ書くのです。永い日が何時迄《いつまで》もつづいて何《ど》うしても暮れないといふ証拠に書くのです。さいうふ心持《こころもち》の中に入つている自分を君等に紹介する為に書くのです。夫《それ》からさういふ心持でいる事を自分で味つて見るために書くのです。日は長いのです。四方は蟬の声で埋つています。以上

（久米正雄・芥川龍之介宛書簡　大正五年［一九一六年］八月二十一日）

若い久米正雄と芥川龍之介に宛てた書簡を読むと、漱石が本当に無駄な仕事をしない作家であり、自分なりに後進を導こうとする先生であったことがよくわかる。漱石は毎日午前中に連載一回分の『明暗』を書いたが、八月十四日から十一月二十日までに「午後の日課として」七十五篇の漢詩を作った。この手紙は八月二十一日の夕方に書かれた。

手紙から漢詩と『明暗』創作が密接な関係にあることがわかる。漱石は「永い日が何時迄《いつまで》もつづいて何《ど》うしても暮れないといふ証拠に書くのです」と書いている。『明暗』的関係性は本質的には終わりがなく、現世の苦悩はずっと続く。しかし漱石はそれを達観している。またそのような

境地に至ることが、これから現世の雑事にまみれることになる若い小説家たちにも必要だろうと示唆している。

詩は常に漱石とともにあった。漱石にとって詩は論理を超えた直観的断言であり真理である。しかし詩的真理を現実世界に置くとすぐに霞んで見えなくなってしまう。『明暗』執筆中の漱石は、漢詩で直観的真理を確認しながら現世の汚穢にまみれた小説を書いている。

古往今来《こおうこんらい》　我　独《ひと》り新《あら》たなり
今来古往《こんらいこおう》　衆を　隣《となり》と為《な》す
横ざまに鼻孔《びこう》を吹いて　郷友《きょうゆう》に逢《あ》い
竪《たて》に眉頭《びとう》を払《はら》いて　老親《ろうしん》を失う
合浦《ごうほ》　珠還《たまかえ》りて　誰《たれ》か主客
鴻門《こうもん》　玦《けつ》挙げて　孰《いずれ》か君臣
分明なり　一一《いちいち》　他に似たる　処《ところ》
却《かえ》って是《こ》れ　空前絶後《くうぜんぜつご》の人

（『［無題］』大正五年［一九一六年］十月十七日　原文漢詩）

漱石の漢詩は日本漢詩文学史上で特異な位置を占める。日本の漢詩は中国古典文学を忠実になぞりながら、わずかに作家独自の思想などを表現してきた。しかし漱石の漢詩には独自の造語表現がある。韻は踏んでいるが「我　独《ひと》り新《あら》たなり」「空前絶後《くうぜんぜつご》の人」といった用語は他に例を見ない。

詩の大意は「昔から現在に至るまで私独りが新しい人だが、／昔から現在に至るまで人々に入り混じって暮らしている。／喜びに鼻ふくらませて友達と会うこともあるし、／眉を垂らして悲しみ老いた親を亡くすこともある。／合浦《ごうほ》で再び真珠が生産されるようになるように、この世界では何が主体で客体なのか曖昧だ。／鴻門《こうもん》の会見で范増《はんぞう》が劉邦を刺す決断を迫ったが、項羽が迷って決められなかったように、この世界では誰が君主で臣下なのか曖昧だ。／はっきりしているのは他人に似ているところをたくさん持っている人／そういう人こそが空前絶後に新しい人だということだ」という意味である。

漱石は自分は新しい人であり「空前絶後《くうぜんぜつご》の人」だと歌っている。しかしその新しさは他者となんら変わりない日常生活を送ることから生まれる。この詩は大事件が起こらない人々の日常的せめぎ合いの中から一つの秩序を描き出そうとする『明暗』の縮図である。

真蹤《しんしょう》　寂寞《せきばく》として　杳《はる》かに尋《たず》ね難《がた》く
虚懐《きょかい》を抱《いだ》きて　古今に歩まんと欲す

碧水《へきすい》　碧山《へきざん》　何《なん》ぞ我《われ》有らん
蓋天《がいてん》　蓋地《がいち》　是《こ》れ無心
依稀《いき》たる暮色《ぼしょく》　月は草を離れ
錯落《さくらく》たる秋声《しゅうせい》　風は林に在り
眼耳《がんじ》　双《ふた》つながら忘れて　身も亦《ま》た失い
空中に独《ひと》り唱《うた》う　白雲吟《はくうんぎん》

（『［無題］』大正五年［一九一六年］十一月二十日夜　原文漢詩）

詩の大意は「真実の道は茫漠として遠く尋ね難く、／虚心をもって探求してゆこうと思う。／碧い水、碧い山のどこに私性がある。／覆い被さる天、足元に拡がる地は無心ではないか。／日暮れの色彩に包まれて月は草を離れ、／秋の声を響かせて風は林に在る。／眼も耳も忘れ、身体も失って、／空中に独り白雲の詩を唱うのだ」である。この詩では「無心」（無私）の境地が表現されている。また漱石は自己を孤独な探究者だと認識している。漱石は十一月二十一日午前に『明暗』の百八十八回目を書き終えてから鏡子夫人と結婚披露宴に出かけ、翌日倒れてそのまま死去したので引用は詩の絶筆である。

日本の近代文学はヨーロッパ文学の模倣から生まれた。その際問題になったのは封建的滅私とはまるで反対の強固な個人主義的自我意識（近代的自我意識）と、それを表現するための文体構造だった。ほとんどの文学者は新渡来のヨーロッパ文学を模倣し、それを従来の日本文学と折衷させることに心血を注いだ。しかし漱石はヨーロッパ文学を徹底した異和と捉えた。自己の自我意識を是とすれば他者は原理として排斥される。世界は私の自我意識と他者の自我意識の絶え間のない熾烈な戦いの場となる。さらにそれを統御し秩序をもたらす上位思想は日本文化には存在しない。つまり日本文化を前提とすれば、ヨーロッパ文学をそのまま移入・折衷するのは不可能である。

漱石は日本文学におけるヨーロッパ文学的立体文体構造を、素朴な子規俳句写生理論を手がかりに探求し始めた。世界から縮退した猫に世界の諸相を赤裸々に把握させる文体構造を生み出した。その探求は晩年まで続く。『明暗』は禅の思想を援用しているが、私であって私ではない「則天去私」の位相から世界を認識把握する文体構造である。いくら世界から縮退させても消えることのなかった猫（観察・報告者）は『明暗』で完全にその姿を消している。またそれは基幹思想のない日本文化に秩序や倫理が内在することを明らかにする文体構造だった。漱石文学が古びないのはその作品が日本文化の骨格とも呼べる文体構造を持っているからである。

ポスト・モダンという現代思想《パラダイム》は空疎な抽象観念ではない。インターネットは社会に不可欠な現実的産業インフラであり、個人レベルで誰もが自由に意見を発信・主張できるようになっている。

ただし社会全体の興味は浮いては消えてゆく仮の求心点（思想樹木《ツリー》）に過ぎず、ほとんどの個人は日常的にはごく小さな求心点に所属している。またそこではどんな意見も即座に相対化される。どんな思想・興味の求心点も無数に存在するそれらの一つとしてすぐに局所化される。世界にはもはや基幹思想（絶対求心点）はなく、それでいて調和を保っている。

この無限の関係性から構成され、中心はなく全体で調和を保っている現代の世界認識構造は、日本を始めとする東洋世界では見慣れたものである。その意味で日本人がポスト・モダニズム思想に驚くのは馬鹿げている。しかし日本人はほとんど盲目的にヨーロッパ文化を移入しながら自らの東洋世界を構造として把握しようとして来なかった。侘び寂びでは何も言ったことにならない。だが漱石はヨーロッパに比肩し得る日本文学（文化）独自の文体構造を作り上げた。ヨーロッパが積極的に東洋思想を受容することでポスト・モダンと呼ばれる新たな世界認識を得たように、漱石は日本文化に即した立体的世界認識文体を作り上げた。本来的に平面的な日本文化が欧米文化から受容すべきなのは、本質的には立体的世界認識である。

また漱石的世界認識構造は、キリスト教基幹思想解体以降の欧米社会にとっても重要なはずである。基幹思想が失われても社会は全体として調和を指向している。その天に即して私を去るような指向を新たな思想フレームに据えるのか、新たな神と呼ぶのかは、古い古い歴史を持つ文化共同体それぞれの選択になる。

後記

長い漱石論を出しておいてなんだが、僕は漱石論を書きたくてたまらなかったわけではない。二十代から三十代にかけて僕は詩に夢中だった。しかし因果な性格で〝詩とは何か〟を把握しなければどうしても詩作に集中することができなかった。詩の定義は現代でもいまだ曖昧なのだ。僕にはかなりの難問だったが三十代の終わりにはなんとか一定の結論を得た。

詩は原理的に〝自由詩〟である。思想的にも形式的にも何の制約もない。また詩は江戸時代までの漢詩に代わって明治維新以降に必然的に生み出された新たな文学ジャンルである。有史以来日本は中国を文化規範としてきた。漢詩・漢籍によって新たな知的刺激を受け入れ続けてきたのである。それが御維新を境にヨーロッパに代わった。日本文化における千五百年に一度の大激震である。自由詩は漢詩と同様に外来文化の受け入れ窓口になった。

新たに文化規範になったヨーロッパは基本的に強固な自我意識文化だった。神（神学）を思想と倫理の基盤にした文化だとは言えるが、近代以降、個人に即せば原則として思想・形式的制約を持たず自由な発想と表現が許されていた。文語体と定型の呪縛から完全に解き放たれた萩原朔太郎の自由詩は、このヨーロッパ自我意識文化を的確にローカライズしている。また朔太郎以降の自由詩は日本文学における欧米最新文化動向を受け入れる前衛となり、パイロット文学の役割を担うことになった。モダニズム、ダダイズム、シュルレアリスム、未来派などを手当たり次第に模倣・受容した。それはつい最近の現代詩の時代まで続いた。

まとめてみれば実に簡単なことだが、腑に落ちるまでにずいぶん時間がかかってしまった。またさらに厄介なことに、詩作のかたわら自由詩に興味を持つ人たちのために詩史論を書こうと思い立ったのだった。詩人に限らないが創作者は利己主義者《エゴイスト》である。基本自分の創作のことしか考えていない。いい面もあるのだが、僕だって一つくらい人様の役に立つような本を書いておきたいと思った。最初は戦後詩史論を書くつもりだった。ちょうど吉本隆明さんの『戦後詩史論』がちょっと古びてきていたのである。

ただ調べてみると僕の興味はどんどん時代を遡っていった。少し乱暴だが、大正六年（一九一七年）刊の朔太郎処女詩集『月に吠える』以前の自由詩は混沌の模索期である。特に明治二、三十年代はそうだ。小説文壇ですら創生期だったこの時期、多くの作家が短歌や俳句、漢詩、小説、自由詩を手がけるマルチジャンル作家だった。すぐに『新体詩抄』などいくらこねくりまわしてもムダと悟り、僕は『子規全集』を読み『鷗外全集』を読んだ。二人は詩人でもあったからである。与謝野鉄幹や上田敏、北村透谷らも読んだ。明治四十年代までの日本近代文学創生期の文化状況が飲み込めると、当然漱石が目に入ってきた。『漱石全集』を買って頭から尻尾まで読んだ。

「夏目さんは頭がいい」。漱石を読みながらの僕の感想はそれに尽きた。日本文学で漱石以上に頭のいい作家を僕は知らない。また漱石は詩だけにこだわるよりも、遙かに大事なことを教えてくれた。文学を総合的に考えなければその本質を把握できないということである。僕は子規論を書き鷗外論を書き、最後に漱石論を書いた。ただまあ原稿を書くのと本にまとめるのは別である。ある出版社に持ち込んだがあっさり断られた。僕もそれ以上出版社回りをしなかった。気が付くと十年以上経っていた。金魚屋で本を出してもらえることになって古い原稿に手を入れた。

原稿を未発表のままほおっておいたのは、漱石論を書くことで別に得るものがあったからである。僕は漱石さんから小説とは何かを学んだ。巧拙の判断は人様に委ねるしかないが、小説が書けるようになった。当然だが漱石先生はいい教師だった。本書はまず漱石文学に興味のある皆さんに読んでいただきたいが、小説を書き悩んでいる作家志望の皆さんの参考にもなれば嬉しい。

それにしても漱石論を塩漬けにしている間に、僕はすっかり脂っ気が抜けてしまった。まだ本はおろか発表もしていない原稿が太った猫の背中の高さくらいある。できれば淡々とまとめていければいいなぁと思う。

夏座禅龍虎の夢を猫またぎ　　裕司

著者　鶴山裕司

一九六一年富山県富山市生まれ。明治大学文学部卒業。著書に詩集『東方の書』、『国書』（いずれも「力の詩篇連作」）がある。

日本近代文学の言語像Ⅲ　夏目漱石論―現代文学の創出

二〇一八年十二月一日　第一刷発行

著者　鶴山裕司
発行者　大畑ゆかり
発行所　金魚屋プレス日本版
〒一三一―〇〇三二
東京都墨田区東向島五―三一―六
タワースクエア東向島一〇一
電話　〇三―五八四三―七四七七
印刷　シナノ書籍印刷株式会社
ISBN 978-4-905221-06-7